赤　い　部　屋

―芸術家ならびに作家の日々の素描―

口を塞がれたまま絞首刑にされるほど
忌々しいことはない。
　　　　　　　　　　　ヴォルテール

アウグスト・ストリンドベリ作
寺倉 巧治　訳
プレスポート 1000 点世界文学大系　9（北欧篇）

RÖDA RUMMET

SKILDRINGAR UR ARTIST- OCH FÖRFATTARLIVET

AV

AUGUST STRINDBERG

Samlade skrifter av August Strindberg, 5
Albert Bonniers Förlag,
Stockholm 1912

目　次

第一章　ストックホルム鳥瞰図

五月はじめのある夕方。モーセ丘の小庭園にまだ人の訪れた様子はなく、花壇の土も固いままであった。去年散り積もった落ち葉をおしのけてマツユキソウが顔をのぞかせており、もうじきその短い活動期間を終えて、実のならぬ西洋梨の根もとで身を守ってきたクロッカスの繊細な花に場所を譲ろうとしていた。ライラックはいつ花を咲かせようかと南風を心待ちにしている。けれど西洋菩提樹はまだ固い木の芽をつけたばかりで、その愛の媚薬をアトリのつがいに饗しており、つがいは幹と枝の股に設けた自分たちの巣に地衣を運んで着せるに忙しい。残雪が消えたばかりの砂道に足跡をつけたものはまだなく、だから動物も花もそこでは誰からも邪魔されない生活を営んでいた。イエスズメたちは屑を集め、航海学校の校舎に運び、屋根瓦の下に隠す。前の秋に打ち上げられたロケット花火の残骸に群がり、去年ローセンダールの園芸学校から移植された若木の小枝をついばむ――スズメはなんでも見つけてくる。植込みのなかで薄絹の切れ端を見つけ、ベンチの脚の添え木のあいだから犬の抜け毛を引っこ抜く。犬たちが昨年のヨセフィーナの日（八月二十一日）以来喧嘩をしなくなって久しいが、そこはいまやまたてんやわんやであった。

太陽はリリエホルムのうえにあり、陽光を東に向けていっぱいに投げかけていた。光線はベーリスンドからたちのぼる煙を抜け、リッダルフェーデンを跳び越え、リッダルホルム教会の十字架にのぼり、ドイツ教会の勾配のきつい屋根にひろがる。フェップスブロンに停泊中の船舶の旗章に戯れ、大海関《かいかん》の大窓にきらめき、リーディング島の森を照らす。そして遠い遠い海原のはるか彼方に横たう雲をバラ色に染めあげ消えていく。その彼方からおなじ航路を辿って風が吹いてくる。ヴァクスホルムを通り抜け、要塞を通り過ぎ、大海関を通り抜け、シクラ島づたいにヘストホルメン（現在のクヴァルンホルム）の裏側にまわりこんで夏別荘を覗き込む。ふたたび海へ。そしてデンマーク人湾に入り込むが、たじろいで南海岸沿いを駆けだし、石炭、タール、魚油の臭いにあたって町波止場に墜落する。這這《ほうほう》の体《てい》でモーセ丘を登り、庭園に逃げ込むが、しかしそこでついには壁に衝突して果てる。ちょうどそのとき壁が開き、料理女が目貼りをした内窓を開け放った。ステーキの肉汁、飲み残しのビール、トウヒの枝葉やおがくずのむっとした臭いが流れだし、風で遠くに運ばれる。料理女は新鮮な空気を鼻から吸い込んだ。スパンコールやメギの実や野いばらの葉を塗《まぶ》してあった内窓の詰め物が風に飛ばされて道端でワルツを踊りはじめると、イエスズメとアトリがすぐにそのダンスの輪にくわわった——いまや家作りの心配がすっかり取り除かれたことに安堵して。

そのあいだも料理女は内窓の片づけ仕事をしていた。地下食堂からベランダに通ずる戸は少し前から開いていたが、そこから一人の若い男が外の庭園にでてきた。簡素だが、洗練された身なりをしている。表情にこれといって変わったところはみられないが、眼差しにはどこか悲しげで不安げなところがある。しかしそれも狭苦しい地下食堂から表にでて、開けた水平線を見るとすぐに消え、男は風に向かって立つ。上着の釦を外して大きく深呼吸をする。胸中の澱《おり》を吐き出し、心を静めているようである。それから庭園と海に面した崖とを隔てる塀づたいに往ったり来たりしはじめた。

眼下では目覚めたばかりの街がざわめいている。すぐ下の町波止場の港で唸りをあげる蒸気式巻き上げ機。鋼材計量所でガラガラと音をたてる棒鉄。水門管理人の笛が鳴り、フェップスブロンに停泊する蒸気船からは煙が立ち昇る。丸い石畳の道の上をがたんがたん飛び跳ねながら走るクングスバッケ乗合馬車。えっさほいさと魚市場での掛け声、河口港で風にはためく帆や旗、カモメの鳴き声、フェップスホルメンからは汽笛、セーデルマルム広場からは『捧げ銃《つつ》!』の号令、そしてガラス工場通りにからんころんと響く日雇いの木靴。すべてが生き生きと蠢《うごめ》いている印象である。それはこの若い紳士の活力を呼び覚ましたらしい。いまや顔には反抗と生活意欲と決意の表情が浮かんでいた。柵から身をのりだして、足下に広がる街を見下ろす。敵を見据えるかのように。鼻孔を膨らませ、目には炎を宿し、握った拳を振り上げる。このみすぼらしい街を挑発してやろうとしてか、はたまた威しつけてやろうとしてか。

カタリーナ教会が七時の鐘をうち鳴らすと、マリーア教会の鐘が陰鬱なソプラノで唱和する。大聖堂とドイツ教会がバスのパートを受けもち、やがて街じゅうの七時の鐘に街全体の空気がうち震える。一つまた一つ鐘の音が鳴り止んでいくのに、遙か遠くでは最後の鐘がまだ安息に満ちた夕べの調べを奏でている。その鐘はより高い音色で、より清らかに、より軽やかに曲を奏でている。若者はその鐘の音がどこから聞こえてくるのか、耳を澄ませて探ろうとした。どこか記憶を呼び覚ますような響きがあったからである。顔つきは柔和になり、やがてその表情は置いてきぼりにされた子供が覚えるような痛みを湛えたものに変わった。じっさいかれは孤独であった。父も母もすでに亡く、クラーラ教会の墓地で眠っており、まだ鳴りやまぬ鐘の音はそこから聞こえていたのであった。この若者はまだこのとき真実も作り話もすべて信じこむ子供であった。

クラーラ教会の鐘が鳴り止み、若者は砂道を踏む足音に物思いから引き戻された。ベランダから一人の小男がやってくる。頬にいっぱいの髯をたくわえ、眼鏡をかけている。眼鏡は視力のためというよりも視線を隠すためにかけているようである。意地の悪そうな口もとには愛想のよい、陽気ですらある表情をつねに張り付かせている。半分つぶれた帽子、上等だが釦が欠けている上着、そしてずり落ちそうなズボン。足取りは自信にみちているようでもあり、おどおどしているようでもある。そのどちらともつかない外見からは社会的地位や年齢の見当がつかない。職人とも役人とも見受けられ、歳の頃は二十九歳から四十五歳のあいだといったところ。しかしいまは待ち合わせていた人物と交遊できることにご満悦の様子で、つぶれた帽子をいつになく高く掲げて挨拶し、このうえなく陽気に微笑みかけた。

「参事官補殿にはずいぶんとお待たせしてしまったのではありませんか」

「いえ、ちっとも。鐘はちょうど七時を打ち終えたばかりです。それよりわざわざおいでくださってありがとうございます、ストルーヴェさん。実は今日あなたとお会いすることはボクにとって本当に大きな意義があるのです。ほとんどボクの将来がかかっていると言って過言ではないのです」

「それはそれは」

ストルーヴェ氏は目をパチクリさせた。たんに一杯やるだけのつもりであった。深刻な会話など願い下げであった。それにはまた自分の事情も絡んでいた。

「もしよろしければそこのテラス席でトディでも飲みませんか、そのほうが話しやすいですから」参事官補と呼ばれた若い男は話をつづけた。

ストルーヴェ氏は右のほお髯を撫でつけ、丁寧に帽子を整え、招待に感謝したが、不安にもなっていた。

「はじめにお願いがあるのですが、もうボクのことを参事官補などとお呼びにならないでください」若い男は会話を再開した。「参事官補になったことは一度もありませんし、ただの臨時雇いの書記でした。それに、それも今日をもって辞めてきたのです。ですからいまはただのファルクで結構です」

「えっ、なんですって」

ストルーヴェ氏は大切な知り合いを失ったような顔をしたが、それでも陽気さは失わなかった。

「確かにあなたは自由な思想の持ち主ではありましたが……」

ストルーヴェ氏は詳しい説明を求めようとするが、ファルクはかまわない。

「開明的な赤頭巾新聞の執筆者であられることを見込んでお会いしたく思ったのです」

「いえいえ、とんでもない、執筆者といっても私などいてもいなくともいいようなものですし……」

「労働問題についてお書きになられた目の覚めるような記事を拝見いたしました。それにいまボクたちにとって重要なありとあらゆる問題についての記事もです。ボクたちにとってはいまが共和暦III年であると、そうローマ数字で記すことができるでしょう。なぜなら身分制議会が廃止され、新しい代議制が発足してから今年が三年目にあたるからです。ボクたちの希望が実現されるのを見るのもそう遠いことではありません。『農民の友』にお書きになられた政治指導者たちについての実に見事な評伝も読みました。民衆出身の男たちが積年の懸案となっていた困難な仕事をついにやり遂げたのです。あなたは進歩的な方だ。ボクは本当に尊敬しているのです」

その火のような弁舌にあてられて、ストルーヴェの瞳は燃え立つどころか立ち消えてしまっていた。雷を呼び起こさんとする誘いかけにも満足げにうなずいただけで、そそくさと言葉を返した。

「あなたのように若く、それもなんと参事官補殿――とそう呼ばせていただけますかな――でもあるような素晴らしい方からお褒めの言葉を頂けるなんて実に喜ばしいことです。しかしまた今日は春がきて最初の日です。私たちは屋外にでて自然の懐に抱かれています。すべてが芽吹くのを待つばかりとなっており、太陽は大自然にその陽光をふりそそいでいます。それなのに何故、あまりに深刻すぎる性質の、気が滅入るようなとまでは言いませんが、物事について話し合わねばならないのでしょう。悩み事など忘れてお近づきのしるしに杯を交わそうではありませんか。いや、これは失礼、ただ私の方が先輩にあたるようですから、その、こうしてあえて提案させていただいたわけであります……」

火打石で鉄を叩いて火を熾《おこ》そうとしたファルクは、いまやただ生木を叩いただけであったことを悟った。ストルーヴェの誘いに生返事で応じると、あとはただそこに座っているだけで、せっかく親しい間柄になったというのにお互いに言うべきことはもうなにもなかった。そして二人の顔にはただ計算違いだったという思いだけが浮かんでいた。会話を再開したのはファルクであった。

「先輩にはもう言いましたが、今日ボクはいままでの自分と決別して、役所勤めを辞めてきました。それで、実を言いますと物書きになろうと思うのです」

「物書きですと。いやはや、いったいなんでまた。しかしそれは惜しいことをしましたな」

「惜しくなんかありません。ただなにか仕事をもらうにはどこに行ったらよいのか、先輩ならご存じかと思ってお尋ねした次第です」

「ふむ。ひとくちに言うことは本当に難しいですな。実に大勢の人間が、四方八方から流れ込んできているのです。まあ、そんなことはお気になさらずともよろしい。しかしまったくもって惜しいことをしましたな、せっかくの勤めを辞めてしまうなんて。険しい道のりですよ、この物書きってやつは」

ストルーヴェは本当に惜しいと思っている風《ふう》であるが、実のところ一人の不幸な仲間ができたことにある種の喜びを隠せない。ストルーヴェはつづける。

「しかし名誉と権力を共にもたらしてくれる道をわざわざ外れてしまうなんて、理由を教えてもらえませんか」

「名誉は権力を強奪したやつらに、権力はそれを恥とも思わないやつらにくれてやればいいんです」

「これはこれは、おっしゃいますな。しかしさほど悪いものでもないでしょう」

「悪いものでもない、ですか。ハッ、そんな気休めは別の話題を語っているときにお願いしますよ。ではボクが所属した六つの部署から一つを選んで、その内幕をお教えしましょう。はじめの五つはごく自然な理由からすぐに辞めました。なんの仕事もなかったんです。出勤してなにかすることはないか尋ねても、いつもきまって答えは『ない』の一言です。それどころか誰かがなにかをしているところすら見たことがありませんでした。ブレンヴィン醸造庁や追徴課税局や総理府恩給局のようなしっかりとしたところですらそうなのです。けれど大勢の役人がひしめきあいうごめいている様《さま》を見たときに、これら全員分の給料を支払っているような役所なら、きっとボクにもなにかやることがあるにちがいないと思いました。つまりボクが最後に配属されることになったのは官給局だったんです」

「ほう、官給局に」ストルーヴェは興味を抱きはじめた。

「ええ。その見事なまでにきっちりと組織された役所をはじめて訪れたときに受けた強い印象は、けっして忘れることができません。午前十一時にボクは登庁しました。開庁はその時刻だと聞いていたからです。守衛所には二人の若い守衛がいて、机に屈み込んで『祖国』を読んでいました」

「『祖国』を、ですか」

それまでイエスズメに砂糖をやっていたストルーヴェは耳をそばだてた。

「そうなんです。ボクはお早うと挨拶しました。男たちの背中がかすかに蛇のような動きをしたことから判断すると、ボクの挨拶はそれほど嫌がられることなく受け取ってもらえたようです。そのうちの一人などは右足のブーツの踵《かかと》でなにやら合図を返してくれさえしました。どうやらそれが手の代わりであったらしい。どちらか暇なほうが役所を案内してくれないかと頼むと、『無理です。ここを離れるなと命じられていますから』と二人は答えました。ほかに守衛はいないのかと尋ねると、もっといるにはいるが、守衛長は長期休暇をとっており、第一守衛は有給休暇をとっている。第二守衛は非番で、第三守衛は郵便局にいっている。第四守衛は病気で、第五守衛は飲み水を汲みにいっている。第六守衛は厠《かわや》におり、『そしてそこに一日中座っています』とのことでした。ちなみに『お役人はけっして午後一時より前に来ることはありません』とも教えてくれました。ここでようやくボクは場所柄もわきまえずに早く来きすぎてしまい、お邪魔だったことを知りました。そして守衛たちもまた役人であることに思い至ったのです。

それでもこの大変に重きのおかれている巨大な役所で、どのように仕事が配分されているのか知りたく思ったので、職場の様子をこの目で見たいという強い気持ちを伝えて、二人のうちの若いほうに案内をしてもらうことにしました。扉を開けてもらうと、壮大な光景が目に飛び込んできました。大小十六の部屋がずらっと列《なら》んでいたのです。ここには仕事があるにちがいないと思いましたし、心のなかにある幸せな空想が浮かんできました。十六基あるタイル張り暖炉の中で十六束の白樺の薪が燃えさかっており、パチパチとはぜる薪の音がときどき職場の静寂のなかに響くのです」

ますます身を乗り出すようにして話に聴き入っていたストルーヴェは胴着の隠しから鉛筆を取り出して十六と左のカフスに書き込んだ。

「『ここが非常勤書記のみなさんの部屋になっています』と守衛が教えてくれました。『そうですか。ここの部局にも沢山の非常勤がいるんでしょうね』とボクが尋ねます。『ええ、まあ、それはもう十分なほどに』『するとどんなことをしているのですか』『もちろん書き物をするんです、……ちょぴっとですけれど……』――この点に関してはえらく信用がおける様子でしたので、これは最後まで言わせないのが適当だと思い、それから部屋を順に見て廻ることにしました。写書係の部屋、書記の部屋、事務員の部屋、会計監査官と会計監査官秘書の部屋、監査官と監査官秘書の部屋、法務職員の部屋、会計補佐官の部屋、公文書係と司書の部屋、会計官の部屋、出納係の部屋、司法書士の部屋、書記長の部屋、記録秘書の部屋、主計官の部屋、登記係の部屋、執務秘書の部屋、事務長と執務長の部屋です。そうこうするうちに金文字で長官と書かれてある扉の前につきました。扉を開けて入ろうとすると、守衛はひどく狼狽《うろた》えた様子でボクの腕を掴み、『いけません』と囁いて、神妙な態度でボクを押しとどめました。――『寝ているんですか』古い説話を思い出したボクは問わずにおれませんでした。『触らぬ神に祟りなしです。長官が呼び鈴を鳴らさないかぎり、ここには誰も入ってはいけないのです』――『よく鳴るんですか』『いいえ、私がここに来て一年になりますが、鳴らされたのを聞いたことはありません』――ふたたび微妙な話題に立ち入ってしまったように思えたので、ボクはそれ以上尋ねませんでした。

時刻はまもなく十二時になろうとする頃で、非常勤の役人たちが到着しはじめました。驚いたことに、やって来るひと来るひとみな総理府恩給局やブレンヴィン醸造庁での顔見知りばかりなのです。なかでも仰天したのは、追徴課税局の会計補が悠々とやってきて主計官室に入ると、前の場所で見たのとまったくおなじようにくつろいだ様子で革張椅子に座ったことでした。

長官のところへ初登庁の挨拶にいくのはまずいことなのか、傍《かたわ》らにいた若い男をつかまえて尋ねてみました。すると、『いけません』というのがなにやら曰くありげな返答で、ボクを十八番目の部屋に連れていったのです。またもや曰くありげな『いけません』です。

ボクらが入った部屋はほかの部屋とおなじように薄暗く、ただしもっと散らかっていました。革の張り地の裂け目から馬尾毛《ばす》の詰め物が顔をのぞかせている家具、堆《うずたか》く塵が積もっている書き物机、その上には干上がったインキ壷や未使用の棒状封蝋などが置いてあり、封蝋には前の所有者の名前が古めかしい字体で綴られていました。ほかにも錆び付いて刃が開かない紙鋏、五年前の夏至の日付を示したままの万年暦、やはり五年前の国勢便覧、それに灰色の全紙が一枚。紙にはユリウス・カエサル、ユリウス・カエサル、ユリウス・カエサルと少なくとも百回は書かれており、つづけておなじくノーアク爺さん、ノーアク爺さんと百回は書かれてありました」

『ここは公文書係の部屋でね、ここなら安心だ』同行者は教えてくれました。

『その公文書係の方はこないのですか』ボクは尋ねました。

『五年前から来てないよ。それでたぶんもう、ここへ来るのが恥ずかしいんじゃないか』

『はあ。でもそれじゃあ、その仕事は誰がするんです』

『司書さ』

『するとここ官給局のような役所では、いったいどのように職務が執り行われているんでしょう』

『まず守衛が受領証明書を日付順、アルファベット順に分類する。それからそれを製本係に送って、最後に司書が然るべき順に然るべき書架に列べて保管するって寸法さ』」

ストルーヴェはもうこの会話にすっかり興じている様子で、時折なにかしらの単語をカフスに書きつけていたが、ファルクが一息入れたので、ここでなにかひとこと言うのがよかろうと考えた。

「なるほど、なるほど。では公文書係はどうやって給料をもらっていたのですか」

「もちろん家に送られてくるんです。簡単なことじゃありませんか。ともかくボクはその若い同僚から、まずは主計官のところにいって挨拶をすませ、ほかの役人たちにボクを紹介してもらうように、と忠告をうけました。そろそろ役人たちも到着しはじめた頃で、各人は暖炉の中をかき混ぜて、赤くおこった燠《おき》の炎を楽しんでいました。友人になった男の語るところによれば、主計官はたいそう立派でまた明朗でもあり、気配りがあることをとても好ましいと考えている人物だ、とのことでした。

ボクは会計補佐官でいるときの主計官の人となりは知っていましたから、まったく別の考えだったのですが、ともかく同僚を信じてその部屋に入りました。

その恐るべき人物は暖炉の前においた大きな肘掛け椅子に座り、トナカイの毛皮の絨毯に両脚を投げ出していました。革巻きにした本物の海泡石パイプの吸い口を咥《くわ》え、煙草の火を絶やさぬよう細心の注意で煙を吸い込みながら、暇を潰すためにか前日の官報を手に取って、政府の意向に関する緊急の公報はないか調べていたんです。

ボクが入室しますと、それが遺憾に思われたらしく、眼鏡を外して禿あがった頭のてっぺんに掛けなおし、右目を新聞の端で塞いで左目で照準を定め、ボクに向けて尖弾を撃ち放ってきました。こちらが用件を告げても、パイプの吸い口を右手に構えて『着弾地点』までの距離を見定めるばかりです。いまや身の毛がよだつ沈黙が生じ、ボクの懸念がことごとく的中したことを教えてくれました。咳払いをしてパイプをくわえ直し、火皿の底から派手にジュージューと音をたてさせ、それから新聞のことを思い出したのか、おもむろにまた読みはじめました。ボクは言い方を変えて自己紹介をし直したほうがよいだろうかと思ったのですが、我慢できなくなったのは向こうでした。『いったいなにが言いたいんかね。いったいワシの部屋でなにがしたいんかね。ワシがワシの部屋でくつろいじゃいかんとでも言うんかね、君は、ええ。さあ、行った、行った、行った。いったい君はワシが忙しくしとるのが分からんのかね。なにか言いたいことがあったら、書記長のところでやってくれんかね。ワシのところではなく、だ』——ボクは書記長のところへいきました。

そこでは遡ること三週間前から続いているという、物品選定大会議が開催されていました。書記長が議長を務め、会議録をとるのは三人の事務職員です。机には選定候補業者から送られてきた試供品が散らばっており、写書係やら書記やら手隙の職員たちはみんな集まってそのまわりに座っていました。意見の隔たりは大きかったものの、それまでにレッセボーの紙二十連が決定、そして鋏は何度も試し切りをしたのち、表彰されたこともあるグロートルプ製作所のもの四十八丁に落ち着き（ここの工場の株を主計官は二十五株もっています）、鉄筆の試し書きは丸一週間に及び、その会議録の作成のために二連の紙が丸飲みされました。ちょうどその時やっていたのはペンナイフで、会議では黒い会議机を使って試し切りをやっている最中でした。

『わたくしはシェフィールド製の二枚刃、型番四号、コルク抜きなしを推薦します』と書記長は言って、会議机から焚き付けにできそうなほどの大きな木片を削り出しました。『第一書記の意見は』

第一書記は試し切りの際に深く彫りすぎてしまったので、刃を釘にあてて駄目にしてしまったのですが、そのエスキルステゥーナ製の三枚刃、型番二号を推しました。

それから全員がめいめいの意見を実際のサンプルを添えて事細かに論じたのちに、議長採決でシェフィールド製二グロスと決着しました。

するとこの決定にたいして第一書記から、さらに長い保留意見の申し立てがありました。申し立ては会議録に書き取られ、二部複写され、番号がつけられ、分類され（アルファベット順、日付順に）、綴じられ、司書の監督のもと守衛によって然るべき書架に列べられます。この意見申し立ては郷土を思う温かい心情に充ちたものであり、主要な点は国家が国内の手工業を振興する必要性を説くことにありました。事は政府に対する非難を含むものであり、当然それは政府の役人に関わることでもありましたから、書記長は政府の擁護をせねばなりません。まず手工場主への低利子貸付制度設立についての歴史から説きはじめ（この『低利子貸付』の語に非常勤職員たちはみな耳をそばだてました）、最近二十年間の国内経済の発展について一瞥し、そこまできたところで、微に入り細に入り話しすぎたのです、本題に入るまえにリッダルホルメンの二時の鐘が鳴ってしまいました。呪わしい鐘の音が響き渡ると同時に、まるで火が放たれでもしたかのように役人たちはみな我先にと席を立ちます。若い同僚にその理由《わけ》を尋ねますと、それを聞きつけた老書記が答えてくれました。『お若いの、役人の第一の義務、それは時刻を守ることですぞ』だそうです。二時二分には部屋という部屋から人っ子一人いなくなりました。『明日は熱くなるぞ』と階段のところである同僚がボクに小声で教えてくれました。『いったいなにがあるんです』不安になって尋ねます。『鉛筆さ』がその答えでした。そして熱い日は何日もつづいたのです。封蝋、封筒、ペーパーナイフ、吸い取り紙に荷造り用麻糸。ともあれ、それはよいことです。みんなにすることがあるのですから。しかしそれにも終わりを告げる日がやってきます。そこでボクは勇気を奮ってなにか仕事をくださいとお願いしました。すると家で清書でもやってこいと十四連の紙を渡されました。『業績』になるからというのです。ところがこの仕事をごく短期間に仕上げてしまうと、褒められ励まされる代わりに猜疑の目で見られるようになりました。勤勉な人間は好まれないのです。その後ボクに仕事がくることはなくなりました。辱められ、言葉にならぬ苦痛、このうえなく苦い思いをしつづけた一年間のことをお話しするのは辛いことでもありますのでやめにします。こちらが滑稽で卑小と見なしていることはみんな真面目に遇せられ、偉大で称賛に値すると敬意を抱いているものはすべて虚仮《こけ》にされるのです。民衆は屑呼ばわりで、必要と思われるときに駐屯部隊が弾の標的にするためにいるぐらいにしか思われていません。新しい国のあり方はあからさまに罵られ、農民たちは裏切り者呼ばわりです＊。（＊官公庁の一大再編成が実施された今、以上の記述はかつてほど真実ではなくなっている。）

　こういったことを七ヵ月間も聞かされ続けました。みんなが嗤っているのにボクがくわわらないので、やがてこいつは胡乱《うろん》なやつではないかと疑われ、挑発されるようになりました。謂うところの『反対ばかり吠える犬ども』を繰り返し槍玉に挙げるので、ついにボクは堪忍袋の緒が切れて一席ぶちあげてやりました。結果、ボクのお里がはっきり知れ渡り、もはや使いどころなしとされたのです。で、あとやることはそのほか大勢の難破者とおなじです。ボクも文学の懐へ身を投じようというわけです」

　ストルーヴェは尻切れトンボの結末に不満顔であったが、鉛筆をしまい込むと杯を飲み干した。考えのまとまらぬ様子であったが、それでもなにか言わねばと思ったようである。

「君にはまだ世の習いってものが分かっていないんだね。だがパンを得ることがいかに困難なことであるか、すぐにわかるようになるだろう。そしてだんだんとそのことが人生の一大事なんだってことを飲み込むようになるだろう。働くはパンのため、パンは明日の働きのため、そして明日の働きはさらなるパンのためだよ。いいかい、私には妻と子供たちがいる。そしてそれが意味するところをよく知っているんだ。境遇には逆らえんよ、ファルク君、境遇にはね。君はまだ物書きの社会的な地位がどんなものか知らんのだ。物書きなぞ世間から見れば人ですらないんだよ」

「いいではありませんか。社会より高いところに身をおこうとする者が受ける罰ってものですよ。それにボクは社会ってやつには辟易しています。自由な契約から成り立ってなどいやしません。嘘で織られた代物ですよこいつは――喜んで脱ぎ捨ててやろうではありませんか」

「寒さが身にしみてくるね」とストルーヴェは一言。

「ええ、そろそろ行くとしましょうか」

「それがいいでしょう」

　会話の灯火は消えかけていた。日はすでに沈んでいたが、半月《はんげつ》が水平線よりずっと高いところまで昇っており、いまはラードゴード牧場の上に浮かんでいた。星がちらほらとまだ日が残る空の明るさに負けじと瞬きはじめ、静けさを取り戻しつつある下の街ではガス灯に火が点されていた。

ストルーヴェとファルクは商業や海運や経済やら、そのほかさして興味をひくでもない話をしながら北へ向かって一緒に散歩をし、その後お互いホッとしながら別れた。

新しい考えが頭の中で芽吹きつつあるなか、ファルクは河口湾通りを下ってフェップスホルメンまで足を延ばした。かつては翼をひろげ自由を目指しまっしぐらに飛んでいけるものと思い込んでいたのに、窓ガラスに衝突していまでは打ちのめされ転がっている鳥のように感じている。海辺のベンチに腰かけて波音に耳を澄ます。海風が蕾をひらきつつある楓の枝をそよがせ、半月が黒い水面を微かに照らしている。そこには二十艘から三十艘の小舟が舫い杭に繋がれて、舫い綱を引っ張りあってはほかの船よりも船首を高く保とうとしていたが、それもただの一瞬で、また低く沈んでしまう。風も波も前進を命じ、嗾《けしか》けられた猟犬の群のごとく桟橋に突撃するが、そのたびに鎖で引き摺り戻される。敢えて力を使い果たそうとでもするかのように、掴みかかろうとしては地団駄《じだんだ》を踏んでいる。

真夜中になるまで座り込んでいた。風は寝静まり、波は穏やかになった。虜囚の小舟たちももう鎖を引っ張りあうことなく、楓も風にそよぐのをやめ、夜露が降りる。

やがて立ち上がると夢現《ゆめうつつ》といった様子で、遠く離れたラードゴード地区にある淋しい屋根裏部屋を目指して家路についた。

若きファルクについては以上のとおりである。一方の老ストルーヴェはといえば、じつはこれと同じ日、赤頭巾新聞を辞職して、保守派の灰色外套新聞に鞍替えしていたのであるが、家に帰ると胡乱な新聞と目されている『民衆の旗』に『官給局について』と題して通信員記事を四段、一段五クローネで書き送ったのである。

第二章　兄弟仲

リンネル商カール・ニコラウス・ファルクは先代のリンネル商、名誉ある十五市民参議の一人で市民歩兵団の大尉、教会委員でストックホルム市火災保険協会役員でもあったカール・ヨーハン・ファルク氏の息子であり、元官給局非常勤書記で現在は物書きのアルヴィッド・ファルクの兄であるが、旧市街の東通りに店を構え商会を営んでいる。もっとも反目する連中に言わせると、軒先を借りて露店を出している程度のものということになる。店はフェルケン横丁の斜向《はすむ》かいに位置していたので、帳簿の陰に隠れてこっそり小説を読んでいる丁稚が顔を上げると、蒸気船の船体の一部や外輪《がいりん》の屋根や船首斜檣《しゃしょう》、それにフェップスホルメンに繋る木の梢と背景に広がる空の欠片が、建物の隙間に切り取られて見えた。丁稚はアンデションというなんの変哲もない名前をしており、従順さというものをしっかりとたたきこまれていた。今朝も店を開け、リンネルの反物、網籠、うなぎ筒、釣竿それに魚籠《びく》を軒先に吊す。それから店内のはたきがけをし、床におがくずを撒き、帳場の後ろに隠れるように座る。机の上には空《から》のロウソク箱でこしらえたネズミ捕りのようなものがつっかえ棒で立て掛けてある。もし主人やその知り合いがやってきても、読んでいる小説を一瞬にして罠にかけてしまえるという仕掛けである。もっともお客が現れるのを怖れているようには見えない。まだ朝早いし、千客万来になったためしがないからである。商会が設立されたのは今は亡きフレードリク王の御代であり――カール・ニコラウス・ファルクはこの言い廻しをほかのあらゆるものと一緒に父から相続し、父はまたその父から相続し、いわば一子相伝の言い廻しである――、かつては繁盛し、またたいそう羽振りもよかったのであるが、それも二、三年前までのことであった。例の罰当たりな『代議制度の提議』が現われてからというもの、商売はみんな駄目になってしまったのである。お先は真っ暗、あらゆる企業活動は阻害され、市民階級はいまや没落の危機に立たされている、とファルク自身はそう言っているが、ほかの人びとに言わせれば、商売を等閑《なおざり》にしているうえに、強力な競争相手が南にあるスルッセン広場に出現したせいだ、ということになる。しかしながら、ファルクは必要もないのに商会の落日について語ることなどしなかった。こういった調子で嘯《うそぶ》く時と場所を選ぶぐらいの思慮はあったのである。古くからの商売仲間に取引が少なくなっていることを心配顔で問われると、郊外に支店を出したので、こっちの店はただ看板代わりにおいているにすぎないんだと説明し、そして実際、小さな事務所を店の中に構え、街中や証券市場に出かけているときを除けば、ほとんどその奥に潜んでいたので、皆それを信じていた。けれど知り合いが——これはちょっと別のつき合いのある知り合いで——つまり書記とか学士といった人間なのだが——親身におなじ懸念を示すと、——すると例の代議制度の提議に端を発する悪しき時代が昨今の凋落を招いたのだ、という話が聞けるのである。

とはいうものの、アンデションは店の戸口で釣竿の値段を尋ねる少年たちに邪魔をされることはあったし、この日はたまたま通りの方に目をやると、若い紳士の姿を視界にとらえたのであった。アルヴィッド・ファルクである。ちょうどいま読んでいる本の貸し出し主であったから、本はそのままにしておいて、ふらりと店に現れたこの昔の遊び友達に親しみをこめた口調で、暗黙の了解があるといった表情を浮かべながら挨拶をした。

「まだ上かい」なにか気がかりがある様子でファルクが尋ねた。

「珈琲を飲んでいるところだよ」アンデションは天井を指さして答える。ちょうどそのとき、頭の真上の天井の床で椅子を引き摺ずる音がした。

「飲み終わったみたいだ」

その音の意味するところを二人ともよく心得ているようである。それからぎしぎしと部屋のなかをいったりきたりする重そうな足音が聞こえ、ぶつぶつと低くつぶやく声が天井の梁を通して、聞き耳を立てている若者たちのところまで届いてきた。

「昨晩は家にいたのかな」ファルクは尋ねる。

「いや、外出していましたよ」

「お友だちと、それとも知り合いと」

「知り合いの方」

「で、遅くに帰ってきた」

「ええ、かなりおそかったです」

「もうすぐ降りてくるのかな。義姉がいるんで、上がっていきたくないんだよ」

「じきにきますよ。足音でわかりますから」

ちょうどそのとき、今度はばたんと扉が閉まる音がした。下では意味深長な視線が交わされる。アルヴィッドは咄嗟に帰る素振りを見せたが、どうにかこらえて体勢を立て直す。

少しの間をおいて事務所の中で物音がしはじめる。だんだんと威勢のよくなる空咳が小さな部屋の空気を震わせるようになり、やがて耳慣れた足音が聞こえてくる――ミシミシ、ギシギシ。

アルヴィッドは帳場の中に入って事務所へ通ずる扉を叩いた。

「お入り」

アルヴィッドは兄の前に立った。その男は年の頃四十歳位に見えた。実際、そのくらいでもあった。弟よりも十五歳年上でもあり、そのため、またほかの理由もあって、兄は弟を父が息子にするように子供扱いするのがつねであった。金髪で、金髪の口髭、金髪の眉毛と金髪の睫毛である。脂肪がかなりついており、そのためか長靴からはキュッキュッとたいへん心地よい音がする。恰幅のよい体の重みに押しつぶされて、靴はまるで悲鳴を上げているようでもある。

「なんだ、おまえか」

親しみなのか軽蔑なのか、区別しづらい二つの感情をちらつかせながらニコラウス・ファルクは言った。自分よりもなんらかの点で風下にいる人間にたいして、かれは腹を立てたりはしない。軽蔑するだけである。しかしまた、どこか当てが外れたようでもある。というのも、鬱憤晴らしにもっと手頃な相手を期待していたのであるが、この弟ときたら控えめで内気な性格をしているので、無闇に楯突くような真似は一度としてしたことがないのである。

「お邪魔だったのではありませんか」

アルヴィッドは扉のところで立ち止まったまま言った。この下手にでた問いかけを聞いて、兄は気のよいところを見せることに決めたようである。刺繍入りの革製の入れ物から自分用の葉巻を一本取り出し、弟には暖炉の側に置いてある別の箱から取り出した葉巻を差し出した。暖炉の側に置いてあるのは、この葉巻が難破船から引き上げられた品であるためで、そのおかげで良いとはいえないにしても非常に風味があり、海辺の競売で大変安く入手した代物なのである――この葉巻はあけすけに『友人用葉巻』と呼ばれていたが、それはこの持ち主があけすけな性質であったからにほかならない。

「どうした、なにか話したいことでもあるのか」カール・ニコラウスはそう尋ねると、葉巻に火をつけマッチ箱をポケットの中にしまい込んだ――ついうっかりと。二つ以上のことに同時に気をまわすことができないのである。しかもその範囲はあまり広くない身近のことに限定されている。どれくらいの広さかといえば胴回りくらいのものであり、採寸に来る仕立屋であればだいたい言い当てることができただろう。

「例のことについてお話ししようと思ったんです」アルヴィッドは答えて、火のついていない葉巻をつまんだ。

「まあ座れ」兄は命じた。

事を構えようというときには、相手に座ってもらうのがいつもの習慣である。そうすることで相手を風下におくことができ、粉砕しやすくなるからである――必要とあらば。

「例のことだと。なんのことだ」とまずは切り出した。

「ワシにはなにも思い当たらんが。それともおまえ、なにかしでかしたのか。おまえがだ」

「いいえ、ただボクの取り分がまだあったんじゃないかと思って、カール兄さんに確かめたかったんです」

「はてさていったいなんのことやら、お尋ねしてもよろしいかな。それはもしやお金のことでありましょうか。どうなんだ」カール・ニコラウスは茶化すように言って、弟にむけて煙を吐き出し、上等の葉巻の香りを楽しませてやった。返事がもらえなかったので——もっともそんなものは端《はな》から願い下げなのであるが——、一人で話し続けなければならなかった。

「取り分だと。おまえはもう貰うべきものをみんな貰ったんじゃなかったのか。後見人役場に自分で受領証明書を出しにいったろう。それにそのあともワシはおまえを養ってやったし、洋服だってあつらえてやったんじゃなかったのか。つまりその分は前貸ししてやったんだ。いつか返せる日が来たら返済してもらおうとな。それもおまえがそうして欲しいと頼んだからだ。ワシはそれをちゃんと書き留めてあるんだ。おまえが自分で稼げるようになったら返してもらおうと思ってな。なのにまだ返していないじゃないか」

「ボクはちょうどそうしようと思っているんです。だから今ここで、いったいボクはいくらか貰えるのか、それともいくらか借りがあるのかはっきりさせようと思ったんです」

兄はこの生贄を貫き通すような視線で見据えると、弟にはなにか魂胆があるのではないか、見定めようとした。それからキュッキュッと長靴に音をたてさせながら、痰壺と傘立てを結んだ対角線上の床をミシミシ、ギシギシと行ったり来たりしはじめた。どいたどいたと声を出しながら道を歩く人のように、懐中時計の鎖飾りをガチャガチャ鳴らしながら歩く。口から吹き上げられた紫煙が細長い雲となって、タイル貼り暖炉と扉の間にたなびく。落雷の前兆のようである。首を屈《こご》め肩を怒らせ、せわしなく歩く。これから演じようとする役の立ち稽古をしているようでもある。やっとその役柄が掴めたらしい、弟の前に立ち止まり、海緑色の不実な眼差しでじっと弟の目を覗き込む。しかし弟を見つめるその瞳には、誠実さと痛心が湛えられているように見え、呼び掛ける声には、一族の眠るクララ教会の墓地から聞こえてくるかのような響きがあった。

「アルヴィッド、おまえは正直でない。ショージキでない」

この言葉を聞いて心を動かさないものはいなかった

であろう。店に通ずる扉の後ろで盗み聞きをしていたアンデションを除けば、ではあるが。それほどに、この兄から弟への呼びかけには深く弟を憐れむ兄の気持ちがあふれていた。アルヴィッド自身はといえば、周りの人間すべてが良くできた人間で、自分だけが劣っていると思うことに子供時代から慣らされてきたので、思わず自分が正直者であるかどうか本気で考え込んでしまった。そして、この憐れな魂を養育した者たちは実に効果的な手段で、最高に感度のよい良心を植え付けることに成功していたので、アルヴィッドは、確かにあまり正直ではなかった、少なくとも今しがた、あまりあからさまとならぬように兄を悪者ではないかと問い詰めようとしたことは、あまり素直ではなかったと思うようになった。

「ボクはカール兄さんが遺産の一部を誤魔化して自分のものにしてしまったという結論に達したんです」と言い返した。「ボクの計算したところによれば、養ってくれた分だというひどい食事とお下がりの着古した洋服をえらく高く見積もっているんです。それに思い出すのもいやな大学時代に、ボクが自分の財産を全部使い果たしてしまったとは考えられません。だから、兄さんはボクにたいして相当額の借りがあるはずで、それがいま必要なんです。返済を要求します――出してください」

兄は満面の笑みを浮かべた。まるでその台詞をきっかけに直ちに舞台に上がれるよう十三年間も繰り返し稽古をしてきたかのように、きわめて穏やかな表情で、そしてきわめて確かな身振りで、手をズボンのポケットにつっこみ鍵束があるのをガチャガチャ鳴らして確かめてから取り出して、一つ空中にポイと放ってみせてから落ち着き払った様子で金庫のあるところまで歩いていった。金庫を開けるのに意図していたよりも、おそらくはその場所の神聖さに見合うよりも急ぎすぎてしまったが、これまた登場を準備万端で待っていた一枚の紙を取り出した。弟に突きつけて言い放つ。

「これを書いたのは誰だったかな。――答えるんだ。おまえがこれを書いたんだろう」

「そうです――」

アルヴィッドは立ち上がり帰ろうとする。

「駄目だ、お座り。――お座り、座っているんだ」

もし犬が近くにいたならばすぐさまお座りしていたであろう。

「さて、なんと書いてあるかな。読むぞ。――『わたくし、アルヴィッド・ファルクは以下のことを承認し確言いたします――わたくしは――兄であり、後見人であるカール・ニコラウス・ファルクより――わたくしの遺産を全額受領いたしました――その内訳は』斯く斯くしかじか、と」

金額の合計を口にするのはさすがに恥ずかしかったらしい。

「つまりだ、おまえは自分で信じてもいなかったことについて承認し確言したってわけだ。はてさて、それが正直なことなのか、お尋ねしてもよろしいかな。さあ、ワシの質問に答えるんだ。それで正直だとでもいうのか。違うだろ。Ergo［故に］だ、おまえは偽の証文を作ったことになる。おまえは悪者だ。そうだろう。ワシは間違ったことを言っているか」


舞台の効果は満点、出来過ぎであった。この偉大な勝利を観客なしで味わうという手はなかった。被告の無実をあとで証言してくれる人物もいなければならない。店への扉を開け放ち、叫んだ。

「アンデション。ワシの言うことに答えるんだ。よく聞け。もしワシが偽の証文を作ったとする。そうしたらワシは悪者か、それとも無実か、どっちだ」

「もちろん悪者です」アンデションは考えなしに朗らかに答えた。

「どうだ聞いたか。ワシは悪者だそうだ――偽の受領書に署名をしたらの話だがな。まあいい。さてワシは前になんと言ったかな。アルヴィッド、おまえは正直でない。正直で、ない。これは常々おまえに言ってきたことだ。慎ましい人間なんてやつは大抵が悪者だ。そしておまえはいつも慎ましく従順だった。だかワシにはおまえが密かに二心を抱いていたことぐらいお見通しだったんだ。おまえは悪者だ、アルヴィッド。お父さんもおなじことを言っていた。『言っていた』というのはいつも思ったことを口にする人だったからだ。公明正大な人だった。しかし、おまえは、そうではない。もしお父さんがいまも生きていたとすればきっと心を痛めて苦い思いをして言っただろう。アルヴィッド、おまえは正直でない。正直で、ない、とな」

そう言って再び対角線上を行ったり来たりしはじめた。自分の舞台に足音で拍手しているかのようである。そして鍵束をガチャガチャ鳴らすのは幕を下ろす合図である。それが最後の台詞《せりふ》の代わりとなる。どんな台詞を付け加えても、そんなことをすれば舞台全体を台無しにしてしまったであろう。弟が曲がった心根の持ち主であるとはつね日頃思っていたことなので、この告発をすることは長年待ち侘びていたことであった。しかしながら、やはりいかにも深刻になってしまった。にもかかわらず、それが済んだことにはとても満足していた。その上、上首尾に、見事にあるいは手際よく済ますことができたのである。喜びと一片の感謝の気持ちを抱いているといってもよかった。おまけに、上での妻との諍《いさか》いに気を悪くしていたのであるが、これが大変よい鬱憤晴らしの機会になってくれた。もしこれがアンデション相手であればやっているうちに興が冷めてしまっていたであろうし——上でやっていたならば——逆に凹《へこ》まされていたかもしれない。

アルヴィッドは口が利けなくなっていた。教育のせいで悪いのはいつも自分だと思い込むすっかり意気地のない性質になっていたのである。公明正大とか、正直とか、誠実とか、真実などといった怖ろしげでご大層な言葉が、日常的にも折にふれても語られるのを子供時代から聞いてきたので、いつしかこれらの言葉は裁判官顔で宣告を下しにやってくるものときまっていたのである。汝有罪トス、と。そういう訳で、一瞬、計算違いをやらかしたのは自分であり、兄は無罪、本当の悪者は自分であると信じた。しかし次の瞬間には、兄の中に詐欺師としての顔を見いだし、なにか単純な言葉の手妻で本当の姿を見えなくされてしまったことに気づいた。けれどももう、言い争いにどっぷり首までつかる前に逃げ出してしまいたくなっていた。つまり、進路の変更を画策中であるとの案件第二号についてはなにも触れずに逃げてしまいたかった。

休憩時間は思いのほか長くなっていた。したがって、カール・ニコラウスにはおのれの勝利をはじめから反芻しなおす時間がたっぷりとあった。『悪者』というちょっとした言葉が抜群のタイミングで発せられたこと。それが蹴り飛ばしたといってよいほどの効果を上げたこと。扉を開け放ちアンデションに答えさせたこと。そして証文の登場とすべてが完璧であった。鍵束を寝台横の小卓の上に置きっ放しにしておかなかったし、金庫の鍵は滞りなく開いたし、論証には一縷の隙もなく、投げ込んだ決め台詞はしっかり掛かった擬餌《ぎじ》針のようにはずれなかった。もうすっかり上機嫌になっていたので、すべてを許してやる気持ちになる——のではなく、忘れ去った。すっかりすべて忘れ去ったのである。金庫の扉をバタンと閉めると同時に、例のことなどという不愉快なことも永遠に閉じ込めてしまった。しかし兄弟仲を断とうとまでは思っていなかったので、なにかほかの話でもして、つまりは不愉快な話題にはショベル何杯分もの世間話を覆い被せて、何事もなかったかのようにこの弟と向き合いたいと願った。例えば食卓を囲んで飲み食いしたっていいではないか。飲んだり食べたりしているときの人びとはみな楽しそうに満ち足りた顔をするものである。弟が楽しそうに満ち足りた様子でいるのを見たくなった。穏やかな表情でいてほしかったし、声もそんなに震わせないでほしかった。そこで、朝食を奢るべく足を止め話しかけようとした。しかし難しいのは向こう岸への渡しを見つけること、深い溝に架けられた然るべき桟橋《さんきょう》を見つけることである。頭の中を探ってみたがなにも見つからなかったので、ポケットの中を探ってみると、あった——マッチ箱である。

「なんだおまえ、葉巻に火がついていないじゃないか」

偽りのない、本物の親しさを込めて云った。

しかし呼びかけられた方は会話をしている間に吸口をすっかり揉み潰してしまっていたので、もはや火をつけることは無理であった。

「ほら、新しいやつをやろう」

自分用の大きな革製の入れ物を差し出す。

「ほら、どうした。一本とれ。こいつは上等なやつだ」

弟はあまりに意気消沈していたのでやり返すこともできず、差し出されたものを――和解のしるしとしてさしのべられた兄の手を、感謝をもって――受け取ることしかできなかった。

「そうだ坊主」とカール・ニコラウスはできるだけ易《やす》き友好の声色を心がけてつづける。

「一丁リーガにでも行って朝飯でも食わないか。どうだ」

アルヴィッドは親切にされることに慣れていないので、このことにえらく動揺し、慌ただしく兄の手を握ると急ぎ足で退散した、一目散に、アンデションに挨拶もせずに店を抜けて、外の通りへと。

兄は唖然として立ちつくしていた。こんなことは理解できるものではなかった。いったいなんだというのだろう。朝食に誘われただけで駆けていっちまうなんて。なにも怒っていやしないのに。それなのに、駆けていっちまうとは。まったく、肉の塊を投げ与えられて逃げ出す犬がいったいどこにいるというのか。

「なんて変わり者なんだ、あいつは」そう呟き、再びミシミシ、ギシギシと床板を歩測しはじめた。それから書見机のところに向かい、椅子を回してちょうどよい高さにして、そこへよじ登る。この高い位置に座って人より高い視点から、人びととその境遇を眺めるのが習慣である。そして人びとなど取るに足らない存在だと見なすのであるが、その取るに足らなさは、自分の目的に利用するのに程良いくらいでなければならないとも思っている。

第三章　リル・ヤンスの開拓者たち

時計の針は八時と九時のあいだを指していた。麗しい五月の朝である。アルヴィッド・ファルクは兄との一悶着があって、自分自身に嫌気がさし、兄には失望し、なにもかもが厭わしくなってあてもなく道をまっすぐに歩いていた。いっそ曇天で悪友の一人でもいればよかったのにと思う。自分が悪者であるなどと本気で信じてはいなかったが、自分自身に満足もしていなかった。高い要求を掲げすぎるのである。それに兄のことは義父と思うように躾けられていたのでとても尊敬していたし、ほとんど崇拝していたといってもよかった。ほかに考えなければいけないことも頭の中に浮かんできて、それがまた気を滅入らせることになる。金もなければ職もないのだ。後者のほうがたぶん最悪である。することがないというのは実に厄介な敵であり、とめどなく空想をめぐらすくらいしか能がないところなど、まさに今の自分そのものである。

こうしたかなり不愉快な物思いに捕らわれながら、小庭園通りまでやってきた。左側の歩道を道なりに進み、王立劇場前を通り過ぎ、やがてノルランド通りに入る。あてもなくただまっすぐに歩いていくと、次第次第に石畳の凸凹《でこぼこ》も激しくなり、石造りの建物が木造小屋にとってかわる。みすぼらしい服装をした人びとが、上等の服を着てこのような早い時刻にこのような街区を訪れた人間に不審の眼差しをむける。腹を空かせきった犬たちがこの余所者を威嚇するように吠えたてる。砲兵、日雇い、土方、洗濯女や徒弟の一群に囲まれてノルランド通りの最後の一区画を急ぎ足で通り過ぎると、蜜蜂公園大通りにでた。蜜蜂公園に入る。砲兵工廠大将の飼い牛たちがもう餌をせがんでいた。葉のないリンゴの古木がそれでも花をつけようとしている。西洋菩提樹は緑の葉をつけ、リスたちが樹冠の梢で遊んでいる。回転木馬の横を通り過ぎて劇場に通ずる目抜き通りの西端にでた。そこでは授業をふけた男の子たちが釦遊びをしていた。そのずっと手前には草の上に大の字になった塗装工の少年が高く広がった枝葉の隙間から雲を眺めている。親方や職人のことを気にする素振りも見せず、太平楽に口笛なんぞを吹いている。蝿やそのほかの羽虫がブンブンやってきてはペンキ缶の中に飛び込んで溺れている。

ファルクはこの鴨池のほとりの長閑《のどか》な高台にやってきて一息入れた。蛙の変態を観察し、山蛭の生態を調査し、アメンボを捕獲する。それから場所を変えて石投げをしてみる。そうこうしているうちに血のめぐりがよくなったのであろう、自分が若返ったように感じた。授業をふけた生徒のように自由であり、反抗者の自由があると感じた。なぜならこの自由は巨大な犠牲を払って奪い取ったものだからである。自由に気ままに自然と触れあっていられると思うと嬉しくなり、もうどんなごたごたにも心を悩まされなくなった。ただ責め苛むばかりで苦痛なだけの人間たちよりも自然のほうがよっぽど理解できる。それからふたたび立ち上がり、さらに遠く街の外まで足を伸ばすことにした。交差点を渡り、北蜜蜂公園通りにでると、ちょうど向かい側の柵板が何枚か外れていて、その奥に足で踏み固められた小道ができているのが目にとまった。柵をくぐり抜け、イラクサ摘みにきていた老婆をびっくりさせ、現在ではお屋敷街になっているが、このときはまだ大きな煙草畑があったところを踏み分けて、リル・ヤンスの木戸のあるところまでやってきた。

可愛らしく麗しい長屋のあるこのあたりでは、もう春が盛りを迎えていた。三つの小さな家屋からなるこの長屋は周りが花を咲かせたライラックとリンゴの木にぐるりと囲まれて、北風からは反対側の街道沿いに茂るトウヒの森に守られていた。ここには完璧な牧歌的情景がひろがっていた。雄鶏が蒸留用の樽の管にとまって鳴いている。鎖に繋がれた犬が蝿をうるさそうに追い払いながら日向ぼっこをしている。蜂が巣のまわりを雲のように取り巻いている。庭師が温床に膝をついて二十日大根の間引きをしている。ウグイスとツグミがスグリの茂みでさえずっている。子供たちは雌鶏を追い回し、雌鶏はあちらこちらに蒔かれた花の種をついばんでは生長具合を調べでいる。これらすべての頭上には青い空が、背後には黒い森が広がっている。

板で囲われた温床のすぐわきには二人の男が座っていた。一人は黒いシルクハットをかぶり、丁寧にブラシをかけた黒服を着て、顔は青白で細長く牧師のように見える。もう一人は文明に触れた農民といった風情で、脂肪のついた不恰好な体躯をしており、瞼は垂れ下がり、モンゴル人風の口髭をはやしている。さらにはこれ以上はないというほどにひどい身なりをしており、港湾人夫、職人あるいは芸術家――それらどの職業に就いていると云われても通用しただろう。とにかく独特の身の持ち崩し様をしているのである。

痩せっぽちは日が燦々とふりそそいでいるというのに凍えているようであり、太っちょになにかの本の一節を読んでやっていた。一方の太っちょはといえば、すでに地上のあらゆる気候をお試し済みで、どんな天候でも屁の河童といった様子である。

ファルクが柵を抜け広い農道にでると、壁板の向こうから本を読んでいる声がはっきりと聞こえてきた。たとえここで盗み聞きをしても悪さをすることにはあたるまいと考える。

痩せっぽちは乾いた抑揚のない単調な声で読んでおり、太っちょは時折満足の意を鼻を鳴らして表明し、ときには鼻息を荒くして答え、朗読されている知恵のつまった言葉が普通の人間の理解を超えたものになると、仕舞いには罵りに変わる。のっぽが読む。

「『最高の根拠命題は、すでに述べたごとく、三つである。すなわち、一つの絶対的に無限定的なものと二つの相対的に無限定的なものである。Pro prima［第一に］、この絶対的に第一の、純粋に無限定的な根拠命題とは、あらゆる意識の根拠となり、そしてこのことを唯一可能にする行為の表現でなければならぬ。この根拠命題とは、自己同一性、すなわちA即Aである。この命題はあらゆる意識の経験的諸限定を控除したのちにもなお存続し、またいかなる仕方によっても考え除くことが出来ぬものである。さらには、ほかのいかなる経験的事物とも異なり、なんら限定的なものではなく、自由な行為の帰結ならびに内容として全きの無限定的なものなのである』」

「おい、解っているのか」読み手は一旦読むのを止めた。

「ああ、もちろん、甘美だね――『あらゆる経験的事物と同様に、なんら限定的なものではない』――まったくなんて奴だ、もっと読んでくれ」

読み手はつづける。

「『この命題は、これ以上のいかなる根拠もなしに確実であると要請されるので――』」

「そいつはすげえ、なんて如何様《いかさま》野郎だ――『これ以上のいかなる根拠もなしに確実』ときやがった」このありがたい聞き手は横槍を入れて、この『これ以上のいかなる根拠もなしに』でもって自分が理解していないのではないかという疑念をすべて払拭しようとした。「素晴らしい、お見事。たんに『いかなる根拠もなしに』といわないところがにくい」

「おい、オッレ。読んでほしいのか、それとも俺の話の腰を何度も折るのがお望みなのか」ぞんざいに扱われた読み手は問いただした。

「そんなつもりはない、さあさあ、続けてくれ」

「『したがって』と、ここで結論がくる（じつに天晴れだね）。『そもそも何事かを定立するという能力をおのれに帰するのである』」

オッレは鼻息を吹かした。

「『これにより非Aが定立される』（大文字のAだ）『たんにAがAであるというだけでなく、そもそもAが存在し、かつAが存在する限りにおいてである。問題なのはこの命題の内容ではなくして、ただこの形式のみである。命題A即Aとは、したがって、その内容から見れば限定的（すなわち仮言的）であるが、その形式から見れば無限定的なのである』」

「おまえはその大文字のAって奴を見たことがあるのか」

ファルクはもうご馳走様であった。例の恐ろしく深遠な哲学がウップサーラにあるポーランド丘から遙かこの地まで迷い込んできて、首都の無垢な自然を屈服させんとしているのである。リル・ヤンスでこれまでに語られたもっとも深遠な言葉を聞いて、雄鶏は止まり木から落っこちやしなかったか、パセリは生長を止めてはいないか、ファルクは思わず確かめた。このような人間精神の力試しの実演の証人に立たされて、天がなお元の位置にあるというのに驚いた。同時に、人間としてのより低級な性質がおのれの権利を回復し、喉にひどい渇きを覚え、長屋のひとつを訪ねて水を一杯所望することにした。

そういう訳で歩く向きを変え、街から見て道の右側に面している家を訪れることにした。ほったて小屋にしては大きな戸が、旅行用鞄ほどの広さもない張り出し玄関に向けて開け放たれていた。部屋の中にあったのは長椅子寝台が一台と壊れかけた椅子が一脚、それに画架が一脚と二人の人物がいるだけある。一人はYシャツを着て、ベルトでかろうじてとめられているズボンをはいて画架の前に立っていた。職人かなにかのように見えたが、祭壇画の素描に絵の具を塗っているところを見ると芸術家である。もう一人は若い男で見目のよい容姿をしており、このような場所柄からすればかなり上等の服を着ていた。上着を脱いでYシャツをはだけ、立派な胸像の役を画家のためにつとめている。美しく高貴な顔立ちには昨晩の放蕩ぶりが跡を残しており、時折頭をこくりこくりさせては、この若者を庇護においているらしい師匠からその都度姿勢を修正されていた。ファルクが張り出し玄関に足を踏み入れたとき耳にしたのは、そうした叱責のちょうど最後の聴かせどころであったらしい。

「あのぐうたらセレーンと一杯やりにいこうなんてそんな豚野郎だったのか、貴様は。お前は今ここでこうして午前中を潰すんだ、商業学校に行く代わりにな──右肩をちょっとあげろ──そう、そこだ。ほんとうに家賃をみんなすっちまって、それで家に帰れないっていうのか。まったくなにも残ってないっていうのか。一銭も」

「いやあ、たぶん少しならあるよ。でもそれじゃあちょっとばかし足りないんだよ」

若い男は札入れをズボンのポケットから取り出し裏返しにすると、一リークスダーレル紙幣が二枚現れた。

「そいつを俺によこせ。かわりに持っててやる」師匠はそう云って、実の父親がするように取り上げてしまった。

ファルクは頼みを聞いてもらうことを諦め、来たときとおなじくそっと気づかれずに引き返すほうがよさそうだと考えた。そういう訳で、元きた道に戻って堆肥の横を通り過ぎ、哲学者ご両人の傍を抜け、左に曲がりクリスティーナ女王通りに向かった。程なく一人の若い男の姿が目に留まった。森のはじまるすぐ手前に榛《はん》の木が生い茂った窪溜《くぼたま》りがあり、その畔《ほとり》で画架に向かっている。洗練されたスマートでエレガントといってもよい身なりをしており、色黒で顎の細い顔立ちをしている。飛び跳ねんばかりの生命力が姿全体から伝わってくるようで、美しい油絵を前に仕事をしているところである。帽子も上着も脱ぎ捨てて、最高の健康状態と最上のご機嫌でいるらしい。口笛を吹いたり、歌を口ずさんだり、なにやらぶつぶつつぶやいたりしている。

その姿が誰だかわかるほどまで近づいてから、ファルクは声をかけた。

「セレーンじゃないか。おはよう。懐かしいな」

「ファルクか。朋有り遠方より来る、だな。いったいどうしたっていうんだ。昼のこの時間は役所にいるんじゃなかったのか」

「いや、まあね。でも君はこんな外れに住んでいたのかい」

「ああ、四月の頭に知り合いと一緒に越してきたんだ。街中に住むのも高くなってな——家主の連中も物分かりが悪くていけねえ」

賢しげにニヤリと唇の端を曲げ茶色の眼をぎょろりとさせた。

「ふうん。するとむこうの温室のあたりで本を読んでいた連中のこともたぶん知っているんだろうね」ファルクが言葉を継ぐ。

「哲学者たちのことかい。ああ、もちろんだ。背の高いのは年収八十リークスダーレルで競売局の非常勤をやっている。低いのはオッレ・モンタヌスといって本当なら仕事部屋に座って彫刻をしていなきゃいかんのだが、ユーグベリと一緒に哲学をやりはじめてからというもの、今じゃ仕事を放りだして反対方向に一目散さ。芸術とは感覚的なるものである、と発見したんだと」

「それはそれは。でもなにをして食べているんだ」

「今はなんにもしてない。時々あの実際家のルンデルのモデルになっては乾パンを一欠けもらって、それで一日やそこらは生きていけるのさ。それと冬になれば部屋の床に寝かせてもらっている。ルンデルにいわせると、薪が高くて買えなくても『奴がいると少しは暖まる』のだそうだ。ここは四月になっても結構冷えてたからな」

「ノートルダムの傴僂男みたいなのがどうやってモデルになれるんだい」

「ああ、今やっているのは十字架からおろされるキリストの場面なんだそうだ。それで両足を砕かれた強盗の一人になるんだよ。可哀相に、カリエスを患ったことがあるんで、椅子の肘掛けにもたれかかるように仰向けになるとかなり様になるって話だ。それに背中を手前に向けさせれば別の強盗にもなるって寸法さ」

「なんで自分ではなにもしないんだい。才能がないのか」

「とんでもない、奴は天才だよ。ただ働こうとしないだけなんだ。哲学者だからね。それにちょっと本式に習うことができさえすればきっとど偉い男になるぜ。実際、奴がユーグベリと話をしているのを聞くとぶったまげるね。ユーグベリがたくさん読んでいるってのは本当だが、オッレ・モンタヌス、奴ときたらえらく出来のいい頭をしているんだよ。ときにはやり込めちまうことだってあるんだ。するとユーグベリはすたこら退散して、また新しいやつを仕入れてこなけりゃならない。だけど絶対にモンタヌスは本を貸してもらえないんだな」

「なるほどね。ところで君はユーグベリの哲学を気に入っているのかい」ファルクが問う。

「ああ、素晴らしい、実に素晴らしいね。君もフィヒテは好きだろう。いやはや、大した男だよ」

「まあね。でも小屋の中にいたもう二人はどんなやつらなんだい」フィヒテが好きではないファルクは話題を変える。

「そうか、もう連中にも会ったのか。ふむ、一人は実際家のルンデルだよ。人物画家、というよりも正確には教会の看板描きだな。もう一人は俺の友達のレーンイェルムだ」

最後の台詞を自分にはまったくどうでもよいといった調子でいおうとしたが、かえってそれが強い印象をあたえることになった。

「レーンイェルムというのか」

「ああ、とても恰好いい坊やさ」

「なかでモデルをしていたね」

「なんだって。そうか、まったくあのルンデルって奴は。人を利用する術をよくよく心得ていやがる。まったくもって実際的すぎる野郎だ。まあいい、来いよ。いって奴をからかってやろう。こんなところにいてでもできる一等楽しいことだ。それにたぶんモンタヌスが話すのも聞けるだろう。本当に面白いぜ」

モンタヌスなる者の話がこの外の風景に優って魅力があるとも思えなかったが、それでも水を一杯もらうためにセレーンについていくことにして、画架と絵具箱を運ぶのを手伝ってやった。

小屋の中の場面はすっかり様変わりしていた。モデルは壊れたかけた椅子に座らされ、モンタヌスとユーグベリは長椅子寝台に腰をおろしている。ルンデルは画架の前に立って、木製の小さなパイプを貧乏人たちのためにズウズウと吹かしてやっている。近くにいてパイプの香りを嗅げるだけで大喜びなのだ。

参事官補のファルクと紹介されると、早速この機会を逃すまいとするルンデルに捕まって、絵についての意見を聞かせてほしいと頼まれた。それは色彩や線描についてはともかく、題材については少なくともルーベンス風のものと思われた。次いでルンデルは今が芸術家にとって困難な時代であると託《かこ》ち、学院をこきおろし、国内の芸術に無為無策な政府に悪態をついた。いま色を塗っているのはトレースコーラの祭壇画の素描であるが、これが不採用になることは確実と思っている。なぜなら、策や手蔓《てづる》なしにはどうにもならないからである。そう言ってファルクの服装をじろじろと眺めまわし、はてさてこいつは手蔓になりそうかどうかと検分した。

ファルクの登場は哲学者の二人にも別の種類の影響を及ぼした。というのも、この新しく現れた人物に『学のあるところ』を目敏くも見つけだし、それがこの小社会のなかでの自分たちの特権を剥奪するかのように映り、敵愾心を抱いたのである。意味深長な視線が二人のあいだで交わされ、それはすぐさまセレーンの見て取るところとなった。そして自分の友人たちのいいところを見せてやりたいという気になり、またできることなら激しいやりあいを見てみたいという気にもなったので、不和の林檎を摘んできて狙いを定めて投げ入れ、命中させた。

「ユーグベリはルンデルの絵についてどう思うんだ」

ユーグベリはとっさに言葉を発することができなかったので、少しの間考えこまなければならなかったが、おもむろに明瞭な声で次のように答えた。オッレはその間ずっと発言者がシャンとしていられるように、背中をさすってやっていた。

「私の意見によれば、芸術作品は二つの範疇に分けて考えられます。すなわち内容と形式です。この作品の内容について述べますならば、深くかつ普遍的で人間的な内容を有しており、その題材は即自的かつ対自的に、そのものとして豊かであり、そして芸術的生産物として妥当しうるに足るあらゆる概念的規定性を包摂しています。振り返って形式について述べますならば、これは即自的に de facto［通例は］概念を表明せねばならぬものであり、すなわち絶対的自己同一性、実在、自我のことでありますが、私はこの点においてこの作品がわずかにその最適性をみたしていないと認めざるをえません」

ルンデルはこの批評にご満悦であり、オッレはどうだといわんばかりの薄ら笑いを浮かべ天の軍勢を見上げるようであり、モデルは居眠りをし、セレーンはユーグベリが完全な成功を収めたと思った。今やすべての視線がファルクに向けられ、投げつけられた手袋を受け取るかどうかという顔をしている。それが決闘の手袋であることは全員の一致するところである。ファルクは面白がりもしたが、また腹も立てていた。オッレの顔の痙攣が納まるのを見て、それは話を切りだそうとする兆候であったらしいのだが、古いがらくたのつまっている記憶の物置のなかに、なにか使えそうな哲学的空鉄砲が置いてないか探してみた。

「書記官殿は最適性ということでなにをいわんとしているのでしょうか。私にはアリストテレスがその言葉を形而上学のなかで使っているという記憶がないのですが」

部屋のなかは静まり返った。いまここでリル・ヤンスとグスタヴィアヌムとのあいだの覇権が争われているのだと感知された。沈黙は望ましい長さを越える。ユーグベリがアリストテレスを読んでいなかったからで、しかしそのことを認めるくらいなら死んだほうがまだましである。論証を組み立てる頭の回転は早くないので、ファルクに突破された穴がどこにあるのかも発見できない。しかしオッレにはそれができた。投げつけられたアリストテレスを両手でひっつかまえ抱きかかえ、対戦相手に投げ返してみせる。


「オレには学が無い。だが敢えて言わせてもらうが、参事官補殿ははたしてそれで相手の議論を崩したことになるんだろうか。思うに最適性というのは論理的帰結として規定性のかわりに定立されうるのであって、そのようなものとして妥当しうるのではないか。アリストテレスが形而上学のなかでその言葉を述べているといないとに関わらずにだ。みんな、オレは正しいのだろうか。オレには判断がつかん。なにせオレは学の無い男だし、こういったことは参事官補殿のほうがよく勉強しているんだろうからな」

瞼を半分閉じて語りはじめていたのが、語り終わるころにはすっかり閉じられていて、途轍もなく慎ましげな様子に見えた。

「オッレは正しい」部屋中からつぶやきがもれた。

ファルクはウップサーラの名誉を保つためには、ここで強烈な一撃をお見舞いしてやらねばならないと感じた。そこで哲学トランプの手札をささっと切り直し、エースを引き抜いて場に出した。

「モンタヌスさんは大前提を否定なさいました。つまり簡潔にいえば nego majorem［より上のものを認めず］です。よろしい。では私は今一度それでも posterius prius［より下のものは（最後の一線は）］守る責任があるということを説明いたしましょう。すなわち、両刀論法をおこなおうとしたために錯迷してしまい、barbara［第一格ａａａ式］にしたがうべきところを ferioque［第一格ｅｉｏ式］にしたがって三段論法をおこなってしまったのです。すなわち、金科玉条とすべき Cæsare Camestres festino barocco secundo［第二格の格式覚え歌］を忘れ、それゆえその結論は limitativ［限定的］なものになったのです。皆さん、私は間違っているでしょうか」

「まことにご尤も、ご尤も」皆は口をそろえた、論理学など触れたこともない二人の哲学者を除いては。

　ユーグベリは釘に噛みついたような顔をし、オッレは銜《くく》み煙草が目に入ったような顰《しか》め面をした。しかしこちらは明敏な男であったので、対戦相手の戦法をたちどころに見破った。そこで論点には直接答えずに、なにか別のことを話そうと素早く心を決め、記憶のなかからこれまでに学んできたこと聞いてきたことのすべてを引っぱりだし、ファルクがついさっき塀越しに聞いたばかりのフィヒテの学説を要約することからやりはじめた。これが午前中ずっと続いた。

　その間ルンデルは酸っぱくなった木製パイプをふかしながら絵を描いていた。モデルは壊れかけた椅子に座って眠りこけている。頭が次第次第に深く垂れ下がり、十二時をまわる頃には、両膝のあいだに納まる位置まで沈下していた。数学者であればこのままいくと何時何分に地球の中心点に到達するか計算することができたであろう。

　セレーンは窓を開けた窓枠に腰をかけて満足げな顔をしており、可哀相なファルクはといえば、例のぞっとしない哲学が早く終わってくれることを夢見ながら、哲学の銜み煙草を拳《こぶし》一杯口に詰め込まれて、論敵の右を見ては左を見て目を回していた。もしもこのとき、次第次第に椅子の一番脆い部分に重心を移しつつあったモデルが、派手な音をたてて椅子をバラバラに壊さなければ、その責め苦は果てしなく続いていたであろう。ルンデルはここぞとばかりに床に転げ落ちた男爵に向かって、飲酒の悪癖とその遺憾とする結果について非難しはじめた。これは当人にとってもほかの人たちにとってもということらしいが、実のところこの場合、自分にとって利益にならないと言いたいらしい。

ファルクはなにが起きたか分からずきょとんとしている若者を助け起こそうと思ったが、それよりみんなの一番興味をひきそうな話題を大急ぎで提起するほうが先であった。

「皆さん今日のお昼はどこで食べるのですか」

すると部屋は静まり返り、蠅がブンブン飛んでいる音も聞こえるほどになった。五人全員の爪先をいっぺんに踏んづけてしまったことがファルクにはわからない。はじめに沈黙を破ったのはルンデルで、レーンイェルムといつもとおなじ付けの利く『大鍋』で食べるつもりだと答えた。セレーンは料理が気に入らないのでそこで食べるつもりはないが、とくにどこでとはまだ決めていないと言い、同時に、いったいどんな嘘だと問いかけるような落ち着きのない視線をモデルに向けた。ユーグベリとモンタヌスは『することがたくさんある』ので、『服を着替えて街にでる』ことで『一日を無駄にしたくない』のだそうで、そのかわりその辺でなにかを調達するつもりだと言う。しかしそれがなんであるかまでは言わずじまいであった。

それからお出掛けの仕度をはじめたわけであるが、とはいっても外の庭の古い噴水で手と顔を洗うだけのことである。セレーンはしかし洒落者であるので、長椅子寝台の下に新聞紙の包みをしまってあり、その中からカラー、カフス、レースの衿飾りを取りだした。ただしすべて紙製である。それから噴水の開口部の前に長いこと膝をついて、ある女からもらったという濃緑色の絹の紐ネクタイを首に巻き付け、髪を妙な風に撫でつける。さらにゴボウの葉っぱで靴を磨いて上着の袖で帽子をはたき、釦穴にムスカリの花を挿し、肉桂のステッキを取りだすと仕度完了である。レーンイェルムはすぐこられるのかとのセレーンの問いかけに、まだ数時間は駄目だとルンデルは答えた。レーンイェルムのデッサンを手伝ってやらなければならないし、いつも十二時から二時のあいだに自分はデッサンをすることにしているからだという。レーンイェルムはセレーンを好ましいと思っており、一方、ルンデルには否定しきれない反感を抱いていたので友人のセレーンと別れるのは嫌であったが、従順なのでルンデルの言うことに従った。

「なんにせよ晩には『赤い部屋』で会えるさ」慰めるようにセレーンが言葉をかけると、これにはみな一同に、哲学者たちも道徳家のルンデルまでもが賛成した。

街への道すがら、セレーンは友人のファルクにリル・ヤンスの開拓者たちに関する様々の身内話を披露した。曰く、セレーン自身は芸術についての意見の相違が原因で学院と縁を切った。自分に才能があることは疑いないし、どんなに遅咲きであったとしても、それに勲章をもらわずに名を成すことがいかに困難を窮めるものであったとしても、いずれは成功するはずである。立ち塞がっている障碍にはまた生来のものもある。生まれがハッランドの森のない海辺であり、そこで学んだのはそうした自然のなかにある雄大で素朴なものを愛することなのだが、ところが世間や批評家の最近の好みときたら細密なもの、つまりはちまちましたもときている。だから絵が売れない。ほかの連中とおなじように描こうと思えばたぶんできるが、しかしそんなことはしたくない。

一方のルンデルは端的に言って実際的な男である——セレーンはこの実際的という言葉をいつもある種の軽蔑を込めて使っていた——世間の趣味と望みに阿《おもね》って描いている。それでいて鬱屈するということがない。なるほど学院を離れたかもしれないが、それも密かな実際的な理由があってのことであり、それにいまはうろうろしてそのように語ってはいるが、実のところ縁を切ってなどいやしない。挿絵入り雑誌に描いてなかなかいい暮らしをしているし、大した才能があるわけでもないが、手蔓を頼ったりとりわけ策をめぐらすなどして、たぶんいつの日か成功するだろう。そうした手管を学んだのはモンタヌスからなのだが、計画を立案するのはモンタヌスでも、それを実現して成功をおさめるのはいつもルンデルのほうなのだ。ところでこのモンタヌスって奴は——天才だ、ただし救いがたく実際的でない。

　レーンイェルムはノルランドの北の方にある金持ちの旧家の息子である。父は大荘園を相続したが、それもついには手放す羽目になり管財人の手に渡っている。いまではこの老貴族もかなり貧しくなっていて、願いといえば息子が過去の教訓に学び管財人となって、一家にふたたび財産を取り戻してくれることである。だからいまこの息子は商業学校に通って農場経営学を学んでいるわけだが、それが嫌で嫌で仕方ないらしい。人のいいぼんぼんで、ちょっとおつむが弱いものだから、あの狡猾なルンデルめにいいように使われている。ルンデルときたら自分の道徳と庇護を勝手に押しつけておいて、その報酬を現物で取り立てるのに遠慮がない。

　ところでそのルンデルと男爵は仕事に取りかかっていた。つまり男爵がデッサンをしているあいだ、師匠は長椅子寝台に横になりその仕事ぶりを監督する、要するにパイプを吹かしているのである。

「一所懸命やれば俺が昼飯を食いに『真鍮釦』に連れていってやる」ルンデルは散財から救い出してやった二リークスダーレルにすっかり気を大きくして約束した。


　ユーグベリとオッレは森の丘に登って昼は寝て過ごすことにした。オッレは先ほどの勝利に嬉々として、ユーグベリは鬱屈していた。弟子に先を越されたからである。その上、足は冷えるし、いつになく空腹である。食事についてあれこれ話したことで、騙し騙しにしてきた感覚が目を覚ましてしまったのである。それにこの一年間というものそれが満たされたことなどただの一度もなかった。トウヒの木陰で寝ることにする。ユーグベリは一度たりともオッレに貸そうとしない貴重な本を、しっかりと紙に包んで頭の下に敷いて隠すと大きく伸びをうった。そして死体のように蒼白に、復活の望みを捨てた死体のように冷たく静まりかえる。頭上では小鳥たちがトウヒの新芽をついばみ、食べ残しの鞘を降らせてくるのが見える。ハンノキのあいだでまるまる太った牛が草を食《は》んでいるのが見える。庭師の台所の煙突から炊事の煙が立ち上っているのが見える。

「おい、腹はへっていないか」力のない声でオッレに尋ねた。

「いいや」とオッレは物欲しそうな眼差しを驚嘆すべき本にむけて答える。

「俺も牛だったらなあ」ユーグベリはため息をつき胸の上で指を組み合わせ、すべてを慈悲深く包んでくれる眠りにおのれの魂をゆだねた。

　弱々しい寝息がすっかりと規則正しいものになったとみるや、目を覚ましていた友人は眠っている友人を起こさぬよう、ゆっくりと、そおっと本を引き抜いた。それから腹這いになってその貴重な内容を貪るように飲み込みはじめ、そのあいだは真鍮釦のことも大鍋のことも忘れていた。

第四章　人と犬

それから数日が過ぎた。カール・ニコラウス・ファルクの二十二歳になる妻は寝台のなかで――立派な寝室に据えられたマホガニー製の寝台である――ちょうど珈琲を飲み終えたところである。時刻はまだ十時にしかなっていない。夫は朝の七時にはもう家を出て、桟橋でリンネルの品定めをしていた。しかし、家風にも家訓にも背くことにもかかわらず、この若妻がこれほど遅くまで勝手気ままに寝ていられるのはどういう訳か。それはなにも夫がそんなに早くは帰ってこないだろうと高を括っているからではない。どうやら家にこびりついているあらゆる家風や家訓を破ることが楽しみらしいのである。結婚してまだ二年にしかなっていないが、しかしそれでもこの古く保守的なブルジョアの家に徹底的な改革を施すには十分な時間であった。まったくなにもかもが、女中にいたるまで古かったのである。事を遂行するための権力については、夫の愛の告白に恩寵を授けるがごとく承諾の返事をあたえた際に取得済みであった。つまりは神のお恵みによって、六時には叩き起こされ一日中働かされっぽなしのあの憎むべき家から解放されたのである。婚約期間も有効に活用した。すなわちそのあいだに、夫の側から一切の干渉を受けず個人的事柄に関しては自由で束縛されない生活を送ってもよい、とのありとあらゆる保証をかき集めてしまった。これらの保証はなるほど恋の病を患った男が与えた約束から成り立っているにすぎない。しかし、その婚約者のほうはまったくの正気であり、集めたものは残さず記憶のなかに記帳していた。一方で夫のほうは、子供のできなかった二年間の結婚生活の後、妻が好きなだけ寝ていてもいいとか寝台で珈琲を飲んでもいいとか、その他諸々の契約については忘れがちであった。おまけに、吹き溜まりから拾い上げ地獄のようなところから救い出してやったのは自分だとか、そのための犠牲を払ったのも自分だとかいうことをいけずうずうしく言って聞かせるようになっていた。妻の父は荷方船団の甲板長で、だからこの結婚は玉の輿だったのである。いま寝そべって思案しているのはこうした類の糾弾にたいしてどうやって答えてやるかということであるが、いまの夫と知り合ってからというもの、出来のよい悟性が酩酊した感覚に曇らされたことなど一度としてないので、相変わらずまったくおなじやり口を踏襲しており、しかもそのやり口に熟達していた。そういう訳であるから夫が朝食に帰宅してきたことを告げる合図の音も嬉々として聞いたのである。すなわち、まず食堂に通ずる扉が次々と叩かれ、同時にものすごい唸り声が聞こえてくる。すると妻は頭を毛布につっこんで忍び笑いを押し隠す。足音が控えの間の敷物から聞こえるようになると、帽子を取るのも忘れて寝室の扉口で怒り狂っている夫の登場である。妻はそちらに背中を向けたまこれ以上ないという猫なで声で呼びかける。

「あら、野暮助ちゃんなの。お入りなさい」

野暮助ちゃんというのは愛称であって、これでは夫の権威も形無しであるが、頑として扉口に踏みとどまって叫んだ。

「なんで朝食の支度ができていないんだ。おい」

「女中に聞いてくださいな。支度をするのはあたしでないの。それにどうか部屋にお入りになるときには帽子をおとりになって」

「ワシの縁なし帽はどこへやった」

「燃しました。まったく油ギトギトなんですもの、あなただって恥ずかしかろうと思って」

「燃やしただと。まあいい、それについては後だ。なんで女中の面倒もみずに昼になるまでごろごろしている」

「気分がいいから」

「ワシは家のことをなにもしようとしない妻と結婚したとでもいうのか。おい」

「ええ、そのとおりじゃない。それになんであたしがあなたと結婚したと思うの。それについてはもう何千回も言ったはず——働かなくてもいいから。で、それをあなたは約束してくれたのよ。それとも約束しなかったとでもいうの。名誉に誓って言えるのかしら、してないって。ならあなたもそんな男だったたってことね。ほかの男たちとまったくおなじ」

「ああ、ああ、あの時はな」

「あの時は、ですって。いったい何時《いっ》よ。誓いは永遠のものではないの。それとも誓いのなされた季節に限るとでもいうの」

夫にはその論理の微動だにしないことが分かりすぎる程よく分かっていた。それに妻が上機嫌でいることは、似たような場面での女の涙とおなじ効果がある——つまりは折れたのである。

「ところで今晩客人を迎えたいんだが」別の用件を切り出すことにした。

「あら、そう。結構ね。男の方」

「もちろんだ。ワシは女には我慢ならん」

「まあ。それでお買い物はご自分でなさったんでしょうね」

「なにを言っとるか、おまえがやるんだ」

「あたしが。嫌です。お客様のためのお金なんてありません。それに家計費をたまのおもてなしのために使うなんて金輪際ありませんから」

「なんだと、その金でおまえはちゃらちゃらしたものやそのほかろくでもないものを買っているだろうが」

「あなたのためにあたしのしていることがろくでもないことだっていうの。なら喫煙用帽子だってろくでもないものってことになるんでしょうね。それに部屋履きだってろくでもないんでしょうね。どうなの。正直に答えて」

答える側にとって、答えても壊滅的打撃が返ってくるようにしかならない問い方をする、このことは常日頃心懸けていることであり、しかもこれは夫から学びとったことである。そういう訳であるから、問われた方としては壊滅的打撃など望むところではないので、矢継ぎ早に新しい話題を取り上げないわけにはいかない。

「今晩客を呼ぶのにはちゃんとした訳があるんだ」身振りをまじえて力説する。「古い友人のフリッツ・レヴィーンが十九年勤めてようやく郵便局の常勤になれたんだ——昨晩の官報に載っていたんだよ。まあしかし、おまえの気に入らんというなら、この件に関してはもういい。ワシはいつだっておまえのいいようにしてやってるんだ、そうだろう。レヴィーンとそれに学士のニューストレームだけを呼んで下の事務所でやることにする」

「あら、そう。あのぐうたらレヴィーンがやっとこさ常勤にねえ。それってずいぶんと結構なことじゃない。これであなたがお貸しになっていたお金もたぶん、みんな返ってくるわね」

「ああ、そうだとも。ワシもきっとそうなるとふんでいる」

「でもなんでまたあんなぐうたらや、それにあの学士みたいのとつき合っているのよ。あの人ときたらろくに着るものもない正真正銘の一文無しじゃない」

「まあ、まあ、ワシもおまえのことに首を突っ込まないんだ。ワシの好きにさせてくれ」

「あなたが下でお客さんをお迎えになるんでしたら、あたしも上にお客さんを呼んでも構わないわね」

「ああ、好きにしろ」

「じゃあ野暮助ちゃん、こっちにきてちょっとばかしお金をくださいな」

野暮助はこの結果にあらゆる点において満足し、喜んで命令に従った。

「いくらいんるんだ。今日はそんなに持合せがないぞ」

「もちろんよ、五十でいいわ」

「気でも狂ったか」

「気でも狂ったか、ですって。いいから言っただけください な。夫が外でたらふく食べているってのに、妻が飢え死にするって法はないわ」

和平条約が締結され、両者はお互いに満足して別れた。外で食べることになったが、家の不味い朝食を食べなくともよくなった。上でひどい晩餐を食べさせられることも、女どもに煩わされることもなくなった。独身時代が長かったので、そうしたことには我慢できないのである。その上、良心の痛みを感じる必要もなくなった。そんなものを感じることがあるとすれば、妻を一人ほったらかしにしておいたときくらいであろうが、その妻のほうから自分も今晩客を呼んで羽を伸ばしたいと言ってきたのである——五十リークスダーレルの価値があるではないか。
夫が出ていくと、妻は呼び鈴を鳴らして家政婦を呼びつけた。この家では皆様七時にご起床なさいますと、この家政婦に宣言されていたので、今日のところはこのくらいで勘弁してやろう、とようやく寝台の占拠を諦めたのである。それから紙と筆をもってくるように命じ、真向かいに住んでいる会計監査官夫人のホーマンさんに次なる招待状を書いた。

『エベリューンへ

今晩紅茶でも飲みにいらしてください。例の『女性の権利をもとめて』のための協会の規約のことを話し合いましょう。バザールやお芝居なんかをするのもいいんじゃないかしら。この協会が実際にできればいいとほんとうに心から望んでいます。あなたがいつもおっしゃっているように、深い欲求です。考えるだけでわたしもほんとうに深い欲求を感じます。女王陛下がご臨席くださるなんてことがあるかしら。そしたらわたしが真っ先にお目通り願いたいです。まずは十二時にわたしのところにいらしてください。それからベリエンにでもいってココアでも飲みましょう。うちのひとは出かけていません。

エウゲニーより

追伸　うちのひとはいません』

それから起きあがり、十二時に間に合うよう服を着て仕度をはじめた。

おなじ日の夕方。東通りはすでに薄暮につつまれ、ドイツ教会の鐘が七時を告げていた。フェルケン横丁のほうからは、微かな陽光がまだ溢れていて、ファルクのリンネル商店を照らしている。アンデションがちょうど店を閉めたところである。事務所の内側から

は鎧戸がおろされ、ガスランプが灯されている。部屋はきれいに掃除され、きっちりと片づけられていた。扉のわきには首に赤色や黄色のキャップシールを巻いた瓶の入った籠が二つ、誇らしげに立っている。銀紙や、なかにはシルクの紗《しゃ》をかぶったものまで見える。床の真ん中には白い卓布《たくふ》の敷かれた食卓があり、その上には東インド製の大鉢と腕のたくさんついた重厚な銀製燭台がそびえている。そして床の上をカール・ニコラウス・ファルクがうろうろしていた。黒のフロックコートを身にまとい、厳かで、しかしまた嬉々としているようにも見える。気分良く一晩を過ごしても罰が当たらぬだけのことをした。この費用をもったのは自分であるし、準備したのも自分である。女たちに煩わされることもなく悠々自適でいられる。客に呼んだのも、たんなる気遣いと礼儀正しさだけでなく、少しはそれ以上のものを示すように要求して構わない性質《たち》の者ばかりである。まあ確かに二人だけかもしれないが、大勢の人間は好むところではないし、なによりその二人は友人であった。信頼でき、犬のように気がおけず、従順で、気立てがよく、いつもお追従をしてくれて、けっして歯向う気色をみせない。なるほど財産に見合った交際をすることもできるし、実際、父の代からの古い友人が招待してくれるので年に二回はそうしたつきあいもしている。しかし正直に言えば、そこで愉快にやろうにもファルクの性質はいささか横柄でありすぎるのである。それはともかくとして、時刻は七時三分過ぎだというのにまだ一人の客も現れていなかった。ファルクは次第にいらいらしはじめる。動員をかけた人間は時間どおりに配置につくものと思っているのである。しかしこのときは、目も眩むばかりに配膳された光景が麻薬のように作用して、郵便局書記係のフリッツ・レヴィーンが現れるまでの最後の数分間をなんとか癇癪を起こさずにやり過ごすことができた。

「今晩は、ファルクさん――うわっ、すごい」外套を脱ぎかけて立ち止まり、眼鏡を外して豪勢な品の数々に驚きのあまりひっくり返らんばかりの驚嘆の声をあげてみせる。

「七腕燭台に洗礼盤まで。いやはや、これは驚いた」

そして瓶の入った籠を見てはさらに歓声を上げる。

このよくよく稽古してきたらしい愉快な台詞をわめきながら外套を脱いだ中年の男は、ここ二十年くらいのあいだに一般的となった現代的下級役人といった風で、口のまわりから頬にかけてぐるりと髭を生やし、髪は七三に斜めの線を入れて分けていた。死体のように蒼白で、経衣《きょうえ》のように薄っぺらで、服は上等のものを着ていたが、歯の根が合わぬほど凍えているように見え、どこか貧乏神に取り憑かれているようなところがあった。

ファルクは尊大な態度でぞんざいに出迎えた。下の者から向けられる追従を軽蔑しているようでもあり、やってきた男に友人としての親密さを示しているかのようでもあった。任官のお祝いになにか相応しいことを言ってやるために、父が市民歩兵団の終身大尉であったことを語ってやるのがよかろうと考えた。

「ふん、終身官殿をお迎えするっていうのは気分のいいもんじゃないか。おい、ワシの父も終身大尉だったが……」

「お言葉を返すようですが、私はただ任命されたというだけでして」

「ふん、任命された官吏も終身官もまったく同じものだろう。ワシに教えをたれようっていうのか。おい、ワシの父は終身大尉だったが……」

「ご尤もで」

「ご尤もだと。なにがご尤もだ。ワシが嘘をついているとでもいうのか。おい、どうなんだ。本当はワシが嘘をついているとでも言いたいんだろう」

「とんでもない、勘ぐりすぎです」

「ならワシが嘘をついていない、と認めるんだな。ならオマエは終身官だ。まったくなにをつまらんことをぐだぐだと言っとるんだ。ワシの父は……」

血の気のない顔をした男は全身をがたがたと震わせて、すでに事務所に入ってきたときから復讐の女神の小隊に追い立てられているようであったが、ついに庇護者に向かって突撃していった。宴会がはじまるまえに審判をさっさと済ませ、あとは心安らかに楽しみたいとの決意を固めて。

「お助けを」溺れかけている人のように呻き声を上げ、胸ポケットから一枚の借用証書を取りだした。

ファルクはソファーに座り、アンデションを呼んで瓶をもってこさせると、ポンチを作りはじめた。それからおもむろに真っ青になっている男に応じる。

「お助けを、だと。ワシが助けてこなかったとでもいうのか。もう何度も何度もワシから金を借りていったではないか。返しもせずに。おい、どうなんだ。ワシが助けてこなかったとでもいうのか。いったいなにが言いたいんだ」

「ええ、ええ、わかっていますとも。これまでしていただいたご恩を忘れたことなど一度だってありません」

「ならどうしてだ。常勤になったんじゃなかったのか。そうだろう。ならなにも言うことなしだ。そうしたら万事よくなるはずじゃなかったのか。そうしたら借金だってみんな返せるし、新しい生活がはじまるんじゃなかったのか。ワシはそのはずだともう十八年間も聞いてきたぞ。ふん、給料はいまいくら貰っているんだ」

「千二百リークスダーレルです。以前は八百でした。でも聞いてください。終身官になるのに百二十五かかり、年金に五十とられ、合計百七十五もってかれました。それを取り返すすべはありません。でもそればかりじゃないんです。最悪なのは債権者たちがやってきて給料の半分を差し押さえてしまったことです。だから以前は八百あったところを、いまじゃあ六百リークスダーレルでやっていかなけりゃならないんです。これが十九年間も待ち続けてきたことだなんて、まったく常勤になるっていうのは有り難いことですよ」

「ふん、だがなんで借金なんか作ったんだ。借金など作るものではないな。けっして、借金など、作るものではない」

「何年もの間たかだか数百リークスダーレルの下賜金《かし》でやっていけるならですよ」

「ならそんなところで働くべきじゃないな。ともかくだ、そんなことはワシの知ったことではない。ワシの、知った、ことではない」

「今回限りということで署名してはいただけませんか」

「こんな場合のワシの主義はよく知っているだろう。断じて署名などせん。この話はもう仕舞いだ」

レヴィーンはこの手のことで拒絶されるのは慣れっことみえ、おとなしくなった。ちょうどそのとき学士のニューストレームが入ってきて、うまい具合にこの会談は中断となる。現れたのはどこか素性の知れない外見をした、年齢不詳の味も素っ気もない人物である。職業もまた不明であり、どこか南のほうの学校で教師をしているとのことであったが、しかしどこの学校かはだれも問うものがいなかったし、またそれを語ろうともしなかった。ファルクとの交際における使命は、まず第一にだれかほかの人がいる席で学士殿とその肩書きで呼びかけられること。第二に唯々諾々と礼儀正しくしていること。第三にときどきお金を借りにくること。といってもせいぜいが五つばかしといったところで、これは金を借りに来る人がいるということが、もちろんはした金であるわけだが、ファルクの精神的要求に適うためである。そして第四がお祝いの席で詩を捧げることで、これは数ある使命のなかでもけっしてないがしろにはできぬものである。

さて、カール・ニコラウスが座っているのは革張りのソファーの真ん中である。司令部の将校たちが取り巻く、あるいは犬たちが群がると言ってもよいだろう、そのソファーが自分のものであることを忘れさせないようにするためである。レヴィーンにはありとあらゆるものが豪勢であると思われた。ポンチ、グラス、杓子、葉巻（まるごと一箱暖炉の炉棚から運んできたものである）、マッチ、灰皿、瓶、コルク栓、瓶口の針金――それらすべてが。だから満ち足りた表情を浮かべ、口をつぐんだままでいた。話すのはほかの人の役目で、ただ自分はなにかあったら証人として呼びだされるためだけにこの場に必要とされていることを、この学士はわきまえているのである。

まずファルクが杯を掲げ飲み干す――誰のために、そんなのは誰の知ったことでもない。しかし学士は本日の主役のためだろうと思い、そこで持参した詩をさっと取りだし『常勤職員になりし日を記念して、フリッツ・レヴィーンのために』と読み上げはじめた。

するとファルクが激しい咳の発作に見舞われ、おかげで朗読は邪魔をされ、一番冴えていたくだりもすっかり台無しにされてしまった。しかしニューストレームは利口な男であり、こうした事態も予見していたので、実際に言われたことがあったとしてもおかしくないほどの、よくよく考えられた見事な真実を挿入してあった。曰く、『カール・ニコラウス・ファルクなかりせば、フリッツ・レヴィーン、いずこの空をか屋根に戴《いただ》く』。ファルクが常勤になった友人にたびたび小金を貸し付けてやっていたことを巧みに匂わすこの一句には咳止めの効果があり、おかげで最後の一節はずっと聴き易くなった。ところがこれがまったく露骨にレヴィーンを褒め称えるものであったから、この失態のせいでまたもやせっかくの調和は崩壊寸前となった。ファルクは、恩知らずという名の酒がなみなみと注がれた盃を空けでもするかのように、グラスを飲み干すと、言った。

「今日はいつもの冴えがないな」

「まったくで、あの三十八歳の誕生日の折のやつのほうがよっぽどよかったですな」レヴィーンは話をどうもっていけばよいか心得ていたので加勢する。

なにかの企みが心の奥底の隠し所に潜んでいるのではないか、ファルクは探るように一瞥してみたが、あまりに自信家なのでなにも見つけられない。そこで話に乗ることにした。

「まったくだ。ワシもおなじことを思っていた。あれはこれまで聞いたなかでも一番の出来だったぞ。活字にしてもよかったくらいの冴えがあった。いっそ活字にしてもらったらどうなんだ。ところであれはもちろん諳《そら》んじているんだろうな、おい、どうなんだ」ニューストレームは記憶力が悪かった。それとも本当のことを言えば、慎ましさと趣味のよさに対してそんな荒っぽい暴力を振るうには、まだまだまったく飲み足りないと思っていたのである。それで、またの機会にしてくれるよう頼んだ。しかしファルクはこの無言の反抗に気分を害し、回れ右をするには勢いもつきすぎていたので、頑として聞き入れようとしない。それに確か、そのときの写しをどこかにもっていたのではないか。札入れ《さつい》のなかを探してみる。すると、はっはあ、あった、あった。みずから朗読することを禁ずるような慎ましさなど持ち合わせてはいない。すでに何度もしていることであるし、ただ他人が読んでくれたほうがなおよいというだけのことである。可哀相な犬はお座りをしたまま、ただただ鎖を噛むばかりである。本来この学士は繊細な性質の持ち主であった。しかし人生という金のかかる贈り物を人手に渡さず管理しつづけるためには粗野でなければならなかったし、実際なかなか堂に入った粗野ぶりでもあったのである。人生の機微に触れるあらゆるものを暴露し、それが他人事で自分と関わりのないかぎりは、三十八歳の誕生日に関わること、この集いへの仲間入りのこと、教育や養育にまつわる一切合切を嗤いものにした。たとえその対象が触れるのも嫌だと思わずにはいられない類いのものであったとしても。しかしいまここで進行していることは自分の人格に関わりがある訳で、いやはや、なんとも素晴らしいことではないか。朗読が終わるとファルクは大喜びで乾杯の音頭をとり、その杯は何杯も重ねられた。正気を保っているにはあまりに酔い足りないと感じられたからである。

それから食卓が整えられ豪勢な晩餐が運び込まれた。牡蠣、鶏肉、そのほか数々の旨い物である。ファルクは食卓の周りをうろうろして、小皿に盛られた料理の香りを嗅いではいくつかを下げさせ、英国産黒ビールは冷えているか、ワインはそれぞれ適温になっているか確かめる。さあ次は犬たちが務めを果たし太鼓持ちを演じてみせる番である。すべての舞台が整うと、主人は金時計を取りだし手にとって眺めながら、答える側にはもううんざりするぐらいにお決まりの例の戯れた質問を、まるでその場で思いついたかのようにしてみせる。

「諸君らの銀時計では何時かな」

この問いかけに程良い笑いを含んだお約束の答えを返すことは、もっとも神聖な義務とされている。「手前どもの時計は時計屋に預けてありまして」。このまったく期待どおりの返答を聞いてファルクは輝くばかりの上機嫌になった。

「八時には家畜に餌をやらんとな」

そう言って席につき取り皿を三枚取りだすと、自分に一枚取り、おなじようにするように他のものたちにも配った。

「ワシははじめるぞ、おまえたちが手をつけようとしないからな。ここでは無礼講だ。たらふく詰め込め、坊主ども」

こうして餌の時間がはじまった。カール・ニコラウスはさほど空腹というわけではなかったので、ほかの者たちの食べっぷりを鑑賞する時間がたっぷりあった。ど突いたりどやしたりしては、どんどん食べるよう相手のことなどお構いなしに勧める。ガツガツとした食べっぷりを見て、無限の善意を湛えた微笑みがこぼれんばかりの陽光となって色白の顔に広がる。それが大いに健啖な様子を見てのことなのか、それともあまりに飢えた様子を見てのことなのか、そのどちらにより大きな喜びを感じているのか判ずることは難しい。御者のごとくに構えて舌打ちしては鞭を入れる。

「ニューストレーム、もっと食え。またの機会がいつになるかわからんだろう。書記官も詰め込んでおけよ。太股にもっと肉をつけんとな。なんだ牡蠣は気に入らんのか。そっちのおまえの口には合わないようだな。どうした、もう一つどうだ。ほら、そこのおまえだ、おまえ。なに、もう食えんだと。なんたる言い種だ。見ろ、まだ半分も食っていないじゃないか。ビールも飲まんか、坊主ども。おまえには鮭をもっとだ。もう一切れ食えと言っとるだろ。食えと言っとるんだ。いくら食ったって懐は痛まんだろうが」

鳥が切り分けられると、カール・ニコラウスはなにやらあらたまった面持ちで赤ワインを各々のグラスに注ぎ、客たちは演説がはじまるのではと身構えて、一時休めをする。主人は杯を掲げて香りを味わうと、ひどく真面目な面持ちで歓迎の挨拶を述べる。

「雌豚どもに乾杯」

ニューストレームは乾杯とありがたく杯を掲げて飲んだが、レヴィーンはグラスに手をつけず懐中のナイフの切っ先を研ぐようにみえた。

晩餐が終わりに近づく頃には、レヴィーンにも料理と飲み物のおかげで力が湧いてきたようで、ワインの酒精が乗り移り、なにやら怖じ気を知らぬ独立心のようなものが頭をもたげてくるのを感じ、自由を渇望する気持ちが目覚めてきた。声には張りが戻り、言葉には自信があふれ、なにものにも気兼ねせず振る舞うようになった。

「葉巻を一本貰おう。上等のやつだ。こんな湿気たやつはご免だぜ」と命令をくだした。

カール・ニコラウスはこれを良くできた冗談だと受け取って、従った。

「今晩は弟さんがおられないようだが」何気なさを装ってレヴィーンが言った。

その声にはどこか不幸を予感させるような、脅かすような響きがあった。少なくともファルクにはそう感じられた。弱気になっていたのである。

「うむ」短く答えるが、どこか覚束無い。

レヴィーンは次の一撃を放つまで少し間合いを取ることにした。謂うところのお家の事情に首を突っ込むことは、レヴィーンがもっとも稼ぎにしている生業の一つである。家々のあいだを行き交い噂を媒介し、ちょっとした不和の種をあちらこちらに蒔き、それからおいしい仲裁役を買ってでるのである。こうすることによって恐るべき影響力を手中に収めており、ほしいときに人びとを人形のように操ることができた。ファルクもまたこの嫌らしい影響力を感じ、それから自由になりたいと望んではいたが果たせずにいる。レヴィーンは実によくひとの好奇心を刺激するつぼを心得ており、実際に知っている以上のことを言外に臭わすことで、ひとが秘密にしていることまで聞きだしてしまうのである。

ともあれいま鞭を手にしているのはレヴィーンであり、目の上の圧制者を操ってやろうと誓っていた。まだ宙にひと振るいしただけであるが、ファルクは一撃を覚悟した。そこで話題を変えようと試みる。酒を勧めてみた。すると今度は、飲んでくれた。レヴィーンはますます顔面蒼白に体は冷たくなる一方であったが、しかし酔いがまわってくる。いまがこの生贄を嬲《なぶ》りにかかる頃合であった。

「奥様にも今晩はお客様がおられるようですね」なんでもないように言う。

「どうやって知ったんだ」ファルクは狼狽《うろた》えて問い返す。

「なんだって知ってますよ」レヴィーンは答え、歯を見せてニヤリとする。ついさっきもそれとおなじ仕草をしてみせたばかりであった。金策に駆けずり回る範囲が広がるにつれて、人が集まるあちらこちらのレストランやらカフェやらに足繁く通う必要に迫られてきた訳であるが、そこで実に多くのことを、ファルクの仲間内で口に上る話からほかの人びとの間で交わされている世間話まで、なんでも仄聞《そくぶん》しているのである。

ファルクは実際怖ろしくなってきた。なぜかは知らぬがこの迫り来る危機を防ぐことができれば僥倖にすぎると感じた。そこでこの相手を丁重に扱い、下手に出さえしたのであるが、レヴィーンはますます図に乗るばかりであった。とうとう主人に残された道は一席ぶつことのみとなっていた。これほど大量の料理とワインを食らうことができたのは誰のおかげか、はっきりと思い起こさせるのである。一言でいえば、本日の主役を称えるのである。ほかに出口はない——確かに弁の立つほうではないが、やるしかない。大鉢の縁を叩き、グラスを注いでまわり、その昔父が自分の独立の折《おり》にしてくれた演説を思い出しながら、起立し、きわめてゆっくりとはじめた。

「お集まりいただいた皆さん。ワシはこの八年間というもの一人でやってきた。まだ三十は越えていなかった時分からだ」

座った状態から立った状態へ移行したために、血のめぐりが急激に逆流して頭付近に集まってきたものだから、すっかり迷乱してしまった。それにレヴィーンの嘲るような視線が追い打ちをかける。まったく我を忘れてしまい、三十という数がなにか途轍もなく巨大に思えて、びっくりする。

「ん、三十と言ったかな。ワシが言いたかったのは、ええと、いや、ちがう。とにかくだ、父のもとで当時ワシは丁稚奉公を、ええと、何年も、しておった。正確に何年であったかといえば、ええと、よく思いだせんが、ちょっと今は、そこまでは。ええい、とにかくだ。その年月にワシが体験したこと見聞したことを繰り返せば長くなる。なにせ人一人の生涯だからな。おまえらおおかたワシのことを利己的な奴だと思っているんだろうが……」

「謹聴」ニューストレームは疲れた頭を食卓にもたれさせて呻く。

レヴィーンは唾を吐きかけるように演説者に向かって煙を吐きだす。

ファルクはもうすっかり酔っぱらっていたので、話し続けはするが、視線は自分でも把捉《はそく》できなくなった遠くの目標を捜して彷徨《さまよ》っている。

「人間って奴は利己的なんだってことぐらいワシらは皆知っておる。そうだろう。ワシの父は、ワシが独り立ちしたときに、今ワシがしたのとそっくりおなじ話をワシのためにしてくれたんだが……」

ここで演説者は例の金時計を取りだして鎖から外した。

二人の聴衆は目を見開く。レヴィーンに記念の品として呉れてやろうというのであろうか。

「その折に、この金時計を譲り渡してくれたんだ。だから、これを父から譲られた年はといえば、ええと」

ふたたび戦慄すべき数字に遭遇して飛び退《し》さる。

「この金時計は、いいか、ワシが貰ったんだ。それに一度だって、ええと、動きを止めたことがなくて、今考えているのは、だから、これを貰ったときのことなんだが。おまえらおおかたワシのことを利己的な奴だと思っているんだろうが、そうだろう。だがワシはそんなんじゃないぞ。確かに、自分のことを語るっていうのは褒められたことじゃないんだろうが、しかし、だ。こうした席では、ちょっとばかり振り返って、ええと、過ぎ去りし日々の事どもを顧みるのが当たり前ってものだろう。ワシはほんの少しばかり身の上話をしたいだけなんだ」

レヴィーンのことも、本日の趣旨のこともすっかり忘れ果てて、もはやこれが独身時代最後の宴だと思い込んでいた。ふと、弟と対面し勝利をおさめた朝の一幕が頭に浮かんできた。ここであの勝利について語りたいという気持ちがぼんやりと芽生えてくる。しかし奴を悪者だと証明してやったという事実以上の細かなところまでは思い出せない。証明の道筋はきれいさっぱり記憶から抜け落ちてしまっていた。残っているのはただ二つの構成要件だけである。弟と悪者と。これらを結びつけようとしてみるが、しかしバラバラのままである。——脳味噌を絞りに絞っていると、ぴょんと転がりでてきたのは別の絵であった。なにかこれまでの人生で高邁であったところを語って聞かせねばならないのであるが、思い出したのは、今朝妻に金をやったこと、好きなだけ朝寝坊させてやっていること、寝台で珈琲を飲むのを許してやっていること、である。しかしそれではこの場にそぐわない。困った状況に置かれていることに気づく。辺りに生じた沈黙と、ずっとこっちを観察していた二つの鋭い視線に怖れを感じて正気にかえる。時計を手に持って立っている。なんだこの時計は。どこからやってきたんだ。なんで奴らはこんな陰気なところに座っていて、ワシは立っているんだ。そうだ、そうだった。奴らにこの時計についての話をしてやっていて、奴らは続きを待っているんだ。

「この時計はだ、なるほど、なにもたいした時計ってわけじゃない。たんにフランス製の金時計というだけの話だ」

銀時計の元所有者たちは大きく目を見開く。そいつは初耳だ。

「軸受け石だってたったの七つしかついておらんだろうし、それに、まったくたいした時計なんかじゃない。それどころか、ひどい時計だと言ったっていいくらいだ」

頭で考えてもわからない原因不明の怒りがこみあげてきて、なにかに当たり散らさずにはおれなくなった。机に時計を叩きつけて叫ぶ。

「この、おんぼろ時計め。やい、フリッツ、ワシが話しているときは話を聞け。ワシを信じておらんのだろう。答えろ。下心のありそうな顔をしやがって。ワシの言うことを信じておらんのだろう。おまえの目を見ればワシの言うことを信じておらんことぐらいすぐに分かるぞ。ワシには人を見る目があるんだ、おい、フリッツ、ワシはおまえの保証人にもう一度なることだってできるんだ。おまえが嘘をついているか、それともワシが嘘をついているか、どっちかだ。いいか、ニュースストレーム、よく聞け。もし、ワシが、偽の証書を作ったら、ワシは悪者か」

「もちろん、あんたは悪者にきまってる」ニューストレームは間髪入れずに答える。

「そうか、うむ、そうだろう」

レヴィーンがなにか偽の証書を作ったことがあったかどうか、あるいはそもそもなにかの証書を作ったことがあったかどうかすら、思い出そうとしたが思い出せなかった——つまり、事態は悪くなる一方であった。レヴィーンは厭気がさし、この生贄が正気を失って、せっかく準備していた一撃を味わうだけの力も残さなくなることを怖れた。そこでファルクお得意の冗談を真似て幕を引いてやることにした。

「老いぼれの悪者に乾杯」

そして笞杖《ちじょう》を振るう。すなわち、新聞を一部取り出して冷たい刺し殺すような口調でファルクに訊ねる。

「『民衆の旗』は読みましたか」

ファルクはそのゴシップ紙をじっと見つめ、押し黙ってしまった。避け難き事態がついに訪れようというのか。

「愉快な記事が載っていましてね。『官給局』についての」

ファルクは顔面蒼白である。

「弟さんがそれを書いたって噂です」

「嘘だ。弟は醜聞記者なんかじゃない。断じて弟なんかじゃないぞ。貴様だろ」

「ところが残念ながら責任をとらされたのは弟さんのほうでして。役所から追い出されたらしいですよ」

「嘘をつくな」

「嘘じゃありません。そういえば最近、真っ昼間だというのに真鍮釦で与太者と一緒にいるのを見ましたよ。坊ちゃんもああなっちゃ、お気の毒様と言うしかありませんな」

このことは、実際のところカール・ニコラウス・ファルクの身に起こりうることのなかでも最低最悪であった。名誉を汚されたのである。自分の名が、そして父の名が、由緒あるブルジョアの一族が築いてきたことのすべてが無にされたのである。もしこれが妻の死を告げ聞かされたのであったとしたら、事態にはまだ救いがあった。無駄な出費もなくなるというものである。あるいは友人であるレヴィーンやニューストレームが偽造の咎《とが》で逮捕されたと聞かされたところで、つきあいなどなかったと、たんにしらを切ればよいだけのことである。外で一緒のところを見られていないのだから容易《たやす》いことだ。しかし弟との血のつながりをなかったことにすることなどできやしない。弟の所為《せい》で名誉を汚された、これは事実である。

レヴィーンはこの話を告げ知らせることができて格別の満足感を覚えていた。というのも、ファルクときたらお得意の罵りのような激励の言葉を弟のいる側ではけっしてかけないくせに、そのくせ友人たちのまえでは弟が役所勤めをしていることを褒めそやすのがつねであったからである。

『ワシの弟は参事官補なんだ。ふむ。なかなか頭のいいやつでな。いいか、そのうちきっと出世するぞ』と、こうした間接的な侮辱をのべつ聞かされていたものだから、レヴィーンはいいかげん頭にきていたのである。書記と参事官補のちがいなどろくに説明できもしないくせに、そのあいだに決定的な越えられぬ溝があるかのように語るのでなおさらであった。

レヴィーンはみずから手を下すことなく目の覚めるような復讐を果たすことができた。あまりの安値で買い取れたので、鷹揚に慰め役を買ってでる余裕すらあったほどである。

「まあ、そんなに怖ろしく深刻に受け取ることではありませんよ。新聞記者といったって人であることに変わりないんですし、醜聞といったってたいしてひどいものじゃありませんから。個人を中傷しているわけじゃないんで、醜聞というにもあたりません。それにたいそう愉快な書きっぷりで、とても才気があると町中の評判になっていますよ」

慰めの最後の言葉がぐっさり突き刺さり、ファルクの怒りが爆発する。

「奴はワシの名声に泥をぬったんだ、ワシの、名前に。明日からどうしたら取引所に顔を出せるっていうんだ。連中になんと言われるか、知れたもんじゃない」

連中とは言ったが、考えているのは実は妻のことである。玉の輿であるという引け目を払拭してくれるこの出来事に大喜びするにちがいない。妻がおなじ地位につくようになる、そう考えただけで気が狂いそうになった。癒しがたい人間嫌悪にとらわれる。まだしも不義の子の父親でいるほうがましというものであった。それなら父権を行使して勘当を申し渡してやれば少なくとも無関係だと言い張ることもできる。あとはそれっきりである。しかし兄弟の間柄であってみれば、そんなことができると聞いた例しがない。

もしかすると名誉を汚すことになった原因の一端は自分にあるのかも知れない。弟の進路選択に際してなにかその性根をねじ曲げるようなことをしてしまったのではないか。もしかするとあの朝の一悶着が、あるいは経済的困窮のなかに放っておいたことが、このことを引き起こしてしまったのではないか。ワシのせいか。ワシが招いたのか。ちがう。ワシはなんら疚《やま》しいことなどしておらんぞ。ワシは潔白だ。尊敬を受けていたし名声もあった。ワシは醜聞記者なんかじゃないし、道を踏み外したことだって一度もない。そうだ、胸ポケットにはワシが真心のある親友であることを証明してくれる紙が入っているではないか。ついさっき学士が朗読してくれたじゃないか。そうだ、そうなのだ。席について酒を飲む。がぶ飲みする。べつに良心の疚しさを麻痺させるためにではない。そんな必要はない。なんら不正なことをしていないのだから。ただ憤激を鎮めるためにである。しかしそれも役に立たなかった。怒りは沸騰し、側にいた者がそのとばっちりをくらった。

「飲め、この、ごろつきども。そこで眠りこけている豚野郎もだ。レヴィーン、おまえは友達なんだろう。

奴をたたき起こしてやれ。そら、やれ。やるんだ」

「誰にむかって怒鳴っている」侮辱されたレヴィーンは怒気をはらんだ声で言い返す。

「もちろん貴様にだ」

机を挟んで二つの視線が交差し不穏な空気が漂う。ファルクは我を忘れた人間をもっと見たいという衝動に駆られ、学士の頭の上に杓子で掬《すく》いとったポンチをなみなみと注ぎ、Yシャツの衿までびしょびしょに濡らしてやった。

「やめろ、やめないか」レヴィーンは断固として威圧するように言った。

「誰だ、このワシを留め立てしようなんていう奴は」

「私だ。この私だ。そんな人様の服を台無しにするような不埒なまねは私が許さない」

「人様の服、だと」ファルクは嗤った。「これが人様の服か。これはワシの上着ではなかったかな。ワシがくれてやったものではなかったかな」

「もうたくさんだ」レヴィーンは吐き捨て席を立ち、帰ろうとした。

「ほほう、もうお帰りかな。たらふく食って、もうこれ以上は飲めんとみえる。つまり、今晩のところはワシもお払い箱というわけだ。五つばかり借りたくはないか。どうだ。貴君にちょっとばかし金を貸してやる栄誉をワシに与えてはくれんかな。それともかわりに署名をしてやろうか。おい、署名だぞ」

『署名』という言葉に、レヴィーンは耳をそばだてる。待てよ、こんなに荒《すさ》んだ心の状態であってもファルクのやつに一泡吹かせてやろうと思えばできるのではないか。そう考えると気分はすっかり柔和になった。

「まあ、まあ、そんな邪推するような言い方はやめてください」会話の仕切り直しである。「私だって恩知らずってわけじゃありません。それにあなたの善良さはどれほど讃えたとしても讃えすぎることにはなりません。私は貧乏だ。本当に、あなたがなったこともこれからなるはずもないほどに貧乏だ。それにあなたが想像すらできないほどの辱めをうけてきた。けれどあなたのことはいつだって友人と思ってきたんだ。この僕が友人という言葉を使うのは、心からそう思っているからだ。君は今晩飲んでいてそれで気が立っているんだろうし、だから理不尽なんだ。けれども皆さん、僕はカール・ニコラウス氏ほど善良な心の持ち主はいるものでないことを保証します。僕がこのことを言うのはこれが初めてのことではない。僕は今日の君の心遣いに感謝します。つまり、ここで振る舞われたご馳走の数々や大量に用意された上等のワインが僕のためにだと考えてよいならですが——とにかく、ありがとう。君の杯をいただこう。カール・ニコラウス君に乾杯。感謝を。心からの感謝を。もちろん君は僕の感謝なんかが欲しくてしたわけじゃない。けれど心に留めておいてください」

感動に（感覚の運動である）うち震えた声で読み上げられたこの台詞の効果はてきめんであった。ファルクはおのれを善良だと感じた。善良な心の持ち主であるとあらためて再言してくれたではないか。ファルクはそれを信じた。今や酔いは感傷の段階に到達していた。お互い肩を寄せ合い、代わり番こにお互いのよいところを語っては、世の冷たさを託ち、お互いの厚情をどんなにありがたく思っているか、どれほどそれに酬《むく》いたいと思っているかを語り合った。手と手をとり合う。ファルクは妻のことを、どれほど妻によくしてやっているかを語り、あるいはまた、己れの生業がどれほど無味乾燥なものであるか、自分に教養が欠けていることをどれほど気にしているか、どれほど人生をしくじってきたのかを語る。十杯目のリキュールを飲んだ頃にはすっかりレヴィーンに気を許し、本当は聖職の道を歩み、できれば宣教師になりたかったのだと打ち明ける。場はますます精神的になっていくばかりである。レヴィーンは亡くなった母のことを、母の死と埋葬について語り、報われない愛の話や、仕舞いには『誰かれ構わず話すことはない』という宗教的意見まで開陳するにおよぶ。今や宗教の段階である。時計の針が一時、二時を指してもまだ続き、ニューストレームはそのあいだ食卓につっぷしたまま眠りこけている。事務所のなかは煙草の煙の帷《とばり》に包まれ、ガス灯の明かりも鈍くなる。七腕燭台の七つの火はみな燃え尽き、食卓は見るも哀れな有様であった。グラスのいくつかは脚が欠け、汚れた卓布のあちらこちらには葉巻の灰が落ち、床の一面にはマッチの燃えかすが散らばっている。内窓の鎧板《よろいいた》の隙間からはもうすでに朝日が射し込んできて、細長い光線となって紫煙の雲を貫き、アウグスティヌスの信仰告白の改竄《かいざん》に勤《いそし》む二人の信仰義人たちを照らし、そして両人のあいだに敷かれた卓布の上にカバラ信者の影を映し出している。もはや話す声はガラガラで、脳味噌は絞り尽くされ、言葉はますます空疎なものになり、ひっきりなしに熱を送ろうとするが、膨張は収縮に転じ、なお陶酔の高みに登ろうと躍起になるが、陶酔境はゆらゆらと遠くに霞むばかりであり、精神は逃げ去り、無意味な言葉だけが依然として垂れ流されているが、やがてその最後の焔も消えようとしている。脳味噌は鞭打たれる叩き独楽のように気の毒なほど酷使され、へとへとになって倒れてしまい、もはや起きあがる力は残っていない。たった一つのことしか考えられなくなっていた――もう帰って寝なければ、それとも、もうおまえらにはうんざりだ、一人きりになりたい。

ニューストレームが起こされる。レヴィーンはカール・ニコラウスと抱擁を交わし、葉巻を三本ポケットにつっこむ。いささか高くまで上りすぎていたので、いまさら駆け下りて借用証書の話を蒸し返すわけにもいかない。別れの挨拶を交わし、客たちを送り出すと――主人はようやく一人きりになった。鎧板を上げると日の光が射し込んでくる。窓を開けると新鮮な空気が大船泊から細い横丁を吹き抜けて流れ込んでくる。横丁に面した家並みの片側を、昇ってきたばかりの太陽が照らす。教会の鐘が四時を打つ。この可愛らしい不可思議な鐘の音を聴く者は悩み事やあるいは病のために寝つかれぬ床のなかで、朝を渇望して過ごす気の毒な者たちだけである。喧噪と、汚れと、喧嘩の小路であるさしもの東通りもこのときばかりはひっそりと清らかに静まり返っている。ファルクは我が身をひどく不幸に感じた。名誉を汚された上に孤独であった。窓を閉め鎧板を下ろし、振り向けば惨状がひろがっている。後片付けをはじめる。葉巻の吸い殻をすべて拾い集め、暖炉に捨てる。卓布を取り去り、はたきをかけ、埃をおとし、それぞれのものを元あった位置に戻す。顔と手を洗い髪を梳かす。その姿を警官が見つけたならば、殺人者が犯した行為の痕跡を消しているところだと思ったであろう。しかしそうこうしている間もあることを考えつづけていた――明晰に、決然と、そして整然と。部屋を片づけ、身だしなみを整え終わった頃にはある決意が生まれていた。それは長年にわたってずっと温めつづけてきたことであったが、今こそ実行に移されるべきであった。一族が被った汚名を雪《すす》がねばならない。出世して人びとの口に乗る有力者にならねばならない。新しい生活をはじめるのである。名誉を回復すべき名があり、その名をさらに高らしめねばならない。昨晩のうちに受けた一撃から立ち直るためには大きな情熱が必要になるだろうと感ずる。長らく微睡《まどろ》んでいた名誉心が揺すり起こされ、このとき準備完了となったのである。

　今やまったくの素面《しらふ》であった。葉巻を一本点け、コニャックを一杯やり、上のねぐらに戻る。静かにそっと、妻を起こさぬように。

第五章　出版人のもとで

アルヴィッド・ファルクは手始めに有力者のスミスを訪ねてみることにした。ところでこのスミスといういかにもアメリカ風の名前は、子供の頃この偉大な国に小旅行したことがあって、それでアメリカ的なものならなんでも賛美するようになったことに由来する。千の腕を持つ男として畏《おそ》れられており、ものの十二ヵ月もあればどんなに酷い三文文士でも一廉《ひとかど》の作家に仕立て上げることができる。その手法は周知のところとなっていたが、しかし真似をしようというものは皆無であった。類を見ないほどの厚かましさが要求されるからである。この男の腕に絡めとられた作家はもう名を成したも同然と思ってよい。だからスミスの周りには名も無き作家たちが群をなしている。その力がどれほど抗しがたいものであるか、そして読者も批評家もお構いなしにいったいどうすれば人を世に送り出せるのか、一例を挙げればおおよそ以下に述べるとおりである。それまで一度も物を書いたことのないような若い男が一篇の不出来な小説を書いて、スミスのもとへ原稿の持ち込みをしたことがある。スミスはたまたまその第一章が気に入って――その先を読むことはけっしてないのであるが――世間にもう一人新しい作家がいてもいいのではないかと思った。本が出版される。裏表紙の惹句《じゃっく》はこんな風である。《『血と剣』グスタフ・フェーホルムによる長編小説。この作品は将来を約束された若い作家の手によるもので、その名はすでに長いことその筋では広く知られ、また高く評価されてきたが、云々……人物造形の深さ……明晰さ……力強さ。小説好きの読者諸氏に自信をもってお薦めするものである》。この本は四月三日に店頭に並んだ。四月四日には首都でよく読まれている新聞『灰色外套』に書評が載る。スミスはそこの株を五十ばかり所有しているのである。書評は次の言葉で結ばれていた。《グスターフ・フェーホルムといえばすでに一廉の作家である。その名を聞けば十分だ。我々はこの作品を小説愛好家のみならず、小説家にも広く推薦するものである》。四月五日には首都のあらゆる新聞にこの本の広告が載り、以下の惹句が引用されていた。《グスターフ・フェーホルムといえばすでに一廉の作家である。その名を聞けば十分だ》（灰色外套）。

同夕刻、まったく読まれていない『清廉《せいれん》の士』にある書評が載った。その中ではこの本が似非《えせ》文学の見本として語られ、グスタフ・フェーブロム（評者の意図的な綴り間違いである）とはどこの馬の骨かと面罵《めんば》されていた。しかし『清廉の士』は読まれていないので、この反対の声は聞き届けられなかった。首都のそのほかの各紙は、誉れ高く影響力もある灰色新聞と反対の評価をして角突き合わせるような真似はしたくなかったし、かといってスミスに靡《なび》くのも癪なので、当たり障りのないところでお茶を濁した。グスタフ・フェーホルムなる男も一所懸命に働けばやがて名を成すことができるかもしれないと考えたのである。

数日の間は静かであった。しかし新聞という新聞には広告が載り、『清廉の士』には太文字で、喧伝されていた。《グスターフ・フェーホルムといえばすでに一廉の作家である》。するとそこへ一本の短信が某シェーピング萬報にひょっこりと現れ、若い作家に冷淡な首都の新聞各社に食ってかかった。熱《いき》り立った通信員は最後に書く。《グスタフ・フェーホルムはとにかく天才である。独断的な石頭の反対意見など問題ではない》。

翌日にはふたたびあらゆる新聞に広告が載り、喧伝される。《グスターフ・フェーホルムといえばすでに一廉の作家である》等々（灰色外套）。《グスタフ・フェーホルムは天才である》（某シェーピング萬報）。スミスが発行している雑誌『我が国』の最新号の裏表紙には次のような広告が掲載された。《大変に評判の作家グスタフ・フェーホルム氏が本誌次号に新作の短編小説の執筆を約束してくれた。このことを我々の多くの読者諸氏にお知らせできることは、大きな喜びである》等々。そしてまた新聞広告が打たれる。クリスマスが来る頃には年鑑『我が国の人びと』が出版され、とうとうその作家の項目に紛れ込んで名前が挙げられるほどになっていた。オルヴァール・オッド、タリス・クヴァリス、グスタフ・フェーホルム、他多数。事実が残る。すなわち、はや八ヵ月目にしてグスタフ・フェーホルムは一廉の作家と成りおおせたのである。では読者は、いったい読者はどこにいるというのか。ところがこれがどうこうできるものではないのである。どうしたってその名前を知ることになる。本屋に入って本を手に取って見るまでもなくどこかでそれを読まないわけにはいかない。古新聞を手にすれば、かならずそこには広告が載っている。生活していればどんな環境にいようとも、いつかどこかで紙切れに印刷されたその名前と出会《でくわ》さないわけにはいかない。奥様方は毎土曜日に買物籠に敷いてある紙の上でそれを目にし、女中たちは食料品店から家の中へそれを配達し、下男たちは道に落ちているそれを拾い上げ、旦那方は寝間着のポケットにそれを突っ込んでいる。

スミスのその強大な権力を知るので、この若い作家も大教会坂に建つ社屋の薄暗い階段を上っていくときに、言いようのない重苦しさを覚えないわけにはいかなかった。長い間待たされ、極めて不愉快な考察に身を委ねていると、扉がバタンと開け放たれ、絶望を顔に浮かべた若い男が紙の束を小脇に抱えて外へ飛び出していった。ファルクは震えながらその恐るべき人物の待つ奥の間に足を踏み入れた。脚のない長椅子に座り、神のごとく穏和でいて泰然とした雰囲気をまとい、灰色の鬚髯《しゅぜん》を蓄え、青い縁なし帽を乗せたその男は平穏そのものといった様子でパイプを薫《くゆ》らせており、とても今しがた一人の人間の希望を打ち砕いたようにも、運のなかった男を追い払ったようにも見えない。

「ようこそ、こんにちは」

親しげに頷き、神の眼差しで新参者の服装を検分し、きちんとしていることを認めたが、しかし椅子に掛けてよいとまでは言わなかった。

「ボクの名前は、その、ファルクといいます」

「聞かない名前ですな。お父上はなにをしておいでですか」

「父はもう死にました」

「ふむ、お亡くなりになりましたか。よろしい。それで、私が貴君になにかしてあげられることがありまかな」

　貴君と呼びかけられた男は、胸のポケットから一束の原稿を取りだし、スミスに差し出した。しかし、スミスはおなじように座ったまま見向きもしない。

「ふむ、それを活字にしろと。韻文の詩ですか。ほほう、それはそれは。ところで全紙一枚を印刷するのにいくらかかるかご存知ですか。なんと、ご存知ない」

　ここで物を知らぬこの人間の胸にパイプの柄を突きつける。

「貴君は名のある人物ですか。いいえ。貴君はなにかに抜きんでていますか。いいえ」

「この詩でアカデミーから賞賛の言葉をいただきました」

「どこのアカデミーですか。人文学協会ですか。あの黒曜石の石器目録をせっせと出版している。ふむ」

「石器目録、ですか」

「ええ、そうです。貴君もよくご存知でしょう、人文学協会については。下のストレンメンの博物館にあるやつですよ。ふむ」

「ちがいます、スウェーデン・アカデミーのほうです、取引所にある」

「ああ、そう。ステアリン蝋燭のほうでしたか。五十歩百歩ですな。それがなんの役に立つのか、わかる人間なぞ誰一人おりませんから。誰一人としてです。いいですか、名が売れていなければ駄目なんです。テングネルだとか、エンロンシュレーゲルだとか、とにかく、我が国には多くの大詩人がいます。いまここで思い出すことはできませんが、しかし、名が売れていなければ駄目なんです。ところで、ファルク氏。ふむ、だれかファルク氏を知っている人がおりますか。少なくともわたくしは存じ上げません。多くの大詩人を知っているわたくしがです。ついこの前も友人のイプセン君に、わたくしは君付けで呼んでいるんですよ、なあ、イプセン君、なにか僕の雑誌に書いてくれないか、いくらでも払うから、と頼んだんです。そうしたら、書いてくれました。わたくしは支払いましたよ。もちろん、その分の儲けは得ています。ふむ」

　この若い男はすっかり打ちのめされて、床に隙間でもあれば入り込んで身を隠したくなった。イプセンを君付けするような男の前に立っているのである。原稿を取り返し、つい先ほどの男とおなじように外へ逃げ出してしまいたい。そしてどこか遠くの適当な深さの水路に身を投げるのだ。スミスにはその心情が手に取るようにわかったらしい。

「ふむ。貴君はしかしスウェーデン語が書ける、そう思います。それに、我が国の文学についてもわたくしなどよりよっぽどご存知だ。ふむ、よろしい。わたくしには考えがあります。ずっと昔のことです、グスタフ・エリクソンだか、その娘のクリスティンの時代に、ふむ、まあ、どちらでもよろしい、偉大な素晴らしい宗教的著述家たちがいたと聞いたことがあります。その中に一人、名のある、いや大変に名のある人がいたと記憶しています。たしか神の創り給いし作品という偉大な韻文詩を書いていたのではなかったでしょうか。そう、ホーカンという名前でした」

「スミスさんがおっしゃりたいのはハークヴィン・スペーゲルのことでしょう。それに『神の創造と安息』です」

「ああ、そう。ふむ。それを出版しようと思うんです。我が国民は今日、宗教を熱心に追いかけまわしています。わたくしはそのことに気づきました。そこで、その方々になにか差し上げなければなりません。確かに以前ヘルマン・フランケとかアーントとかを出版したこともあるのですが、しかし例の大福音協会がこちらよりも安く売っているんです。そこで今度はわたくしが良い品をお得なお値段で出版したいんです。この件を引き受けてはもらえませんか」

「しかし、版を新たに出版するというだけであれば、ボクはなにをすればよいのかよくわからないのですが」はっきり嫌だと断れないファルクはそう答えた。

「あれあれ、なにもご存知ないとみえる。もちろん編集と校正をやってもらうんですよ。では合意ですね。貴君が出版をする。いいですな。ではちょっとした契約書をこしらえましょう。著作集は分冊で出版すること。いいですな。では契約書を。そこにあるペンとインキを取ってください。ふむ」

ファルクは従った。反対などできるものではない。スミスが書き、ファルクが署名する。

「これでよし。一件片づきました。では次です。その書棚にある小さな本を取ってください。三番目の棚です。それです。さて、これを見てください。ある小冊子です。題はDer Schutzengel［守護天使］。ふむ。どうです、この扉絵は。天使と碇《いかり》と船が描かれています。縦帆船《じゅうはんせん》だと思います。海上保険の社会生活全般に与える恩恵がどれほどのものかはもちろんよく知られています。誰しも一度くらいはなにかしらその大小を問わず船便で送ったことがあるでしょう。そうではありませんか。ふむ。するとすべての人に海上保険の需要があることになります。そうではありませんか。ふむ。ではすべての人がこのことを洞察しているでしょうか。いいえ。するとこのことを知らない者の蒙《もう》を啓《ひら》くことは知る者の義務ではありますまいか。ふむ。我々は知っています。貴君とわたくしは知る者です。では我々は知らしめるべきでしょう。この本で扱われているのは、荷物を船便で送るときには誰もがそれに保険をかけるべきであるということです。しかしこの本の書き手はえらい下手糞です。ふむ。それではもっと上手く書き直すべきでしょう。そうではありませんか。貴君がわたくしの雑誌『我が国』に十頁の短編小説を執筆する。わたくしはただそこに『トリトン』という名前を入れるというご了解を貴君からいただきたいだけです。これはわたくしの甥っ子が設立した新しい会社の名前でして、わたくしも一肌脱ぎたいと考えているんですよ。身内の者は大事にしないといけませんからね、そうではありませんか。ふむ。『トリトン』の名はきっかり二度、出してください。多すぎても少なすぎてもいけません。しかも、そっと気づかれぬ程度にです。ご了解いただけましたか」

ファルクはこの依頼された仕事になにか抵抗のようなものを感じたが、どの提案にも不正は見あたらなかったし、なにより影響力のある男の下で仕事ができるのである、万事即決で、なんの苦労もなく。だから有り難く受けることにした。

「貴君は定形をご存知でしょうな。わたくしのところでは一行三寸半、これを三十五寸列《なら》べてもらいましょう。一頁は三十二行です。ふむ。ではちょっとした契約書をこしらえましょうか」

スミスが契約書を書き、ファルクが署名する。

「ふむ、これでよし。ところで貴君のことですからスウェーデンの歴史についてもよくご存知でしょうな。今度はあちらの、あそこの書棚にあるやつを頼みます。そこに一枚の複製版があるでしょう。木版のやつです。右の方。ふむ。そのご婦人が誰だか貴君にはわかりますか。なんでも女王ということらしいです」

ファルクははじめただの真っ黒な板以外の何物にも見えなかったが、徐々に何か人間の顔かたちらしきものがあるのに気づいた。そしてウルリーカ・エレオノーラだろうと答えた。

「わたくしもそう言いませんでしたかな。ホッホッホ。ところがこの板切れは英国のエリザベス女王であるとされて、アメリカの大衆文庫の一冊に載っていたものなんですよ。それをわたくしはその他のガラクタと一緒に二束三文で手に入れました。そこで今度はこいつをウルリーカ・エレオノーラにしたてて、わたくしの農民文庫に入れようと思うんです。わたくしどもにはよい農民衆がおりましてね、これがわたくしの本を本当によく買ってくれるんですよ。ふむ、そこで、です。貴君にはその文章を書いて欲しいのですが」

内心ではなにか非常に不快なものに触れられたような感じがしたのであるが、ファルクの繊細で見識ある良心をもってしても、そこになにか本当に不正と呼べるようなものを見つけることはできなかった。

「ふむ。ではまたちょっとした契約書をこしらえましょう。小さい判で十六枚、行は二寸半で二十四行。では」

そしてまた書いた。ファルクはこの謁見が終わったように思われたので、これまでずっとスミスの尻に敷かれていた原稿を返して欲しいような表情をした。しかしスミスはそれを手放そうとはせず、すぐというわけではないが多分そのうち読むだろうから、と釈明した。

「ふむ、貴君は時間の貴重さを知る物分かりのよい人のようだ。ついさっき、やっぱり詩を携えた若者がここに来ましてね、まあ、箸にも棒にも掛らないような長大な韻文の作品でしたよ。ふむ、わたくしがいま貴君にしたのとおなじ申し出をしましたら、あなた、なんと言ったと思います。口にするのも憚《はばか》られるようなことをわたくしにしてくれと頼んできたのですよ。まったく、それだけ言うと、駆けていっちまいました。あれはもう長くはありませんな、あの男は。それでは、それでは。ホーカン・スペーゲルのことも頼みましたよ。ふむ、それでは、それでは」

スミスがパイプの吸口で扉を指したので、ファルクは辞することにした。

足取り軽くというわけにはいかなかった。上着のポケットに入れた木版は重く、おかげで身体は地面に沈み込みそうになり、何度となく引き返そうと思った。スミスに向かって口にするのも憚られることを言ってのけたという、原稿を抱えたあの青白い若い男のことを考えた。すると自分にもなにか矜恃《きんじ》のような思いが頭を擡《もた》げてくる。しかしその昔両親から授けられた戒めと忠告が脳裏に浮かび、職業に貴賤なしという言い古された嘘が姿を現し、己れの傲慢さを咎め立てる。ここは分別をわきまえて、家に帰りウルリーカ・エレオノーラを四尺書くことにした。

家を出たのはまだ明け方であったので、九時にはもう書き物机についていた。大振りのパイプ一杯に葉を詰め、二枚の全紙を折り畳み、鉄筆の筆先を整え、ウルリーカ・エレオノーラについておさらいをすることにした。エーケルンドとフリュクセルの歴史書をひろげる。ウルリーカ・エレオノーラの項目にはたくさんのことが載っていたが、肝心の当人についてはほとんどなにも書かれていない。九時半にはあらかた絞り尽くしてしまっていた。いつ生まれ、いつ死に、いつ登極《とうきょく》し、いつ退位し、両親の名前はなんといったか、誰と結婚したのか、書き留めた。まるで教会戸籍簿の模範的な抄本である。これでは三頁を埋めるのがやっとで、つまり、残るはたったの十三頁である。一つ、二つとパイプをくゆらす。まるで大海原に巣くう世界蛇でも釣り上げんとするかのように、筆でインキ壺の中を掻き回してみるが、なにひとつ浮かんでこない。なにかその為人《ひととなり》について述べ、ちょっとした性格描写をしてやらねばならない。そこで判決を言い渡す必要がでてきたわけであるが、それでは褒めるべきであろうか、それとも貶すべきであろうか。この問題にさしたる関心も抱けなかったので、時計が十一時を指すまでいずれにすべきか決心がつかなかった。結局、貶すことにする。四頁目の終わりまできた。あと十二頁。もしもここに適宜《てきぎ》な助言があったなら金《かね》に糸目をつけずに買っただろう。女王の統治について語ろうとするが、そもそもこの女王は統治などしていないので語るべきことがない。そこで枢密院について書く。一頁。あと十一頁。イェッツの名誉を救ってやって、一頁。これであと十頁。まだ半分にも達していない。なんと憎たらしい女だ。パイプに新しい葉を詰め直し、別の鉄筆に持ち換える。時代を遡り、過去を振り返ってみる。すると腹立たしいことに、かつて理想としていたカール十二世をこきおろす羽目になった。しかし、それもあっという間に済んでしまい、たったの一頁が追加されたにすぎなかった。残り九頁。今度は時代を下ってフレードリク一世をやっつける。半頁。恨めしげな眼差しで手許の紙に視線を落とす。折り返し地点が見えているが、とてもそこまで辿り着けそうにない。しかしながらエーケルンドがたったの一頁半で済ませたところを七頁と半頁弱も書いたのである。木版を床に投げ捨てる、箪笥の下に蹴り込む、四つん這いになって引っ張り出して、塵を払い、机の上に立て直す。なんたる苦行。心は柘植の版木同様に涸れきっていた。なんとかして心にもない意見を練り上げようとし、亡くなった女王を偲ぶいくばくかの気持ちを見つけようとするが、板に刻まれた退屈な表情といったらない。まるで自分が木版になったのを見るような印象を受ける。ここにいたっておのれの才能の無さを自覚した。絶望し、尊厳を踏みにじられたように感じた。しかしこれこそが別の道と引き替えに選んだ道なのである。ふたたび分別を取り戻し、守護天使に取りかかることにする。これはもともと『ネロイス』というドイツの会社のために著されたものであった。内容をかいつまんで記せば以下のとおりである。アメリカへ移住したシュロス夫妻は、そこで大きな財をなした。物語の都合上、夫妻はまったくもって実際的でない人たちとされており、その財を高価な品々や宝石類にして、あろうことか、より確実に一切合切を失い何一つ残らぬようにするために、それらを前もって海路で送ることにした。選ばれたのはヴェリタの一等汽船ワシントン三百二十六号で、この汽船は船体基底部の外壁を銅板で覆い、水一滴も透《とお》さぬ隔壁を備え、さらにはドイツの大海上保険会社『ネロイス』の四十万ターレルにもなる保険が掛けられていた。ふん。シュロス夫妻は子供たちを連れてホワイト・スター・ラインの一等汽船ボリヴァー号で旅立ち、そしてリヴァプールにまで到着した。海運会社には一千万ドルの基金があり、汽船にはやはりドイツの大海上保険会社『ネロイス』の保険が掛けられていた。航海は続く。スカーゲン岬まで到達した。当然のことながらそれまでの航海中ずっと天候は素晴らしく空は青く澄み切っていたのであるが、危険なスカーゲン岬にさしかかるやいなや、これまた当然のことながら嵐が吹き荒れはじめた。船舶は難破し、生命保険が掛けられていた両親は溺れ死に、救助された子供たちはこうして総額千五百ポンドを受け取ることになった。当然のことながら子供たちは大喜びをして、保険金と両親の遺産の両方を貰い受けるためにハンブルクまでやってきた。ところがそこでワシントン号は十四日前にドッガーバンクで座礁し、積み荷はすべて無保険のまま海の藻屑と消えてしまったとの知らせを聞かされた子供たちの驚愕がいかほどのものであったかお分かり頂けるだろうか。したがって残されたのは保険金だけとなった。つぎに保険代理店へと急いだわけであるが、ところがそこで支払期限がちょうど先日であった保険の最後の掛け金を納め忘れている、と聞かされたときの子供たちの恐慌といったらない――なんたる運命――それはまさに両親が溺死したちょうどその日であった。そして子供たちはこのことを大いに悲しみ、見事なまでの働きぶりを見せてくれた両親を痛切に嘆いたのであった。おたがいの腕の中で涙にくれて誓いをたてる。今後は二度と海上保険を掛けずに荷物を送ったりしないし、二度と生命保険の掛け金の納入を怠ったりしませんと。

　さてこの話をスウェーデンの事情に合うようスウェーデン風にして、読めるような小説に仕立て上げ、この作品でもって文壇の仲間入りをしようというのである。ところがふたたびここで衿恃という名の悪魔が目を覚まし、こんなことにかかずらってしまえばおまえも屑だと囁く。しかしこの声はすぐに腹の辺りから聞こえてくる飲み込むようでもあり、刺すようでもある奇妙な感覚をともなった声にかき消された。水を一杯のみ、葉を詰め替えたパイプに火をつける。しかし不愉快さは増すばかりである。ますます暗い考えばかりが浮かぶようになり、自分の部屋の居心地も悪くなり、時間の経つのが長く単調に感じられる。倦怠感や虚脱感を覚える。すべてが言うことを聞かないように思われ、なにを考えても興が乗らず、思考は空回りするかあるいは不快なことばかりを追うようになる。おまけにからだの不快感も増すばかりであった。もしや腹が減っているのだろうか。時刻はまだ一時で、三時前に食べるなんてことはこれまでなかったというのに。ふと不安になって財布の中を探ってみる。三十五エーレ。なら昼飯は抜きだ。こんなことは人生ではじめてのことである。これまでそうした心配とは無縁だったのだ。もっとも三十五エーレもあれば飢え死にする心配はない。パンとビールを買いに行かせればいい。いや、だめだ、それはできない。なぜなら体裁がよくない、つまりは体面が保てない。では自分で下の購買まで降りていくのはどうか。それとておなじだ。では借りにいくか。不可能だ。借りにいくあてなどありはしない。以上のことがはっきりすると、空腹はまるで解き放たれた野獣のように猛烈に突進してきては、引っ掻き、引き裂き、部屋中を追い駆け回してくるようになった。この怪物を黙らすために矢継ぎ早にパイプを吸ってみるがなんの役にも立たない。ちょうど下の兵舎の庭では太鼓が鳴らされ、銅製の水筒を抱えた近衛兵たちが昼飯を食べに駆け上がっていくのが見えた。窓から見えるどの煙突からも炊事の煙が立ちのぼり、フェップスホルメンでは昼時を告げる鐘が鳴り、隣家に住む交番のお巡りの台所からは肉の焼ける音がして、肉汁の臭いが開いたままになっている表玄関を通ってこちらの部屋まで漂ってくる。隣の部屋からナイフや食皿がカチャカチャ鳴る音や、子供たちが食前のお祈りをする声か聞こえる。下の街路では舗石を敷いている土方が昼飯を終え、弁当袋を空にして満腹しきったようすで昼寝をしている。いまこのとき街全体が昼餉時であるのだと思い知らされる、ただ一人を除いて。神を呪う。そのときある考えが脳裏にはっきりと浮かんだ。ウルリーカ・エレオノーラと守護天使をひっつかんで紙に包み、スミスの名前と住所を書き、それから三十五エーレをつけて小使《こづかい》に持たせてやる。すると呼吸が楽になったので、長椅子に横たわり衿恃を胸に腹を空かすにまかせることにした。

第六章　赤い部屋

アルヴィッド・ファルクが空腹との初戦に討ち死にする様子を見ていた正午の太陽はおなじ頃リル・ヤンスの小屋のなかを燦々と照らしていた。そこではシャツ一枚になったセレーンが画架に向かって筆を揮《ふる》っている。翌日の十時までに仕上げて上薬をかけ、額にはめて展覧会に持って行くことになっていたのである。オッレ・モンタヌスは箱寝台に腰掛け、例の驚嘆すべき書物に読み耽っていた。襟巻きと引き替えに一日だけ借りることができたのである。そして時折セレーンの絵に目をやっては賞賛の言葉をかけていた。セレーンの才能を高く買っているのである。一方のルンデルは余裕の表情で十字架から下ろされるキリストの画と取り組んでいた。展覧会にはすでに三枚の絵を出品しており、そして多くのものたちと同様に固唾を呑んで購入の成り行きを見守っている。

「すごいじゃないか、セレーン。見事に描くもんだな」とオッレ。

「どれ、俺にもその印象的なほうれん草とやらを見せてみろよ」主義としておよそなにかを褒めることがないルンデルが口を挟んだ。

主題は簡素にして雄大であった。ハッランドの海を背景にした砂丘の風景。秋の風情、雲の裂け目からこぼれる陽光。前景の一部は太陽に照らされた砂丘とまだ打ち上げられたばかりで濡れそぼっている海藻。そして背景となる海。濃い影のかかっている海面と白い波頭を頂《いただ》く高波。しかし遙か彼方の水平線のあたりでは再び太陽が照らし、広大無辺の見晴らしが開けている。これに添えられているのはただ隊列を組んで飛ぶ鳥の一群のみである。語りかけてくる絵であり、孤独と秘めやかで実りある交流を結ぶことのできる勇気をもち、砂丘には約束された収穫が覆い隠されていることを見て取ることのできる健やかな感覚の持ち主であれば、誰もが理解するにちがいない絵であった。つまりこれは霊感と天賦の才によって描かれたものであり、情感が色彩を与えているのであって、その逆ではなかった。

「前景にもっとなにか描かなきゃだめだろう。ほら、そこに牛でも置いてみろよ」とルンデルが諭す。

「はっ、なにを言ってやがる」とセレーン。

「俺の言うとおりにするんだな。まったくどうかしている、さもなきゃ売れないぜ。人物でもいい。うん少女にしたらどうだ。おまえにできなきゃ俺が手伝ってやってもいいぜ、どれ貸してみな」

「まったく、馬鹿も休み休みにしろ。いったいなんでここに風になびくスカートが出てくるんだ。おおかた頭がスカートでいっぱいなんだろう」

「なら勝手にしろ」弱いところを突かれて内心気を悪くしたルンデルは答えた。「だが、そんな何の種類だかわからないような灰色カモメじゃなくてコウノトリにでもしたらどうなんだ。暗い雲を背景に赤い脚、素晴らしい対比だと思わないか」

「やれやれ、おまえさんには理解できんようだな」

セレーンは説明するのは不得手であったが、自分のしていることには確信があり、健やかな直観のお陰でどんな躓《つまづ》きも確実に回避することができた。

「だけど売れないぜ」ルンデルは引き下がらない。仲間の経済的な成功を願わずにいられないのである。

「へっ、どっこいどうにかやっていけるさ。これまでだって売れたことがあったか。売れないからって俺が人より劣っているとでも。おまえは信じてないって顔をしているが、ほかの連中とおなじように描こうと思えば描けるし、そうすれば絵が売れることくらい俺にだってわかってるさ。連中のように下手くそに描くことぐらいわけないんだ。だからなんだその顔は、本当だぜ。出来ないわけがあるか、ただやりたくないだけなんだ」

「だけど支払いがたまってることをちょっとは考えたらどうなんだ。大鍋のルンド親父に少なくとも二、三百リークスダーレルはつけがあっただろう」

「だからなんだ、それで親父が金に困っているわけでもなかろう。それに親父にはその倍の価値はある絵をくれてやっているからな」

「おまえほど自惚れの強い人間がいるなんてはじめて

知った。あの絵に二十リークスダーレルの値でもつけばお慰みだ」

「俺は相場からして五百はくだらないとふんでいるね。しかし趣味や好みってやつはまったく人さまざまときてやがる。俺はおまえの十字架の磔《はりつけ》を酷い出来だと思っているが、おまえは上出来だと思っているんだろう。まあ、だからといって誰も咎《とが》めだてするわけじゃない。まったく人さまざまときたもんだ」

「そうはいうが、おかげでこちらは大鍋での信用ががた落ちなんだ。俺は昨日ルンド親父に追い返されちまった。いったいこれからどこで昼飯を食えばいいっていうんだ」

「ふん、それがどうした。どっこいどうにかやっていける。俺なんかこの二年間というもの昼飯など食ったことがない」

「はっ、ついこの前にあの参事官補殿から一切合切むしり取ったっていうのにかい。もう手にかけちまったんだろう」

「ああ、そうだとも。あれは気の好いやつだからな。それに才能がある。あいつの詩には自然が溢れている。この前の晩にいくつか読ませてもらったよ。だが心配なのはこの世でのしていくにはいささか押しが弱いところだな。えらく繊細な感性の持ち主で、小鳥さんなんだよ」

「おまえのお仲間にされちまうんじゃ先が見えるってもんだな。だがほんのちょっとの間にレーンイェルム坊やをすっかり堕落させたおまえのやり口を見ると神も仏もないって気にさせられる。役者になろうなんて気をおこさせたのは貴様だろう」

「とんでもない。あれがそう言っていたのか。これはとんだ傑物だったたってわけだな。うむ、やつなら大化けするかもな。それでやっていければの話だが。しかし食い物にもひどく事欠くようじゃ望み薄だろう。南無三。今になって絵具が切れやがった。おい、白はあるか。まあ、どれもこれもみんなぺちゃんこでないのだけは救いだな。おいルンデル、絵具をよこせ」

「人にやる分なんかあるものか。それにあったとしてもおまえにくれてやるのは願い下げだ」

「ごちゃごちゃぬかすな。急ぎだとわかってるだろう」

「御生憎様だ。おまえにやる絵具はないね。節約すればもっと持つはずだろう」

「ああ、そんなことはわかってる。なら金《かね》を持ってこい」

「金だと。いまそれがないと話していたばかりじゃないか」

「おい、オッレ、起きろ。ひとっ走り質屋に行って来い」

質屋の語を聞いてオッレは莞爾《かんじ》とした。それには食い物が付き物だと心得ていたからである。セレーンは部屋を物色しはじめる。

「さてなにがあるかな。おっ、編上靴だ。二十五エーレぐらいにはなるだろう。しかしこれだと売っちまったほうがいいな」

「それはレーンイェルムのだろう。手をつけていいわけがなかろう」ルンデルが留め立てする。午後に町へ出かけるとき履いていこうと思っていたのである。「ひとの持ち物を盗るつもりか」

「ああ、それがどうした。後で支払いはするさ。ん、この包みはなんだ。天鵞絨《ビロード》の胴着じゃないか。綺麗なもんだな。これは俺が貰っておこう。よし、オッレ、俺が着ているやつを持っていけ。こっちはカラーとカフスだな。ああ、こりゃただの紙だった。それにこれは靴下。どうだ、オッレ、二十五エーレにはなるかな。俺の胴着と一緒にもっていけ。空き瓶も売っていいぞ。売れるものはみんな売っ払ってしまえ」

「まったく、人様のものを売り払うなんておまえには正義感の欠片《かけら》もないのか」ルンデルは繰り返し留め立てする。その包みは長いこと執心の対象であって、それにいつかきっと手に入れることができるだろうと見込んでいたのである。

「だから、後で支払いはするさ。なにこんなのはどうってことない。寝台の敷布も二、三枚ひっぺがせ。なんの役に立つっていうんだ。俺たちにはいらんものだ。よし、これでいい。オッレ、みんな詰め込め」

オッレは手際よく一枚の敷布で袋を作り、ルンデルの必死の抗議にもかかわらず、そこへ一切合切詰め込んでしまった。

袋が出来上がるとオッレはそれを小脇に抱え、破れたフロックコートの釦を留めて、胴着を着ていないことをしっかりと隠し、町へ出て行った。「まるで泥棒だな。これでお巡りにとっつかまらずにすめばそれだけでも上々だ」窓枠に腰を掛け、道の方を悪戯《いたずら》っ子のように眺めながらセレーンが言う。「オッレ、急げよ。それにフランスパン六本と、ビールの小瓶を二本だ。絵具の金が余ったらな」去っていく後ろ姿に叫んだ。

オッレは振り返るとすでに宴会が約束されたとでもいうかのように喜色満面で帽子を振って応えた。

ルンデルとセレーンは二人きりになった。セレーンは天鵞絨の胴着を新調できて悦に入っている。それはずっと長いことルンデルの執心の的であったもので、ルンデルはかつての高嶺の花であったその品に羨望の目を注いでいたが、しかしそれについては話したくなかったし、また言いだし難いことでもあったので、ぱたんとパレットを閉じて別の話を切り出した。

「ちょっとこっちの俺の絵を見てくれよ。どう思う、真面目に言ってだ」

「油絵っていうのはちまちまと描くんじゃなくて塗るもんだ。いったい光はどっちからきている。服からか、それとも肌の部分からか。まったくちゃんちゃらおかしいや。ここにいる奴らはなにを息《いき》して吸っているんだ。絵具か、亜麻の画用油か。空気がないじゃないか」

「なるほど、本当に人さまざまだよ。違いない」ルンデルは言った。「だか構図についてはどう思う」

「人が多すぎる」

「なら俺がもう二、三人ばかり描きくわえようとしていたところだと知ったら、おまえ呆れて物も言えないだろう」

「どれ、いいか。ほら、ここがおかしい」セレーンは海辺の民にあるいは草原の民に特有の遠目でみすえて、指摘した。

「うん、そうだ。おまえにも分かるか」ルンデルは認めた。

「男しかいない。ちょっとばかし殺伐としすぎている」

「そうだそのとおりだ。おまえにも分かるとは驚きだ」

「女が一人欲しいんだろう」

ルンデルはからかわれているのかと探るような目つきをしたが、しかし口笛なぞ吹いているものだから、いったいどちらなのかよく分からない。それで、

「ああ、女性の人物がいないんだ」と答えた。

沈黙が訪れる。古いつき合いのもの同士が二人きりでいるというのも居心地が悪い。

「どうにかしてモデルを見つけてくることができればなあ。学院ののは使いたくないんだ。世間に顔が知れ渡っているし、それになんと言ってもこれは宗教的な主題なんだから」

「ちょっとは別嬪なのがいいんだろう。ウイ［Oui］、もちろん。裸でなくていいんならたぶん俺にどうにかできないことも……」

「裸なわけがないだろう、この大戯《たわ》けが。周りに男が大勢いるんだぞ。それになんと言ってもこれは宗教的な主題……」

「もちろん、もちろん、そんなことは分かってる。ただし衣装はちょっとばかし東洋風で、前屈みになって、と俺は思うんだが、なにかを地面から取り上げようとして肩と首とそれにうなじが全部見えるくらいははだけてもらう。そうだろう。しかし宗教的にだ。シ［Si］、マグダラのマリアみたいに。ウイ。そしてそれを鳥瞰図的にだ。どうだ」

「おまえは何でもかんでもからかわなきゃ気が済まないのか。それですべてを貶《おとし》めちまいやがる」

「話を逸《そ》らすな、要するにだ。おまえはモデルが欲しい。なくては困る。しかし心当たりがない。結構。宗教的感情が邪魔をしてみずから調達することができない。そこでだ、レーンイエルムとこの俺がかわりに一肌脱ごうっていうんじゃないか。俺たち二人のお調子者がだ」

「はじめから言ってるが、深窓の令嬢風でなきゃ駄目なんだ」

「もちろんだとも、あたりまえさ。まあ、この件に関してなにができるかはお楽しみだ。明後日ぐらいかな。その頃には金も手に入っているだろうし」

それで再び画布にむかった。黙々と口もきかずに。時刻は四時になり、五時になった。時折、心配気な視

線を通りにむける。はじめに不安の沈黙を破ったのはセレーンのほうであった。

「オッレのやつ、遅いな。なにかあったにちがいない」

「ああ、上手くいってないみたいだな。しかしなんでまたいつもあの可哀相なやつばかり使いにやらせるんだ。自分の用事なんだからおまえが行ってくればよかっただろう」

「そうは言うが奴にはほかにすることがないし、それに行きたがっているのは奴のほうなんだからな」

「そんなのはおまえの知ったことじゃないだろう。それに言っておくが、そのうちオッレがどこでどうなるかなんて誰にも分からないじゃないか。なにか馬鹿でかいことを考えていて、そのうち世に出て活躍する日がこんともかぎらんだろう。そうしたら俺たちがその一派と見なされて陽の目を見ることになるかもしれないんだぞ」

「なに寝言を言ってやがる。いったい奴がどんな傑作を作るっていうんだ。そりゃあ俺だってオッレがやがて大人物になるかもしれないとは思っているさ。だがなにも彫刻家としてどうこうと言っているんじゃない。しかしまあ、俺にしてみれば遅れることにかけてはすでに大したやつだよ。無事に金に換えられたと思うか」

「そうだな。長いことパンの一欠片《ひとかけら》も口にしてないからな、誘惑はあまりに大きすぎるだろう」とルンデルは答えてベルトの穴を二つ分ばかり縮め、オッレの立場ならどうしていたかと考えた。

「ふん、人間も所詮は人の子だ。それに自分の大きさで他人を測るものだからな」自分ならどうしていたかなど火を見るより明らかなセレーンは補足した。「しかしこれ以上はもう待っておれん。盗んででも絵具が入り用なんだ。ちょっくらファルクを訪ねてくる」

「またあの可哀相なやつを食い物にしようっていうのか。昨日、額縁がいるからって無心したばかりじゃないか。それだって端金《はしたがね》じゃなかったはずだぞ」

「おお、わが友よ。一度恥を忍んで頭を下げたんだ、二度も三度もおなじだよ。白旗を揚げていけないって法はないからな。それにファルクってやつは心の寛い男だ。これがどんなに困った状況であるかわかってくれるさ。とにかくもう行くからな。オッレが帰ってきたらおまえは愚図だと俺が言ってたと伝えておいてくれ。じゃあな。赤い部屋でものぞきにこいよ。そうしたら我らの主がどれほど慈悲深くあられるか、日没前に食事をお恵みくださるかどうかわかるだろうさ。出るときには戸締まりをして鍵は敷居の下に置いておいてくれ。あばよ」

程なくセレーンは大伯爵通りの外れにあるファルクの部屋の戸口に立っていた。戸をたたくが返事がない。そこで勝手に戸を開けて中に入る。どうやらファルクは安らぎのない夢を見ていたようで、眠りから飛び起きると誰がいるのか分からぬ様子でセレーンを見つめた。

「よお、今晩は」セレーンは挨拶をする。

「なんだ、君か。どうもおかしな夢でも見ていたらしい。今晩は。まあ座ってパイプでも吸っておくれよ。もう夕方かい」

セレーンにはそうした振る舞いがどういったことの兆候であるかわかるように思えたが、何気ない振りを装い、会話をつづけた。

「今日は真鍮釦に行かなかったのかい」

「ああ、あそこにはね」ファルクは狼狽えて答えた。「イドゥーナに行ったんだ」

夢に見たのかそれとも本当に行ったのか定かではなかったが、ともかくそう答えられたことは幸いであった。今の惨めな境遇を知られるのは恥ずかしかったのである。

「そうか、それは正解だな。真鍮釦の飯はあまり旨いもんではないからな」セレーンはあいづちをうつ。

「まったくだ。反論はできまいね。あそこの肉入りスープの不味《まず》さときたらひどいものだ」

「ああ、それにあの給仕の爺《じじい》はパンの枚数を数えていやがる、無粋なやつだ」

パンという言葉を聞いて、ファルクははっきりと目が覚めた。空腹感はすでに去っていたが、ただ少し脚に力が入らない。ともかく話していて楽しい話題ではないので、さっさと別の話題に切り替えることにした。

「うん、ところで明日までという絵はもう描き上がっているんだろうね」

「いいや、実のところそれが難儀していてね」

「今度はどうしたんだ」

「どう考えても間に合わないんだよ」

「間に合わないだって。ならなんで家にいて仕事を進めないんだい」

「おお、友よ。これればかりはもう宿痾《しゅくあ》みたいなもんでね。絵具が足りないんだよ、絵具が」

「なんだ、ならどうにかなるんじゃないか。でもたぶんお金がないっていうんだろう」

「あれば苦労はしないよ」

「実はボクもなんだ。いったいこんなときはどうすればいいんだろう」

セレーンの視線は下の方に向かうと、ちょうどファルクが着ている胴着のポケットの高さで止まった。それなりの太さのある金色の鎖が外に伸びていたのである。なにもそれが金《きん》、しかも保証書付きであると思ったからではない。胴着の上にそんな大金をぶら下げておくなどという贅沢きわまりない振る舞いはとうてい理解の及ぶところではなかったのである。しかしとにかく狙いの方向は定まったので会話をつづけることにした。

「もしなにか質草にできるようなものがありさえすればなあ。だが俺たちときたら考えなしなものだから、四月にお天道様が顔をのぞかせた日にはもう冬用の外套なんかはみんな質入れしてしまっているのさ」

ファルクは赤面した。これまでにそんなやり方で金を工面したことなどなかったのである。

「外套で借りるんだって」ファルクは尋ねた。「そういったものでいくらか借りられるものなのかい」

「なんだってあれば借りることができるさ」このなんだってということを強調してセレーンは言った。「ただしなにかあればの話だ」

ファルクは眩暈《めまい》がした。ともかく座ることにして、それから金時計を取りだした。

「こんなものでも、鎖付きで、いくらか借りられると思うかい」

セレーンは将来の質草となるものを手にのせて計り、目利きの顔で鑑定する。

「金かい」小声で尋ねる。

「金だ」

「保証書付きの」

「保証書付きだ」

「両方とも」

「両方とも」

「百リークスダーレル」セレーンは宣言して握った拳を振りまわしたので、黄金の鎖がチャリチャリと音を立てた。「だがいかんよ。俺のためとはいえ、君にこのようなものを手放させるわけにはいかないよ」

「ならなんでもない。ボクのためでもあるんだから」ありもしない親切心を誇示するような印象をもたれたくなかったので、ファルクは言った。「もしこれをお金に換えてくれるならそれはボクのためでもあるんだ」

「そうか、ならそうしよう」とだけセレーンは言った。要らない質問をして友人を困らせ傷つけるようなまねをしたくなかったのである。「俺が質入れしてやるよ。じゃあ行こうか。人生はときに苦いものだか、しかしそれでも耐えていかねばならんのだ」

いつもは皮肉屋の仮面で防御して、なかなか表に出そうとしない心からの優しさを込めて、セレーンはファルクの肩をたたいた。そして二人は外に出た。

用事が済んだ頃には時刻はすでに七時をまわっていた。それから絵具を買いに行き、その足で赤い部屋へ直行した。

ベルン社交場は当時ストックホルムで生活する人びとのあいだで文化史的役割を果たすようになっていた。六十年代を通じて首都で栄え、あるいは蔓延し、そこから全土へ広がった音楽喫茶《カフェ・シャンタン》の不健全な生活には終止符がうたれ、これに取って代わったのがベルン社交場であった。七時にもなればここに若い人びとが群れ集まる。親元を離れてから自分の家庭をもつまでの逸脱した境遇にある若者たちが狭い一人部屋や屋根裏部屋の孤独を逃れ、明かりと暖をもとめ、共に語り合うことのできる相手と会うために群れ集まってくるのである。この場所の支配人は客を楽しませようとパントマイムや雑技や舞踊などいろいろな趣向をこらしてはみたが、なにも人びとは娯楽をもとめてやってくるのではなく、ただ落ち着いて語り合うことができる場をもとめ、そこに行けばいつでも必ず誰か知り合いを見つけることのできる集会場をもとめてやってくるのだということをあからさまな態度で示されたのであった。音楽は会話の進行の妨げにならず、むしろその逆であったので、容認され、やがてポンチと煙草とならんでストックホルムの晩の食事にはなくてはならぬものとなった。こうしてベルン社交場は全ストックホルムの独身男性倶楽部になったのである。常連たちはめいめいに馴染みの一角を定めていて、リル・ヤンスの住人たちは南舞台を臨む位置にある将棋《チェス》部屋を自分たちの根城にしていた。その部屋は内装をすべて赤色の家具で統一されていたので、『赤い部屋』の名で呼び習わされていた。そこでは昼のあいだは籾殻《もみがら》のように散らばっていたとしても、夜になれば必ず誰かと落ち合うことができた。そういう訳で困窮が厳しく、いくばくかの金《かね》を工面せねばならぬときなど、ベルン社交場の周りで名のとおりの捜索が行われたものである。網が張られ、二人が舞台から見渡し、二人が社交場の壁の長辺側を受けもつ。それはまるで張った魚網を引き上げるようなものであるが、夜のあいだ次から次へ新しい客が流れ込んでくるので、釣果《ちょうか》なく坊主《ぼうず》で終わることはまれであった。しかしこの晩にかぎっていえば、そうした骨折りが必要となることはなかった。だからセレーンはしたり顔で悠然とファルクと並んで、赤色の桟敷椅子《さじきいす》にどっかと腰を下ろした。

なにを飲むべきか二人でちょっとした漫談を繰り広げてから、とにかくまずは食べようということに落ちついた。まだ宴ははじまったばかりであったが、ファルクはふたたび力が漲《みなぎ》ってくるのを感じた。するとその食卓へ長い影を落とすものがあった。ユーグベリがいつもと変わらぬ蒼褪めて痩せこけた姿で現れた。セレーンは満ち足りた状態にあり、そんなときのセレーンはいつだって善良で礼儀正しいので、ご一緒しませんかとすぐさま問いかけた。ファルクも異論はなかったのでおなじように申し出た。ユーグベリは恭しくこの招待に応じたが、そのあいだも食卓にならべられた皿の上のものが満腹するのに十分か、それとも腹半分にしかならないか目算していた。

「参事官補殿はなかなかに鋭い筆の持ち主ですね」お盆の上をせわしなく行ったり来たりするフォークの動きを気取られまいとして、そんなことを口にした。

「なんのことです。ボクが、なんですって」ファルクは答えて体が熱くなるのを感じた。誰からも鋭い筆なども言われる覚えはなかったからである。

「例の記事は大変な成功だったではありませんか」

「どの記事のことです、ボクには心当たりがないのですが」

「またまた。『民衆の旗』へ寄稿された記事のことですよ、官給局に関しての」

「ボクはそのような記事を書いていません」

「ところが当の役所ではそういう噂でして。そこの非常勤の知り合いに会ったのですが、ファルクさんの名前を執筆者にあげていました。それに生じた憤慨のほどもかなりのものだということでしたよ」

「なんですって」

ファルクはその責任の半分が自分にもあると感じた。ようやく今になってあの晩にモーセ丘でストルーヴェがいったいなにを書いていたのかはっきり分かったのである。しかしストルーヴェはその報告をしただけであって、実際に語っていたのはファルクである。自分が言ったことの責任は自分で取らねばならないと考えた――たとえ醜聞記者と見なされる虞《おそれ》があったとしてもである。こうして後戻りする道が閉ざされたことを知ると、もはや残された身の振り方はただ一つしかないとはっきり覚悟をきめた。つまり前進あるのみである。

「そうですか、なるほどボクがその記事の著作権者というわけですね」とファルクは言った。「ところで別の話をしましょう。書記官殿はウルリーカ・エレオノーラのことをどのように考えておられますか。なかなか興味深い人物ではありませんか。あるいはトリトン海上保険会社についてはどうでしょう。それともハークヴィン・スペーゲルについては」

「ウルリーカ・エレオノーラはスウェーデンの歴史上もっとも興味深い人物です」ユーグベリは大真面目に答える。「私はちょうどこの人物について紹介文を書く注文を受けたばかりです」

「スミスから」とファルクは尋ねる。

「ええ、でもなんでご存知なんです」

「すると守護天使のことも知っているでしょうね」

「なんでそのことをご存知なんです」

「今日のお昼頃、送り返してやりました」

「仕事をしないのは感心しませんな。そのうちきっと後悔しますよ、間違いなく」

ファルクの頬はすぐさま真っ赤に染まり、そして熱っぽく語りはじめた。セレーンはくつろいで煙草を吹かし、興味もなければまた理解もできない会話よりはと音楽に耳を傾けている。長椅子の端に腰掛けているので、部屋に通じる二つの戸口から店内の様子がよく見えた。片方の扉は南舞台へ通じており大広間を見渡すことができ、もう片方の扉からは北舞台まで見通すことができた。南北の舞台をつなぐ食道じみた細い通路にはいつもとおなじくもくもくと紫煙の雲が立ち込めていたが、それでもセレーンの目をもってすれば反対側にいる人びとの顔を見分けることは雑作なかった。そしてずっと遠くの離れた場所にふと注目すべき光景を見つけた。ファルクの袖を引っ張って言う。

「おい、見てみろ、あの狸野郎め。あそこだよ、左側の緞帳《どんちょう》の奥だ」

「なんだい、ふむ、ルンデルかな」

「ああ、奴だ。マグタラのマリアを探してやがる。おい、話しかけてるぞ。こりゃまた可愛いらしい娘さんだな」

ファルクはセレーンがそれとわかるほど顔を赤くした。

「こんなところで絵のモデルを探しているのかい」驚いて尋ねる。

「ああ、ほかの何処で見つけるっていうんだ。奴に裏町にいってつかまえるなんて芸当ができるはずないからな」

ほどなくルンデルが部屋に入ってくる。セレーンが鷹揚に頷くと、その意味するところを読み解くことができたようで、ルンデルもまたいつになく丁寧にファルクにお辞儀をし、それからユーグベリがいることに大仰《おおぎょう》に驚いてみせた。このやりとりをじっと観察していたユーグベリは丁度よいきっかけができたと考えて、すかさずルンデルになにを召し上がりますかと尋ねた。問われた方は目を見開いた――自分がお大名衆に囲まれているような気がしたのである。そして大きな幸福感につつまれた。柔和に、親切になった。温かなご馳走にありつくことができたので、なにか今の気持ちを表す言葉を見つけなければという思いがこみあげてきた。ファルクに一言なにか伝えなければならない。それははっきりしているのだが、しかしうまい言葉が浮かばなかった。間の悪いことに楽団はちょうど『我らの声を聞き給え、母なるスヴェアよ』を演奏しており、すぐ次の瞬間には『み神は城なり』に移ったところであった。

ファルクは追加の飲み物を注文した。

「参事官補殿は古き良き教会音楽がお好きなんでしょうね」ルンデルが口を開く。

ファルクはそもそも教会音楽が好きなのかどうかすらわかっていなかった。そこで、ポンチでもいかがですかとルンデルに酒を勧めた。ルンデルは躊躇《ためら》った。そんなに飲むことができるかどうかわからなかったのである。たぶんそのまえにもう少し詰め込んでおく必要がある。それほど酒には強くはないのである。そのことを証明する責任があると考えて、三杯目を一息に空けるやいなや短かくしかも苦しそうに咽《む》せてみせた。そして話をつづける。

「贖罪の松明とはよい名前です。贖罪への深い宗教的な希求と数ある奇蹟の中でも最大の奇蹟が行われたときにこの世へ降り注いだ光とを同時に示しています。それは高慢ちきなやつらに憤激をもたらすことでしょう」

そう言うと同時に臼歯の奥へ肉団子を詰め込み、この発言がどのような影響を及ぼすのか見定めようとした。しかし一様にぽかんと呆気にとられている間抜け顔が三つ、お互い顔を見合わせているだけで、得意気な気分に浸ることはできなかった。もっとはっきり言ってやらねばならない。

「スペーゲルは偉大な名前で、その言葉はパリサイの美歌、模範とすべき『響きわたる音の静まりしとき』がかの人物により書かれたことを私たちはみな記憶にとどめております。乾杯、参事官補殿、あなたがその代表者であることは私の喜びであります」

ここでルンデルは杯になにも注がれていないことに気づいた。「おや、グラスに半分ほど頂いてもよろしいでしょうか」

ファルクの頭の中では二つの考えが渦巻いていた。一つ、この男はなるほどブレンヴィンを飲んでいる、一つ、しかしいったいどうやってスペーゲルのことを知ったのだ。つぎにある疑念が稲妻のように閃いたが、しかしそれについてはなにも知りたくなかったので、ただ杯を合わせた。

「乾杯、ルンデルさん」

なんとも嫌な会話が続きそうであったが、幸いにもオッレが到着してくれたことで場の雰囲気は一変した。というのも本当に現れたこの男、いつもよりよれよれで、いつもより薄汚く、外見にかんしてはいつにもまして不恰好であり、尻にいたってはフロックコートの下から舳先《へさき》のように突き出ていて、そのコートもいまや鎖骨の上あたりについている釦ひとつでかろうじてへばりついているといった有様であった。しかし機嫌は上々、食卓に沢山載せられた料理と飲み物を見て大笑いした。そしてセレーンの苦虫を噛みつぶしたような顔を見て、命ぜられた用向きの顛末について報告をはじめ、まずは委託業務を済ませてしまうことにした。なんと本当に警察に捕まってしまったのだと云う。

「ほら、これが受取りだ」

そう言って二枚の緑色の質札を食卓の上に放ったが、セレーンはそれらをあっという間にくしゃっと丸めて紙玉にしてしまった。

捕まって交番にしょっ引かれたんだ、と上着の襟が片方とれているのを見せる。まず名前を名乗らされた。

なんだそれは嘘に決まっている。モンタヌスなんて名前の人間がいるものか。次は出生地。ヴェストマンランド。それも嘘に決まってる。巡査長も同地の出身で、国の人のことはよく知っていたのである。次に年齢。二十八歳。嘘だ、『少なくとも四十は過ぎているにちがいない』。住所。リル・ヤンス。それも嘘だ、あそこには庭師の親方が一人住んでいるだけだ。職業。芸術家。それだって嘘だ、『港のごろつきとしか見えない』。

「それと絵具だ。四本あるぞ。よく確かめてくれ」

それから包みを広げさせられたのだが、そのとき敷布の一枚を破かれてしまったのだと云う。

「だから両方で一と二十五にしかならなかったんだ。受取りを確かめてくれ、誤魔化しなんかしてないぞ」

その後どこでそれらの物を盗んできたのかと尋問された。オッレは盗んでなどいないと抗弁したが、それにたいして巡査長がいいかよく聞けと言うには、いま問題にしているのは盗んだかどうかではなくどこで盗んだのかだ、どこで、どこで、どこで。

「それに釣銭も返しておくぞ、二十五エーレだ。一エーレだってちょろまかしてないからな」

次に『盗品』について調書が作成され、それらの品々は用意された三つの袋にそれぞれ入れられて封蝋でとじられてしまった。オッレはなんとかしておのれの無実を証明しようとしたが無駄であった。正義感と人道に訴えても無駄であった。ただしこの最後の訴えには僅かながら効果があったようで、『この囚人』は発見当時――いつのまにかもう囚人であった――強いアルコールを大量に摂取しており、との一文を調書に入れてはどうかと平巡査が提案してくれた。しかしこの情状を記載するにあたっては、『強いアルコール』の語を削除するならばという留保がつけられた。それから巡査長は何度も何度も平巡査に問いかけて、公務の執行に際して囚人が抵抗しなかったかどうかを思い出させようとした。すると平巡査は（この者は狡猾そうで威嚇するような風貌であるが故に、この場合その懸念を抱かせるに十分足るものであったものの）囚人が抵抗したと誓って言うことはできないが、一方でまたおそらくこの囚人は他人《ひと》の家の門の中へ逃げ込むことで抵抗を試みようとした『らしく思われる』と証言したので、調書にはそのように記載された。

それから報告書が作文され、それに署名するようオッレは命じられた。報告書は以下のとおりである。狡猾そうで威嚇するような風貌の男が、午後四時三十五分頃、ノルランド通りの左側の家並み沿いで不審物と思わしき包みを抱えてこそこそ歩いているところを発見された。拘束された男は発見当時、コール天の緑色のフロックコートに身を包み、（胴着は着ていなかった）、毛織の青色のズボンをはき、Yシャツの縁にはP．L．の縫取りがあり（このことはこのシャツが盗んだものであるか、それとも被拘束者が偽名を名乗っているかのどちらかであることを物語っている）、羊毛の灰色縞の靴下を履き、鶏の羽をさしたフェルト帽をかぶっていた。被拘束者はオッレ・モンタヌスなる架空の名前を名乗り、ヴェストマンランドの農民の生まれであると詐称し、職業は芸術家であると騙り、ならびに住所はリル・ヤンスであると申し立てているが、これは明らかに偽りである。なお被拘束時は他人の家の門の中に逃げ込むことで抵抗を試みようとした。

そして次に包みに入っていた盗品の詳細な目録が続く。オッレはこの報告書の正しさを承認することを拒んだので、すぐさま拘置所に電報が打たれ、護送車がやってきて囚人、包み、そして交番の平巡査を連れ去っていった。一行が硬貨通りに差し掛かったとき、オッレの目に助け人の姿が飛び込んできた。トレースコーラ出身の国会議員ペール・イールソンで、オッレとは同郷であり、助けを求める声に呼び止められると報告書の誤りを証明してくれた。そしてオッレは釈放され、包みも取り戻すことができたのであった。こうしてようやくいまここにいるわけである。そして、

「ほら、フランスパンだ。五本しか残っていないけどな、オレが一本食ったんだ。それとこれがビール」と言いながら実際に五本のフランスパンを後ろの隠しから取り出し、二本のビールをズボンのポケットから取り出して食卓にのせると、ようやく体形もいつもどお

りの不恰好な姿を取り戻した。

「ファルクよ、まあオッレを許してやってくれ。こいつは人前を繕《つくろ》うなんてできないんだ。おいオッレ、そんなパンなど早くしまえ、なんてみっともないんだ」

セレーンがたしなめた。

オッレは言われたとおりにした。ルンデルは大変念入りに皿を平らげたのでその痕跡からはなにが食器の上に盛られていたのかわからないほどであったが、小皿を手放そうとはしなかった。時々、ブレンヴィンの瓶が杯のそばに寄せられるが、ルンデルは頭の中で半分注ぐだけである。そして時々、なにが演奏されているか『確かめる』ために立ち上がったり、あるいはまた椅子に座ったままあたりを見まわしたりしていた。その一挙一動をセレーンが観察していたが、そこへレーンイェルムが現れた。すでに酔っ払っていて押し黙ったまま椅子に座ると、ルンデルの小言を聞きながら視線のやり場を探して落ち着きなくきょろきょろしていたが、最後にその疲れた目を留めたのはセレーンのところで、例の天鵞絨の胴着を見つめたまま動かなくなった。一瞬まるで古い知り合いを見かけたときのように顔を輝かせたが、しかし『隙間風がある』と感じたセレーンが上着の釦を留めて前を合わせてしまうとふたたび顔を曇らせた。それは一晩中レーンイェルムがじっと無言で考察をめぐらせる対象になった。

ユーグベリは宴会の間中ずっとオッレの世話焼きに忙しく、すっかり庇護者気取りでやれあれを食え、やれ杯を空けろと勧めて倦くことがない。宵《よい》の深まりとともに音楽はますます活気づき、会話もますます弾んでくる。ファルクにはこの麻酔のかかった状態の中にいることがたいそう心地よかった。ここは暖かく、明るく、騒々しく、煙草の煙でもうもうとしている。ここにはファルクのおかげて数時間分だけ人生を存《なが》らえることのできた人間たちが、太陽の光に照らされて息を吹き返した蝿たちのように、満ち足りて陽気な様子で座っている。みんなの身内になれたような気がした。なぜならみんな大概は不幸せで、押し付けがましくない。こちらの言うことをわかってくれるし、話をするにも書物のようにではなく人間らしく語る。その粗野なところですらある種の心地よさがある。なぜならそれは天真爛漫の現われであって、ルンデルの猫被りですらここでは反発を感じない。なぜならそれは実に無邪気なものであったし、板に付いてなどいないので、いつ剥がれ落ちてもおかしくないようなものだったから。こうして夜は更けてゆき、物書きという茨の道にもはや後戻りできぬまで身を投じることになった一日が終わる。

第七章　イエスを真似て

翌日の朝、ファルクは手紙をもってきた掃除婦に起こされた。手紙は次のような文面であった。

テモテへの手紙　十章　二十七、二十八、二十九節

コリント人への第一の手紙　六章　三、四、五節

親愛なる兄弟へ

我らが主、イエス・キリストの恩寵と安息、父の愛と聖霊の御業エトセトラにかけて、アーメン。

昨日の夕方、灰色外套新聞にて貴君が贖罪の松明を発行されるという話を知りました。明朝九時まえに私の仕事場にお越しください。

罪の償い人
ナタナエル・スコーレ

ようやくルンデルの謎掛けが理解できた、その一部だけではあったが。もちろん宗教界の大立者であるスコーレとは面識がなかったし、贖罪の松明がなんなのか見当もつかなかったが、しかし好奇心はあったのでこの押しつけがましい召喚に応ずることにした。

九時には官庁通りにある立派な四階建ての建物の前についた。建物の側面は地下から軒裏まで看板で着飾られていた。三階／キリスト教印刷株式会社安息。中二階／神の子の遺産・編集部。二階／最後の審判・事務局。三階／安息のラッパ・事務局。二階／我が子羊を育め・子供新聞編集部。四階／キリスト教祈りの家株式会社恩寵の座・本部　当社では第一抵当権の買い取りならびにそれを担保とした貸付をおこなっています。四階／イエスのもとへきたれ　告☞　当方では保証人を立てることができるほどに信用のある外交販売員を雇用いたします。四階／伝道株式会社鷲　只今一八六七年度の配当金を利札にてお支払いしております。中三階／キリスト教伝道汽船スルル・事務所。

☞　神の御心のままに、当月二十八日汽船出港。出港地、フェップスブロンの事務所にて船荷証券および梱包証明書と引き替えにお荷物をお預かりいたします。

裁縫協会蟻塚　ご寄付の品は地階にてお受け取りいたします。門番では牧師用襟飾りの洗濯、裁縫を承っております。門番では聖餐式用オブラート十分の一貫、一リークスダーレル五十エーレで販売しております。告・聖餐式をむかえるお子さまに相応しい黒の礼服の貸出もおこなっています。門番では無発酵ワイン（マタイ十九章三十二節）一升五合、七十五エーレ（瓶代含まず）でご購入いただけます。

地階の左側の入り口はキリスト教書店になっていた。ファルクは立ち止まって展示窓に陳列されている本の書名をじっと読んでみた。それは昔ながらのよくある類《たぐ》いのもの、すなわち不躾《ぶしつけ》な問いかけ、押し付けがましい咎め立て、人を見下すような馴れ馴れしさ、すべてが長きにわたってあまねく知られてきたものであった。しかしひときわ目を引いたのは挿絵入り雑誌の数々で、大きな英国風木版画が印刷された頁を開《ひら》いて大々的に陳列されており、人びとを惹きつけていた。とりわけ子供新聞には刺激的な内容が載っていて、本屋の店員のよく語るところによれば、店先を通りかかった爺婆はつい足を止めていつまでもそれらの挿絵を見入ってしまうのだという。思うにその挿絵があたえる強い印象のせいで老人たちの敬虔な心情が揺り動かされ、過ぎ去りし――おそらくは思慮を欠いて過ごした――若かりし頃の遠い記憶が呼び覚まされるのだろう。ファルクには一瞬罰当たりな考えが浮かんだが、日々血（ブラックプディング）を食べ（麦で作ったもの＝ウヰスキー）を飲み、聖餐のおつとめを欠かすことがない道徳的な島の民（英国人）のことに直ぐさま思いを馳せると、そんなみずからの考えを恥じた。

ポンペイ風の壁画に挟まれた広い階段をのぼっていく。それが福音に通ずる道だとはとうてい思えない。やがて大きな部屋にでる。それは未だ要職につけない経理係か出納係か、はたまた簿記係のために設《しつら》えられた書見机が列ぶ銀行の大部屋のようである。部屋の真ん中には祭壇と見紛《みまが》うばかりに大きな書き物机が鎮座している。あるいはたくさんの音栓がついたオルガンと見えなくもない。それは無線電信機に繋がったボタンの盤鍵とトランペットのような伝声管からなっており、建物のどの部署とも連絡がつくようになっている。床の上に一人の大男が立っていた。乗馬用の編み上げ靴を履き、着ている牧師用の上着は襟元の釦一つで留めているので前をはだけた裾長の軍服のようであり、白色の襟巻きを巻いたその上にのっているのは船長の仮面である。素顔は書見机の書写台の裏かそれとも物入れの中に置き忘れてしまっているのである。この大男はぴかぴかに磨き上げた乗馬靴の胴筒のあたりを乗馬用の鞭で叩きながら、強いレガリア葉巻をふかしていた。鞭の柄が馬の足の形をしているのは象徴的であり、くちゃくちゃとせわしなく口を動かしているのは口にもつねに事業をさせておくためであると思われる。ファルクは驚きをもってこの大男を眺めた。

すなわちこれがこの種の人間の最新流行であった。人間にも流行というものがあるのである。当時においてはこの偉大な伝道師こそが最先端を走っており、そして罪深くあること、恩寵を渇望すること、醜く、貧しく、惨めであること、一言でいえばありとあらゆる面で劣悪であることこそが当世風であると信じ込ませるのに成功した。この男は救済をファッションにしてのけたのである。大庭園通り向けの福音を発明したのである。恩寵への階梯はいまやスポーツになった。罪深さを競って競べ馬をおこない、一番劣悪なものが一等を獲得する。救済されるべき貧しき魂を狩ってキツネ狩り競技をおこなう。しかしまた告白しないわけにはいかないだろう、巻狩りをして生贄を追い込んでは、これを残酷きわまりない慈善事業の対象者とすることで人びとを悔い改めさせる練習をしていたのである。

「そうですか、あなたがファルクさんですか」と件《くだん》の仮面氏が言う。

「よくいらっしゃいました。私どもの事業にご関心がおありのことでしょう。失礼ですが、もちろんです、ファルクさんに救済は必要ありませんよね。もちろんファルクさん、それでは、ここが印刷会社の事務局になっております

――すいません、少々お待ちください」

そう言ってオルガンのある場所に向かうと、応答を求める呼び鈴が鳴った一対の音栓を引っ張りだす。

「どうぞ好きなだけ見てまわってください」

口をトランペットにくっつけて怒鳴る。『第七のラッパと第八の苦難、ニューストレーム、正体《せいたい》、八ポイント、囲み欄つき、見出しは亀の子文字、名前は隔字体』。同じトランペットから返事がある。『原稿がありません』。仮面氏はオルガンに向かって座ると、筆と全紙一枚を取り出して、葉巻をくわえながら話しつつ紙に筆をすべらせる。

「この事業の手広さときたら――たぶんじきに――私の体力では追っつかなくなるほどでして――ですから――もし健康に気をつけなければ――今よりひどくなりますから――ふむ――よろしい」

椅子から飛び上がると別の音栓を引っ張り出してトランペットに怒鳴る。「汝負債を払いしか校正刷り」そうしてまた一方で話しながら、他方で書きものをつづける。

「なぜ――こんな風に――乗馬靴を――はいているのかと――訝しく――お思いでしょうね。それは――なぜならば――第一に――健康のために――乗馬をしているから――なのです――」

小僧が校正刷りを手にして入ってくる。仮面氏はそれをファルクに差し出すと鼻から声を出して、というのも口は塞がっていたので、言う。『これを読んでください』。そのあいだも小僧には視線だけで『待て』と叫んでいる。

「第二に――（ぴくりと耳を動かして『どうです、私は脱線などしませんよ』とファルクにむかって自慢げに合図する）――なぜならば――聖職者たるもの――外見で――ほかの――人びとより――目立つべきではないと――考えておりますから。――なぜなら――それは――心の――驕りである――といえますし――益体《やくたい》もない批判屋に――格好の餌を――与えることになりますから」

簿記係が入室してくると、仮面氏は額に皺を寄せて挨拶する。そこが塞がっていないただ一つの部分だからである。

手持ち無沙汰でいるよりはとファルクは校正刷りを手にとって読んでみる。葉巻は話し続けている。

「ほかの人びとも――みな――乗馬靴を履いていています――私は外見で――目立とうなどとは――露程にも思いません――だから――私は自慢屋ではありませんので――乗馬靴を使用しているのです――」

それから原稿を小僧に渡して大声で言う、ただし今度は口で。『第七のラッパ、棒ゲラ四つ、ニューストレームへ』。そしてつぎにファルクにむかって、

「さあ、これで五分間ばかり手が空きました。書庫までおいでくださいますかな」

簿記係にむかっては、

「スルルの積荷は」

「ブレンヴィンです」と簿記係はしゃがれ声で答える。

「順調か」と覆面。

「順調です」と簿記係。

「それはそれは、神の御名において、ですね。――ファルクさん、こちらへ」

案内された部屋は梱包された本の束《たば》を満載した書棚でぐるりと囲まれていた。

仮面氏は乗馬鞭で束の背中を叩きながら誇らしげに、率直に言う。

「みんな私が書いたものです。どうです。いっぱいありますでしょう。あなたもお書きになる。でも、ちょっとです。もし継続することができれば、やがてはあなたもこのくらいいっぱい書くことになるでしょう」そう言って葉巻の吸口を噛み千切ると、切れ端を吐き散らした。それらは虻のように宙を舞い本の背表紙に着地した。仮面氏はなにか軽蔑に価することを思いだしたようである。

「贖罪の松明。ふん。間抜けな名前だと思います。そうは思いませんか。ご自分でお考えになったのですか」

ファルクが話に答える機会をえたのはこれがはじめてであった。大物がみなそうであるように自分の問いかけには自分で答えるものだからである。答えは「いいえ」。それ以上の言葉をつづける間は与えられなかった。仮面氏がすぐに語りを再開したからである。

「実に間抜けな名前だと思います。まったく。それで

うまくいくとお思いですか」

「そのことについてはなにも知らないのです。それになににについてお話しされているのかわからないのですが」

「なにもご存知ない」

新聞を取り出して提示する。

それを読んだファルクは仰天する。広告には次のように書かれていた。

『定期講読申込　贖罪の松明／キリスト教徒のみなさまのための雑誌／近日刊行　編集アルヴッド・ファルク（人文学協会賞受賞作家）／第一回配本　ホーカン・スペーゲル著　神の創り給いし作品／卓越した宗教的精神と深いキリスト教性に根差した韻文詩』

スペーゲルの契約破棄をすっかり忘れていたのである。返す言葉もなく立ちつくす。

「部数はどのくらいです。ふん。二千ってところでしょうか。少なすぎます。話になりません。私の最後の審判は一万部でています。それでも懐に入ったのは――ええと、たしか――十五には届きませんでした、手取りで」

「十五ですか」

「千が単位ですよ、君」

仮面氏は自分の役割を忘れて、ついうっかりと昔の流儀で応じてしまったらしい。

「まあよろしい」と話をつづける。「私が人気のある説教師であることはご存知でしょう。なにも自慢して言うわけではありません。なにしろそれは衆目の一致するところなのですから。私が大変に人気のあることはあなたもご存知です。私にはそれをどうすることもできません。だってそのとおりだからです。もし私が世間で遍く知られていることを知らないなどと言えば、それこそ自慢屋ということになってしまいます。まあよろしい。私はあなたがこの事業を興すにあたって助成してあげようと思うのです。そこにある袋が見えますね。中にはみなさまからの、ご婦人方からなのですが、手紙が入っておりまして――まあまあ、落ち着いて、私は妻帯者ですよ――私の肖像画が欲しいと訴えているのです。そう言って差し支えありますまい」

実際そこにあって打擲《ちょうちゃく》されているのはただのずだ袋にすぎなかった。

「そうした方々と私にかかわる煩わしさを大幅に解消し、そして同時に一人の人間に大きな益をなすためにあなたに私の伝記を物すことを許して差し上げようと考えたのです。肖像画付き、初版は一万部とします。それによりあなたは初版分だけで一千にはなるでしょう、もちろん手取りで」

「でも、牧師さん——（船長と言いたいところだった）——こうした事柄についてボクはなにもわからないのですが……」

「なんでもありません。まったく問題なし。出版人みずからが私の肖像画を欲しいと書いてよこしてきているのです。そして私の伝記を書くのはあなた。それもあなたのご負担を軽くするために友人に頼んでその主なところを仕上げてもらっています。だから冒頭のところをちょこっと書いてもらうだけでいいのです。簡潔に、表現豊かに、長くともせいぜい棒ゲラ数段分といったところです。これでおわかりですね」


ファルクはあまりの用意周到さに畏れ入り、肖像画が実物とあまりに違うことと、その友人の筆跡というのが仮面氏自身のものとあまりにも似通っていることに驚いた。

仮面氏は肖像画と原稿を渡してしまうと、あとはもう感謝を受け取るだけとばかりに握手をもとめて手を差し出した。

「よろしくと——出版人にお伝えください」危うくスミスと言いそうになり、頬髯に囲まれたあたりを少し赤くした。

「でも牧師さんはボクの意見をご存知ないではありませんか」ファルクは抗議した。

「意見ですと。はて。あなたの意見について尋ねましたかな。私は誰か人間の意見などけっしてもとめません。神よ、我を守りたまえ。この私が。とんでもない」

もう一度自社の在庫品の背表紙を叩くと、扉を開け、伝記作家となった人物を送り出し、ふたたび祭壇での仕事に戻っていった。

ファルクは例のごとく、それは不幸なことであるわけだが、すべてが終わるまで会話に応ずる適切な返答が見つからず、ようやくそれを見つけたのはすでに道に降りたあとのことであった。たまたま空きのあった（そして広告で塞がれていなかった）地下室の採光窓に伝記と肖像画の預かり主になってもらうことにした。

それから最寄りの新聞社に行き、贖罪の松明についての訂正広告を掲載する手筈を整え、そして確実にやってくる飢え死ににに身をゆだねた。

第八章　惨めな祖国

それから数日後、ファルクはリッダルホルメンにある国会議事堂前にいた。赤頭巾の第二議院つき番記者の手伝いをするためで、鐘の音はちょうど十時を告げたところであった。ファルクは歩を早めた。給与がしっかりと支払われているこうした機関では万事が定刻どおりにすすめられているものと思っていたからである。委員会室に通じる傍道《わきみち》をのぼっていくと、第二議院の左側の記者席に通された。ある種の厳粛な気持をもって進み出たその場所はわずか数枚分の板が渡されただけの区画で、天井蛇腹からまるで鳩舎《きゅうしゃ》のように吊り下げられていた。ここで『この国のもっとも神聖とする利益についてそのもっとも優れた成員たちがいかに議論するのかを、自由な言葉で語る者たちが傍聴する』のである。こうしたことはファルクにとってまったくはじめてのことであった。しかし鳩舎から見下ろした議場はがらんとして人影はなく、どこか貧民学校に似ていなくもない光景を呈していて、さしたる感銘は受けず、すっかり拍子抜けした気分になった。時刻は十時五分過ぎになった。しかし依然として自分のほかには人っ子一人いない。数分間の静寂があたりをつつむ。説教を待つ田舎の教会を想い起こさせる。そこへシュリ、シュリと微かな音が議場に響いてきた。鼠かなと思う。しかし発見したのは反対側の記者席の欄干に肘をついて鉛筆を削っているみすぼらしい小男の姿であった。男は削りかすがぱらぱらと落ちて階下の机上に散らばる様子を眺めていた。ほかに見るべきものなどなにもなく、ファルクは視線をのっぺりとした壁のあたりにあてもなく彷徨《ただよ》わせていたが、最後にナポレオン一世の時代に由来する古い柱時計のところで目をとめた。その真新しく金メッキされた皇帝の紋章は古くなった残り物で作った即席料理を象徴していた。しかしまた両開きの入り口の扉が開き一人の男が入ってきたとき、時計の針が十時十分過ぎを指していたことは——皮肉にも——なにごとかを象徴していた。入ってきたのは一人の老人である。双肩は担った公務の重荷でたわみはじめ、背中は担ってきた村役場の責務の重さに曲がってしまい、首の骨も役場、委員会室、地下金庫室といった湿気だらけのところにずいぶん長いことといたので、すっかり縮こまってしまっている。しかし演壇のある前へと通ずる椰子皮繊維の長い敷物の上を歩む足取りにはどこか年金生活者のもつ憂いのなさがある。通路の真ん中あたり、ちょうど皇帝時計を横手に見るところで立ち止まる。そこで立ち止まって左右を見渡し、ときには振り返るのが習慣であるらしい。しかしこのときは鍵巻き懐中時計と柱時計とを見比べて、長年頼りにしてきた頭を不満げに一度左右に振った。進みすぎておるな、進みすぎておる。それから顔には超俗的な安らぎの表情が浮かぶ。わしの時計は遅れることがないのだという安らぎの表情である。そしておなじ足取りで、まるで生涯の目標に向かって歩を進めるかのように、通路の先へと前進をつづける。もっとも向かった先の演壇の名誉の肘掛け椅子にそれを見出したかどうかはおおいに問われるところであった。

目的地に到着して立ち止まると、ハンカチを取りだして立ったまま鼻をかむ。視線を向けた先には椅子と机からなる聴衆の一群がじっと聞き耳を立てており、なにか意義深いことを語りかけている様子である。例えば『お集まりの皆さん、わたしはいま鼻をかみました』とか。やがて腰をおろす。まるで長官といった風情の落ち着きであり、もし目を覚ましていないのであれば寝ているようにも見える。そして一人きりで、と思い込んでいるのであるが、この大きな部屋の中でただ神とともに一人きりで、来るべきこの日の務めを果たすべく力を溜めて備えている。そのとき大きなシュリという音が左手の天井に近い上の方から聞こえた。びくっとして顔をむけ、この場で音を立てたけしからぬ鼠を半眼に見開いた眼《まなこ》で射殺そうとする。ファルクは鳩舎の反響の強さを計算に入れておらず、その射殺さんとする視線の必殺の一撃をまともに受けてしまう。しかしその視線も天井蛇腹から下へ伝うあいだに和らいでいき、『なんだただの番記者か。鼠かと思った』と呟くだけのゆとりをえる。さすがに大きな声で言いはしなかったが。そして片目が罪を犯させたのでこの狙撃者は深い悔い改めの情に襲われ、手に顔を埋め――そして、泣いているのだろうか――とんでもない、嫌なものを見てしまい目の網膜におちた染《し》みを拭い落としているのである。

やがて扉が続けざまに開きはじめ、代議士の面々が到着する。壁時計の針はのろのろと進む。すでに到着していた議長は善人にはお辞儀と握手をもって酬い、悪人にはこれから顔を背けて罰する。なぜなら議長たるもの至高の者のごとくに公正でなければならないからである。

ようやく赤頭巾の番記者が、薄汚い格好で、素面とは言い難く、寝不足の赤い目をしてやってくる。それでも新人の質問にちゃんと答えてやるのは愉快なことだと思ったらしい。

もう一度扉が大きく開くと、一人の人物がまるで自分の家にいるかのような確かな足取りで入ってくる。追徴課税局の会計補佐官であり官給局の主計官である。演壇のある前まで進むと親しげに議長に挨拶する。そしてまるで自分の持ち物であるかのように書類の山を引っかき回す。

「あれは誰ですか」ファルクは尋ねる。

「一等書記官だ」赤頭巾の仲間が答える。

「えっ、ここでも書き物をするのですか」

「ここでも、だと。じきにわかるさ。上の一階分はまるまる書記のやつらが占領してやがる。屋根裏はすでに書記でいっぱいだ、じきに地下も書記で埋まっちまうだろうよ」

さて下は蟻塚のようにうようよと蠢《うごめ》いている。木槌が打ち下ろされ静かになる。一等書記官が先の議会で決まった議定書を読み上げ、異議なしで承認される。それからつづけてレールバーク選出のヨン・ヨンソンからだされた十四日間の賜暇《しか》の請願が読み上げられる。

承認。

「ここでも賜暇があるのですか」新人は驚いて尋ねる。

「もちろんだ。ヨン・ヨンソンは地元のレールバークに戻って馬鈴薯を植えねばならんのだ」

それから壇上には筆と紙で武装した若い連中で埋まりはじめる。みな非常勤職員時代の昔の顔見知りばかりである。小卓を囲んで腰をおろし、まるでスウェーデン・ホイストの組分けでもしているかのようである。「あれが書記たちだ」赤頭巾が解説する。「なんだやつらおまえのこと知ってるみたいだな」

実際そのとおりである。なぜならみな鼻眼鏡をかけて一様に鳩舎のこちら側を見上げていたのである、劇場の一等席から桟敷席を見上げるときとおなじ優越感を漂わせて。そしておたがい耳打ちしてはそこにいない者についての意見を交換しあっている。あらゆる徴《しるし》から判断してファルクがいまいる席に座っている者のことにちがいない。ファルクはあまりに多くの注目を浴びてすっかり動揺してしまい、ちょうど鳩舎に入ってきたストルーヴェになおざりにしか挨拶しなかった。ストルーヴェは陰気で、あたりには無頓着で、だらしない服装で、そして保守的である。

一等書記官は玄関に敷く足拭きマットとガロッシュ用の下駄箱につける真鍮製番号札の新規購入のための補助金の承認を求める請願だか議案だかを読み上げる。

承認。

「反対する者はどこにいるのです」新参者が尋ねる。

「ふん、どこにいるかだと。お釈迦様でもご存知あるめえ」

「賛成しかしていないじゃないですか」

「もうちっと日が昇るまで待つんだな。そうすりゃわかる」

「なら、まだ来ていないんですか」

「ここでは来たいときに来て帰りたいときに帰るんだ」

「それじゃまるで役所と変わるところがありませんね」

保守派のストルーヴェはこの軽はずみな会話を耳にして、政府を代弁すべきであると考える。

「ファルクのやつ、なに詰まらんことを言っているんだ。ぶいぶい言うものではないな」

ファルクはなんと答えてよいか適当な言葉を見つけ

るのに時間がかかったので、下ではすでに次の議題がはじまっている。

「あいつのことは気にするな」赤頭巾が慰める。「やつは昼飯代があるときにはいつだって保守派なんだ。俺からいまさっき五つばかし借りたところだからな」

一等書記官が読む。「国家委員会の答申、第五十四号、木柵の廃止をもとめるオーラ・ヒップソンの議案に関して」。

ノルランド選出で山主であるラーションが無条件の同意を表明する。『我々の森がどうなってしまうのか』と叫び声をあげる。『わたくしはただ問いたい、我々の森がどうなってしまうのかと』そして激しく息をつきながら席にどかっと腰をおろす。このような力の入った雄弁はここ二十年来すっかり流行遅れになっていたので、この場面は忍び笑いをもって迎えられる。やがてノルランド席での死闘は自然と収まる。

エーランドの代議士は土塁にしてはどうかと提案する。スコーネの代議士は柘植《つげ》の垣根のほうが好ましいという。ノルボッテンから来たものは、耕地のないところではそもそも木柵は不必要であると個人的には思うといい、ストックホルム席の弁士はこの件は有識者からなる審議会に諮問するのがよいと思うといい、とりわけ有識者のところを強調する。しかしそれで大荒れになる。審議会なら死んだほうがましだ。政府動議が要請される。議案は否決され、木柵は自然に朽ちるまでその存置が認められる。

一等書記官が読む。「国家委員会の答申、第六十六号、聖書協会への補助金の停止をもとめるカール・イエンソンの議案に関して」。この設立して百年にはなる研究所の崇敬すべき名を聞いて、さしもの大口も閉じられ議場には畏敬の念をたたえた静けさがひろがる。いったい誰が宗教をその礎石もろとも攻撃してのけるというのか。いったい誰が公衆から浴びせられる劫罰《ごうばつ》の宣告に敢えて身を晒そうというのか。イェースタードの教区監督が発言を求める。

「書きましょうか」ファルクは尋ねてみる。

「いいや。あれの言うことは俺たちに関係ない」

しかし保守派であるストルーヴェは次なる要旨を書きとめる。

『祖国の神聖なる関心事。宗教と人間性との合一の名のもとに。八百二十九年。千六百三十二年。不信心。新しがり屋。神の言葉。人間の言葉。百年間。アンスガール。情熱。高潔さ。公明正大。卓越さ。学識。スウェーデン国教会の存立。古来スウェーデン人の名誉。グスターフ一世。グスターフ二世。リュッツェンの丘。ヨーロッパの目。後世の審判。遺憾。不名誉。緑の牧場。水を取り、手を洗って。だが、かの者たちは応じようとしなかった』

カール・イェンソンが発言を求める。

「よし、俺たちの書く番だ」と赤頭巾。

『空言。大言。協会の小田原評定百年間。費用、十万リークスダーレル。大監督九人。教授三十人。ウップサーラ。通算して五百年間。臨時職員。秘書。研修生。なにもやっていない。校正刷。拙い仕事。金、金、金。それ相応の名をくれてやれ。ペテン師、官吏による搾取するための組織』

一つの声もあがらない。しかし評決にあたってはこの議案はしめやかに可決された。

赤頭巾が手馴れた手つきでイェンソンのつっかえつっかえの発言を流麗に仕立て上げ、それに強烈な見出しをつけているあいだ、ファルクは休憩である。ところが目を傍聴席のほうにやると、すでにおなじみの顔が欄干に顎をのせているのが目にはいる。顔の持ち主はオッレ・モンタヌスである。このときは骨を見張って寝そべっている犬のようであり、実際そのとおりであったのであるが、しかしオッレは秘密をまったく漏らさなかったので、ファルクにはそれがどうしてなのかわからなかった。

さて右側の記者席の下で、ちょうどみすぼらしい男が鉛筆の削りかすの雪を降らせていたあたりであったが、小脇に三角帽子を抱え、手には紙の巻物を持った制服姿の紳士が立ち上がった。

木槌が打ち下ろされ、皮肉っぽく底意地の悪い沈黙がひろがる。

「書くんだ、ただし数字だけでいい。ほかは俺がやる」

と赤頭巾。

「誰です」

「王様の勅《みことのり》だ」

そして紙の巻物が読み上げられる。『陛下の仁慈《じんじ》の勅。貴族子弟の現代語熟達のための部局への補助金の増額のこと。文房具および雑費の項目において、五万リークスダーレルから五万六千リークスダーレル三十七エーレにすること』。

「雑費ってなんですか」ファルクは尋ねる。

「水筒、傘立て、痰壺、板簾、ハッセル丘での昼食、賞与等々。口を閉じてろ。まだあるぞ」

紙の巻物には続きがあった。『陛下の仁慈の勅。西イェータ騎兵隊への補助金のこと。新たに六十人の将校を補職すること』。

「六十でしたか」ファルクが尋ねた。国事行為に関してはまったくの門外漢であったのである。

「六十だ。ただ書くだけでいい」

紙の巻物はくるくるとほどかれてますます長く伸びていく。

『陛下の仁慈の勅。官給局への補助金のこと。新たに五人の正規官吏を任命すること』。

カルタ机のあたりで人がどっと身じろぐ。ファルクの席でも大きな身じろぎがある。

紙の巻物がくるくるともとに巻き戻されると、議長は立ち上がり『ほかに仰せいただけることはありませんかな』と尋ねるようにお辞儀をして感謝する。巻物の持ち主は席に腰をおろすと、みすぼらしい男が落とした削りかすを息を吹いて吹き飛ばしはじめた。ただし金糸で刺繍されたごわごわした襟が邪魔をしたおかげで、今朝方議長にはおさえることができなかった罪への誘惑から免れることができた。

議事は進行していく。トールレーサ選出のスヴェン・スヴェンソンが貧民救済問題について発言をもとめた。するとまるでなにかの合図があったかのように代議士たちはいっせいに起立し、欠伸をして伸びをする。

「さて、俺たちも下で朝飯にしよう」と赤頭巾が被保護者に告げる。「俺たちには一時間十分ある」

しかしスヴェン・スヴェンソンが発言しているとこ

ろである。

議員の面々も体を動かしはじめ、何人かは外に出ていってしまう。議長は善良な議員たちと会話をはじめ、スヴェン・スヴェンソンが話すことにたいして政府としての不快感を表明する。ストックホルム席の年輩の二人の議員は見るからに新人とわかる若い紳士を案内して発言者のところに連れていき、まるで珍獣であるかのように指さして解説する。しばらく目前に眺めて観察していたが、なんとも滑稽なやつだと思ったか、すぐに背を向けて引き返していった。

赤頭巾はファルクに説明するのが年長者の務めであると思ったのか、いま話しているやつはこの議院の『癇疾《くしつ》』だ、と教える。冷たくもなく、熱くもない。およそどこかの党に利用されるということがなければ、どんな利益にも己を枉《ま》げることがない。ただしその喋ること、喋ること。しかし、いったいなににつって話しているのか、誰一人言うことができない。なぜなら、どこの新聞も一度としてそれを報告したことがなく、わざわざ議事録を確かめて調べようとするものも誰一人いないからである。ただし机に向かっている書記たちは別であり、いつか権力を手に入れたら奴のために憲法を改正してやると誓っていた。

しかしファルクは閑却《かんきゃく》されるものにいつもどこか脆《もろ》いところがあって、それでこのときも居残って聞くことにしたのであるが、それは久しく耳にしたことのない言葉であった。すなわち、一人の名誉ある男がおのれの道を潔白に歩み、抑圧され虐げられている人びとの嘆きを代弁しているのである、それに耳を傾けるものが誰一人いないというのに。

ストルーヴェはこの農夫を一目見るやいなや旗幟《きし》を鮮明にして地下食堂に降りていってしまった。すでにほかのものも後につづき、議院の半分はそこに集まっている。

食事をおえてほろ酔い加減になると、ふたたび上に戻ってきて止まり木に腰掛ける。まだしばらくスヴェン・スヴェンソンの話を聞かねばならなかったからである。あるいは、より正確に言えば話しているところをただ眺めている。朝食の後で会話も弾み、発言者の言葉など一言も聞いていないのである。

しかしながらそれもやがて終わりになる。誰からも反論がない。発言についてなんの審議もおこなわれない。そんなものはまったく存在しなかったとでもいうようである。

一等書記はそのあいだに自分の部局をまわって官報をのぞいて暖炉の火を掻き回す暇があったが、いまはふたたび席について次の議案を読み上げている。

『国家委員会に付されし陳情、第七十二号、トレースコーラ教会の古くなった彫刻作品の修繕のために一万リークスダーレルの補助金を求めるトレースコーラ選出のペール・イルソンの建議によるもの』

傍聴席の欄干に顎をついている犬の頭が見張っている骨を取られまいとして威嚇するかのように見えた。

「あの傍聴席にいる片端《かたはし》を知っているか」赤頭巾が尋ねた。

「オッレ・モンタヌスですね、ええ、まあ」

「ならあれがトレースコーラと同郷だってことも知っているだろう。なんとまあ才知にたけた男だよ。見ろ、トレースコーラが出てくるときのあの顔が物語っているじゃないか」

ペール・イルソンが発言を求める。

ストルーヴェは軽蔑して発言者に背を向けて葉巻に吸口をつくっている。しかしファルクと赤頭巾は筆を構えて待つ。

「おまえが修辞の文句を書き取れ。おれは事実のほうを引き受ける」と赤頭巾。

十五分後、ファルクの紙の上は以下のような綴りで埋められていた。

『祖国の文化の耕作。経済的関心。物質主義であるとの非難。フィヒテによれば物質主義。祖国の文化、物質主義ではない。Ergo［故に］その非難は却下される。栄光の大伽藍。朝日の輝きに包まれて。その尖塔は天を指し。上古。哲学は夢想だにしない。全国民の権利。神聖なる関心。祖国の文化。文芸、歴史そして古典学院』

この支離滅裂さは一部のものに活力を、とりわけ死せるフィヒテを墓から掘り起こした際には、呼び覚まし、とにかく首都の席とウップサーラの席から返答をもらうことができた。

前者曰く、トレースコーラ教会もフィヒテも知らないし、古い石膏の木偶坊《でくのぼう》が一万リークスダーレルの値打ちがあるかどうかもわからないが、にもかかわらず、本議院において美しき試みを奨励すべく、というのもこれまでに大勢が歩道橋やら木柵やら国民学校やらなにやらに補助金を申請するのは聞いたことがあったが、そのほかのものにたいしてはこれがはじめてであるから、皆さんにもご賛同いただきたいと思うのである。

ウップサーラ席の発言者の見立てによれば、（ストルーヴェの覚え書きによる）建議者はア・プリオリに正しい、その前提である祖国の文化は耕されねばならぬということは正しく、結論である一万リークスダーレルの支出は反証不可能である、その目的、目標、方向性は美しく、称讃に足り、愛国的であるが、しかしここに一つの過ちが犯された。誰によってか。祖国であろうか。国家であろうか。教会であろうか。否、建議者によってである。悟性の命ずるところによれば建議者は正しい、それ故に発言者は、繰り返すことを許していただきたい、その目的、目標、方向性を高く称讃せざるをえないし、本案の行方には最大の共感をもって見守っていきたいと思う、そして本議院に祖国の名において文化の名において芸術の名において本案に賛成の票を投じていただくよう要請する。しかしながら、発言者自身は、一つには本案が概念に照らしあわせてみるならば錯誤があり、動機付けがされておらず、非本来的であるが故に、一つには同案が場の概念を国家の概念に包摂《ほうせつ》せしめんとするものであるが故に、同案にたいして反対の票を投じざるをえないのである。

傍聴席の例の顔は投票がおこなわれているあいだぎょろりと目をむいてぶるぶる唇を震わせていたが、採決が終了し議案が可決されると、破顔して不満げな傍聴席の人の群をかきわけ消えていった。

ファルクにはペール・イルソンの建議とオッレがこの場にいて消えていったことの連関が飲み込めたように思えた。ストルーヴェは朝食を食べてなおいっそう保守的で喧《やかま》しくなっており、あれやこれやと憚りなく垂れ流していた。赤頭巾は平静で無関心であった。驚くことをすでにやめてしまっていたのである。

とそこへ、オッレが雲霞《うんか》のような黒い人だかりを掻き分けてできた隙間からまるで太陽のようにはっきりと明るく照り輝いていた顔を浮かびあがらせた。アルヴィッド・ファルクは視線をそちらの方向に向けていたのであるが、目を伏せてくるりと背を向けてしまった。兄であった。家長であり、家名の誉れ、いつの日かその名を高らしめ、抜きんでて優れたものにせんと心を尽くしているものの姿である。ニコラウス・ファルクの肩越しに、柔和で不実そうな表情をした顔が半分影になって見えた。色白の顔の背後でなにかの内緒話を囁いているようである。ファルクは兄がこの場所にいることに驚く以外なかった。なぜなら新しい国家の制度に反感を持っていたことをよく知っていたからである。そのとき議長がアンデルシュ・アンデションに動議を提出する権利を与え、アンデションは与えられた権利を落ち着き払って行使し、次なる動議を読み上げた。『十分の事由が存する故に私はここにおいて要請させていただきます。国王陛下が陛下の認証された定款《ていかん》を有するすべての企業に、連帯の責任を負ってくださることを、国会として決議していただきたい』。

傍聴席の太陽から光が失われ、議場内は大荒れになった。フォン・スプリント伯爵が発言を求める。

「*Quousque tandem Catilina !*［いったいいつまで（我々の忍耐をためす気）だ、カティリナ］」なんとやりすぎではないか。そこまで我を忘れて政府を非難するとは。あなたがたもこれを聞いたであろう、諸兄。政府を非難し、あるいは、さらに悪いことに、政府を冗談の種にしている、粗野な冗談の種に。なぜならば、この動議はそれ以外のものとはみなしえないからである。冗談、と私はいう、否、これは暗殺、売国である。おお、我が祖国よ。汝が不肖の息子たちは汝に負うところ多きを忘却してしまった。しかし、ほかにどんなありようがあるというのか、汝は汝の守護騎士、汝の盾、汝の守りを失ってしまったのだから。私は彼奴、ペール・アンデションに、それとも別の名であったか、その動議を撤回することを要求する。さもなくば神にかけて、王と祖国はなお忠実なる守り手を有し、守り手は売国の水蛇《ヒドラ》の八頭に投ずる石を持ち上げ能《あた》うことを目にするであろう」

傍聴席からは喝采、議場では不服。

「はン、諸兄は私が怖れているとでもお思いか」

発言者は石を投げでもするかのように腕を振り回し、しかし水蛇はその百面の顔に薄ら笑いを浮かべる。発言者は笑っていない新手の水蛇を探しもとめ、それを記者席に見いだす。

「あそこだ、あそこだ」と鳩舎を指さし、壁が割れ地獄が開くのを見るかのような眼つきで見遣る。「あそこだ、鴉の巣がある。奴等の叫喚《きょうかん》が聞こえる。だが私を怯えさせることはけっしてない。立ち上がれ、スウェーデン男子よ。あの柱を切り倒せ、間柱も挽《ひ》き倒せ、床板を引き剥がし、椅子を蹴り砕き、書見机を木切れになるまで叩き壊せ、小さく、このぐらいの大きさになるまで粉々に」（木切れの一片をだいたい小指ほどの大きさと示して見せる。）「そしてあの怪しからぬ巣窟に火を放ち、鼠もろとも沈めてしまえ。さすれば王国は安寧のうちに花咲き、草木には露がしたたるのをあなたがたは見るであろう。かくスウェーデンの尊い人は語る。農民たちよ、このことを記憶しなければならない」

この演説は、三年も前であれば騎士館前広場で歓呼して迎えられ、議事録には一句も漏らさずに記録され、それから別冊にして印刷され、全国の国民学校とその他公共の慈善団体に配布されるところであったが、いまでは嬉遊曲《きゆうきょく》でも聞くように受けとられ、議事録には手際よく剪定されて記載され、そしてこれを報告したのはどういう風の吹きまわしか、いつもならこのようなものを載せたがらない反対派の新聞だけであった。

次いでウップサーラ席から発言の要求があった。事実の上では前の発言者にまったく同意するし、鋭敏な耳には演説に含まれる剣戟《けんげき》の響きが捉えられた。しかしいまは企業の理念について、理念としての企業について発言したい。まず、企業とは金を集めてなりたつものでも人が集まってなりたつものでもなく、企業とは道徳的人格であり、そのようなものとして責任能力を問えぬもので――」

そこで場内からは笑い声や話し声がこぼれ、あとで報告記者に聞き取れたのは演説の最後のところだけで、概念に照らしあわせてみるならば、祖国の利益が危険に晒されるということであり、そしてもしこの動議が否決されなければ祖国の利益は蔑《ないがし》ろにされ、したがって国家は危機に瀕することになろうというものであった。

それから六人の発言者が昼食までのあいだスウェーデン国勢図会や、ナウマンの憲法論、法律全書、イェーテボリ商業新聞などから引用をしては、いずれもそろって、もしも陛下が陛下の認証されたる定款を有するすべての企業に連帯の責任を負うと宣言なさるようなことになれば、祖国は危機に瀕し、祖国の利益は危険に晒されると結論づけるのであった。あるものは大胆にも、それでは祖国の利益は賽《さい》の目任せだといい、あるものはのるかそるかの大博打だと述べ、幾人かは風前の灯火であるとみなし、最後の発言者は綱渡りするようなものだと説いた。

昼食時間がきて、動議を委員会に付託することが否決された。すなわち、祖国は臼挽き委員会、篩《ふる》いかけ役所、麻切り国会、麻打ち倶楽部、麻挽き新聞にかけられることを逃れたのである。祖国は救われた。なんと惨めな祖国。

第九章　貸借契約

　前の章での出来事があってしばらくたったある日の朝、カール・ニコラウス・ファルクは愛する妻と珈琲卓に座っていた。夫は習慣に反して部屋着も室内ばきも身につけていなかったが、妻は高価な部屋着を身にまとっていた。

「ねえ、あなた、昨日ここに来た連中、五人ともそろってお気の毒さまって言って寄越したの」妻は陽気に笑いながらいった。

「そんなのは勝手に……」

「ちょっとあなた、忘れたの。今は論をしてるんじゃないの」

「なら怒っているのになんていやいいんだ」

「怒るものではないわ、まずはじめに腹が立つのよ。それからこういうの、『一体全体これはどういうことだ』」

「ふん、一体全体これはどういうことだ、いつもおまえは不愉快なことでワシをもてなそうっていうんだ。そんなワシを苛立てるようなことを話すのはやめにしろ」

「怒るっていうのね、ボクちゃんは。ならあたしは一人で悩み事を抱えていかなければならないわけ。あなたはいつもあたしに怒りをひっかぶせるっていうのに」

「それをいうならぶちまける、だよ」

「ひっかぶせるでいいのよ。いいこと、結婚したとき約束してくれたのはそんなことだった」

「わかった、わかった。議論も論証もなしだ。つづけてくれ。それで五人ともそろってここに来た、お義母さんに五人の姉妹だ」

「四人姉妹よ。まったくあなたの親戚だっていうのに親愛の情がちっともないのね」

「おまえの親戚だ。それにおまえだってそんなもの、ありやしないだろう」

「もちろんよ。好いてなんかいるもんですか」

「ふん、それで五人がここに来てお気の毒さまをいった、おまえの義弟が役所から追い出されて、それを祖国で読んで知ったとな。ちがうか」

「そのとおりよ。それにいけずうずうしいことに、これでもうあたしが生意気をいいつづける権利はないっていうのよ」

「自尊心が強いっていっているんだよ、お嬢さん」

「生意気って連中はいったのよ。このあたしがそんないじけているみたいな言い方をするわけないいじゃない」

「ふん、それでなんて答えたんだ。大方がつんと一発くれてやったんだろう」

「あたりまえよ、信用してくれていいわ。そうしたらあの婆あ、二度とうちの敷居を跨ぐものかって嚇しやがったの」

「なんだって、そういったのか。おい、いったことは守る人だと思うか」

「いいえ、思いません。でも爺ならきっと……」

「こらこら、自分の父親のことを爺なんていうもんじゃない、人に聞かれたらどうする、人聞きが悪い」

「なによ、そんなへまをあたしがするとでも思って。とにかく爺は、ここだけの話しよもちろん、もう二度とうちに来ることはありません」

ファルクはじっくりと考え込んだ。それから話を継いでいった。

「お義母さんは自尊心が強い人なのか。それに傷つきやすくて。ワシが人を傷つけることを嫌っているのはおまえも知っているだろう。もし弱いところ、感じやすいところがあったらいってくれ。触れないようにするから」

「自尊心が強いかですって。そんなの自分でもよく知ってるでしょう。例えば、もしあたしたちがおもてなしをすることがあって、それに婆あと姉妹たちが招待されていないことを聞いたら、きっともう二度とうちにくることはないわ」

「確かか」

「ええ、信用して頂戴」

「一体全体これはどういうことだ、お義母さんのような階層の人間が……」

「なにいってるの」

「いやはや、ご婦人方ってものはかくも感じやすくいらっしゃる、ということだ。そういやおまえ、なんだかの協会のほうは最近どうなんだ。ところであれはなんといったかな」

「『女性の権利をもとめて』よ」

「いったいどんな権利になるんだ」

「もろちん女性が自己財産をみずから所有できるようになるの」

「なんだ、おまえはしていないとでもいうのか」

「ええ、していません」

「ならその所有していない財産ってのはいったいなんだ」

「あなたの財産の半分。あたしの結婚によってえられる権利だわ」

「おい、おい、勘弁してくれ。いったい誰がそんな馬鹿げたことをおまえに吹き込んだんだ」

「馬鹿げたことじゃありません。時代精神っていうのよ、あんた。新しい法律が制定されるとそうなるの。結婚したら半分はあたしのものになっていたはずなんだわ。その半分で好きなものが買えてたのよ」

「それでみんな使い果たしてしまったら、それでもワシはおまえを養わなければいけないのか。なんとも至れり尽くせりしてやるわけだ」

「それどころかそうしなきゃいけないんです。さもなきゃ労働部屋いき。法律には自分の妻を養おうとしない夫についてそう書かれるの」

「そんな話があるか。そんなのはもう行き過ぎだ。だがそんなことはいまはいい。とにかく会合を開いたんだろう。どんな人がいたんだ。話してご覧」

「あたしたちまだ規約に取りかかっているだけなの、準備会で」

「ふん、でどんな人がいるんだ」

「会計監査官夫人のホーマンさんとレーンイェルム令夫人、今のところさしあたっては」

「レーンイェルムだと。そいつはなかなか偉い名だな。うん、前にどこかで聞いたことがある。だがこのあいだ創立するといっていた裁縫協会のほうはどうなったんだ」

「設立する、っていうの。そっちも大丈夫、こんどの晩にはスコーレ牧師がきて説教をしてくださることになってるの、すごいでしょ」

「スコーレ牧師は立派な説教師だ。顔も広いしな。悪いつき合いをしていないっていうのはいいことだ。人間にとって悪いつき合いほど危険なものはないからな。ワシの父も常日頃そういっていた。それはワシのもっとも厳しく守るべき原則になっている」

妻はパン屑を拾い集めてそれで空になったコーヒーカップを埋め立てようとする。夫は歯のあいだにはさまったコーヒー滓かなにかを取るために胴着のポケットの中に手を入れてマッチを探している。

夫婦は二人ともおたがい顔を突き合わせていることに困惑していた。おたがいの考えがわかるので、はじめに沈黙を破ったものがなにか馬鹿げたことか恥をさらすようなことを口走るということもわかっていた。密かに新しい話題を探して吟味してみるのだが、しかしどれもこれも使えない。みんなかつてやりとりしたことがあったか、それともかつて発言した内容となんらかの関連があることばかりだった。

ファルクは食堂に欠けていてどこか気に入らないところはないか探しだそうとし、妻は窓を眺めて天気にかわりはないか確かめてみるが、いずれも徒労であった。

とそのとき丁稚がやってきて新聞と一緒に助け船を差し出してくれた。「書記官のレヴィーンさんです」と告げたのである。

「待たせておけ」主人は命じた。

それから少しのあいだ長靴にキュッキュッと音をたてさせて床の上をいったりきたりする。戸口の外で待っている哀れな男に前もって自分の登場を高らかに告げ知らせておくためである。

レヴィーンはそのように戸口で待たされたことははじめての経験であったので非常に落ち着かずどぎまぎとさせられて、ようやく部屋に通されたときには震えていた。そして素っ気なく陳情者のような扱いを受けた。

「用紙はもっているのか」ファルクが尋ねる。

「ええ、と思いますが」レヴィーンは狐につままれたような顔をして答え、ありとあらゆる色をした借用証書やら手形の用紙やらの束を引っ張り出した。「貴兄はどちらの銀行にいらっしゃるのが一番よろしいですかな。一つを除けば選り取り見取りだ」。

事情の厳粛さにもかかわらずファルクはにやにやせずにはおれなかった。片方の名前が欠けている書きかけの借用証書やら、支払人のないままに振り出された為替手形やら、作ったはいいが受け取りを拒まれた約束手形などが見えたからである。

「では縄綯《なわな》い銀行《ぎんこう》にしておこう」とファルク。

「そこは駄目です、本当にそこだけは……、その、顔が知られてまして」

「ふん、なら靴屋銀行、仕立屋銀行、どこだっていい、だがさっさとしろ」

指物屋銀行に落ち着いた。

「さて」とファルクはまるで人の魂を買い取ったかのような目つきをしていった。「それじゃあ洋服を新調しにいってくるんだ、ただし制服の仕立てをやっているところにしろ。そこで制服をあつらえてもらうんだ、後払いにしてもらえ」

「制服ですか。着ている人なんかいませんが……」

「黙って聞いていろ。来週の木曜日までに仕上げてもらえ。盛大な祝賀会をひらくんだ。店と倉庫を売ったことは知っているだろう。明日には問屋の営業権を入手することになっている」

「それはおめでとうござ……」

「ワシが話しているときは黙っているんだ。おまえはこれからフェップスホルメンにいく、ご機嫌伺いをするんだ。そのぺちゃくちゃと下らぬことを途轍もなくよく喋る才能とうまく騙るやり口でワシの義母さんに気に入られたことがあったろう。そこでだ。おまえはあの女《ひと》に前の日曜日ここで大勢のお客を集めてのおもてなしがあったそうだがどう思ったか聞くんだ」

「ここでですか。でもそんなことあり……」

「黙っていろ、ただ従えばいいんだ。そうしたらあの女は悔しがって唇を青くして、おまえが招待されたかどうか聞くだろう。もちろんされなかった。だってそんなおもてなしなんかなかったんだからな。ふん。それでおまえたちはおたがいに不満をかこつ。よい友人同士になる、ワシの悪口を言い合う。おまえならわけなくできるだろう。ただしワシの妻のことは褒めなければいかん。わかったか」

「いえ、すっかりは」

「わかる必要なんかない。従えばいいんだ。もう一つある。ニューストレームにワシが尊大になってもう奴とつきあうのを嫌がっていると吹き込むんだ。はっきりとそういえ。そうすれば一つは本当のことを言うことになる。いや、待て。このことは先延ばしにしよう、さしあたってはだ。そのかわり奴のところへいって木曜日の意義について話すんだ。そしてそれが奴にも大きな利点になるとか多くのいいことがあるとか見通しが明るいとか、等々と諭してやれ。わかったか」

「わかりました」

「だがそうすると、おまえにはこれからこの原稿を持って印刷所にいってもらうことになる。それから――」

「それから奴を突き落としてやりましょう」

「ふむ、そうおっしゃりたいのならご随意に」

「そしてわたくしが祝賀会の席で詩を朗読してそれを配るのですね」

「ふむ、そのとおりだ。それともう一つ。ワシの弟とどこかでばったりでくわすようにしろ。それであいつの境遇や誰とつきあっているかなどを探るんだ。うまく懐に潜り込んで信頼を盗め――これはわけない、要するに友達になればいい。ワシが騙していたことを話し、あいつにもワシが尊大だといえ。そして姓を変えるとしたらいくら要求するか聞くんだ」

レヴィーンの青白い顔にうっすらと赤面を表す緑色の影が浮かぶ。

「その最後のは少々厭なことですな」

「なんだと、いいか、あと一つある。商売人としてワシは自分の商売のことはきちんとしておきたい。これこれの大金の保証をするわけだ。払わされるのはワシだ。当たり前だ」

「なんとも、それは」

「いいから、喋るな。死にでもされたらワシにはなにも保険がないことになる。このワシ宛ての借用証書に署名をしろ。所持人一覧払いになっとる。なに、もちろんこんなのはただの形式にすぎん」

　所持人の言葉を聞いてレヴィーンの四肢には微かな震えが走った。躊躇《とまど》いながら筆をとる。引き返す道などないことはよくわかっているのに。脳裏にある光景が浮かんで見えた。なかなかに立派そうな男たちが手には杖を持ち、柄付き眼鏡を構え、胸ポケットを執行証書で膨らませて人垣をつくって待っている。戸を敲く音、階段を上り下りする足音、呼び出し、脅し、猶予命令の声を聞く。裁判所の時計が時を打つ音が聞こえる。男たちが籐の杖を捧げて敬礼するなかを足枷を嵌められて処刑場に連行され、そこで身柄は放免される。しかしその市民としての名誉は群衆の歓呼のなか断頭台の露と消えるのである。

　署名をして、謁見は終わった。

第十章　新聞株式会社灰色外套

スウェーデンは四十年もの間、成人になったものなら誰でもえられる権利を獲得するために働いてきた。ビラを書き、新聞を立ち上げ、石を投げ、酒盛りをやり、演説をぶった。集会を開き、請願書を書き、鉄道に乗り、握手をし、義勇民兵団を組織して、えらい騒ぎをして望んだものを手に入れた。熱狂は大きく、正当なものであった。オペラ劇場の地下酒場にある白樺の古い卓は政治演説の演台となり、改革ポンチの湯気にあたってたくさんの政治屋ができあがり、それから多くの乾杯を繰り返し、改革葉巻の香りを嗅いでたくさんの功名心に駆られた夢が生まれ、その後実現することはなかった。改革石鹸で古く溜まった埃を洗い流し、すべて良しと思った。だから、もうこれだけぶいぶいやったのだから、あとはおのずとやってくる光り輝く成果を寝て待つばかりであった。数年間寝て過ごした。しかし目を覚ましてみると、現実があった。そしてこれは計算違いをやらかしたと思った。ぽつりぽつりとつぶやく声が聞こえた。いましがた空高く持ち上げたばかりの政治家の検分がはじまった。さらには学問をしている若者たちのあいだには、かつての提案のすべてが提案者ときわめて密接な関わりのある外国から取り入れられたものであり、それとおなじものは大変よく知られた便覧に載っていて原語で読むことができると発見したものもいた。もう十分である。この時代はある種の落胆によって特徴づけられ、それはやがて一般的には失望の形を取ることになった。あるいはまたべつの呼び方をすれば、反対である。しかしこの反対は新しい種類の反対であった。というのも、いつものように政府に向けられるのではなくして、国会に向けられていたからである。それは保守的な反対で、リベラル派にも保守派にも、若者にも年寄りにも、両方に広がっていた。そういう訳でこの国はまったく惨めな有様であった。

そして自由主義の機運のなかで生まれ育った新聞株式会社灰色外套までもが麻痺しはじめるという事態に

なった。時勢に抗した意見をこそ弁護しなければならなかったのに（ただし社の意見などと言うことが許されればの話である）。社の取締役会はもはや事業の存続のために必要な定期購読者数をつなぎとめておくだけの力がなくなった意見を変えるよう、役員会議で提案した。会議はこれを了承し、昨今では灰色外套も保守系新聞の一つであった。しかし、である。ここに一つのしかしがあった。もっとも社にとってさして支障となるようなものではなく、恥をさらさぬようにそれまでの編集長の首をすげ替えるだけのことであった。表にでることのない平の編集員たちが社にとどまることは当然のこととされた。衿持のある男であった編集長はみずから辞表を出した。長らく赤だ赤だと後ろ指を指され屈辱的扱いを受けてきた編集員たちはこの知らせを喜びをもって迎えた。なぜなら、これで労せずに「ましな奴ら」とのお墨付きをえられると考えたからである。残る懸念は新しい編集長を一人調達することであった。社の新方針にしたがえば、この男に求められる資格は以下のとおりである。一つ、市民としてもうしぶんのない信頼をえていること。すなわち、官僚組織の一員であるか、爵位を有していること。爵位といっても緊急時の飾りになってくれさえすれば、掠め取ったものであれ金で買ったものであれかまわない。一つ、そのうえ上品な容貌をしていること。祝宴や園遊会にだしても差し障りのないようにである。一つ、独立心に乏しくちょっとばかり愚鈍であること。社の心得によれば、真の愚鈍というものはつねに思想の保守性ならびに程々の如才なさと連れそっているものであり、この如才なさとは上役の思惑を鼻で嗅ぎとり、公共の幸福とは個人の幸福であることを正当に理解し、これをけっして失念しないものだからである。一つ、程々に年を食っており、さらには既婚であること。そのほうがより扱いやすいし、結婚している使用人は独身の者よりも身の程をわきまえていることを商人の経営する社はよく理解しているからである。

人物は見つかった。もちろん以上に述べた特性のすべてをもうしぶんなく備えていた。大変に見目のよい男で、なかなかに恰幅がよく、波打つ長い金髪の髭《ひげ》を頬から顎にかけてたくわえて、そのほかの顔の欠点をみな隠していた。そうでなければその心根が透けて見えていたところである。大きく見開かれた不実な双眸《そうぼう》に見るものは囚われ、ついうっかり信頼を寄せてしまう。そうしてあらゆる方面から盗み集められた信頼は正直なやり方で濫用されるのであった。その猫撫で声で語るのはただ愛とか平和とか徳とかとりわけ愛国の言葉だけなので、ポンチがのっている卓のまわりに集まって判断力が曇っている多くの聴衆を惹きつけることになり、この上品な男は毎晩毎晩、徳やら愛国といったことを広めてすごすのであった。名誉あるこの男が劣悪な取り巻きに及ぼした影響たるや聞くにつけ素晴らしいものである。目にすることはできない、しかし耳にすることはできた。首輪を解かれたまま長年に渡ってあらゆる古いもの、尊厳あるものに噛みついていた猟犬どもの一団が、政府と官僚に向けて嗾《けしか》けられたり、あまつさえいと高きものまでも攻撃していた猟犬どもが、いまやすっかりおとなしい愛らしきものになってしまったのである、もっとも昔の仲間に相対したときだけは別なのであるが。つまりその心根を除けば、正直で節と徳を守るものたちになったのである。そして新編集長が政府寄りに姿勢を変えた際に公布した綱領にあらゆる点において従った。その核心はといえば、それを語るにはわずかの言葉もあれば十分で、あらゆる新しい良きものを追っ払え、あらゆる古い悪しきものを手助けしろ、権力にはひざまずけ、成功したものは持ち上げろ、成り上がろうとする奴は叩き潰せ、功績を讃え、不幸は罵れ、というものであった。もっとも、この綱領は言葉に囚われることなく翻訳され、表向きは以下のとおりになっている。すなわち、『非の打ち所が無い、みなに認められた良きもののみを認め、これに賞賛を与え、あらゆる新しがりを妨げ、そしてただ折り目正しい業績にのみ与えられるべき成功を不正を通じて獲ようとする個人の努力は厳格に、しかし公明正大にすべて追放すること』。編集部にとってもっとも肝心要であるその最後の点にはある隠された秘密があって、しかしながらそこのところはあまりほじくりかえしてもらいたくない。すなわち、編集部を構成しているのはみなあれやこれやで希望を打ち砕かれたことのある人物ばかりということである。しかもその多くは身から出た錆というもので、大抵の場合、怠惰と飲酒のせいである。あるものは所謂学院秀才であったものたちで、一時は歌手として、弁士として、詩人として、あるいは頓知者として名を成すこともあったが、やがて次第に、不当であると言い募ってはいるが実のところ正当な、忘却の彼方へ追いやられていった。そして長年の間、苦い思いで新人が企てることやそのほか新しいことならなんでも激励し、賞賛してこなければならなかった。そういう訳だから、この好機をとっつかまえて、いまやこれ以上ないという正当な口実のもとに新しいもの、良いもの、悪いもの、もう手当たり次第に区別なく当たり散らしたとしてもなんの不思議もなかったのである。とりわけ編集長はインチキと不正を嗅ぎ付けることにかけては正真正銘の達人であった。ある国会議員が私的団体の利益のために国を赤貧に瀕させることを目的とした議案に反対したとする。すると間髪入れずに、この議員は目立ちたがり屋で大臣の燕尾服を熱望しているペテン師だときめつけられる。大臣の席といわないのは服装がもっとも大事と思っているからである。しかし、政治は得意とするところではない。実をいえば苦手である。強いのは文学の方面であった。かつて北方祭で女性のための詩を韻文でうたって乾杯し、それによって韻文の文学に重要な寄与をなし、その詩は作者がおのれの不死性を獲得するに十分と見なすまで何度も何度も地方新聞に再掲された。これでもう詩人である。それで試験を終えて二等車切符を買ってストックホルムへ上京し、町の生活にくわわって詩人としての地位に相応しい賞賛をえようと思った。不幸なことに首都の住人たちは地方新聞など読んでいない。この若い男は知られておらず、その才能もまったく買われていなかった。しかし賢い男であったので、というのもこの点においてはそのささやかな理解力も過剰な空想力のせいで曇らされるということがけっしてなかったからで、このとき受けた傷を隠し生涯の秘密にすることにした。誠実な作品が、と自分でそう呼んでいるのであるが、まったく評価されなかったのを知って生じた苦い思いは文学の検閲官となるにあたって殊に相応しいものであった。しかし、自分で書くことはしなかった。そういった個人的な活動に携わることは立場上許されなかったからである。そのかわりその仕事を雇いの批評家にやらせては、あらゆる公明正大さと賄賂のきかない厳格さのすべてに害をなさしめていた。この雇われ批評家というのは十六年間自分でも詩を書いていた男で、しかしだれ一人それを読むものはいなかった。それに筆名を用いていたし、作者の本名など気に留めて尋ねるものもいなかった。ところがその詩はクリスマスがくるたびに塵の中から掘り起こされては灰色外套で賞賛されるのであった。もちろん中立の立場の人物によってである。つまり記事にはいつも署名がしてあり、それで作者本人がそれを書いているとは世間の誰も思わないようにしてあった。まだなお作家というものはとかく世間に知られたものとされていたからである。当の作者は十七年目にして新しく出版する本には（昔出した本の新装版である）本名を載せてもちょうどよい頃合いであろうと思った。ところがそこへ不幸が訪れる。そんな昔の筆名氏の本名などとんと聞いたことのない若い連中が書いている赤頭巾新聞がこの作者を新人扱いし、そして、よくもまあはじめて世に出す本に本名を載せたり、そのうえ若いのになんとも無味乾燥で古めかしい書き方ができるものだと驚きをあらわにしたのである。これはきつい一撃であった。筆名氏は熱を出した、が快復した。灰色外套で大々的な名誉回復がおこなわれたあとでのことである。そこでは世間一般を一息にこきおろし、子供の手のひらにのせても害のない誠実で健全で道徳的な作品を評価できないような世間は不道徳で不誠実であると言い立ててあった。この子供の手云々のところをある滑稽新聞が可笑《おか》しがって大笑いした。すると筆名氏の熱は再発し、それからというものこの時以降に現れる国内の文学すべてに永遠の死を宣告し、呪うようになったのである。しかしながらそのすべてにというわけではない。というのもよくよく観察しているものには、灰色外套新聞においてきわめてしばしば劣悪な文学作品が、なまくらな大抵どっちともとれる仕方ではあったが、褒められていたことに気づいたであろうし、もしおなじ観察者が、その劣悪な文学作品を発刊しているのはある特定の出版人の出版社からであるということを発見したとすれば、いやいや、しかしだからといってそれがロールキャベツだとかバルト海ニシンの酢漬けだとか外的な要因に影響された結果であると邪推するにはおよばない。なぜならこの男もほかの編集員すべてとおなじく公平な人物であり、厳しい判決を下す相手はいつも清廉潔白な人物ときまっていたからである。

さて、次は劇評家である。教育を受けたのち、某町の認可事務所での仕事をしながら演劇の勉強をやっていた。そうこうしているうちにある大女優に熱を上げるにいたった。もっとも某町で演じるとき以外は大女優でもなんでもない。この男は自身の個人的判断と世間の判断とに区別をつけられるほど啓かれていなかったので、灰色外套の欄に解き放たれるやいなやこの国一番の女優を完膚《かんぷ》なきまで叩きのめし、この役ではお嬢の、とは贔屓《ひいき》の女優がそう呼ばれていたのであるが、真似をしているだけだと言い放った。これがみっともないやり方であったとわざわざ非難するまでもないだろうし、灰色外套がまだ旗幟《きし》をかえるまえの出来事であったとしてもさもありなんである。これがきっかけで自身の名を高らしめたことは、つまり憎まれ軽蔑される名であるが、それでも一つの名にはちがいなくて、巻き起こした不興《ふきょう》を差し引いても余りあるものであった。劇評家としてとりわけ傑出した資質の一つに、もっともこの評価はかなりあとになって受けるにいたったのであるが、実は聾であったというのがある。このことが明らかにされるまで何年もかかったので、それがはたしてガス灯も消えた深更《しんこう》にオペラ劇場の表玄関で、その劇評家の劇評がきっかけとなって引き起こした取っ組み合いの喧嘩と関係があるのかどうかいまとなっては誰にもわからない。最近ではその腕力を振るうのは若手にたいしてだけである。その辺の事情に通じているものは、劇評を読めば書割《かきわり》の後ろでなにかごたごたがあったであろう日を正確に特定できる。というのもこの自惚れ屋の田舎町の住人は、どこか悪い場所で読んだストックホルムはパリのようであるという話を地で行き、その気になっているからである。

芸術の審判官は、生まれてこのかた一度も筆をとったことのない年寄りの学士であった。しかし輝かしいミネルヴァ芸術協会の一員になっていて、その縁で作品が完成するまえから世間のためにその解説をしてやっては世間みずからが判断を下す手間を省いてやっている。その批評はいつだって甘い、自分の知り合いにたいしては。そして展覧会の報告をするときにはその誰一人として書き漏らすことがない。みんなを誉めるにあたっては長年培ってきた習わしというものがあり、半段で二十の絵画を取り上げることもできる。それがよく知られた『あわせ』の遊びを思い起こさせるとしてもいったいどうしてほかのやり方ができるというのか。一方、若手の作品を取り上げることなど断じてしない。その結果、世間ではもう十年間にもわたって昔聞いた名前のほかは聞いたことがないという有様で、それでもうこの国の芸術に将来はないものとあきらめはじめていた。ところがたった一度、例外をやったことがあった。それもつい最近のことである。そしてそれは遺憾なことになんとも時宜をはずしていた。それゆえ灰色外套はその日の朝大荒れの様相を呈していたのである。

それは起きてしまったのである。

セレーンは、といって少し前にさほど注目すべきともいえない箇所ででてきた、なんでもない名前を思い出していただけるであろうか、その展覧会の会場に最後の最後になって自分の絵を抱えてやってきた。置くことを許されたのは一番悪い場所であったが、それはその絵の作者が学院の会員でもなければ勲章をえたこともないからである。そこへ『カール九世教授』がやってきた。そう呼ばれているのはこの教授がカール九世にまつわる出来事以外の場面を一度も描いたことがないからである。さらにはまた、かつてある競売でカール九世時代のワイングラスと食卓掛と椅子と羊皮紙を買ったからでもある。いまではもう二十年間も、ときには王様と一緒にときには王様抜きで、それらを描いている。しかし、それでも教授でありの団員でありそのことに変わりはない。さて、例の学院教育を受けた学士評論家と談笑していた教授の目にむっつりした反抗的な男とその絵がたまたまここにやってきたのかね」と鼻眼鏡を取りだす。

「ほう、貴君はまたここにやってきたのかね」と鼻眼鏡を取りだす。

「ほう、それが新しい画風というわけですな。ふむ、いいかね、貴君は年寄りの言うことにはもっと従うべきだ。そこのそれは消したほうがいい。それにそれもだ。さもなければ私は息の根がとまってしまうよ。なんとも大それたことをしでかすものだ。君はこれをどう思う」

そう問われたお仲間は、端的にいって不躾きわまりないものである、友人なら官庁画家でもなったほうがいいと忠告するところだと述べた。

セレーンは物静かに、しかしまったく動じずに反論し、その方面には行儀のよい人びとがすでに大勢いるので自分は芸術家の道を選んだのだ、それにこれまで明らかになったことから判断するに、この道で成功するほうがよっぽど簡単であると言い返した。この鼻持ちならない返答に教授はすっかり我を失って威嚇するような声をあげると、これはしまったという顔をしたセレーンに背を向け去っていく。そして学士はこれをいくつかの約束手形に作り替えたのである。

その翌日、栄えある購入会議が開かれた、ただし密室で。部屋の扉がふたたび開くと六枚の絵画が国内の芸術家を奨励するために世の人から預けられた金で購入されることになっていた。新聞に載った会議録の抄録は以下のとおりである。芸術協会は昨日以下の作品を購入した。一番、『牛のいる水辺』、大商人Kによる風景画。二番、『マグデブルク砲撃前のグスタフ・アドルフ』、木綿商人Lによる歴史画。三番、『鼻をすする子供』、中尉Mによる日常画。四番、『港に停泊する蒸気船ボーレ』、港湾管理職員Nによる海洋画。五番、『女たちがよりそう樹』、宮廷職員Oによる風景画。六番、『鶏肉のマッシュルーム添え』、俳優Pによる静物画。

これらの芸術作品は平均一千リークスダーレルの値がつき、灰色外套では一段の四分の二から三を費やして（一段十五行である）称讃した。このことについてはいまここでとりたてて言うべきこともないだろう。ところが批評家は、一つには段を最後まで埋めるために、一つには悪いものが広まるのを事前に防ぐために、このところ蔓延る兆しをみせはじめた悪しき風潮を厳しく矯正することにしたのであった。それとは、ろくに学びもせずに学院を飛び出していった若い無名の跳ね返り者たちが奇を衒《てら》い、誤魔化しばかりをして、世間の健全な判断力を惑わそうとしているというものである。そして耳をひっつかんでセレーンを引きずりだし、これをけちょんけちょんにこきおろした。これにはセレーンのことを普段良く思っていないものでも不公平だと思わずにはいられないほどであった。これだけでもそれがどれほどのものだったかお分かりだろう。才能のかけらもないと宣告するだけでは事足りず、ペテン師呼ばわりをし、さらには私的な遣り繰りのことまで非難し、昼に食べている場所が好ましからぬとか身につけている服装がひどいとか難癖をつけ、それに不道徳であるとか怠《なま》け者であるとか、最後の仕上げには、もう改悛《かいしゅん》するのは手遅れだろうから、将来はなにか月並みな職につくであろう、と宗教と良俗の名のものに宣託《せんたく》を下したのである。

これは軽薄さと利己心が犯したとんでもない暴虐である。灰色外套が発行されたその晩にひとつの魂が失われなかったことは奇跡であった。

その丸一日後、廉潔の士が発行された。そこではみんなのものであるお金が一部の団体によって運営されている有様がかなり露骨に考察されていた。先日の購入で画家によって描かれた絵画がたったの一枚もなく、みな役人か商人の手によるもので、厚顔にもこのときしか稼ぐことのできない芸術家と争って恥じることがないとか、これらの盗人どもは世間の趣味を荒廃させ、芸術家たちの道徳を退廃させるもので、いまでは芸術家も零落したくなければ、売れるものを真似たひどい絵を描くのに精を出す有様であるとか。それからセレーンが引き合いに出される。その絵はこの十年間で第一等のもので、人間の魂から生みだされたものである。この十年間の芸術はただ絵の具と絵筆の産物であったにすぎないが、セレーンの絵は霊感と感動に溢れた誠実な作品であり、真に根源的で自然の精神をまっすぐに見つめてきたもののみが描きうるものである。そして批評家はこの若者に老人らと張り合おうなどとしないよう戒め、信じて希望をもつようにと励ました。すでに追い抜いているのだし、天職をえているのだから、等々。

灰色外套は悪心のあまり泡を吹いて逆上《ぎやくじょう》した。「やつが成功でもしたらどうしてくれる」編集長は叫んだ。「此畜生、なんだってあんなにまでやつに手酷くあたるんだ。やつが成功したらどうなる。俺たちは顔にとんだ泥を塗ることになるじゃないか」当の学士はそんなことにはならないと誓って保証したものの、しかし心中穏やかならず、帰宅すると自分の著作を読みかえし、セレーンはペテン師である、廉潔の士は買収されている、と相変わらずの論証を張った論文を書いた。

灰色外套は一息ついた。しかしそれも新たな打撃を被《こうむ》るまでのことにすぎなかった。

翌日の朝刊に、国王陛下がセレーンの『このところ世間の足を展覧会に向けさせている風景画の傑作』を購入したとの知らせが載ったのである。

いまや灰色外套には風がうちつけられ柵の杭に掛けられたぼろきれのようにはためいていた。翻すべきか、それとも全力で押し通すべきか。それが新聞社と批評家にかかっていた。編集長は（取締役会代表取締役の命令で）批評家を人柱にして新聞社を救うことに決定した。しかし、どうやって。とそのときストルーヴェのことが思い出され、招聘されることになった。紙面上のあらゆる入り組んだ道に完璧に精通している人物である。一目で事情を見て取ると、数日もあれば上手回しに舵を切ってみせると請け負った。ストルーヴェの手練手管を理解するにはその経歴において要をなす事柄のいくつかを知っておく必要があろう。元をたずねれば大学の万年学生であり、困窮に迫られて文筆の道に身を落とすはめになったのである。はじめに社会民主的な民衆の旗の編集員となり、つぎに保守派の農民弾圧者に大移動する。しかし社は諸々の動産、印刷所、編集部とともに別の町に引っ越すと、社名を農民の友と変更しついでに意見も別の色に塗り替えることになった。それからストルーヴェは赤頭巾に売られていき、そこでは保守派のあらゆる手管に通じていることが買われて、おおいに重宝された。灰色外套にいるいまではそのときとまったく同様、宿敵である赤頭巾の内情を知悉《ちしつ》していることが役に立っており、それを思う存分に利用して憚ることがないのである。

ストルーヴェはまずこの汚名を濯ぐ仕事を民衆の旗に通信記事を載せることからはじめた。つぎにその何行かを灰色外套に引用し展覧会の大行列について報告した。それから灰色外套の投書欄に投書を書いてそのなかで批評家の学士を攻撃した。それには編集部と署名がしてある但し書きがついていて、次のような宥め言葉が書いてあった。『わたくしたちはセレーン氏の正当にも高く褒め称えられている風景画に関して、本紙の批評家殿とけっして意見をおなじくするものではありませんでしたが、一方でまた、この投書者殿の審判にも完全に同意することはできません。しかし異なる意見であっても本紙の欄に分け隔てなく載せることはわたくしたちの基本原則に属することであり、上掲の投書を印刷所に送ることに躊躇いはしませんでした』

これで最初の難所は乗り切った。ストルーヴェはクーファ硬貨のことを除けばなんでも書けるとの噂であったが、このときはセレーンの絵についての輝かしい評言を捏《で》っち上げ、それに『落着子』とまったくもってこれらのことにふさわしい署名をした。こうして灰色外套は救われた。そしてもちろんセレーンもであるが、しかしそれはさして重要なことではない。

第十一章　幸せな人びと

時刻は夕方の七時である。ベルン社交場のオーケストラは『真夏の夜の夢』の結婚行進曲を演奏している。その祝祭の音調にあわせるようにオッレ・モンタヌスが『赤い部屋』に登場する。ほかの常連たちはまだ誰も到着していなかった。今日のオッレは威風堂々たるものである。堅信礼《けんしんれい》以来かぶったことのない山高帽子をかぶり、新品の洋服を着て、両方そろった編上靴をはき、風呂を浴びて髭を綺麗に刈りそろえ、髪を巻き毛にしている。その様子はまるで自分の結婚式に出席するかのようである。真鍮の鎖が重そうに胴着から垂れ下がっており、その左胸ポケットははっきり膨らんでいるのが見える。顔にはお日様のような笑みを浮かべ、ほんの少しお金を積んでくれれば、全世界をも救ってやろうというくらいの親切心を湛えている。いつになく丁寧に釦をはずして外套を脱ぎ、桟敷椅子の真ん中に腰を下ろし、背広の前を大きく開けて、白いYシャツの前をピンと張り、釦の列を弓なりに出っ張らせている。そして体を動かすたびに新調したズボンと胴着の裏地が衣擦れの音を立てる。それが大変にご満悦の様子で、長靴を長椅子の脚に擦らせて、きゅっきゅっと音を立てては悦に入っている。時計を取り出す。古い愛着のある懐中時計で一年と一ヵ月の猶予期間をリッダルホルメンの塔で暮らしていたが、二人の旧友はようやくえた二人の自由を喜んでいるようである。さてこの哀れな人間がもう言葉では表せないほど幸福な様子をしているとは、いったいなにが起こったというのであろう。宝くじに当たったわけではないことを私たちは知っている。遺産をもらったわけでも称讃を得たわけでもない。どんな描写でも追いつけないような甘美な幸運を手にしたわけでももちろんない。ではいったいなにが起こったのか。単純明快、仕事を得たのである。

そこへセレーンがやってくる。天鵞絨《ビロード》の胴着を着て、磨き上げた靴を履き、肩掛けをまとい、旅行用の双眼鏡を首に掛け、肉桂《にっけい》の棒を持ち、黄色の絹のハンカチを胸ポケットに挿し、ピンク色の手袋をして、釦穴に花を一輪挿している。いつもと変わらず鷹揚で満足げな様子、その知的で痩せた顔にはつい先日経験した激動の日々の痕跡を少しもとどめていない。仲間のうちではレーンイェルムがいつもより静かな登場の仕方である。友人であり庇護者である者との別れであることを知っていたからである。

「さて、セレーン、どうだ、幸せだろう」とオッツレが口を開く。

「幸せかって。いったいなんの話だ。作品を一つ売った。五年間で初めてのことだ。それがたいしたことかい」

「でも新聞を読んだだろう。名を揚げたじゃないか」

「はん、そんなこと気に掛けるのはよそうじゃないか。それにそんな細かいことに俺が拘《こだわ》ってるなんて、おまえも思っていやしないだろう。ものになるまであとどれくらいかかるか、大体わかってる。あと十年だ。そうしたらオッツレ、そのことについて話そうじゃないか」

オッツレは一方については信じたか、もう一方については半信半疑である。Yシャツの胸のあたりをはたき、裏地で衣擦れの音をたてて、セレーンの注意をひく。セレーンはお愛想の一つも言わねばという気になる。

「しかし今日はいやにめかしこんでいるじゃないか」

「それほどでもない。そう思うか。だがおまえだって、まるでライオンみたいな形《なり》をしてるな」

セレーンは磨き上げた靴を肉桂のステッキでたたき、そっと釦穴に挿した花の匂いをかぎ、澄ましてみせる。

オッツレはそれから懐中時計を取り出し、そろそろルンデルが来る頃ではないかと時間を見る。するとセレーンも双眼鏡を構えて舞台のあるほうを眺め、多分そこいら辺にいるのではないかと確かめる。ところでオッツレはすぐにまた手を天鵞絨の胴着にやり、その柔らかな手触りを確かめずにはおれない。なんといってもセレーンが値段の割には至極上等の天鵞絨であると保証した品なのである。それではいくらなのかとオッツレは訊かないわけにはいかなかったが、それを知るセレーンはそのかわりにオッレの貝殻製のカフス釦を褒め称える。

　そこへ、やはりこの大宴会のお相伴にあずかることになっていたルンデルが現れる。わずかばかりの金額でトレースコーラ教会の祭壇画を描くことになっているのであるが，それがそれとわかる影響を身なりに及ぼしているわけではない。もっとも艶のよい頬の色と輝くような表情が以前よりましな食生活を物語ってはいたれけども。ファルクも一緒だった。真面目な表情をしているが喜びの顔も見える。全世界に代わって心の底から喜んでいる。労が正当にむくわれたのだから。

「セレーン、おめでとう。でも当然のことだね」

　セレーンもまたそう思っているので、「五年間おんなじように描いてきたんだ。それで顰蹙《ひんしゅく》を買っていた。ところがどうだ、一昨日まではまだ顰《しか》め面をしていたのが，今朝になったら。有象無象《うぞうむぞう》の糞っ垂れどもだよ。ほら、これを見てくれ。あの盆暗《ぼんくら》のカール九世教授が送ってきた手紙だ」

　一同目を皿にして、というのもかの抑圧者を近くで見たかったので，手元にやってきたその男をじっと見据え，署名のしてあるその紙をせめてもと打ち据える。

「まあ読んでみるか。『親愛なるセレーン殿。貴殿を我々のうちに迎えることができ光栄であります』――びびってやがる、あの小心のカナリアめ。『私はつねに貴殿の才能を高く評価してきました』――なんておべんちゃらだ。こんなもの破り捨ててあんな莫迦な奴のことなど忘れちまおう」

　そう言ってセレーンはファルクに飲むようにすすめ、杯を交わし、そのうち君もその筆でなんとかいい知らせを聞かせてくれよと励ます。ファルクは顔を赤くして躊躇《ためら》いながら、時が来ればそうすると約束しよう、だがボクの勉強の時間は長くなるだろうから、君たちにはそれが遅くなっても見守っていてくれるようにお願いすると言って、いかにして辛抱を養《やしな》い困窮に耐えるかを学ばせてくれたよき仲間たちとセレーンに感謝する。セレーンはつまらんお喋りはやめろと言い、ほかに選択肢がなくて耐え忍ぶことのどこが大したことか、なにもないから困窮することのどこが偉いのかと言った。

オッレはとにかく上機嫌ににこにこと笑っており、喜びでYシャツの胸を膨らませ赤色の吊りベルトをのぞかせる。そしてルンデルのためにと杯を空け、セレーンに学びエジプトの地で食べた肉鍋のせいで約束の地のことをすっかり忘れ去ってしまわないようにと諭す。才能があることはわかっているのだから、とはいえそれも自分に忠実で自分の考えを描いたときにであって、不実に偽ってほかの人の考えをなぞって描くならば、たちまちほかより不味《まず》くなってしまう。だから今、教会の祭壇画などを仕事で描くはめになったわけだが、でもそれが終ればまた自分自身の頭と心にしたがって描く機会が得られよう。

ファルクはこの機会を逃さずオッレが自分自身と自分の芸術についてどう考えているのか聞こうとする。それは長いこと謎の一つになっていたのである。そこへユーグベリが『赤い部屋』に入ってくる。次の瞬間、みんなは歓迎の言葉をかけ、席に座る。このところの嵐のような日々のなかでその存在をすっかり忘れきっていたので、それがなにも利己主義的な理由からではないことをわかってもらいたいのである。が、オッレだけは右胸のポケットをごそごそと探ると、ほとんど気づかれないほどの動作でユーグベリの上着のポケットになにか丸めた紙玉を突っ込む。感謝の眼差しでそれに答えたところをみると、それがなにかユーグベリにはわかったらしい。

ユーグベリはセレーンのために杯を高く掲げ、すでに言ったことではあるが、セレーンは成功したと一方では言うことができるだろうと述べる。しかし他方では繰り返しになるが、相対的にみるならば実際はそうではなかったと言うこともできる。セレーンは発展の途上にあり、大成するにはまだ何年も必要としている。芸術は長く、そのことをかつて再起不能な挫折を経験したことのあるユーグベリは身をもって知っているから。それゆえにまた今のセレーンのようにすでに認められた人物にたいしてなんらかの羨望を抱いているなどの疑いは無用にしてほしい。

このユーグベリの発言に羨望が含まれていることは

紛《まが》いようがなく、晴れ晴れとした空に薄雲がかかったようになったが、それもただ一瞬のことであった。その羨望は長く希望のない人生を送る苦々しさ故のことであって、無理からぬとみんなにはわかっていたからである。

ユーグベリはそれだけにいっそう喜ばしい気持ちで大事そうにある一冊の印刷した小冊子をファルクに差し出した。驚いたことに表紙にはウルリーカ・エレオノーラの真っ黒な版画がくっきりと印刷されているのが見えた。ユーグベリの説明によれば、昼間に例の注文を仕上げてきたのだという。そしてまたスミスはファルクの拒絶と取消しを泰然と受け入れ、それどころかファルクの詩集を印刷しようとしているところだという。

ファルクの瞳からガス灯の明かりが消え、ファルクはすっかり考え込んでしまった。あまりに心が乱れ、一言も言葉を発することができなくなってしまったのである。自分の詩集が印刷されるかもしれない。そしてあのスミスがそのような金のかかる仕事を引き受けてくれた。つまりあの詩にもなにかしらのものがあったにちがいないということだ。これは一晩じっくりと考えてみるに値するのではないか。

幸せな人びとにとってその晩の時はあっというまに過ぎていった。音楽が止み、ガス灯の火が消されはじめ、もう帰らればならぬ時刻である。しかし、別れようというにはまだあまりに早かったので、それで波止場沿いを散歩ということになった。終わることのない会話、哲学的な議論、やがてみんな疲れ、喉が乾く。するとルンデルが、みんなをマリーエのところに連れていってやるから、そこでビールでも飲もうと提案した。それで一同はラードゴード地区の方向に進路をとり細い小道を下っていった。小道は煙草畑に面した柵のあるところにつづいていて、そこがラードゴード牧場の境界になっている。一同は切妻側を道に向けた古い二階建ての石造りの家の前に立った。門の上側の壁には顰《しか》め面をした二つの顔が砂岩に彫られていた。耳と顎は周囲の葉や蝸牛《かたつむり》状の浮彫りと区別がつかなくなっており、二つの顔の間には剣と鉞《まさかり》が掛っている。

それは昔の刑吏の住居であった。ルンデルはこの場所の馴染みであるらしく、一階の窓の外でなにかの合図を送ると、巻き上げ式カーテンが引き上げられ、窓枠が開き、女性の顔がのぞき、アルベルトかと問う声がした。

ルンデルがその *nom de guerre*［隠し名］の当人であることを認めると門が女性により開けられ、一同は音を立てないと約束のうえで招き入れられた。約束することはなんの面倒もなかったので、赤い部屋の面々はすぐに部屋のなかに入ることができた。そしてマリーエにそれぞれその場で捏《で》っち上げた名前で紹介される。

部屋は大きくなかった。昔は台所として使われていたらしく竈《かまど》がそのままの場所に立っていた。家具類には女中が使うような箪笥《たんす》、その上に置いてある鏡、これには白い紗のカーテンが掛っている。鏡の上のあたりには十字架に架けられた救世主を描いた色つきの石版画。箪笥の上にはいろいろな陶器製の小物、化粧瓶、賛美歌の本が一冊と煙草入れなどがいっぱいに並べられていて、鏡と二つのステアリン蝋燭が灯されて置いてある。それはまるで小さな祭壇が設えてあるかのようであった。寝台になる長椅子はまだ長椅子のままで、その上のほうには騎乗姿のカール十五世が祖国から切り抜かれた挿絵に周りをぐるりと囲まれて鎮座している。切抜のほとんどは警官を描いたもので、みんな私娼《マグダレーン》の敵であるものたちである。窓台には枯れかかったツリウキソウ、ゼラニウム、ヤナギの鉢植え——貧しい庵《いおり》にヴィーナスご自慢の植木。裁縫台には一冊の写真アルバム。一頁目には国王が見える。二頁目と三頁目にはパパとママ。貧しい農民である。四頁目には学生風の——初恋の男だろうか。五頁目には子供、最後のページには婚約者——なにかの職人らしい。それがこの女の歴史である。なんの変哲もない。竈の脇に打ち付けられた釘にはたっぷりとプリーツがついたエレガントなドレス、天鵞絨の外套、それに羽飾りのついた帽子——それがこの妖精の扮装であり、これらを身に纏《まと》って若者たちを捕まえに外に立つのである。そしてこの当人はといえば、月並みな顔をした背の高い二十四歳の女であった。怠惰な生活と夜更かしのせいで労働をしない金持ちに特徴的な白皙《はくせき》の面をしていたが、両手には若い頃に骨の折れる仕事をしていた跡が消えずに残っている。しかし美しい寝間着を着て、髪を下ろしたその姿はなるほどマグダレーンといって十分通用した。比較的に内気そうな様子であり、その立居振舞いは朗らかで慇懃《いんぎん》で礼儀正しかった。

一同はそれぞれのグループにわかれて、中断していた会話をつづけ、さらにまた新たな話題を見つけた。いまや詩人であったファルクはどんなことにも、たとえそれがどれほど通俗的なことであっても進んで興味関心を見いだす気分になっており、マリーエと感傷的な会話をはじめた。人として扱われることは光栄なことであったので、ファルクはマリーエにとても気に入られ、やがてなぜこの道を選ぶようになったのかという物語が話題となる。実らなかった初恋の話はあまり多く触れられなかった。『なにも話すことなんかなくってよ』。その一方で女中時代の暗い日々には饒舌だった。有閑夫人の気まぐれと小言に囲まれた奴隷の生活、終りのない労働の毎日。もう御免、自由なのがいい。

「ふーん、でもいまの生活に厭《あ》いてしまったら」

「そしたらヴェステルグレンと結婚するわ」

「その人もその気なの」

「その日が来たら大喜びよ。それにね、そうしたら貯蓄銀行に貯めてあるお金でちっちゃなお店を開くの。でもこんなことは前に何度も訊かれたこと。――煙草もってない」

「あるよ、ほら。ではその話、聞かせてもらおうか」

アルバムを取りだし、学生の頁を開く。――ところでメフィストフェレス役を演ずるのは、白いマフラーをして学生帽を膝にのせ、ぼんやりとした表情を浮かべている学生といつも決まっている。

「これは誰だい」

「ああ、それはね、いい人だったわ」

「この男に誘惑されたのか。そうだろう」

「お黙りなさいな。あの人も悪かったけど、あたしも悪かったのよ。それはよくあること、お互い様なの、あなたにわかるかしらね。ほら、それとこれあたしの坊や。天に召されちゃったけど、でもたぶんそれが一番よかったのかも。ねえ、もうなにかべつのことを話しましょうよ。――アルベルトが今晩連れてきたあの愉快な人はどういう人なの。ほら、煙突につきそうなくらい背の高い人の横で、竈に腰掛けている人」

　話題に上ったのはオッレで、オッレは自分がおだてられ、注目を集めていることにすっかり恥じ入って、たらふく飲んだあとで真っ直ぐに伸びかけていた巻き毛までもがまた縮み上がっていた。

「副牧師のモンソンだ」とルンデル。

「うわっ、牧師ですって。でもあの如才ない目をみれば気が付いてもよかったわね。そういえば先週もここに牧師が一人来たのよ。――マッセさんこちらにいらっしゃいな、それであなたのお顔をよく見せて頂戴」

　オッレはユーグベリと一緒にカントの定言命法を扱《こ》き下ろしていたが、竈から滑り降りてくる。女性連から注目を浴びるということに慣れていないので、たちまちに若返ったように感じ、ぎくしゃくとした足取りでこの美人のもとに近づいてくる。片目で盗み見て魅力的であることは確認済みであった。オッレはできるかぎり口髭をそばだたせ、ダンス学校で学んだとはとても思えない会釈をしながら、ひどくぎこちない、つくられた声音《こわね》で問いかける。

「お嬢さんには我が輩が牧師のように見えますかね」

「いいえ、お髭を生やしておいでなんですもの。でも職人さんにしては立派な服装をしておいでだし――ちょっと手を見せてくださる――あら、鍛冶屋さんだったの」

　オッレはいたく傷ついた。

「そんなに醜いですか、我が輩は」とオッレは震え声で言う。

　マリーエはちょっと見て、

「そうね、素晴らしく醜いわね、でも、いい人みたい」

「おお、あなたがどんなに我が輩の心を傷つけるかをわかっていただけたら。我が輩を好いてくれる女性はただの一人もいはしないのです。我が輩よりも醜くて幸せな者を大勢見てきましたが、それなのにです。女性というものはまったくもって謎であります、誰も解くことのできない……。だから我が輩は軽蔑するのです、お嬢さん」

「よく言ったオッレ」と煙突から声がした。頭をそこに凭《もた》れ掛けていたユーグベリである。「でかした」

オッレは竈のところに引き返そうとするが、触れた話題は相手の関心を掻き立てるもので、マリーエは話を中断させまいとする。オッレは女のよく知る音色《ねいろ》の弦を弾き当てたのである。それでマリーエはオッレのとなりに腰掛け二人はすぐに長大で深刻な論考に没頭しはじめた――女性と、そして愛について。

ところでレーンイェルムはその晩を通じてずっと静かであった。常ならざるほどに静かであった。誰もその理由を正しくは理解していなかったが、しばらくまえからまた元気を取り戻していて、いまはファルクに近い長椅子の片隅に腰を降ろしていた。なにかずっと心に溜めていることがあり、それを吐き出せずにいたのである。ビールを一杯空けて、コツコツと机を叩く。演説をやろうとでもいうらしい。すぐ近くにいる連中を黙らせると、モゴモゴと震える声で語りはじめた。

「諸君、諸君らは僕を碌でなしだと思っていることであろう。わかっているんだ。ファルクさん、あんたが僕を薄鈍《うすのろ》だと思っていることは知っている。だがいいか、君たち、いまにみていろ、畜生め、いまにみていろ――」

声を荒げ、ビールグラスを机に叩きつけて、これを叩き割ると、もとの長椅子に戻り、寝入ってしまう。

こうした振る舞いというのはまったく珍しくもないことであるが、マリーエの関心を引くところとなった。立ち上がって、事柄の純粋に抽象的な側面からいざ離れんとしていたオッレとの会話を打ち切る。

「まあ、まあなんて可愛らしい坊やでしょう。いったいどっからこんな子を連れてきたっていうの。可哀想に、お眠《ねむ》なのね。あたしったら気づかなかったわ」

枕を頭の下に敷いてショールを掛けてやる。

「ちょっとこの小さなお手て。あんたたち百姓の倅のとは大違い。それにこのお顔といったら。なんて初心《うぶ》なんでしょう。まったくアルベルト、あんたでしょう、この子を誑《たぶら》かしてたらふく飲ませたのは」

それがルンデルのことをいっているのかほかの誰であるのか、もはやどうでもよくなっていた。というのも、いわれたほうもすっかりできあがっていたし、なにより誰かが誑かすまでもないことであった。常日頃から内に巣くう不安を麻痺させようと焦燥に駆られていたのはレーンイェルム自身で、それで仕事も手につかない有り様であったのだから。

とはいうものの、見目のよい友人のせいでそのように思われたことはルンデルにとって面白くなかった。おまけに酩酊の度合いが深まってくると、たらふく食ったおかげで、今晩のところは比較的静かになっていた宗教的感情に火がついてしまった。それでみんなもへべれけになってきたところで、ひとつ今晩の集まりの意義と離別が伴うべき感情についてみんなに思い起させてやらねばという気になったのである。席から立ち上がり、ビールコップに酒を注ぎ、箪笥に寄掛かりながらみんなに注目を呼び掛ける。

「お集まりの紳士諸兄――」とそこでマグダレーンがいることを思いだし、「と淑女のみなさん。われわれは今宵大いに食べそして飲みました。これはつまり、そうすることに意図があってそうしたのであります。もっともまあ、ただ低級な感覚的で動物的で、我々の存在すべての根底にあるにすぎないこの物質的な事柄から、思わず目を背けずにはおられぬほどの鯨飲馬食っぷりではありました。ともあれ、別離の時が刻一刻と迫りつつあるこのような瞬間ではありますが――我々はここに飲酒の悪癖と呼び慣わしている例の悪癖の悲しむべき見本を見るのであります！こいつはまことに宗教的感情にとって忌むべきものではありますが、みなさんと一晩をともに過ごしたいま、優れた才能の持ち主であることを示してくれた人物にたいして杯を掲げたいと思うのは人情というものでして、――つまり小生はセレーンのことをいっているのでありますが――ですからいま問題としなければならないのは、ある程度の自尊心をもつことであると、みなさんにもおわかりいただけるでしょう。そして、そのような一例がこの場において何乗倍にも深く知れ渡るようになったと、小生は指摘したいのであります。でありますら……ええと、小生が覚えているかぎりこれからもずっと小生の耳のなかで響きつづけるであろうような美しい言葉が思い浮かびました。なるほどここは確かにもっとも相応しい場所というわけではありませんが、それでも小生はその美しい言葉がみなさんの心のうち深くに刻みつけられることになると確信しているのであります。『我々が飲酒の悪癖と名付けたいと考えているこの悪癖の犠牲になったその若者が』、ああ、目に浮かぶようです、『遺憾ながら、世間にこっそりと紛れ込み』、端的に述べますならば、『想定していた以上に痛ましい顛末を披露するはめになったのであります』。乾杯、気高き友セレーン君、君のその気高き心根に報いるだけの幸運が君にもたらされることを小生は願っています。そしてまた、オッレ・モンタヌス君にも乾杯。ファルク君もまた気高き心の持ち主であります。そして必ずや、もっとよい地位について活躍してくれることでしょう。なぜならばファルク君の宗教的感情は、そのために備えてしかるべきと考えられている堅固さをすでに十分すぎるほど獲得しているからであります。ユーグベリ君の名前はわざわざあげるまでもないでしょう。なぜならもうご自分のシンパを得ているのですから、我々はその素晴らしき門出をむかえているユーグベリ君の前途にあらんかぎりの幸あれと願うばかりであります――哲学の道なのですが。それは厳しい道であります。小生はただ賛美歌作者のように次の言葉を贈ります。『何人《なんぴと》に断言することなどできようか』と。にもかかわらず、我々は我々の将来にたいして最善のことを想定しうるだけの十二分な理由があります。そして我々がその心根において気高くあり、ケチな目先の利益に捕われずにいるならば、必ずやみなにとって素晴らしき未来が開けると小生は信じております。なぜならば、お集まりの紳士諸兄、宗教なき人間は家畜同然だからであります。したがいまして小生は紳士諸兄にもご一緒に杯を掲げ飲み干し、そして我々が求めて止まない気高さと美しさと素晴らしさのすべてに乾杯していただきたいのです！それではみなさん、乾杯」

ルンデルはもうかなりの程度宗教的感情にやられか

けており、一同はそろそろお開きにしてもよい頃合だと考えた。

捲き上げ式のカーテンにはもうしばらく前から朝日が燦々と照りつけており、そして布に描かれた中世の城とうら若き乙女の風景が朝の太陽の最初の光の中で輝きを放っていた。するするとカーテンが巻き上げられ、飛込んできた日の光に照らされた部屋のあちこちが真っ白になる。窓の近くにいて光を浴びた人びとはまるで死体のように見えた。ユーグベリはビール瓶を両手でしっかり掴んだまま竈のなかで眠りこけている。まだ赤々と燃えていたステアリン蝋燭の光を顔に受けて、それが非常に素晴らしい効果をあげていた。ただオッレだけが、女に、春に、太陽に、そして宇宙にたいして乾杯を繰り返している。そういう訳だから窓を開け放ち、昂《たかぶ》った感情に新鮮な空気を当ててやらねばならなかった。眠り込んでいたものたちもそれで目を覚まして、頭を揺すりながら立ち上がり、お互いに別れを交してから、みんなははじめにやってきた門をくぐって外に出た。小路まで歩いてきたところで、ファルクが後ろを振り返ると、開け放った窓のところにマグダレーンがいるのが見えた。太陽の光に照らされた白皙の顔と黒い髪。いまは太陽の光のせいで暗赤色に染まり、首をまくようにして垂れ下がっているその髪はいく条《すじ》もの流れとなって、地面に零れ落ちていくようであった。そしてその頭上には剣と鉞《まさかり》と顰《しか》め面をした二つの顔が掛かっていた。一方、反対側の小路の傍に植わっている林檎の木では、一羽の斑鶲《まだらびたき》が沈欝な節を奏でて、夜が明けたことへの歓びをファルクにかわって唄っていた。

第十二章　海上保険株式会社トリトン

レヴィーはまだ若い男である。生まれながらの商人であり、商人として育てられ、いままさに金持ちだった父の援助を受けて立身せんとしていた矢先に、父に先立たれてしまった。そして後にはただ穀潰しの家族だけが残った。これはこの若者にとって大誤算であった。というのも、もう自分で働くのは止めて、自分の代わりに他のものたちに働いてもらうのがいいんじゃないかと考えるような年頃になっていたのである。レヴィーは二十五歳で、魅力的な外見の持ち主であった。幅広の肩、ピッチリと引き締まったお尻、そのおかげで燕尾服を身につけるのにはまたとない体躯をしていた。それで、かねてより何度も何度も賛嘆の視線で眺めていた外国の外交官のような着こなしを自分でも試みていた。胸郭の形も生まれつきの洗練された曲線を描いており、四つ並んだシャツの胸釦は正面から見て完璧な形状をなしている。それはいま診断の対象となっているこの人物がずらりと並んだ役員たちの会議机の上席に設えた肘掛け椅子にどかりと腰をおろしていても取り乱すことはない。丁寧に左右に別けられた顎鬚の所為で、幼い顔にも魅力的で同時に信頼に足ると思わせる貫禄が備わっていた。小さな足は社長室の天鵞絨の絨毯《じゅうたん》を踏むためにつくられているようである。手入れの行き届いた手はだから軽労働をするくらいにしか役に立たない。大抵はなにか印刷された定形文書の下方にさっと署名をするくらいのことである。当時はよい時代であったと今では言われているが、実際のところ大勢の人びとにとってはかなり悪い時代であった。そしてその頃、大きな、ひょっとしたら今世紀最大と言ってもいいような発見がなされた。すなわち、自分で働いて稼ぐよりも他人の金で暮すほうがよっぽど安上がりで快適であるということである。すでに大勢の人が、それはまことに沢山のひとが、この遣り口を会得しており、そしてなんの特許にも保護されていなかったので、レヴィーが大慌てでこれを身につけようとしたとしてもなんら不思議はなかった。なにせ金など一文もなかったし、それに自分のものでもない家族のために働く気など更々なかったのだからなおさらのことであった。

そういう訳である日のことレヴィーは一番いい服を着て、伯父であるスミスの元まで足を運ぶことにした。

「そうかそうか、考えが浮かんだというんだな、ふむ、聞かせてご覧。考えが浮かぶというのはいいことだ」

「会社を設立しようと思うんですよ」

「素晴らしい。ならアーロンを会計長に、シモンを事務員に、イーサクを会計補に、そのほかの丁稚たちには簿記をやらせよう。いい考えだ。つづけてご覧。ところでその会社というのはどんな種類のものにするか決めてあるのかい」

「海上保険会社にしようかと思っているんです」

「ふむふむ。素晴らしい。海にでるときは、どんな人間でも自分の持ち物に保険を掛けておくべきだからね。だが君の考えというのはなんだい」

「それがボクの考えなんですけど」

「そんなのはとても考えなどといえんよ。すでにネプチューンという大会社があるじゃないか。ふん。あれはいい会社だ。だが君の会社はもっといい会社なんだろ。なんといっても、それに競争をしかけようというのだからな。君の会社にはなにか新機軸ってやつがあるんじゃないか」

「ああ、そういうことですか。掛け金を下げます。それでネプチューンの顧客をごっそり引き抜いてやるつもりです」

「ふむ、なるほど。それは確かに考えではある。では会社の設立趣意書を印刷してやらんとな。もちろんワシが印刷してやる。そうだな、冒頭はこんな感じでどうだ。『近年、海上保険料を値下げすることの必要性が強く感じられていることは明白であり、にもかかわらず競争の欠落のためにそうした状況がもたらされることはこれまでありませんでした。したがいまして、私どもはここに名誉をもちまして、株式会社……』えぇと、なんて名だ」

「トリトンです」

「ふむ、『株式会社トリトンの株式を上場致しますとともに、これにご投資いただけるようお願い申し上げるしだいです』と。ふむ、ところでそれはどんな男の名だ」

「海神の名前ですよ」

「ほほお、それはいい。トリトンか。きっと素晴らしい看板ができあがるぞ。ベルリンのラオホのところで作らせよう。それとその図案は『我が国』の中に挿絵のようにして紛れ込ませてもいい。ふむ。私どもか。よし、まずはワシだな。しかしまだまだ大勢の立派な名士の方々の名前が並んでいなければならん。そこの名士録をよこしなさい。それではと」スミスはしばらくの間その名士録をめくっていた。

「海上保険会社ともなれば立派な海軍将校がいなければならんな。ふむ、ご覧。海軍大将だそうだ」

「駄目ですよ。そんな人たちにはお金なんてありませんて」

「やれ、やれ、やれ。お前には事業というものが何にもわかっていないな、我が甥よ。ああいった方々には署名をしてもらう、ただし出資はしてもらわなくていい。しかし利子は受け取ってもらう。これは役員会に出席してもらったり社長が催した晩餐会にでてもらうことにたいする報酬だ。ふむ。おっ、ここに二人の海軍大将がいる。一人は北極星大綬章の持ち主、だがもう一人はロシアの聖アンナ勲章の持ち主だ。ふむ、どうしたものか。こっちか――それとも――よし、ロシアの方にしよう。なにせロシアといえば優良な海上保険国だからな。これでよし」

「でも伯父さん、そんな人たちにそうしたことを引き受けてもらえるんでしょうか」

「いいから、今は黙っておいで。それから元大臣もいなくてはな。――ふむ、ふむ、ほう。この人は偉い大臣だ。よし、いいではないか。――それから、そう、伯爵も一人。これはちょっと難しい。なにせ伯爵という連中は結構な額の金をため込んでいるものだからな。それと教授も一人入れておこう。こっちはそれほど金がない。航海術の教授なんていうのはいないのかな。こうした事業にはうってつけだろう。たしか南劇場の食堂の隣りに航海術を教えてくれる建物がなかったか。ふむ、これでよしと。これで事業を開始する準備が整った。おっと、一番大切なことを忘れていた。法律家だ。地方裁判所の裁判官でいいだろう。ふむ、よし――これで本当に完了だ」

「ええ、そうですね。でも、ぼくらにはまだお金がないんですけど」

「お金だと。会社を設立しようっていうのに、金でなにをしようっていうんだ。商品に保険を掛ける人が自分で出すんじゃないのか。そうだろう。ワシたちが代わりに出してやる必要なんてあるのか。ないだろう。つまりだ、保険料でみなさんが出してくれるわけだ。ふむ」

「でも、資本金はどうするんです」

「そんなの、資本金の証書を書けばいい」

「ええ、でも、いくらなんでもちょっとは現金を出さなければいけないんじゃないでしょうか」

「なんだ、資本金の証書は現金でないとでも言うのか。それで支払いができないって法でもあるのか。ふむ、ではワシがいまお前に斯々云々《かくかくうんぬん》の額の借用書をやったとしよう。そうしたらお前はその借用書さえあればどこの銀行からだろうが金をもらえる。ふむ、ならその借用書は金なんじゃないのか。ふむ、それにどの法律に現金とは紙幣のことであるなんて書いてある。もしそんなことになれば、個人銀行の銀行券だって現金と言えなくなってしまうではないか。ちがうか」

「で、資本金はどれくらいあればいいんでしょう」

「ほんの少しでいい。大きな資本は固定させておくものではないからな。百万だ。その出資金の内訳は現金によるものが三十万、残りは証書で賄われる」

「でも、でも、でも。それでも三十万リークスダーラルはやっぱり紙幣でなければ駄目なんですよね」

「おお、神よ、偉大なる創造主よ。紙幣だと。紙幣なんて金でもなんでもないわい。紙幣があればそれも結構。では、なければ、なければどうする。ふむ。だから、紙幣なんぞをため込んどるケチな連中の気をひくようにせんとならんわけだ」

「でもその、立派な方々というのは、その、なにで出資してくれるんですか」

「株券、手形、各種の為替、当然だろう。ふむ、ふむ、ふむ。まあ、直にわかるさ。とにかく署名をさせる。そうすれば後は思いのままだからな」

「でも、たったの三十万で大丈夫なんでしょうか。大きな蒸気船なら一艘でそのくらいしますよ。それにもし千艘もの蒸気船を保障するようなことになったら」

「千艘だ。なんだそれっぽちで。ネプチューンなんか去年四万八千艘分の保険をとってそれでやれていたじゃないか」

「なら、なお悪いです。なら、でももし、もしですよ、ポシャってしまったら……」

「そうなったら清算するまでだ」

「清算ですか」

「ふむ、倒産するってことだよ。そうとも言う。だが会社が倒産したところで、なにか不都合なことでもあるのか。倒産するのはお前ではない。ワシでもないし、他の誰かでもない。だが大抵はその前に社債を新たに発行するものだ。それとも手形を振り出したっていい。手形は景気が悪くなったときに国家が良い値で買い上げてくれたりもするからな」

「なら危険はなしってことで」

「ない。それにだ。いったい危険を冒すようなものなんてお前にあるのか。一エーレすら持ってないんじゃないか。ないだろう。ふむ。ワシがいくら分の危険を冒すかといえばだ。五百リークスダーレル。五株以上は引き受けんぞ。わかったな。ワシには五百、それで十分だ」

そう言うと、銜《くく》み煙草を一掴み、上唇の裏に突っ込み、それで一件落着となった。

信じようと信じまいと、この会社は設立された。しかも経営をはじめてから十年もの間、毎年六%、十%、十%、十一%、二十%、十一%、五%、十%、三十六%そして二十%と順調に配当金が支払われつづけたのである。ひとは競うようにこの株を求め、事業拡大のための社債が新たに発行され、ところが、その直後に株主総会が開催されることになった。その総会にはいまや赤頭巾新聞社の臨時雇い記者となっていたファルクも、取材のために訪れることになった。

その証券取引所小広間にやってきたのはよく晴れた六月のある日の午後のことで、広間はすでに大勢の人びとで賑わっていた。それは目の眩むような集まりであった。政治家、天才、学者それに政府の武官に文官、みな身分の高いものたちばかりである。制服、学者の燕尾服、立派な勲章にそれを吊す綬帯《じゅたい》。ここにいるのはみな、ただ一つの共通の大関心に導かれて集まった人びとである。すなわち、海上保険と呼ばれている人類愛に基づいた制度を発展させるために。そしてそれには、事故に遭い苦境にある同胞に自分の金を掛けるという危険を冒すわけだから、大きな愛が要求されるのである。そして現に愛はあった。これほどにたくさんの愛が一堂に会しているのをファルクはこれまで一度たりとも見たことがなかった。そして、まだ幻想がすっかり抜けきっていたわけではなかったが、それでもその有り様には思わず驚かずにおれないほどだった。しかしながらそれ以上に驚いたのは、あの薄汚い小男である元社会民主主義者のストルーヴェが、この喧騒の中をまるで蛆虫のように這いずりまわっているのを見つけたときだった。あろうことかストルーヴェは、社会の最上階に昇り詰めた人びとと握手をしたり、肩を叩き合ったり、お辞儀をしたり、挨拶を交したりしていたのである。とりわけ綬帯を垂らした中年の人物と挨拶している様子が目についた。ところがストルーヴェはその人物に挨拶する際には顔を真っ赤にして、そそくさと刺繍入りの上着を着たひとの背に身を隠してしまった。とそこにいたのがファルクである。すぐさま引っ掴むと誰と挨拶していたのか問いただす。

ストルーヴェはすっかり気が動転してしまっていたが、ありったけの厚顔さを奮い起こして答えた。「君が知らないわけないだろう。官給局の長官じゃないか」それだけ言い残すと、用事があるからと言って広間の隅に去っていった。しかしながら、それがあまりにあたふたとした様子だったので、ファルクにはある疑念が生まれた。「あいつはボクの知り合いであるのを知られるのがそんなに困るのか。それに、厚顔無恥な人物が誠実な人びとの集まりでもじもじしているなんて」

とにもかくにも、この眩《まばゆ》い集まりに訪れた人びとはそれぞれの席につきはじめたが、議長席はまだ空席のままだった。ファルクは辺りを見回して記者席の場所を探した。するとストルーヴェが保守派新聞の報道記者と並んで書記の右隣の机に向かっているのが見えたので、勇気を出して眩い列席者の間を縫って近づこうとした。ところが、ちょうど机に到達しようとしたところで書記に止められてしまった。「どこのどいつだ」広間に一瞬の間、沈黙が生じた。怯《おび》えた声で「赤頭巾新聞のものです」とファルク。書記のなかに官給局の出納係がいるのに気づいたのである。

　圧し殺したようなざわめきが会衆のあいだに広がる。「あなたの席はあっちですよ」書記が大声で告げた。指で示された扉のほうを見ると、確かに小さな机が置かれていた。それを一目見ただけでファルクは把握し、そして身をもって知るところとなった。すなわち、保守派が意味するところと、保守派ではないただの物書きが意味するところとをである。煮えくり返るような気持ちを抱いて、群衆の嘲笑を浴びながら来た道を戻る。ところが、いまにも挑みかかっていきそうな燃えるような眼差しでその群衆を検分していたら、ずっと離れた壁際のあたりで別の目と出会った。いまのファルクの燃えるような輝きこそすでに失ってしまっていたが、とてもよく似たその双眸《そうぼう》はかつて慈愛の眼差しで見守っていてくれたこともある目であった。しかしいまは憎しみで毒々しく染め抜かれており、針のようにファルクを貫き通していた。ファルクは泣きたくなった。そのような眼差しで兄が弟を見据えることができるなんて、悲しかったのだ。

　それでも割り当てられた扉の側のささやかな席につき、逃げることはしなかった。逃げ出すなんて嫌だったという理由だけで。やがて仮初めの休憩から起こされた。ある人物が広間に入ってきて、ちょうど上着を脱ごうとしたところでファルクの背中にぶつかったのである。それからファルクの腰掛けている椅子の下にオーバーシューズを置く。入場してきた人物は一糸乱れず一斉に立ち上がった会衆から挨拶を受けた。これが海上保険会社トリトンの取締役会から選出された議長であった。しかし、それだけではない。元貴族院議長であり、子爵であり、十八名いるスウェーデン学士院の一員であり、偉い大臣であり、国王陛下から大綬章を賜った受勲者であり、そのほか諸々である。

開会を告げる木槌が振りおろされ、咳ぶきひとつない静寂のなかでボソボソと開会の辞を述べる。(ちなみにその文言は、つい先程、裁縫学校の講堂で開催されていた石炭会社の株主総会で述べてきたものとほとんど同じである。)

「お集まりのみなさん。すべての愛国的であり、人類に福利をもたらす企業のなかで、保険制度ほど尊くその目的において同胞思いの性格を有するものは、たとえ存在しているにしてもごくわずかであると思われます」

「ブラボー、ブラボー!」会衆のあいだに沸き上がる喝采の声。しかし元貴族院議長にはなんの感銘も与えなかった。

「人生とは闘争以外の何でありましょう。大自然の力に抗して生と死をめぐる闘争をしていると、そう言ってもよいでありましょう。そしてこの闘争に遅かれ早かれ巻き込まれることから免れうる人間はおそらく我々のなかでもごくわずかであると思われます」

「ブラボー!」

「長らく人類は、とりわけ自然段階において、万物の緒元素に翻弄されたる獲物でしかありませんでした。手玉に取られ、それは波間に漂う木の葉、風に靡く葦のようでありました。しかしながら、昨今ではもはや事情が変ったのです。そのようなことはなくなったのです。人類は革命を成し遂げたのです。しかもそれは無血革命であり、名誉を忘れ祖国を裏切った輩が法にもとづく正当な統治者に幾度となく反抗を企ててきたような類いのものではありません。否、自然にたいするものであります。みなさん、人類は大自然の力に戦争を宣言し、『これまではいいようにやられてきたが、もうこれ以上はやらせないぞ』と戦いを挑んだのです」

「ブラボー!ブラボー!」(そして拍手喝采。)

「商人はみずからの船舶を、蒸気船、ブリッグ船、スクーナー船、バーク船、ヨット、それに、それから、そういった船をですな、航海に送り出します。そこへ嵐がやってきて、その船を転覆せんとします。――然り、それでも商人は言って放つのです。『嵐のやつ、やりたいならやるがいい』。なんとなれば、商人はなに一つ失うことがないのであります。これが保険制度の偉大な点、あるいは理念なのです。お集まりのみなさん、どうか思い浮かべてみてください。商人は嵐に戦争を挑み、そして勝利をおさめたのです」

　やんや、やんやの喝采が沸き起こり、この偉い人物の口元にも勝利の笑みが浮かんだ。この喝采の嵐にはさすがの元貴族院議長殿もご満悦の様子である。

「お集まりのみなさん、しかし、しかしです。我々はこの保険制度を商いと呼ぶべきではありません。それは商いではないし、我々は商人ではありません。否、断じて否です。我々がこれまで積み立ててきたお金は危険に晒《さら》すことを厭《いと》わないはずのものであります。みなさん、そうではありませんか」

「そうだ、そのとおり！」

「我々が積み立ててきたお金、とわたくしは申し上げましたが、それは不幸に見舞われた人のために準備しているものであります。なんとなれば、その人の掛け金を、一パーセントだったと記憶していますが、寄付金と呼ぶことはできないのでありまして、それゆえに、まことに正しくもプレミアム（保険料）の名を冠しているわけであります。それではまるで我々が報酬を受け取りたくないと思っているかのようではありますが、プレミアムには報酬の意味もありまして、ただしそれは我々のささやかな務めにたいするものであり、わたくしの考えを述べさせていただきますならば、この務めはただ関心、それも純粋な関心にのみもとづいて果たされるものであります――つまり大事への関心です。そして繰り返させていただきますが、わたくしはこのことに疑念を抱いている方はおられないと信じておりますし、それが問題になることはないでしょう。しかしながら、わたくしはここにお集まりいただいた紳士のみなさんであれば、みなさんが積み立ててきたお金、それをわたくしはここで株と呼びたいと思いますが、それがこの大事への関心のために使われるのを目にしてもなんら痛痒《つうよう》を感じることはないものと信じるのであります」

「そうだ、そのとおり」

「それでは最高経営責任者より年次報告書の発表があります」

社長が立ち上がった。まるで嵐の中を通り抜けてきたかのように顔面蒼白で、縞瑪瑙《しまめのう》の飾り釦がついたカフスをもってしても微かな手の震えを隠すことはできなかった。狡賢こそうな眼差しはスミス氏の髭面を求め、そして慰めや心の強さを得ようとしている。上着の襟をただし、Yシャツの胸の部分を見せ、息を吸い込んで大きく膨らませる。まるで雨霰《あめあられ》と浴びせかけられる矢を覚悟しているようだった——それから報告書を読み上げはじめる。

「まこと神の摂理は計らいがたく素晴らしきものであり——」

摂理の言葉を聞いて、会衆のかなりのものたちが顔を真っ青にさせた。しかし元貴族院議長は目を天井に向けて、最悪の打撃（＝二百リークスダーレルの損失である）を被ることへの覚悟をしているようである。

「この度、清算の終了した保険年度につきましては、将来の長きに渡り、賢者の予測を完膚なまでに嘲笑い、これの上なく慎重な人の計算をも完全に凌駕することとなった不幸の数々を弔う墓標の十字架として、聳立《しょうりつ》しつづけることでしょう」

元貴族院議長は両手を目にあてて、祈りでも捧げているかのようである。しかしストルーヴェは白い防火壁が必要だとでも思ったか、飛び上がって席を立ちカーテンをおろそうとしたが、書記の者に先を越された。

報告者は水を一杯飲む。これで人びとの堪忍袋の緒が切れてしまった。

「本題に入れ。数字を出せ」

目から手を離した元貴族院議長は辺りが前より暗くなっていることに驚いた。一瞬の困惑、しかし嵐はすぐそこまで来ていた。もはや敬意の欠片もない。

「本題に入れ。数字だ」

社長は用意していた言回しのほとんどを飛び越し

て、いきなり報告の核心部分に入らねばならなくなった。

「そっ、それでは、手短に申し上げることに致します」

「てやんでぃ、もったいぶるな」

議長席の木槌がうちおろされる。「お集まりの紳士のみなさん」この紳士のみなさんの一言にはさすが貴族階級というべき貫禄が詰まっていたので、人びとはたちどころにみずからの負うている尊厳について思い出した。

「弊社は前年度、保険価額にしておよそ一億六千九〇〇万相当の保険契約を締結いたしました」

「おお！」

「そして保険料として百五十万を受け取りました」

「ブラボー！」

ファルクは頭の中でササッと計算をしてみたが、もし保険料収入の総額百五十万が支払いに消え、資本金の総額一〇〇万（ということであった）も同様に扱われた場合、それでもこの会社が厚かましくも保証すると主張している額としてまだ一億六千六〇〇万が残ることになる。ここにいたってファルクにも神の摂理という言葉の意味がわかってきた。

「損害補填のために弊社はまことに遺憾ながら百七十二万八千六百七十リークスダーレル八エーレの保険金を支払わねばなりませんでした」

「なんたることだ！」

「お集まりのみなさまには、やがて神の摂理が……」

「摂理などどうでもいい。数字だ。数字を出せ。配当はどうなる」

「この不景気が続く苦境におきまして、みなさまよりお預かりしております資本金額に応じて五パーセントの配当金を提示する以外にないということは、最高経営責任者というこの憐れむべき地位にある私にとりまして、まことに心痛の極みであり、慚愧に堪えないところであります」

ついに嵐が吹き荒れた。これに打ち勝てる商人は世におらぬであろう。

「恥を知れ。恥知らず。ぺてん師。五パーセントだと。

糞っ垂れ、どぶに捨てたほうがまだましだ」

しかしまた、少しはまだ思いやりのある次のような発言も聞かれた。「憐れな小資本家たち。おのれの金以外に生きるすべをもたず、いったいどうなってしまうのだろう。神よ護り給え、この幸薄きものを。こんなときにこそ国家は援助に駆けつけねばならない。ああ」

報告をつづけることが可能になったので、社長は次に最高経営責任者たる自分と政府の高官に取締役会が呈した讃辞を読み上げた。「この労多くして功少なき職務に全力を傾注し、純粋な熱意をもってあたってきた等々」これはあからさまで混《ま》じり気のない嘲笑をもって迎えられた。

それから会計報告の段になる。会計士たちによれば（例の摂理を持ち出してまたもや扱き下ろされた後で）「事業はあらゆる点で、万全の配慮とまでは言えないものの、十分な適切さをもって運営されていたし、財務諸表を作成したところ各種の準備金債務の額はいずれも正確である（！）とのことである。したがって会計監査役は取締役会が信義にもとづき労苦を厭わず務めに励んでいることを明確に認め、これが無条件に信任されることを切に要請する」

信任決議はもちろん承認された。それから最高経営責任者はみずからに認められている賞与（百リークスダーレル）を受け取ることはできないと表明し、その代わりにそれと同額を準備金の充実にあてたいと申し出た。これは拍手と笑いをもって迎えられた。夕刻の祈祷を短く捧げ、つまりは神の摂理により翌年は二十％の配当がありますようにとささやかな要請をするわけであるが、それから元貴族院議長が閉会を宣言し、総会は解散となった。

第十三章　神の摂理と定め

ファルク夫人は夫がトリトンの総会に出席していたのと同じ日の午後、家に届けられた真新しい青い天鵞絨《ビロード》の洋服を手に取っていた。この服で筋向いに住んでいるホーマン会計士夫人の鼻を明かして、地団駄を踏ませてやるつもりである。そしてこれほど容易く簡単なこともない。この服を着て窓辺に立ち、姿をちらりと見せてやればいいだけのことである——それにそうするだけの理由なら山程あった。そういう訳で七時の会合までのあいだずっと、その服を着た姿をちらちらと窓から見えるように室内の調度類の点検をする。調度類はやってくる客人たちを「へこます」ためのものでもある。会合とはベツレヘム孤児院の理事会のことで、はじめての月例報告書が読み上げられることになっていた。理事会の理事は以下のとおりである。ホーマン会計士夫人。ファルク夫人の意見によれば、その夫が役所勤めであることを鼻にかけた高慢ちきである。レーンイェルム男爵夫人。ファルク夫人の意見によれば、やはり貴族であることを鼻にかけた高慢ちきである。それにスコーレ牧師。この一帯ほとんどの裕福な家庭の家付き牧師をやっており、それゆえにへこましてやるべきである。だから理事会の理事みんなを最高に素敵で可能なかぎり卓越した方法でへこましてやるのである。舞台準備は盛大な会食を支度するところからはじまっている。そのために、古い家具やら食器類はみんな処分してしまった。古いだけでなんの骨董的な価値も工芸的な価値もなかったからである。それでピカピカの真新しいものに替えてしまった。登場人物たちを夫人は会合の終りまでもてなしてやらないといけない。ちょうどその頃には夫のファルクが海軍大将を連れ帰ってきて同席する手筈になっている——少なくとも軍服に勲章をさげた海軍大将を一人連れてくると約束してくれていた——それからファルクと海軍大将は福祉会の寄付会員として入会を願い出て、その際ファルクはトリトン株式会社でやましいところなく得た配当金の利益からその一部を寄付することになっていた。

　ファルク夫人は窓辺で用事を片付けながらうろうろするのを切り上げて、つぎに真珠貝の装飾が施されたハカランダ材の机の上を整頓することにする。ここで月例報告書の校正刷が読み上げられるのである。瑪瑙《めのう》製のインク入れの埃を払い、銀製のペンを鼈甲《べっこう》の筆置きに収め、サファイアをはめた印章の柄をたてて、印字部分が見えないようにした。市民の身分であることを隠すように。最上質の鋼線で組み立てられた手文庫を慎重に動かす。捕虜としてここに捕えていたいくつかの有価証券（夫人の小遣いである）の額面が読み取れるようにするためである。それからよそいきの服装をさせた小間使に最後の用事を申し付ける。これでもう心配なしといった風情で応接間に座って寛いだ。束の間の安息もやがて女友達の会計士夫人の来訪を告げる知らせによって破られることになる。隣家の会計士夫人がいの一番にやってくるにちがいなくて――実際そのとおりになった。ファルク夫人はエヴェリューンを迎えにでて抱擁し、頬に接吻する。ホーマン夫人もエウゲニーを抱擁しかえす。エウゲニーはエヴェリューンを食堂に案内し、新しく購入した調度品についての意見でも聞こうかと、そこで待っていてもらうことにした。会計士夫人は背の高い日本風の花瓶を飾っている、カール十二世時代に作られた城塞のような樫の戸棚には触れようとしなかった。なんとなれば、それを見てすっかりへこんでしまったからである。だからその代わりにシャンデリアを見上げてちょっと現代的すぎ、とか食卓を指差して釣り合いがとれてないんじゃないとか感想を述べた。さらには石版画を家族の古い肖像画とごちゃ混ぜに飾っておくのは感心しないわね、と言ってから本物の油絵と石版画の相違をたっぷり時間を費やして滔々《とうとう》と説明するのであった。ファルク夫人は新調したばかりの天鵞絨の洋服から衣擦れの音をさせながら、そこいらじゅうの調度品を触れまわってはこの女友達の注意をひこうとしたが、成功しなかった。それで、応接間に敷いたこれまた真新しい天鵞絨の絨毯についてどう思うか感想を聞いてみた。ところがこの女友達ときたら矛先をカーテンに向けて金切り声であれこれ言うものだから、夫人はすっかり憤慨してそれ以上聞くことを止めてしまった。

応接間の席につくと、二人はすぐさま救命ブイにすがりはじめた——写真、一読の価値もない韻文の本等々である。一冊の小冊子が会計士夫人の手に握られていた。金文字が彫られたピンク色の表紙には『問屋主人ニコラウス・ファルク氏の四十歳の誕生日を記念して贈る』との題名がついていた。

「あら、これこのまえお招ばれされたときに朗読してくれた韻文詩でなくて。書いたのは誰だったかしら」

「ああ、あの人は才人よ。夫の親友でね、ニューストレームっていうの」

「あら、変ねえ。そんな名前、聞いたことないわ。それほどの才能なのに。でも、なんでこの前はお招ばれされてなかったのかしら」

「それが残念だったんだけど、具合いが悪かったの。それで来られなかったのよ」

「あらそう。そういえば、エウゲニー、あなたの義弟《おとうと》さん、本当にお気のどくさまね。なんだかひどく身を持ち崩してしまっているそうじゃない」

「あの男の話はやめてちょうだい。一家の恥よ、頭痛の種だわ。忌々しい」

「そうね、せっかくのお招ばれだったのに本当に残念でならなかったわ。だって来る人、来る人みんなあの人のことをわたくしに尋ねるんですもの、ねえ。でもね、エウゲニー、わたくしがあなたでも恥ずかしくて恥ずかしくて……」

こいつはカール十二世時代の戸棚と日本風の花瓶のお返しだと会計士夫人は心の中で独り言《ひとりご》つ。

「あたしでも、ですって。よして頂戴、お願いだから。あたしの夫でも、の間違いでしょ」鋭く斬り込むファルク夫人。

「あらそう。でもおなじことだと思うわ」

「ちがいます、断じて。夫は血の繋がった身内だからいいんでしょうけど、あたしはそんな厄介者連中の面倒をみる気なんて更々ないの」

「ああ、そうそう。あなたのご両親もお加減がすぐれなくていらっしゃられたんでしたわね、このまえのお招ばれのときは。残念だったわ。お父様はもうお元気になられたのかしら」

「おかげさまで、もうすっかり元気です。気にかけていてくださるなんて、随分と優しくて思いやりがあるのね」

「ええ、そうよね。自分のことよりも他の人のことを大事に考えたりなんかしないもの。でも相当にお悪いのでしょう、あのお年より――えっと、なんてお呼びすればよろしいかしら」

「大尉さん、とでも呼んで頂戴」

「大尉さん、って、確か――軍艦の兵曹さん、じゃなかったかしら。夫がそう言っていたのを記憶しているように思うんですけど。でもまあ、おなじことかもしれないわね。それとあの晩はお嬢さんたちの姿も見えなかったようだけど」

こいつは天鵞絨の絨毯の分だ、と会計士夫人。

「ええ、そうよ。あの娘《こ》たちはそれはもう気紛れな質《しち》でね。だから来るつもりがあったかどうかなんて知ったことじゃないわ」

ファルク夫人はアルバムを隅から隅まで眺めていた。あまりに力を入れてめくるので、頁を止める部分がみしみしと音をたてる。忿怒《ふんぬ》のあまり顔は真っ赤に染まっていた。

「ねえ、エウゲニー」会計士夫人は構わずにつづける。「あの晩にこの韻文詩を朗読した、なんだか感じの悪い方はなんてお名前だったかしら」

「レヴィーンさんのことをおっしゃっているのかしら。宮廷秘書官の方よ。あたしの夫の親友なの」

「えっ、本当に。ふうん、でも変ね。わたくしの主人もおなじお役所で会計士をしているのだけど、あの方はただの書記係だって話よ。ああ、でもわたくしなにもあなたを悲しませようとか、なにか気に触るようなことを言うつもりはないの。そんなのはわたくしの柄ではありませんから。でも主人が言うにはあの方あまりうまくいってないらしくて、だからあなたのご主人がおつき合いするのにはあまり相応しくないのではないかしら」

「そうなの。でもそんなこと知らないし、あたしにはどうでもいいことだわ。それに言っておきますけどね、エヴェリューン、あたしは夫の仕事には絶対に関わらないことにしているの。最近ではそういうことをする人もいるみたいですけどね」

「あら、ごめんなさい。でもね、エウゲニー、わたくしはそれをお話ししておいたほうがあなたのためだと思ってそうしただけなのよ」

こいつは燭台と食卓の分だ。けどまだ天鵞絨の洋服の分が残ってる。

「それはそうとあなたの義弟さん」善良な会計士夫人はもう一度穿《ほじく》り返してやることにした。「聞くところによると……」

「お願いだからこれ以上あたしの心の平安を乱すのはやめて。あの堕落した人間のことは口にしないで頂戴」

「じゃあ堕落したっていうのは本当だったの。一見して柄の悪い連中と交際しているって話を聞いていただけなんだけど……」

そんなファルク夫人に恩赦が下された。小間使いがレーンイェルム男爵夫人の到着を告げに現われたのである。

おお、よくぞおいでくださった。ああ、なんと麗しき人であることか。その栄誉をこの二人にも授けてやろうというのである。

そして実際のところ、この老貴婦人は真実の勇気をもって幾多の嵐を乗りきってきたものだけに備わる柔和な面持ちを湛《たた》える、そんな人物であった。

「そうそう、ファルクさん」席についた貴婦人が口を開く。「お義弟さんからよろしくと言伝てを頼まれてきましたよ」

またしてもチクチクと嫌みを言われるようななにかひどいことをこの人にしたことがあっただろうか、ファルク夫人は訝《いぶか》しがる。そして屈辱に震えた声で「あら、そうなんですか」と答えた。

「ええ、とても感じのよい若者ではありませんか。今日、私の甥を訪ねてお見えになりましてね。それはそれは仲のよいお友達同士なんですよ。本当に、素晴らしい若者です」

「ちがいありませんわ」戦線が変化してもけっして逃

げ出さない会計士夫人が割って入ってきた。「ちょうど今、話題にしていたところなんですよ」

「まあ、そうなんですか。とりわけ優れていると思うのはその勇気ですね。誰もがたやすく座礁してしまうような困難な航路にみずから飛込んでいこうというのですから。けれども若者のそうしたところを恐れる必要はありません。だってあの方には確かな気骨と信念がありますから。そうは思わなくて、ねえファルクさん」

「ええ、確かにあたしも前からずっとそう言ってましたの。でも夫はまたちがった意見があるみたいなんですけど」

「あら、あなたのご主人」と会計士夫人がまた割り込んできた。「いつだってご自分の考えがおありですものね」

「でも、まあなんてことでしょう。まさか甥御さんとおつきあいがあったなんて」話を逸《いっ》してなるものかと俄然乗り気になって会話に加わろうとするファルク夫人。

「ええ、なんでも小さな集まりをつくっていて、そこにはいろいろな芸術家の方々も集まって来ているそうですよ。みなさんもセレーンさんのことはお読みになっているでしょう。まだお若いのにその油絵を国王陛下がご購入なされたという」

「もちろんですとも。あたくしたちもその展覧会には行きましたの。その絵も見ましたわ。そうですか、あの方もお仲間でしたのね」

「そうなんですよ。でも、みなさんなかなかご苦労をされているようでね。なにしろまだ若い人たちですから。もっとも若者は大抵いつだって苦労をするものです。とりわけこれから世に出ていこうとする場合にはね」

「たしか義弟さんは詩人でおられたのではなくて」と会計士夫人。

「ええ、たしかそうでした。そうそう、とっても上手に書くんですよ。そういえば今年、アカデミーからなにかの賞をいただいたんでした。うん、時が来ればきっとなにか偉い人になるにちがいありませんわ」絶対の確信をもって答えるファルク夫人。

「そうですとも。わたくしも、常々そう申しておりましたでしょう」相槌を打つ会計士夫人。

　こうして今やアルヴィッド・ファルクはその卓越した才能とともに競売に掛けられ、噂の殿堂においてはすでに注目の的となっていた。とそこへ小間使いがスコーレ牧師の来訪を告げに現れる。忙しげな足取りで入室してきたこの人物はやはり忙しげにすでに集まっていたご婦人方に挨拶をする。

「いや済みません、遅くなりました。しかしわたくしにはそれほど時間がないのです。八時半にはまたフォン・ファーベルクランツ伯爵夫人邸での集会に出向かねばなりません。それに今も出先から直行で参った次第でして」

「まあまあ、牧師さんは本当にお忙しくていらっしゃいますのね」

「いやはや、まったくでして。これだけ手広く事業をおこなっておりますとわたくしに安息などまったく訪れません。そういう訳ですので、早速本題に入らせていただいてもよろしいですかな」

　喉を潤すものが小間使いによって運ばれてきた。

「でも牧師さん、はじめるまえに一杯くらい紅茶でもいかがですか」と尋ねた今日の主人役は、しかしあてがはずれて、またちょっと不愉快になっていた。

　牧師は盆に視線を向けた。

「いや、結構。紅茶をいただくのはポンチの後にしております。みなさん、わたくしは外的生活においてけっして隣人より目立たぬことを信条としておりまして、わたくし自身はポンチが好きというわけではないのですが、とかくみなさんがこの飲物を愛飲なされているものですから。いやいや、わたくしが他人より優れているなどと世間で噂されるようなことを望んでいるわけではありませんぞ。善人を装うことはわたくしが忌み嫌う悪癖でありますからな。ではみなさん、そろそろ議題に入らせていただいてよろしいですかな」

　そう言うと牧師は書き物机の方に座り、インクにペンを浸し議事録の作成に取り掛かった。

『五月中にベッレヘム孤児院へ寄付された品につい

て、ここに理事会より報告いたします』そして署名。『エウゲニー・ファルク』。

「旧姓を、お伺いしてもよろしいですかな……」

「あら、そんなの必要ありませんわ」ファルク夫人はぴしゃりと撥ね付けた。

『エヴェリユーン・ホーマン』。

「もしよろしければ旧姓をお聞かせ願いませんでしょうか……」

「フォン・ベールですわ、牧師さま」

『アントワネット・レーンイェルム』。

「その、旧姓をお聞かせくださいますでしょうか……」

「レーンイェルムですよ、牧師さん」

「ああ、そうでした。お従兄弟とご結婚をなされて、ご主人はお亡くなりになっておいでででしたね。そしてお子さまもおられない。では続けましょう。『寄付された品は……』」

居並んだ面々の間に（ほとんど全員である）動揺が走る。

「あの、牧師さま」と会計士夫人が口を挟んだ。「その、牧師さまはお名前を出されないんですか」

「わたくしは善人の振りをしていると思われやしないか危惧しておりまして。しかし、みなさんがどうしてもと言われますならば、わかりました。いいでしょう」

『ナタナエル・スコーレ』。

「それでは、牧師さんに乾杯。さあさあ、もしよろしければ、はじめるまえにみなさんも少しお飲みになって」にこやかに笑顔を振りまきながら宣言をした本日の女主人役であったが、肝心の牧師のグラスが空だったことに気づいて顔を曇らした。慌てて飲み物を注ぐ。

「感謝いたします。しかしこうしてばかりもおられますまい。それでは、はじめるといたしましょう。みなさんにはわたくしが読み上げる原稿の確認をお願いできますかな」

『寄付された品々は以下のとおり。女王陛下より、四〇リークスダーレル。フォン・ファーベルクランツ伯爵夫人より五リークスダーレルとウールの靴下一足。問屋主人のシャーリリン氏より二リークスダーレル、封筒一束、鉛筆六本とインク一瓶。アマンダ・リーベルト嬢よりオーデコロン一瓶。アンナ・フェイフ嬢よりカフス一対。カッレ坊やよりお小遣いから二十五エーレ。家事手伝いのヨハンナ・ペッテションさんよりハンカチ六枚。エミーリエ・ビョルン嬢より真新しい聖書。食料品店店主のペーション氏よりオートミール用の燕麦《えんばく》一袋、ジャガイモ一盛りと玉ねぎの酢漬一瓶。小売店店主のフェイケ氏より二足の毛糸の靴下――』

「牧師さん」たまらず老貴婦人が口をはさむ。

「お伺いしてもよろしいかしら。その、それらをすべて掲載する必要はあるのでしょうか」

「おお、もちろんですとも」と牧師。

「それなら、わたくし、この理事会から抜けさせていただいてもよろしいかしら」

「つまりレーンイェルム夫人は寄付者の名を掲載せずとも当協会が善意の寄付者の力添えによって存続できるとそうお考えなのでしょうか。お話になりませんな」

「でも、それでは慈善という行いが、虚栄心だらけの厚かましい輩《やから》に栄誉と誉れを授けることになってしまうではありませんか」

「お話になりません。そうではないのです。なるほど、虚栄心というものは悪でありましょう。だからこそ、我々はその悪を善きものに転じせしめ、慈善となすのです。これは善きことなのではありませんか」

「それはそうかもしれませんが、けれどもそのように厚かましい行為を美名で飾り立てるようなことはわたくしたちのすべきことではありません。それこそ偽善というものです」

「おお、これは手厳しい。しかし聖書の教えによれば、ひとは寛容でなければならないとあります。虚栄の囚われとなってしまっている人びともまた、許してあげようではありませんか」

「たしかに、牧師さんのおっしゃることはもっともです。ではわたくしはそのような人びとも許すことにいたしましょう。けれどわたくし自身を許すことはできません。有閑夫人が慈善活動をして楽しむこと、それは構いません。善いことです。しかしです、このただの楽しみにすぎないことを美しい行いであると吹聴するなんて。しかもそんな世間の耳目をひくような真似をして、それはそれは広く知れ渡ることになるんですよ、だって印刷して出版するわけですからね、それでなににもまして代え難い楽しみをえようとするのは恥ずべきことです」

「あら、そうなんですの」ファルク夫人が例の恐るべき論法でもって全力で食って掛かってきた。「夫人は善いことを行うのが恥ずべきことだとおっしゃられるんですか」

「ちがいますよ、ファルクさん。ただ毛糸の靴下を数足寄付したからといって、それを印刷させるということが不名誉であると申し上げているんです」

「あら、でも毛糸の靴下を何足も寄付することは善い行いじゃないんですか。つまり善い行いをすることが不名誉だってことに……」

「なりませんよ、それを印刷させることがそうなるのだと言っているのです。人の言うことはちゃんと聞くものですよ」老貴婦人はそう言ってたしなめたが、しかし女主人は聞分けがないものだから、降参せずにつづけるのであった。

「へえ、印刷することは不名誉なことだったんですか。でもなら聖書だって印刷されたものなんだから、聖書を印刷することだって不名誉なことに……」

「牧師さん、お願いですからもう議事のほうをつづけてくださいな」女主人があまりに愚かしいことを不躾な物言いで捲し立てるものだから、老貴婦人はちょっと気分を害して言葉を遮ろうとするのであるが、この相手はそんなことで怯むことはなかった。

「そうですか、あたしみたいな取るに足らない人間と言葉を交すのは自分には相応しくないと思ってるんでしょうけど……」

「ちがいますよ、でもどうぞお話はつづけてください。わたくしは加わりませんけれども」

「こんなの議論っていえるものなんでしょうか、お尋ねしてもよろしくて。ねえ、牧師さま、お願いです、こんなの議論っていえるのかあたしたちに教えてください。一方が証明しているっていうのに、それに答えることをもう一方は拒否しているんですよ」

「なるほどたしかにそれを議論と呼ぶことはできないかもしれません」揶揄《やゆ》するような口調で牧師は答えたので、ファルク夫人は思わず泣き出しそうになる。「しかしです、お集まりのご婦人のみなさん、ここで仲違いなどをしてせっかくの善い行いを台無しにしてしまうようなまねはやめようではありませんか。ではこの基金がもっと大きくなるまで印刷するのは棚上げとしましょう。我々はまだ若いこの事業が芽吹き、すくすくと育つのを見てきました。そしてこの若い苗木の世話をしようとたくさんの親切な手が差し伸べられるのを見てきました。しかし我々は将来のことも考えないわけにはいきません。協会には基金があります。この基金はしっかりと管理されねばなりません。言い換えますならば基金管理人を探さねばなりません。つまり寄贈品を売却してお金に換えたりできる実務的な男、言い換えますならば簿記係を選出せねばなりません。そうした人物を金銭的な犠牲なしに確保することはできないのではないか、わたくしはそう危惧しております。それにそうした犠牲なくしていったいなにがえられるというのでしょうか。今日お集まりの婦人のみなさまのなかで、どなたか今申し上げたような職務に適任と思われる人物をご存じの方はおられませんか」

誰もいなかった。そうしたことは思いもよらなかったのである。

「では、わたくしが現実的な考え方の持ち主で、この仕事に相応しいと思う若者を一人推薦させていただきましょう。書記官をしているエークルンド君にそれ相応の報酬で簿記係を引き受けてもらおうと考えているのですが、理事のなかでどなたか反対の方はおられますかな」

誰もいなかった。夫人たちには反対するいわれがなかったからである。なんと言ってもスコーレ牧師が推薦した人物であったから。もっともその書記官はスコーレ牧師の近い親戚で、それだけ是非にと推薦されたのかもしれなかった。そういう訳で、協会は六百リークスダーレルの報酬を支払い一人の簿記係を得ることとなった。

「それではみなさん」と牧師は言葉をついだ。「我々は本日の務めを十分に果たしたとみてよろしいですかな」

沈黙が続く。夫はまだこないのかとファルク夫人が戸口に目を遣る。

「わたくしの時は短い。遅れることを許される立場にないと思っております。どなたかなにか付け加えることがありますか。よろしいですかな。では素晴らしい門出を迎えた我々の事業に神のご加護のあらんことを。我々にあらんかぎりの恩寵と慈悲が下りますように。わたくしは主のお導きに従うよりよい道を知りません。ただ天に在す我らが父に、親愛なる父に……」

牧師はそこで口を閉じた。まるで自分自身の声を聞くことに恐れを抱いたかのようである。両手を顔のまえで組んだ協会の面々は互いに顔を見交わすことを恥じらっているかのようであった。長い沈黙となった。長い沈黙は思いの外長らぎ、誰もそれを破ろうとしなかった。誰かが動き出さないかと、指の隙間から互いに互いの顔色を窺った。するとそのとき玄関の呼び鈴が乱暴に鳴らされて、一同は地上に引き戻され、牧師は帽子を取り、グラスを飲み干した。

その様はどこかへこっそり逃げ出そうとする人を思い起こさせた。ファルク夫人は顔を輝かせた。なぜなら木っ端微塵に粉砕する時が訪れようとしていたからであった。復讐の時が、不正を正す時が。夫人の双眸《そうぼう》から焔《ほのお》の光が迸《ほとばし》りでる。

こうして復讐が訪れた——打ち砕かれたのはファルク夫人であった。小間使いの届けてきた手紙は夫が書いたものだった。その内容はもちろん客人たちの知るところではなかったが、しかしどんなことが書かれていたかは十分に見て取られた。だから、これ以上長居は許されないし、家には帰りを待つ者がいるからと言って、いとまを告げた。

老貴婦人は若いこの夫人を慰めようともう少し留まることも考えた。それほどにその顔には不安と打ち拉《ひし》がれた表情が浮かべられていた。しかしながら、そんな意欲はついに沸き上がってはこなかった。帰り支度を整えた頃には、こんな女とっとと外に消えてくれといわんばかりの表情がファルク夫人の顔に浮かんでいた。

　それぞれにわだかまりを抱えたまま、会はお開きとなり、帰りの足音も階段の外に消えていった。家を後にした人びとは自分たちを閉め出した扉の鍵が、神経質そうにガチャガチャと掛けられる音を聞いたようであった。それは憐れな女主人が孤独を求め、新鮮な空気で感情を釈然させるための音であった。そしてファルク夫人は実際そうなったのである。大きな部屋で一人になり、思い切り泣き出したのである。しかしそれは古く埃まみれとなった心を洗い清める五月雨のごとき涙ではなかった。怒りと悪意の毒汁が心の鏡を濁し、滴り落ちて、やがては健やかに若々しく咲いた薔薇の花を酸のように腐蝕させたのであった。

第十四章　アブサン

　午後の暑い日差しが大きな鉱山町である某町の石畳を照りつけていた。市庁舎の地下食堂のホールはまだ静かでひっそりとしていた。トウヒの枝を敷いた床は墓場の匂いがした。酒棚には色とりどりのリキュール瓶が整然と並べられて、首に勲章を吊りさげたブレンヴィンの瓶の真向かいで、昼寝をしている。ブレンヴィンも今晩の宴会を前にして今は予備役の身である。ダーラナ男の背丈ほどもある大きな振り子時計はけっして昼寝などせず、壁際に聳え立ち、時を刻みつづけていた。そして衣紋掛けの隣りにでかでかと張り付けられた劇場の立派なポスターを読んでいるようにも見えた。ここの食堂のホールはえらく細長い。樫の木の机が両側の長い壁一面からにょきにょきと突き出るように並んでおり、まるで厩《うまや》のようであった。四つ脚の机が壁に繋がれた馬たちで、こちら側に尻を向けて整然とならんで立っているのである。もっとも今は、みな立ったまま寝むりこけていた。ちらほらと片方の後ろ脚を地面から浮かしているものがいる。床がでこぼこだからである。それでも寝ているのだと、背中の上を蝿が傍若無人に飛びまわっていることからもはっきりと見て取れる。しかし劇場のポスターの横に立っているダーラナ男に凭れ掛るように座っている十六歳の給仕だけはまだ寝むりこけてはいないようであった。というのも白い前掛けをしきりにパタパタとさせて煩い蝿を追い払っていたからである。蝿共《ども》はついさっきまで部屋の外の厨房で昼食を済ませて、おおかた今はここまで遊びにやってきたというところである。やがてその給仕もぐったりと崩れて、ついにはダーラナ男の大きなお腹に耳をくっつけてしまう。まるで男の食べた昼食がなんであったか聴診しているようである。結果はすぐに判明した。この背の高い化け物がしゃっくりをしたのである。そしてそのちょうど四分後にもう一回。それからガラガラゴトゴトと腹の中から音がしだしたものだから、居眠りをしていた給仕も吃驚《びっくり》して飛び起きた。耳障りで断末魔のような音に紛れて何かの音が六回、続けざまに鳴るのが聞こえ、それからまた自分の仕事に戻った。つまりまた黙りこくるのであった。

しかし給仕は仕事に戻らなければならず、厩の巡回をはじめねばならなかった。前掛けで駄馬どもの背中の汚れをごしごしと擦り落してやり、いつ客たちが来てもいいようにと準備を整える。食堂の壁際の一番奥の机の上に摩擦マッチを何本か置く。この位置からだと細長い広間全体を一望に収めることができる。摩擦マッチの横にアブサンの瓶を一本とグラスを二脚、リキュルー用とその他の飲み物用とを並べる。それから地下の水場から汲んできた水の入った大きな水差しを机の上の燃えやすく危険なものの側に置く。それらをやりおえると給仕の少年はひどく突飛な姿勢をとりながら、床の上をうろうろと行ったり来たりしはじめた。なんだか誰かの物真似をしているようである。今は腕を胸の前で十字に組んで、すっくと頭をもたげて左足を前に出し、同時に左右の古い壁に貼られたたわしで擦って、汚れを落したような壁紙に視線をめぐらす。脚を交差させて立ち、右手で机の端を掴み、左手で柄つき眼鏡を、といってもポーターの瓶の栓を閉じていた針がねでこしらえた代物であったが、構え、壁の蛇腹の辺りを尊大な態度でじろりと睨む。するとそのとき、扉がばたんと開け放たれて、年の頃三十五歳くらいの男が一人、まるで自分の家に帰ってきたとでもいうような寛いだ様子で入ってきた。髯を剃り鋭い表情を浮かべたその顔は日々顔の筋肉を熱心に鍛練してきた賜物であり、俳優やある社会階級にのみ見出すことができる。髯剃り跡がくっきりと目立つ頬の下には、筋肉と靭帯がはっきり見える。しかし美しくならんだ鍵盤を動かす絃のような、見栄えの悪い箇所は見あたらない。ペダルを必要とする普通の鍵盤楽器とはちがうのである。広い額《ひたい》は縦に長く、窪んだこめかみをもち、まるで純正のコリント式柱頭のように聳《そび》えている。手入れの行き届いていないボサボサの黒い巻き毛がまるで蔦《つた》のように垂れ下がっている。その隙間から幾筋もの蛇がまっすぐに身をもたげ、眼球を狙っているように見えるが、けっしてそこまで届かない。大きな黒い双眸はただ今休憩中で、穏やかな哀しみを湛えている。しかしひとたび火を噴くようなことになれば、その瞳はリボルバーの銃口に早変わりするのであった。

準備万端整えられたテーブルにどかりと腰を下ろし、沈鬱な表情を水差しに向けた。

「グスターフ、なんで君はいつも水なんか出しておくのかね」

「ファランデルさんが燃え出してしまっては困るからですよ」

「オレが燃えたとして、それが君になんの関わりがあるというんだ。オレがそうしたいと思えば、そうしたって構いやしないだろう」

「ファランデルさん、今日はニヒリストでいるのをやめてください」

「ニヒリスト。誰がそんな言葉をお前に教えたんだ。それともどこでそんな言葉を覚えた。頭でもおかしくなったか。言ってみい」

男はテーブルを立つと、その黒光りするリボルバーの銃口から数発の銃弾を放った。

グスターフは恐れをなして口が利けなくなり、この俳優の顔に浮かんだ表情に驚いた。

「どうした、どこでそんな言葉を覚えたんだね」

「モンタヌスさんです。モンタヌスさんがこのまえここに来たときに言ってました。トレースコーラから来た人です」グスターフはすっかり怖じ気付いて答えた。

「なるほどそうか、モンタヌスのやつか」陰鬱《いんうつ》な男はそう言って納得すると、また席に付いた。

「モンタヌスはオレと同類だ。自分がなにを言っているのか分かって言っている、そんな男だ。ところで、グスターフ君、君はここの劇場の連中がオレにつけた名前がどんなものか、知っていたら是非教えてくれないか。そう、徒名《あだな》のことだよ。ほら、どうした。なにも怖がることはない」

「嫌です、とても口にできるような言葉じゃありません。すごく汚ない言葉です」

「なんでそんなに嫌がることがある。ちょっとばかりオレを愉快な気分にさせてくれたっていいじゃないか。それともオレにはそんな楽しみなんて必要ないとでも思っているのか。そんなにオレは楽しくしているように見えるのか。ほら、どうした。オレがここに来ているかどうか奴等が尋ねるとき、オレのことをなんと呼んでいるのかな」

「あの、その……悪魔野郎……って」

「はっはぁ！悪魔野郎、ってか。そいつはいい、いい名だ。なるほど、それで奴等、オレのことを憎んでると思うか」

「はい、心の底から」

「素晴らしい。でも、なんでだ。オレがなにか奴等に酷《ひど》いことをしたことがあったか」

「いいえ、そんなことは言えた義理ではないでしょう」

「そうだろう、オレもそうだと思うぞ」

「でも、ファランデルさんは人びとを堕落させたと言っています」

「堕落させただと」

「はい。お前はファランデルさんに堕落させられたんだと言われました。『なにもかもが陳腐だ』って僕が言うからなんですけど」

「ほっほぉ。奴等に向かってそんなことを言ってやったのか。あんたらの機知など古くさいと」

「ええ、それに、言ってることすべてが陳腐なんだとも。本当にみんな陳腐なんですよ。まあ、だから僕のことを嫌っているんです」

「そうか、そうか。それでは給仕なんてやっていることは陳腐だとは思わないのか」

「とんでもない、そんなの当り前じゃないですか。生きてることも陳腐なら、死ぬことだって陳腐です。なにもかもが陳腐ですよ——いや、ちがうかな——ちがいます、役者になることだけは陳腐じゃありません」

「おお、我が友、それは間違いだ。そいつはありとあらゆるもののなかで一等陳腐なことじゃないか。まあ、黙って聞け。それを一杯やらせてもらおうか」

杯に注いだアブサンを一気に飲み干し、頭を壁に凭れ掛けさせる。壁には茶色の長い帯状の模様が見えるが、それは六年の長きにわたってこの場所に座っていた男の葉巻から立ち上りつづけていた煙のつけた跡である。明かり取りの窓から太陽の光が零《こぼ》れていた。外には大きなポプラ並木があり、夕暮れの風にそよぐ梢《こずえ》を通り抜けた光線に照らされて、横長の壁に網目模様の影がユラユラと掛かっていた。網の下端にはこれ陰鬱《いんうつ》さの塊といった感じの男の頭部の影が映っていたが、ボサボサにした巻き毛のおかげで、まるで大蜘蛛が巣に潜んでいるかのようであった。

グスターフは天井のアルガンランプの周りで輪舞している蝿の様子を眺めているそのモーラ出身の男のことを改めてじっくりと観察し、そのニヒリスム的な沈黙の仕方を実地に学ぶことにした。

「グスターフ」蜘蛛の巣の端から声が掛かった。

「はい」間髪容れずに返事をする。

「両親は健在なのか」

「いいえ、ファランデルさんはご存じでしょう」

「そいつはお前にとってなによりだ」

長い間《ま》。

「グスターフ」

「はい」

「お前、夜は寝てもいいのか」

「なにがおっしゃりたんです」グスターフは顔を赤らめて尋ね返した。

「言葉どおりの意味だ」

「もちろんですとも、寝てもいいに決まってるじゃないですか。なんでボクが寝てはいけないって言うんです」

「なぜ俳優になどなりたい」

「そんなの言えません。ただ、幸せになれるかなって思ったんです」

「なんだ、今は幸せでないとでもいうのか」

「そんなの分かりません。でもそうじゃないと思ってます」

「あれからまたレーンイェルム君はここに来たかね」

「いいえ、まだ来てませんよ。でも近いうちにファランデルさんを訪ねるつもりだとかいってましたけど」

長い間があく。そこで扉が開いた。大きな蜘蛛の巣に影が落ち、網が揺れる。隅に潜んでいた蜘蛛がピクッと動いた。

「レーンイェルム君じゃないか」陰鬱な男が声をあげ

た。

「ファランデルさんですか」

「ようこそ。先日オレのことを探していたそうじゃないか」

「ええ、昨日のお昼に、すぐにでもお会いしたいと思いまして。ぼくの用件についてはすでにお察しのことと思いますけれど、その、劇場でぼくを雇って欲しいんです」

「おお、それは本当かね。こいつは驚いた」

「驚かれましたか」

「ああ、驚いたね。だがなんでまたオレのところを最初に訪ねてきたんだ」

「あなたが最高の俳優だと確信してるからですよ。それにぼくらの共通の知人である彫刻家のモンタヌスも素晴らしい人物だと推薦してくれたんです」

「なんと、奴がか。しかし、このオレにいったいなにができるっていうんだ」

「ぼくに助言を下さい.」

「まあとりあえず、ここに座ったらどうかね」

「ありがとうございます。よければぼくにご馳走させてください」

「そんなことはさせられんよ……」

「ぼくならいいんです、もしよろしければ、ですけれど」

「では、ご随意に。それで助言をご所望とか。ふむ、率直なやつがいいんだろうね。わかっている、無論そうに決まってる。だが、言っておくが、ちゃんと聞いて、真面目に受け取ってくれないとこまるぜ。それと、オレがこの今日という日にあれこれ言ったことはけっして忘れるな。なんといってもオレはオレの言ったことに責任をもつつもりなんだからな」

「ええ、あなたの意見を聞かせてください。覚悟はできてます」

「馬の躾をしたことはあるか。ないのか。なら馬の躾をしに家へ戻るんだな」

「ぼくには役者になる才能がないとおっしゃられるのですか」

「いいや、そんなことは断じてない。なにせ役者になる才能がない奴なんていないと思ってるからな。その反対だ。多かれ少なかれ誰しも人間を演じようとする因子をもっているものだからな」

「なんですって」

「ああ、それは君が想像しているようなものではまったくないんだよ。君はまだ若い。血気盛りといったところだ。幾千もの夢が、美しく、明るい、物語の本の中で描かれているようなやつなんだろう、胸の中でうごめいているのを君は感じている。だが君はそれらを隠しておくことができない。日のあたる場所に出したいと思っている。両手で抱え、見せびらかしたいと願っている。それもこの世の中に向かってだ。そしてそこから大きな喜びをえたい——そうだろう」

「そうです、そのとおりです。あなたはまさしくぼくの考えを言葉にしてくれました」

「なに、ただ最良のもっともありふれた事例を述べただけた。いくらオレが下劣きわまりない考えの持ち主だからといって、全部が全部に難癖を付けようとしているわけではない——せいぜい、大半のことにってところだ。まあ、いい。とにかく、この夢を形にしようとする傾向ってやつは物凄く強い。どれくらいかと言うと、例えば君はどんな困難に直面しようとも、どんな屈辱を受けようとも、吸血鬼どもの餌食になろうとも、市民的信頼を失うことになろうとも、破産して破滅するようなことになっても、ここで引き返すよりはまだましだ——と、そんなふうに思い詰めてしまうぐらい強い。そうだろう」

「そのとおりです。ああ、あなたは本当にぼくのことをよく分かっている」

「かつて、一人の若者と知り合いだったことがある——今どうなっているかはもうオレにもわからん。なにせ、別人と思うくらいすっかり変わってしまっていたからな。そいつが刑務所を抜け出したのは十五歳の時だった。この世に生まれ落ちたという普遍的な犯罪を犯した子供のために、各々の教区が設けているやつだ。そこでは罪のないおチビさんたちがおのれの両親が犯した罪の贖罪をせねばならぬのだ。ほかにどうしようがある……、おっと、話が脱線しそうになったら言ってくれたまえ。その後その若者は五年の間ウップサーラで恐るべき量の書物を読み漁った。脳味噌の中には六つの押入れがあり、収集した品々に項目名、分類番号、説明をつけては六種類に分類して保管していた。書架は種々の判例、演繹《えんえき》、理論、ただの思いつき、戯言の類いで満杯。それでもなんとかなっていたのは、脳味噌の容量に余裕があるからだが、しかしそのせいで他人の考えまでも次々に取り込む破目になってしまった。他人が一生をかけて咀嚼し、吐き出した、古く腐った考えをな。つまりその男は吐瀉物《としゃぶつ》や何やらを集めていたってわけだ――二十歳になっていた。演劇の世界に身を投じたのもその頃だった。ほら、この時計を見てみろ。秒針のほうだ。これが六十回まわると一分、六十掛ける六十で一時間、さらに二十四をかけて、やっと丸一日、そしてそれに三百六十五をかけても――それでもたったの一年だ。それが十年間だぞ。おお、主よ――君は門の外で、親友の誰かを待ちつづけたことがあるかね。初めの十五分は何事もなく過ぎる。次の十五分は――ああ、大切な親友のためなら喜んでそうするものだろう。そしてそのまた次の十五分。待ち人は来ない。四回目の十五分間。期待と不安。五回目の。もう帰ろうとするが、引き返す。六回目。主よ、わたしは無為に時を浪費してしまいました。七回目。けれどもわたしはここに留まりつづけます。すでに長い間待ちつづけているのですから。八回目。怒りと呪いの言葉。九回目。帰宅し、自宅のソファーで寛ぎ、安らぎをえる。それまでずっと死と隣り合わせでいたかのように。十年間、十年間、その男は待ちつづけたのだ。今、十年と言ったとき、オレの頭の毛は逆立ゃしなかったか。ちょっと見てくれ。大丈夫か、うむ、ちゃんと残っているな。そう、役を貰えるまでに十年という月日が流れたのだよ。そして、成功した――役がつくやいなやすぐにだ。もっともその頃には、無為に浪費してしまった十年間のことを考えるだけで、男の気は狂いかけていた。そしてその成功が十年前に訪れなかったことに、我を失うほどの怒りを覚えた。だから、幸運が突然やってきたというのに、ちっとも幸せになれないことに驚いた。そうして、男は不幸になった」

「つまり、演技を学ぶのにその方にとっては十年も必要はなかったとおっしゃりたいわけですね」

「演じることが許されなかったんだ。学ぶなんてできるはずがないじゃないか。それに虚仮《こけ》にされていたんだ。ポスターについた塵芥《ちりあくた》あつかいだったよ。劇場監督には役立たずと言われ、監督がべつの劇場に移動することになった際にはレパートリーの一つもろくにこなせない奴だなんて捨て台詞を残していきやがった」

「でも、成功した今も幸せでないのは何故なんです」

「不滅の魂が成功することで満足を得られるとでも君は思っているのかね。——だが何故そんなことを話題にする。君の決心は揺るがないんだな。どうやらオレの忠告も余計なことだったらしい。まあ、経験に勝る師はいないと言うからな。それに経験というやつはなんともまあ思いもよらぬ働きをするかと思えば、妙に勘定高いところがあったりと、まったくもって小学校の教師そのものだ。あるものはいつも贔屓《ひいき》にされ、そのほかのものたちはいつも拳骨《げんこつ》をくらう。君はいつも贔屓にされていた口らしいな。なにも君の生まれを当て擦っているなんて思わないでくれたまえ。オレは生まれの良し悪しに拘泥するような暗愚《あんぐ》の輩《やから》ではないからな。そもそもこの世界ではそんなもの、まったくもってどうでもいいことだ。ここでは誰もがただの人なんだから。君がなるだけ早いうちに成功することを祈っている。そうすれば君も知ることになるだろうからな——なるだけ早いうちにだ。君はそれに値するだけの人物だとオレは信じていいか」

「でも、あなたはするとご自分の芸術になんの価値も見い出していないということですか。あらゆるもののなかでもっとも偉大で、崇高なものだというのに」

「過大評価されているんだ。人類が数多くの書物を費やして論じてきた物事すべてと同じなんだ。それに危険だ。害をなしうるものだからな。上手についた嘘はなかなかに拭い去り難い印象を残す。無教養な大衆が議決を下すような民衆議会と同じだ。上っ面をなぞるようになればなるほどよし——つまり、酷ければ酷いほどよい。だからオレはそれが不必要だとは言っていない」

「いまおっしゃられたことがあなたの本当の意見のはずがありません」

「オレの意見だよ。だがな、だからといってもちろんそれが真実である必要なんてないがな」

「でも、あなたがご自分の芸術のことを大切に思っていないというのは本当なんでしょう」

「オレの芸術だって。ほかの奴等よりオレのものを大事にしなければならない義理がどこにある」

「もっとも深遠な役柄をいくつも演じてきたあなたが。シェイクスピアだって演じたことがあるんでしょう。ハムレットも。心の底から感動にうち震えたことは本当に一度もないんですか。あの『あるべきか、あらざるべきか』の深い独白を発したときとか」

「深い、とはなんだ」

「深遠で、深慮な、ってことですよ」

「訳《わけ》を言え。こんな風に、『自殺するべきか、それともすべきでないのか』、なんて言うことがそんなに深いのか。『もし死後のことが分かるなら、ぼくは喜んでそうするだろう。ほかの人もそうするにちがいない。でもいまのぼくたちにはわからない。だからみずからの命を絶つだけの勇気がないんだ』これがそんなに深遠かね」

「いや、それほどは……」

「ふん。君は自分の命を捨てようと考えたことが間違いなくある。そうだろう」

「ええ、まあ。でもそんなの、どんな人間にだって一度くらいはあるでしょう」

「ふん。ならばなぜ君はそうしなかったのか。それはハムレットとおなじく死後の出来事について無知であるが故に、君にそうするだけの勇気がなかったからだ。ふん、それがそんなに思慮深いことだったのかね」

「いいえ、そんなはずありません」

「ふん。すなわち、それはまったくもって単純で月並みのことだ。一言で片付く――グスターフ、そういうのをなんて言うんだった」

「陳腐、です」振り子時計の箱の辺りから返事が返ってきた。どうやらそこで台詞の順がまわってくるのを待っていたらしい。

「ふん。そう、陳腐だ。だがもしもあの作家に次の人生の有り様を示すようななにかそれらしい考えでもあったなら、斬新《ざんしん》なものになっていただろう」

「新しいものはどんなものでも素晴らしいというのですか」レーンイェルムは問うたが、ここで聞かされた新しい事柄に、すっかり打ち拉《ひし》がれてしまっていた。

「新しいものなら少なくともなにかの役には立とうさ――それに、新しいということが正しいのだ。自分自身の頭で考えようとしてみろ、そしてつねに新しくあろうとすべきだ。君がそこの戸口に立つ前からオレには君がなにを話そうとしているのかわかっていたし、シェイクスピアの話になれば、君が次になにを聞こうとしているのかも承知している。君が信じられればだが」

「あなたは驚くべき人です。あなたの言葉の中には正しさがあると認めずにはおれません。それがぼくにとって好ましい言葉ではないにもかかわらずです」

「ふん。ならカエサルの棺桶の傍でアントニウスが読んだ弔辞についてはどう思う。名台詞《めいせりふ》なのではないかね」

「ちょうどそれを聞こうと思っていたんですよ。まるで本当に、あなたにはぼくの考えが手に取るようにわかっているみたいだ」

「ふん。いまそう言ったばかりじゃないか。それにすべての人間がおなじことを考えたりするのは、より正確には、おなじことを口にするのはだが、そんなに不思議なことなのか。ふん。そのなにがそんなに深いと思っているんだ」

「そんなの、言葉で言い表せるようなものではありません……」

「ふん。だがそれがよくある月並みの皮肉な表現の一つにすぎないとは思っていないんだろう。思っていることと口に出すこととは往々にして正反対なものだ。そして、端を尖らせれば、それに刺されるものがでてくるだろう。ふん。しかし君は婚礼の夜のジュリエットとロメオの会話より美しいものをなにか読んだことはないのか」

「おお、実際は雲雀《ひばり》だったのに、ナイチンゲールだったと思うとロメオがいうあの場面ですね」

「全世界がそう思っているなら、どうしてオレごときが他の場面だと思える。ふん。あの場面の効果は無論、呆れるほど使い古された詩的表現があの箇所で珍しくも使われていたから生じたものだ。シェイクスピアの偉大さというのは詩的表現にあると君は思っているんじゃないか」

「なぜあなたはぼくにとってのすべてであると言える物事を尽《ことごと》く砕き潰してしまおうとするんですか。なぜあなたはぼくの支えとなってくれているものを根刮《ねこそ》ぎ、奪い去ってしまおうとするんですか」

「オレは君が寄りかかっているその杖を放り捨ててやろうっていうんだ、まともに歩くことを覚えられるようにな——独力で、ってことだ。ところで、君にはこれからオレが言うことをただちに実行するようお願いしてもいいだろうか」

「あなたはお願いなんてしないでしょう、ただそうしろと強制するだけで」

「なら言うが、君はオレとつき合うのをやめた方がいいな。——君のご両親は君がこちらの方向に歩もうとしていることに、さぞかしお嘆きなのだろう」

「ええ、勿論です。なんでそれを知っているんですか」

「親御さんなら誰しもそうだろう。なぜ君はそんなにオレの判断力を過大評価しようとする。過大評価なんて、そもそもどんなときだってするもんではないぞ」

「それでもっと幸せになれると思いますか」

「もっと幸せにだと。ふむ。君は誰か幸せな人間を知ってるのか。答えろ、自分の意見をだ、借り物の言葉ではなく」

「わかりません」

「ふん、幸せな奴がいるなんて思ってもいないくせに、どうしてもっと幸せになれるかなんて問いをたてることができるんだ——はっはぁ、そう言えば君にはご両親がいるんだったな。まったく、そんなのは煩わしいだけだ」

「なんでです。あなたはなにが言いたいんですか」

「古い世代が新しい世代を教育し、時代遅れの愚劣な物事で養おうだなんて不自然だとは思わないかね。ふん。君はご両親から感謝を要求されたりしているんじゃないか。そうだろう」

「えっ、だって両親には感謝するものじゃないんですか」

「法を味方につけ、人をこの憐れな境遇に引きずり込み、劣悪な食事で養い、殴りつけ、抑圧し、侮辱し、願いを妨げつづけてきたことに感謝か。革命がまだもう一つ足りていないとは思わないか。いや、二つだ。なぜ君はアブサンを飲まない。こいつが怖いのか。おお、見ろ。ジュネーブの赤十字印がついているじゃないか。戦場の負傷兵を敵味方を問わず治療してくれるんだぞ。痛みを麻痺させ、思考を払底させ、記憶を奪い去り、あらゆる高貴な感情を圧殺し、そして人間に狂った行いをしでかすように仕向け、仕舞には理性の光を消し去ってくれるんだ。理性の光とはなんであるか、君にわかるかね。まず第一にきまり文句、第二に鬼火、人魂。君もそうした明かりのことは知っているだろう。魚が腐って燐化水素が発生しているような場所をさ迷っている燐火のことだ。理性の光とはいわば灰色の脳細胞によって生みだされた燐化水素だよ。驚くべきことに、この地上に存在するよいものはすべて没落し、忘却される。オレは十年間、ふらふらとほっつき歩いて一見無為に過ごしているような毎日を送りながら、小さな町々の教区図書館にあるすべての蔵書を読み漁っていた。本に書かれていることは劣悪なこと、無意味なことばかりで、そんなものばかりが引用され版を重ねている。ところが、よいことは放っておかれたままなのだ。――言っておきたかったのは――話が脱線しそうになったら言ってくれたまえ――」

振り子時計がまたけたたましい音をたてはじめ、鐘の音が七つ鳴った。――扉が開き、騒音を周囲に撒き散らしながら男が一人乗り込んできた。脂ぎった重量のある頭がまるで臼砲《きゅうほう》のように、肉付きのよい両肩の間に鎮座している。仰角四十五度でがっしりと砲架に固定されており、星に向けて大砲の弾をいまにも打ち出そうとしているようであった。その顔は、これまでひとの世で発明されてきたあらゆる犯罪をなし、まだ見つかっていない悪癖までも十分に持ち合わせているかのような顔付きでありながら、臆病さが邪魔をして、いくつかの悪事を働くまでには至っていないといった様子である。入ってくるやいなや、砲弾を陰鬱な男に目掛けて一発ぶちかますと、伍長のような声で、文法的には申し分ないが下卑な言葉でラム・トディを一杯、嵐のような勢いで給仕に注文した。

「あれが君の命運を握っている男だ」陰鬱な男がレーンイエルムに囁く。「大悲劇作家にして劇場の支配人であり舞台監督でもある。そしてオレの宿敵だ」

レーンイエルムは震え上がった。その恐るべき人物が、ファランデルと深い憎悪に満ちた眼差しを交し、回廊に唾《つば》の爆撃を浴びせているのを目の当たりにしたからである。

するとまた扉が開いた。今度は程々に気前のよさそうで、程々に年をとった男がすすすっと入り込んできた。髪を油で撫でつけ、手入れの行き届いた口髭をしている。支配人が紅玉髄《ルビ》の指輪をはめた中指をちょいちょいと動かすと、すっかり気心が知れているといった様子で、その隣りに腰を下した。

「あれは町にある保守派の新聞の編集長で、信仰と祭壇の守護者だ。楽屋への出入りが自由なのをいいことに、支配人の目のかかっていない娘とみるや、口説きまわっていやがる。大昔には王宮勤めの役人をやっていたが、とある理由で職を失う破目になった。何故かなんて口にするのも恥ずかしいがな」ファランデルが若者のために説明してやった。「だが、あんなお歴々とおなじ部屋にいるってだけで、オレには十分に恥ずかしいってもんだ。それと今晩、昨日の夜のオレのご祝儀目当てに友人どもがここに集まって、ちょっとした宴会をやることになっているんだが、もし君に悪い仲間に加わりたいという気持ちがあるなら、また八時に来るといい。歓迎するぞ。来るのは悪い噂のあるご婦人二名と小穢《こきたな》い老いぼれの紳士が一名だがな」

レーンイエルムはその招待を受けるのに一瞬の躊躇《とまど》いもなかった。

壁にとまっていた蜘蛛《くも》は、まるで網に掛かった獲物の回収にでも向かうかのように網の端から端まで横切っていったが、そのまま姿を消してしまった。蝿のほうはまだしばらくの間そこに留まっていたが、太陽は大聖堂の背後に姿を隠し、網の紋様は跡形もなく消え去り、窓の外のポプラ並木は大きく揺れていた。とそのとき、舞台監督の大男が大声を上げて叫びだしてきた。語るなんてことはとうに忘れ去ってしまっていたからではあるが、ともかく言葉を発しながら。

「ふん。おい、例の週刊誌がまたぞろしゃしゃり出てきて、俺のことを攻撃したのは知ってるな」

「ああ、貴兄があんな戯言を気にかける必要なんて、これっぽっちだってありゃしませんよ」

「俺が気にしちゃいけねえってのか。貴様、なにが言いたい。町中の人間があれを読んでねえとでも思っているのか。そんなわけはねぇんだから、気にするにきまってんだろ。これから奴の所に押し掛けてって、しばき倒してくれる。奴はこの俺のことを大仰《おおぎょう》で擬《まが》い物だとぬかしやがったんだぞ」

「なら、そいつを買収してしまいなさい。ただし醜聞沙汰にしてはいけません」

「買収だと。試してみなかったとでも思っているのか。まったく滅茶苦茶で理解不能な連中がいるもんだ、あのリベラル派の聞屋《ぶんや》どもめ。あんな連中でも自分たちの仲間や知り合いが相手なら、お愛想を書いたりしてやっているくせに、たとえどんなに貧乏だろうが、買収は通じないときてやがる」

「はぁ、貴兄はまったくわかっていない。奴等にまっすぐ向かっていっても駄目ですよ、質草《しちぐさ》になるような贈り物を贈るとか、現金をやるにしても匿名でやらないと。それと、やった後でもそんなことは知らないってふりを決め込むんです」

「貴様がそうされてるようにってわけか。はっ、駄目だ駄目だ。奴等には効かねえんだよ。そんなのはとうに試し済だ。意見など持ってる奴等と出くわすなんざ地獄だな」

「ところで話題を変えさせてもらいますけど、例の悪魔野郎が毒牙にかけたのは、いったいどんな子羊だったと思います」

「俺には関係ねえだろう」

「まあそうかもしれませんけど、それでもですよ。おい、グスターフ。ファランデルが連れてきたっていう、そこの彼氏は誰なんだ」

「はい、その、劇場に入ろうって人で、レーンイェルムって名前です」

「いったいどんな奴だ。劇場に入ろうとしてるだと。そいつが」監督が叫ぶ。

「はい、そうらしいです」グスターフが答える。

「悲劇を演《や》るんだろうな、決まってる。だが、ファランデルを頼っているだと。俺のところに来ずに。それで俺から役をもらおうってのか。そいつは光栄なことだな。それでなにかかけてやる言葉の一つも俺が知らないとでも。俺が。この俺がか。お気の毒様だ。憐れなもんだ。なんとも悲惨な将来だ。勿論、この俺が目をかけてやらんこともない。俺の翼《つばさ》のもとにいさせてやろう。羽ばたいていないときだって、俺の翼の力強さはよく知られたところだからな。ときどき挟み潰しちまったりもするがよう。あれは見目のいい男だった。素晴らしい男だったよ。アンティノウスのごとく美しかった。あいつがまっさきに俺のところに来なかったのは残念だった。そうしていたら、ファランデルの役をもらえていただろう。根刮《ねこそ》ぎだ。やれ、やれ、やれ。だがまだ遅すぎってことはない。はん。まずはあの悪魔野郎にそいつをぶっ壊させてみようじゃないか。まだまだちょっとばかり初々しすぎる。まったく堕落なんてしてません。みたいな顔をしてやがる。憐れな坊やだ。ああ、俺に言えるとすればただ一言、神よあやつを救い給え」

　最後の祈りの声は、そのとき店に入ってきた町のトディ客らの騒音に掻き消されていた。

第十五章　演劇株式会社フェニックス

その翌日、レーンイェルムがホテルのベッドで目を覚ますと、時刻はすでに正午になろうとしていた。過ぎ去りし夜の記憶がまるで亡霊のように立ち上がり、夏の明るい光のただ中にもかかわらず、ベッドの周りを囲んでいた。レーンイェルムはたくさんの花で飾られた美しい部屋を眺めた。ひん曲がったうち窓がついたこの部屋で、乱痴気騒ぎが繰り広げられていたのである。ライバルに蹴落とされ、婆あ役に追いやられた三十五歳の女優がいた。新たに浴びせられる侮辱の数々に絶望し怒り狂っていたその女優は部屋に入ってきたときにはもうすっかり酔っぱらっており、片足を長椅子の肘掛けに乗せて座っていた。部屋が暑くなったらしく、ドレスの胸釦を外していく。夕食をたらふく食べた男性がベストの釦を外す程度の無頓着さである。また、年老いた喜劇役者がどたどたと行ったり来たりしていた。もう随分昔に恋愛物の舞台からは御役《おやく》御免《ごめん》になっており、その後わずかの間、時めいていたこともあったが、すぐに伝令役にまで落ちぶれていった。今では自作の歌やとりわけ自分が偉大だった時代の話で、卑しい階層の連中を楽しませてやるのが日課になっている。しかし、紫煙と酩酊がつくりだした蜃気楼《しんきろう》の真ん中に、まだ若い十六歳頃の娘がいるのも見えた。娘は目に泪を湛えてやってきて、陰気なファランデルにあの大劇場監督がまた性懲りもなく恥知らずな申し出をしてきたこと、そして娘が拒否すると、復讐してやる、今後一切女中役以外はやらせせんと誓ったことを語っていた。ファランデルはといえば、そこにいる全員の悲しみと憂いを受け止め、吹き飛ばし、消し去っていた。あらゆるものを分解してしまうのである。侮辱、屈辱、騙し討ち、不幸、困窮、惨状、悲嘆、尽く無にしてやっている。そして友人になにひとつ、とりわけ自分が抱える悲しみを過大に評価することのないよう教え、奨励している。しかし、何度も何度も目がいくのはやはり可憐な十六の娘である。無垢な表情を浮かべたその娘とレーンイェルムは友人になり、別れ間際に接吻までしてもらった。しかもそれは激しく情熱的な接吻で、おかげで心臓は炎症をおこしてしまったが、冷静になった今になって思い返してみると、その接吻にはどこか唐突なところがあったように思えた。だが、あの娘の名前はなんといっただろう。

レーンイェルムは立ち上がり水差しを掴もうとしたら、ワインの染みがついたハンカチに手が触れた。おお、そこにはチャコペンシルでけっして消ええぬ字が書かれているではないか——アグネス、と。ハンカチの一番きれいな場所に二度キスをして、それを長持の中にしまう。それから念入りに身拵《みごしら》えをして、劇場監督のもとに向かう。十二時から三時のあいだにどうしても会うことになっているのである。

なにも文句を言われないようにきっかり十二時に社まで出向くと、門衛がいて用向きとなにか役に立てることはないかと尋ねてくる。レーンイェルムは無駄だとは思いながらも、監督と会えるかどうかあらためて聞いてみる。すると、監督は今の時分だと工場にいるが、たぶんお昼にはやってくるだろうと教えられた。工場とは劇場を内々で指す呼び名のことだろうと思ったが、この社長監督は本来マッチ工場の経営者であると教えられた。ちなみに経理士をやっている義理の弟は郵便局にも職を持っていて、二時まえにやってくることはなく、劇場監督秘書をしているその息子は電信局に務めているのでいつ会えるか誰も見当がつかないとのことである。とはいうものの、門衛はレーンイェルムの用向きを了解したらしく、それが自分と劇場の仕事だとばかりに劇場の設立趣意書を一部手渡した。これでも読んで、劇場執行部の誰かがふらりとこっちへ足を向けることがあるまで、この若い新人は時間を潰していろというわけである。そういう訳で、忍耐力で身を固め、ソファーに腰を下ろしてじっくりと冊子を読んでみることにした。規則の一覧を読み終えたが、時刻はまだ十二時半にしかなっていなかった。それで門衛と話をすることにしたが、一時四十五分にしかならない。それから腰を落ちつけて、綱領の第一段落について吟味してみることにした。曰く、『当劇場は道徳的な施設であり、したがってその構成員は誠心誠意神への畏れと美徳と良俗を達成すべく努力しなければならない』レーンイェルムはこの文言を隅から隅まで考えて、正しい解釈を導き出そうと試みたが、うまくいかなかった。もし劇場がすでに道徳的な施設であるとするならば、その施設を構成している（社長、経理、秘書、装置ならびに装飾などが含まれる）構成員には、もちろんその必要はない、というのはつまり、そうした美しいと名のつくものすべてを誠心誠意求めようとする必要などどこにもない。もしそれが、『当劇場は不道徳的な施設であり、したがって……』といったような文言であったならば——ふむ、すると意味が通るようになる、がしかし、それが監督の意図するところでないのは確実であった。それで思いついたのはハムレットの『言葉、言葉』という台詞であったが、すぐにまた、ハムレットを引用するなんて陳腐であり、自分の考えは自分の言葉で表現するべきだ、という考えが頭に浮かんできた。そういう訳で、これはただのお喋りだと言うに留めておこうと決めた。しかし、それもオリジナルでないことには変わりなく、結局、却下することにしたのであるが、そもそも、そうすること自体にオリジナリティーの欠片もなかった。

つづく第二段落のおかげで、十五分という時間をその文章の考察にあてて潰すことができた。曰く、『劇場はけっして娯楽のために存在するのではない。唯、娯楽ノ為ノミニ非ズ』劇場は娯楽のために存在するのではない、とある。劇場はただ娯楽のためだけに存在するのではない、ともある。すなわち、劇場はまた娯楽のためで（も）ある、ということだ。それで、どんなときに劇場で楽しむことがあるか、じっくりと吟味することにした。なるほど、結構ある。例えば、子供が、とりわけそれは息子だったりするわけだが、詐欺を働いて自分の両親からお金を騙し盗るのを観たりするとき。とりわけ、その騙される両親が倹約家で、慎ましく、聡明であったりするとなおよい。あるいはまた、妻が夫に不貞を働くとき。とりわけ、その夫が年寄りで妻の支えを必要としていたりすると、これはもう大変に面白い。さらにまた、事業に失敗して飢え死にしかけた二人の老人の話に、死ぬほど笑い転げたことがあったのを思い出した。今日でもある古典作家が書いた戯曲のそんな場面からは笑いが絶えなかったりするのである。さらにさらに、耳を悪くした中年男の不幸の話が愉快であったことや、禁欲生活のせいでおかしくなった頭を治療し、そして目的を達成するために被らねばならなかった猫を脱ぎ去るために、自然な方法に頼ろうとした司祭には六百人の観客ともども最高に楽しませてもらったことも思い出されるのであった。するといったい、なにが可笑しくて笑ったんだろうと自問してみた。そしてほかにすることがなかったので、それに答えを出そうと試みた。ふむ、それは不幸、困窮、惨状、悪癖、美徳、善人の敗北と悪人の勝利である。この結論は、部分的にではあってもレーンイェルムにとって新しいものであったので、気分がよくなった。そして、このような思考の遊びをすることに大きな喜びを感じた。監督もまだ連絡を寄こしてはいなかったので、この遊びをつづけることにした。すると五分と経たないうちに、また一つ別の結論に辿り着いた。悲劇において涙するのとまったくおなじものが、喜劇においては笑いの対象になるということである。しかし、遊びもそれまでだった。というのも、そのとき大劇場監督が嵐のように入ってきて、レーンイェルムに一瞥を投げる素振りも見せずにその傍を怒涛の勢いで通りすぎると、左の部屋に飛込んでいったのである。するとすぐに力強い手でうち振られた呼び鈴の音が部屋の中から聞こえてきた。門衛が中に入り、また出てくるまでに約三十秒かかり、そしておのれが君主より面会の許しが出たことを告げた。

レーンイェルムが中に入ると、監督はすでにその臼砲を砲架からおろし、仰角をできるかぎり大きくとっていたので、小さく震えながら入ってきたその瀕死の男を見ることは不可能であった。しかし、入ってくる物音は聞こえたにちがいなく、なにをお望みかと侮蔑口調で尋ねてきた。

レーンイェルムはデビューしたい旨を伝えた。

「はん。一大デビュー。大喝采。それで貴君はなにかレパートリーはお持ちかな。ハムレットを演じたことは、リア王は、ラングレーのリチャード・シェリダンは、マイアードとブレーヴィッレの篤志家は、第三幕の幕が下りてアンコールを十回受けたことはあるのか。ほら、どうなんだ」

「舞台に上がったことはまだ一度もありません」

「そうか、そうか。なら話は別だ」

青色の絹地を用い、銀装飾がほどこされた肘掛け椅子に腰を下ろすと、スエトニウスの皇帝伝に載っている暴君の誰かの肖像画に使ってもいいような仮面を顔に装着した。

「貴君に私の率直な意見を聞いてもらえるだろうか。ふん。この道を行くのはあきらめるんだな」

「無理です」

「もう一度言う。この道を行くのをあきらめるんだ。ありとあらゆるもののなかでも一等おぞましい道だぞ。屈辱、不快な思い、針の筵《むしろ》、茨の道だらけだ。君は、いいか、俺を信じろ、もう二度と生まれてこなければいいと願うようになるくらいの苦渋の人生を歩むことになるんだ」

それは心底信頼に値する顔に見えたが、しかしレーンイェルムの決心は微塵も揺らぐことがなかった。

「ふん、俺の言葉をよく聞いておくんだな。俺はいたって真面目に思いとどまるよう忠告している。そして見通しがいたって暗いことも説明してやろう。君はおそらく黙役《だんまりやく》として何年もの間、舞台に出ることを強いられるだろう。考えてみろ。その後に及んで俺のところに来て泣き言をわめかれても困るからな。この道はまったく、地獄のように困難なものなんだ。もし貴君にそれがわかっていたのなら、けっしてこんな道に飛込もうだなんて思わないくらいにな。俺を信じるんだ、今言ったとおりだ、地獄を味わうぜ」

言葉は無駄だった。

「なら、デビューの約束なしにすぐ契約を結ぼうとは思わないんだな。それならそれほどの危険もあるまい」

「そんなことありません、勿論ですとも。でもデビュー云々なんて問題にしたことはありませんでしたけれど」

「よろしい、ではここに契約の署名をしてくれたまえ。俸給は千二〇〇リークスダーレルの二年契約だ。いいんだな」

すでに清書され執行部の署名もなされている契約書を吸取紙の下から取り出すと、レーンイェルムに必要事項を書き記すようにと突き出した。レーンイェルムは千二〇〇リークスダーレルという金額に眩暈《めまい》を起こし、内容には目もくれず署名をした。

それが終ると、監督は太い人指し指に赤瑪瑙《あかめのう》の指輪をはめた手を差し出し、ようこそ、と歓迎の言葉を述べた――上顎の歯肉を剥《む》き出しにし、黄色く血走った白眼をギョロリとさせながら。双眸《そうぼう》の虹彩《こうさい》は石鹸のように緑色だった。

こうして謁見は終了した。しかしレーンイェルムはすべてがあまりに滞りなく進みすぎの気がしたので、その場に留まり質問の権利を行使して、執行部の方々が集まるのを待たなくてもよいのですかと尋ねてみた。

「執行部だと」大悲劇作家が大声をあげた。「この俺が執行部だ。なにか質問があれば俺のところに来い。助言がほしければ俺のところに来い。俺のところにだぞ。ほかの奴じゃなくな。わかったか。ならさっさと行け、行進」

レーンイェルムが外に出ていこうとしたそのとき、上着の裾がなにか釘のようなものに引っ掛かったように見えた。というのも、突然に立ち止まったかと思うと、後ろを振り返ったからである。どうやら、最後に発せられた言葉がどんなものであったか、確かめようとしたらしいのだが、しかし、レーンイェルムの目に映ったのはただ、まるで拷問具のような赤い歯肉と、血で描かれた大理石紋様の浮かんだ目だけであった。そういう訳で、更なる説明を求める気力はすっかり失われ、食事を摂りファランデルと会うために、只々、市庁舎の地下食堂を急ぎ目指したのである。

ファランデルはすでにテーブルについていた。落ち着き払い、何事にも無関心で、どんなに酷い出来事があったとしても動じない心構えができているようであった。だからレーンイェルムが雇われたと聞いてもまったく驚くことはなかったが、ただ機嫌が悪くなったのは確かである。

「それで、監督のことはどう思ったんだ」ファランデルが問うた。

「殴ってやりたいと思いました。できませんでしたけど」

「そんなの、執行部の連中だってできやしないさ。だから奴が牛耳っていられるんだ。おまえもこれからあの田舎者が居座っている様をずっと見つづけることになる。奴が劇作家だっていうことは知ってるのか」

「それは聞きました」

「奴が書くのはある種の歴史劇でな、いつも拍手喝采を浴びている。なに、その秘訣は奴が人物を作り上げるんじゃなく書割《かきわり》のような役を書いてるってだけの話だ。役者退場に合わせて拍手喝采の場面をもってきたり、いわゆる祖国愛ってやつを上手《うま》いこと利用して暴利をせしめてるんだよ。それにな、奴が書く人物はおよそ語るってことができない、ただ怒鳴り散らすか、それともよく言われているように、わめきまわっているだけだ。男も女も、老いも若きも、全員がな。それで、奴の有名な作品に『イェスタ王の息子たち』というのがあるが、これはまことに正しくも五幕からなる歴史的叫喚劇《きょうそうげき》と呼ばれている。なぜなら、それには筋書きなどなく、正真正銘の揉《も》め事、家族内の揉め事、路上での揉め事、国会での揉め事などなどしかないからだ。台詞の掛け合いではなく辛辣《しんらつ》な言葉の応酬が繰り広げられるそれはもう、舞台などではなく、凄惨《せいさん》きわまりない大騒ぎだ。対話ではなく、ただお互いに嘲弄《ちょうろう》の言葉を遣り取りしているだけなんだ。そしてその舞台の最高潮となるのは取っ組み合いの場面ときている。批評家が言うには、歴史的な人物を描写する達人であるそうだ。ふん、さっき名前をあげた劇のなかで、奴がいったいどんなグスタフ・ヴァーサを描写したっていうんだ。なるほどたしかに、肩幅があり、長い髯を生やし、大声で、手がつけられない、腕っぷしだけの人物ならいた――やることといえば、ヴェステロースの国会の壇上で息子たちを殴りつけたり、ヴァードステーナの議会で戸板を蹴り飛ばすことくらいだ。だが、一度ある批評家が奴の書く戯曲には意味がないと言ったことがあってな、それを聞いて腹を立てて、意味のある道徳的喜劇を書き上げた。あと、学校に通っている息子がいてな（結婚しているんだよ、あの化物は）、これがあんまりに行儀が悪いもんだから拳骨を食らったんだ。そうしたら瞬《また》く間のうちにこの親父殿、殴った教師を写し描いた道徳的喜劇を書き上げて、最近の若者たちがどんなに非人道的な扱いを受けているかを訴えた。あるとき公正な批評をうけたこともあったが、このときはすぐさま道徳的喜劇を書いて、町のリベラル派の新聞記者を描写した。まったく、オレのためにもちょっとは控えてもらいたいもんだぜ」

「はあ、でもなんであなたを憎んでいるんですかね」

「それはオレが台詞の中でドン・パスクァルって言ったからだ。奴がパスカルだって指示していたにもかかわらずな。結果これだ、奴の説明によれば、オレは命じられたとおりに台詞を言わねばならん契約になっているそうだ。それと、たとえ全世界でなんと言われていようがそんなことは糞食らえで、ここではパスカルと言うことになっていて、なぜならそういうものだからだそうだ」

「どこの出身なんです。まえはなにをやっていた人ですか」

「車大工職人の徒弟をやっていたんだが、君にはわからんかね。だが、君がそれを知っていると奴に知られてみろ、毒を盛られるぞ。ところで話は変わるが、一夜が明けて、いまはどんな気分だね」

「素晴らしいですよ。そうそう、あなたに感謝をすることをすっかり忘れていました」

「はん。それはよかった。それで、あの娘のことはえらく気に入ってたみたいだな。アグネス、といったか」

「はい、大好きになりました」

「あの娘も君のことを好いていたみたいじゃないか。お似合いだ、そうだろ。ものにしちまえよ」

「ええっ、なんてこと言うんです。ボクらまだとても結婚なんてできませんよ」

「誰が結婚しろなんて言った」

「なら、なにを言いたいんですか」

「君は十八で、あの娘は十六だ。それに、おたがいに好きあっている。なら問題はない。双方合意の上でやることといえばあとは、もっともプライベートな営みが一つ残っているだけじゃないのかね」

「なにを言いたいのか理解できませんよ。まさかボクにそんな不埒な真似をするよう、けしかけているんですか。どうなんです」

「ただ自然の大いなる声に耳を傾けてはどうかと勧めているだけだ。愚かな人間どもの声ではなくな。他人の行動を蔑む人間というのは、要するに嫉妬しているんだ。そうした者たちが提供する道徳というやつは、実は意地悪に他ならず、それにそれなりの相応しい余所行きの格好をさせているだけの話だ。自然は君にもう何年もの間、大いなる宴へ誘いつづけてきたのではないかね。それは神々の喜びであるが、だが、社会には恐怖だ。児童手当を支払わされることに戦々恐々としているんだ」

「なぜ結婚式を挙げるようにと助言しないんです」

「それは別物だからだよ。一晩の契りを結んだからといって、一生が縛られるわけでもあるまい。それに、悦びを共にした者でも苦難を共にしたいとはかぎらないだろう。結婚は魂の領分に関わる事柄だ。だが、この話はここまでにしておこうじゃないか。それに、いずれそうなるのに、わざわざそうしろとそそのかしてやる必要もあるまい。君たちがもしまだ若く、おたがいに愛しあっているのなら、手遅れになるまえに愛しあうがいい、小鳥たちのように、巣作りのことなど考えず、あるいは雌雄異体の花々のようにな」

「あの女《ひと》に向かってそんな失礼な口の利き方をするのはやめてください。あの女は善良で、無垢で、不憫なのに、それをそうでないなんて言うのは、嘘をついているんです。あの娘《こ》以上に無垢な瞳の持ち主を見たことがあるんですか、あの娘の声に込められた嘆きの中に真実がないとでも言うんですか。あの女《ひと》は大きな愛に値する人です、純粋な愛こそ相応しいんです。けっしてあなたが言うような人ではありません。そして、このことに関してなにか口を挟むのはこれで最後にしてもらいたいものですね。あと、いずれボクがあの人に相応しい男になり、プロポーズの手を差し伸べることができるならば、それはこの上ない幸せであり、最高の名誉だとボクが思っていると、あの人に伝えてください」

ファランデルは、蛇がくねくねとうねるように頭を振ると、

「あの人に相応しい。手を差し伸べる。君はなにを言ってるんだ」

「ボクが守ろうとしていることをですよ」

「ぞっとするね。あの娘には君がいま認めたような性質などこれっぽっちもありやしないさ、むしろ正反対の質《たち》だが、まあ、そう言ったところで君はオレを信じはしまいし、それどころかオレの敵にまわるだろう」

「ええ、そうなりますね」

「なんたることだ、世界は嘘で埋め尽されており、真実を告げる人間は信じられないときている」

「どうしたら道徳のないあなたを信じることができるっていうんですか」

「ほら出た、またその言葉だ。驚くべき言葉だな。あらゆる問いかけに返答し、あらゆる議論に終止符を打ち、あらゆる錯誤、もっとも自分のものだけで他人のものは含まれないが、を弁護し、あらゆる敵対者を打ち倒し、賛成も反対も思いのままに語る、まるで詭弁家《きべんか》そのものだ。いま君はそれでオレを打ち負かしたが、次はオレの番だぜ。では、さらばだ。オレは帰らねばならない。三時に稽古があるんでね。さらば、そして幸あらんことを」

そうして取り残されたレーンイェルムは食事をまえにして一人物思いに沈むのであった。

＊ ＊ ＊

自宅に戻ったファランデルはガウンを羽織りスリッパを履いて、誰かの訪問を待つという様子ではまったくなかった。しかし激しい懊悩《おうのう》にどこかつき動かされているようである。床の上をいったりきたりして、時々立ち止まっては、カーテンの陰に隠れて通りを覗き見る。それから鏡台の前に立ち、付け襟を外して、長椅子の上に置く。またしばらくうろつきまわったのち、

ソファーに座り、名刺置きにあった女の写真を手に取り、馬鹿でかい拡大鏡の下に置くと、それを顕微鏡で観察するかのようにつぶさに眺めはじめた。かなり長いことその作業をつづけていると、階段から足音が聞こえてきた。すると、ささっと写真を元あった場所に隠して、ひょいっと書き物机に飛び移り、扉に背を向けるようにして座る。扉を叩く音が――短く弱い音がつづけて二回――聞こえたときにはもう、すっかり書きものに勤んでいた。

「お入り」ファランデルが呼んだ。招き入れるような声ではなくて、むしろ退去を命ずるような声である。

入ってきたのは若い娘であった。小柄ではあるが、くっきり見える体の曲線が目を楽しませる。整った卵形の顔を、ブロンドの髪が縁取っている。太陽の日に当たって色褪せたような金色で、というのも生まれつきはこんなにはっきりとしたブロンド髪ではなかったのであり、可愛らしい鼻とくっきりとして形のよい唇が陽気に戯れながらお茶目で、ちっちゃな曲線を描いている。表情豊かに絶え間なく形を変えるそのさまはまるで万華鏡を見ているようである。鼻孔を膨らませ、桜色の鼻軟骨が雪割草の葉の形をとる。唇を開けば、とても小さくきれいにそろった歯先が見える。正真正銘自前の歯であるが、あまりに白く、あまりにそろいすぎているので、とてもそうとは思えない。目頭が上がっていて、目尻が下がっている垂れ目であり、その表情からはつねに懇願するような、悲哀に満ちた印象を受ける。顔下半分の茶目っ気な部分と不調和をなしているのだが、それが蠱惑《こわく》的でさえある。しかし、その瞳は不安気で、一瞬、裁縫針の先ほどに縮まったかと思えば、次の瞬間、パッと広がり、夜間撮影用レンズのようにじっと見つめるのであった。

ともかく、娘は部屋の中に入って、扉の錠をおろした。鍵はすでに受け取っていたのである。

ファランデルは座ったまま書き物をつづけている。

「今日は遅いんだな」

「ええ、そうね」帽子をとり、楽な格好になりながら、反抗的に答えた。

「ああ、まあ昨晩はお互いに遅くまで外にいたからな」

「なんで迎えに来てくれないの。そこまで疲れてるはずないわよね」

「なんだ、そんなこと、忘れていたよ。悪かった」

「忘れていたですって。このところいろいろと忘れていることが多いんじゃないの。わたしは前からわかっていたわ」

「そうか。どのくらい前から気づいていたというんだ」

「どのくらい前からって、なにが言いたいの。ちょっと、ガウンとスリッパを脱いでちょうだい」

「おいおい、どうしたというんだ、アグネス。今日みたいなことがあったのははじめてじゃないか。それをこのところだなんて。ちょっと変だぞ、どうしたんだ」

「あたしを馬鹿にして。なにがあったの。このところあなたおかしいわ」

「このところ。またそれか。なんでまたこのところ、なんて言い出すんだ。嘘をつこうとするからだ。だが、なんでまた嘘なんてつこうとするんだ」

「そう、あたしを嘘つき呼ばわりするの」

「なんだなんだ、ただ揶揄《からか》っただけじゃないか」

「もうあたしに飽きたんでしょ。そのくらいわからないとでも思ってるの。昨日の晩だって、あたしが気づかなかったとでも思ってるの。ずっとあの卑しいイェニーのことばっかり見ていたでしょう。それで、あたしに一晩中一言も声をかけてくれなかった」

「なんだ、嫉妬しているのか」

「あたしが。まさか、そんなのあるわけないじゃない。あたしよりあの女がお好みならどうぞご勝手に。あたしにはこれっぽっちだって関係ないから」

「そうなのか。嫉妬ではない。普通の関係なら悲しむべき状況というところだな」

「普通の関係ってなによ。なにが言いたいわけ」

「つまりだ——なに、簡単なことだ——おまえに飽きたってことさ、いまおまえが自分で言ってたようにな」

「そんなの嘘でしょ。そんなわけないじゃない」

　鼻孔を膨らませ、歯を剥き出し、瞳を針の穴ほどに縮めて刺すように睨んだ。

「なにか別の話をしようじゃないか」と男は言った。

「レーンイェルムのことはどう思っているんだ」

「とっても素敵。いい子だし。それに育ちのいい男の子だわ」

「おまえにぞっこんだ」

「またそんなことを言って」

「だが、傑作なのはあいつがおまえと結婚したがっているってことだ」

「お願いやめて、そんな莫迦げた話、聞きたくない」

「しかし、まだ二十歳なんでおまえに相応しい男になるまで待つ心積もりでいる、あいつの言によると」

「なんて阿呆なの」

「相応しい、というのは有名な俳優として認められるようになることを言うんだそうだ。だが、それには役をもらわないことにははじまらない。どうだ、あいつに役をもらってやったらどうだ」

アグネスは顔を真っ赤にして、ソファーの隅に身を投げ出すと、金色の飾り房がついた瀟洒《しょうしゃ》なブーツがスカートの裾から覗いて見えた。

「あたしが。自分の役すらもらえないのに。あたしを馬鹿にしてるんでしょ」

「ああ、そのとおりだ」

「この悪魔。そんなこと思ってもいないくせに」

「そうかもしれない。そうでないかもしれない。そいつをはっきりさせることはえらく難しい。ともかくだ、もしおまえが物わかりのよい娘……」

「グスターフ、黙りなさい」

机に置いてあった尖ったペーパーナイフを手に取って、脅すように振り上げる。冗談のつもりであったが、とてもそんな風には見えなかった。

「アグネス、きょうは本当にきれいだな」とファランデル。

「きょうは。なにが言いたいのよ。きょうは、なんて。気づいていなかったの」

「はぁ。もちろんそんなことはわかっていたさ」

「なに溜め息なんてついてるのよ」

「飲みすぎた翌日は誰だってそうなるだろ」

「ちょっと見てあげましょうか。目が痛むんじゃない」

「なにせ徹夜だったからな」

「もう帰る。昼寝でもなんでもしていればいいでしょ」

「いかないでおくれ。それでもボクは寝られないんだ」

「どっちにしろ、いかなきゃいけないんだと思う。そもそもここに来たのはただそれを伝えるためだった」

その声は次第次第に弱々しくなっていき、瞼はゆっくりとまるで死の場面に緞帳が下りるように閉じられていった。ファランデルが返事をする。

「それでも足を運んで一言あったのはご親切なことだ」

娘は立ち上がると鏡のまえで帽子の紐を結んだ。

「ここに香水はないの」

「ああ、劇場に置いてある」

「パイプなんてやめちゃいなさいよ。服に臭いがこびりついて酷いわ」

「そうしよう」

身を屈め、靴下留めを留め直す。

「失礼」と言って、懇願するような視線をファランデルに向ける。

「うん、どうした」男はなにも見ていなかったかのように、心ここにあらずといった表情で返事をした。

返事がなかったので、勇気を奮い起こし、一つ大きく息を吸ってから尋ねる。

「どこへ行く」

「どっかで服を見てくるだけ。なにもあなたが不安がることとなんてない」ちゃんと自然に答えることができたとアグネスは思った。しかし、ファランデルはそこに練習してきたような偽物の声色があるのを聞きとめ、ただ一言。

「じゃあ、さよなら」

接吻を求めてファランデルの側に寄るアグネス。ファランデルは両腕を広げて受け止めると、窒息させようかというくらい強く胸で抱きしめて、そして額にキスをして、扉まで送り、外へ追い出すと、短くただ一言。

「さようなら」

第十六章　白山にて

八月のある日の午後、ファルクはモーセ丘の庭園を再び訪れていた。この夏の間ずっとそうであったように、いまも独りである。そして最後にこの場所を訪れてから過ぎ去った四半期の間に経験したことについて思いを巡らしている。かつては希望に満ち、恐れ知らずで、力に溢れていた。それがいまや年老いて、疲れ果て、無気力になっている。眼下に広がる家々の中を隈無く見てきたが、それはいつだって思っていたのとはちがっていた。世界の外に立って、貧民医か新聞記者がそうするように、さまざまな境遇にいる人びとを見てきた。もっとも、人びとの見せる姿を見るのが記者であるのにたいして、通常、医者は人びとのありのままの姿を見るというちがいがある。ファルクは人間をさまざまな立場に置かれた社会的な動物として観察する機会を得てきた。国会、教区集会、株主総会、福祉目的の会合、警察の取り調べ、宴会、葬式、民衆集会等々さまざまな集まりに顔を出した。そのどこでも大言、そして多言、日常会話ではけっして使われることのない言葉の数々、なんらの思想も表現することのない、少なくとも表現するにはそぐわないある種の特別な言葉等々が溢れかえっていた。そうした経験を通して、ファルクは人間というものを一面的に理解するようになった。つまり、人間とは嘘つきな社会的動物であるとしか思えなくなった。あからさまに戦争を行うことを禁じられた文明において、人間はそのようにあるしかないのである。人との付き合いを欠いていたために、別の動物もいることをすっかり忘れ去ってしまっていた。気が置けない者どおしで和気あいあいとしていれば、実に愛すべき者たちであり、告げ口をするものがいなくなるやいなや、自分の過ちや弱みをすすんでひけらかすようになる。そうしたこともファルクは忘れてしまっていた。だから苦々しさばかりが募っていた。しかしまた、なおいっそう気を滅入らせる別の事情もあった。自尊心をも失ってしまっていたのである。それも、なに一つとして恥ずべき行いをしなかったというのに。しかし、恥ずべきところのない行いのせいで、ファルクの自尊心は奪われてしまったのである。それも、いとも簡単に。至るところ、どこへ出向いても軽蔑の目を向けられた。子供の頃から自尊心というものを奪われて育ってきたファルクに、周囲の人びとすべてから軽蔑されて、どうして衿恃を保ちつづけることなどできただろう。しかし、本当にファルクを不幸にしたのは、保守派の報道記者たちの様子を見せられたことである。それというのも、この者たちときたらどんな不正を見つけてもそれを尽《ことごと》く弁護する側にまわるか、あるいは少なくともまったく触れずに見て見ぬ振りをするというのに、それでいて、それはそれは恭しい扱いを受けているのである。つまり、ファルクがいたるところで軽蔑を受けていたのは、それが新聞記者として職務に著しく背いていたからではなく、憐れな人びとの代弁者であったからなのである。ときには無慈悲な猜疑の念に苛《さいな》まれたこともあった。例えば、トリトンの株主総会のことを記事にする際に詐欺行為という言葉を使った。すると、灰色外套新聞がすぐさま長い記事を返してよこし、その中できわめて明晰にこの会社が国民的、愛国的、しかも博愛的企業であることを証明してみせたので、ファルク自身ですら思わず自分が間違っていたと思い込みそうになった。それで長いこと、自分があまりにも軽はずみに人びとの評判を扱いすぎてしまったのではないかと良心の呵責に捕われることとなった。にもかかわらず、いまはまた熱狂的な確信と全くの無関心との間をフラフラと行ったり来たりの状態にいる。そのどちらの方向に進むかは、ただただ次に生じる衝動次第である。

人生はこの夏、ファルクにとってひじょうな辛酸を嘗めるものとなったので、ひとの不幸を喜ぶ気持ちから、雨の日はいつも大歓迎であった。そしていま、枯れ葉がひとひらふたひら、砂利道の上をかさかさと転がっていく様子を見て、相対的な心地よさを感じている。自分を慰めるため、いまのおのれの有り様とその目的について悪魔的に陽気な考察をくわえていると、痩せて骨張った手が肩に置かれ、もう一方の手で腕を掴まれるのを感じた。まるで死神が言葉巧みに誘いかけ、死の舞踏に連れ出そうとやってきたかのようであった。ファルクが顔を上げると、驚いた、そこにはユーグベリが立っていたのである。まるで死人のように蒼白で、頬は痩け、ただ空腹だけがもたらすことのできる生気の抜けた色を瞳に浮かべている。

「やあ、ファルク、こんにちは」ほとんど聞き取れないくらいの声で囁きかけてきた。全身がカタカタと震えている。

「こんにちは、ユーグベリ君」返事したファルクは、実に爽快な気分になっていた。「まあ、座って一杯珈琲でもどうだ。おい、どうした。まるで氷の下に埋まっていたみたいだぞ」

「ああ、ひどい病気を患っていてね。ひどい病気なんだ」

「なるほど、君もボクと同様、素敵なひと夏を過ごしたらしいな」

「なんだ、君もこの夏は随分と大変だったというのか」おなじような境遇であってほしいと願う微かな希望から、うらなりのような顔をパッと輝かせてユーグベリが尋ねた。

「お陰様で、この忌々しい夏が終ってやれやれだとしか言えないね。ボクにかぎって言うならば、一年中が冬だっていいくらいだ。自分一人が苦しむだけではまだ足りず、他人が喜んでいる姿まで見なければならないなんて。町から出ることなんてなかったよ。君は」

「ルンデルがリル・ヤンスを六月に出ていってからというもの、誰とも会っていない。だが、他人《ひと》のことを一々気にする必要がどこにある。そんな必要なんてありゃしない。それに、素晴らしいことでもない。もっとも、そうしたことがないと、それはそれで苦々しく感じられるものではあるが」

「そうだな、もうこの話はやめにしよう。東の空が曇れば、明日は雨。太陽がまた顔を出せば、もう秋だ。乾杯」

ユーグベリはまるで毒でも見るかのようにポンチの入ったグラスを見つめると、それでも一息に飲み干した。

「ところで」とファルクが話を継ぐ。「例の守護天使だか、海上保険会社トリトンだかの素敵な記事をあのスミス氏に書いてやったのは君だろう。でもそれは君の主義に反するんじゃなかったか」

「主義。僕は主義なんてものはなに一つとして持ち合わせていないよ」

「主義がない」

「ないね。そんなものを持っているのは莫迦《ばか》な人間だけだ」

「じゃあ、ユーグベリ、君は不道徳な人間なのか」

「そうじゃない。いいか、一人の莫迦な人間がある思想をえたとする。自分自身のものかもしれない、それとも誰か他人のものかもしれない。それからそれを自分の主義にまで高め、守ろうとし、さらには広めようとする。それが主義だからではない。それが自分の主義だからだ。例の会社の件に関して言うならば、僕自身は詐欺行為だと思っている。たぶん大勢の人間が、つまり株主たちが損害を受けるだろう。だが、ほかの種類の人間も、つまり社長や役人といった連中もそうなるだろう、喜ばしいことに。なら結局、それはとてもよいことをしたことになる」

「君は名誉というものがまったくわからなくなってしまったんだな」

「義務を全うするためにはすべてを犠牲にしなければならないものさ」

「それはボクも認める」

「人間にとって最初の、そして最大の義務は生きることだ――どれだけの犠牲を払っても生きること。神の定めし法も、人間の定めた法もそれを要請している」

「しかし、名誉を捨ててはいけない」

「いま言ったように、二つの法が両方ともそうしろと要請しているんだ――貧しき者にもね。いわゆる名誉なんてものは犠牲にしろと。それは残酷ではあるが、それは貧しき者がどうこうできることじゃない」

「人生について明るい意見を持っていないんだな」

「どこからそんなものを持ってこれるっていうんだ」

「ああ、ちがいない」

「ところで、話はかわるが、レーンイェルムから手紙が届いたよ。興味があるなら、ちょっと読んで聞かせてやろう」

「劇団に入ったと聞いているが」

「うん、そこで楽しい日々を送っているようには思えないんだが」

ユーグベリは胸ポケットから一通の手紙を取り出すと、角砂糖を一欠片《ひとかけら》、口に放り込んでから読みはじめた。

『もし死後の世界に地獄があるとしても、それはかなり疑わしいことではあるが、……』

「あの坊や、自由思想家にでもなったか」

『それが今のボクの境遇より悪いことはあるまい。雇われていたこの二ヵ月間、ボクはそれが二年間もつづいているように感じている。一匹の悪魔が、元車大工の徒弟で、こいつが現在の劇場監督をしているんだが、ボクの運命はこいつの手に握られてしまっている。それをいいことに傍若無人に振る舞うものだから、ボクはもう日に三度は逃げ出したくなるような有り様だ。だが、念入りに作成された契約の罰則規定は恐ろしく巧妙で、それを破れば裁判沙汰となって両親の名を汚すことになってしまう。それよりはここに留まるほうがいい。考えてもみてくれ、毎晩毎晩、黙役《だんまりやく》として舞台に出ているが、まだ台詞一つ言わせてもらえない。二十日間ぶっ続けで、顔にアンバーの顔料を塗りたくってジプシーの衣装で出演させられる。おまけに、その衣装ときたらボクにまったく合っていない。メリヤスの服は長すぎる、靴は大きすぎる、上着は短すぎるんだ。下級悪魔もいて、こいつは書割《かきわり》スフレと呼ばれているんだが、ボクが自分に合った衣装に交換してしまわないようにしっかりと目を光らせている。そしてボクが群衆の背後に隠れようとするたびに、群衆役に雇われた工場主でもある劇場監督の工場で働いている煙草葉の刻み工員たちが、道を開け、ボクを小突いて前桟敷の方に突き出すんだ。それでボクが書割の方を振り返ると、下級悪魔がそこで嗤《わら》っているのが目に飛込んでくる。桟敷席の方に目を遣ると、円形窓からあの悪の権化が嗤っている姿も見える。ボクを雇ったのはただ慰み者にするためらしく、ボクがなにか劇場の役に立つからではないんだ。一度、監督の注意を喚起して、いつの日か役者になるためにも台詞のある役の稽古をする必要があると言ってやったことがある。するといけしゃあしゃあと、歩けるようになるにはまず這い這いからはじめないとな、なんて言うんだ。ボクはもう歩けると答えた。すると、それは嘘だと言い、あらゆる芸術のなかでもっとも美しく、もっとも困難である演技という芸術を身につけるのに、なんの学校に通わなくともいいと思っているんじゃないだろうなと質問してきた。それで、それこそがボクの意見なんです、だからその学校をいつはじめられるのかと、いまかいまかと首を長くして待っているんですと答えたら、奴はボクのことを無教養な犬め、蹴り出してやると言ってきた。それに反論したら、今度は劇場を身を持ち崩した若い連中のための救済施設かなんかだと思っているんじゃないだろうなとさらに質問だ。あっけらかんと、無条件に、陽気に、はい、そうですと答えてやったね。そしたら奴《やっこ》さん、殺してやると宣言したんだが、そんなの、今そうしてる最中じゃないか。吹き込んできた風にさらされた牛脂ランプの火のように、ボクの魂がいま燃え尽きんとしているのを感じる。『たとい今は雲の中に隠れていようとも、やがては悪が最後に勝利をおさめるだろう』とかなんとか教義問答集にあったが、直にそう確信するようになるだろう。だがなにより酷いのは、この芸術へのボクの若い頃からの愛と夢だったものへの、尊敬を失いかけていることだ。学も教養もない、肉体労働やそういった職業出身だったり、路上でたむろしていたような、ただ見栄と怠惰に駆られているだけで、熱意も理解もない者たちがこの舞台にやってきて、そして、そういった連中がほんの二、三ヵ月訓練しただけで、性格劇や歴史劇の登場人物をそれらが生きていた時代についてこれっぽっちの認識もなく、演じている人物が現実にどれほどの意義を有しているかについての洞察をまったく欠いているというのに、ものの見事に演じている様子を見せられて、ボクがこの舞台芸術というものの価値を過小に評価するようになったとしてもやむをえまい。

これはボクにたいして行われている緩やかな暗殺だ。ボクは下賤の輩《やから》に囲まれて（この団体の執行部役員の幾人かは刑法の条文に抵触したことをしていた）、抑圧されるなかで、これまで一度だってそんなものになったことはなかったのに――貴族になりつつある。なぜならば、教養ある人びとが抑圧されていても、無教養な人びとにはけっして感知してもらえないか、きわめて困難なことだからね。

しかし、こんな暗闇のなかにあって、それでも光明が存在している。あるひとを愛しているんだ。こんな金屎《かなくそ》の中にあって純金のような少女だ。当然のことかもしれないが、やっぱりその娘《こ》も踏みつけにされていて、舞台監督の恥ずべき申し出を誇り高く軽蔑をもって拒否して以来、ボクと同様、緩やかな死刑を執行されている。この汚泥の中を這いずりまわっている獣たちのなかにあって、生き生きとした魂を宿した唯一の女性で、ボクのことを心から愛してくれいてる。じつはもう密かに婚約を交しているんだ。――ああ、いつか成功して、あの人に手を差し伸べることができる日をボクはただただ待っているんだけれど、でもいつになるんだろうか。ボクらは何度も二人で一緒に心中しようかと考えたりもした。でも、その度にひとを欺く希望というやつが訪れて、この惨めな境遇をつづける破目に陥るんだ。あの人を、あの純真な少女を見ているのは、卑猥な衣装を着て舞台に上がることを強いられて、恥ずかしがったり、苦しんでいるのを見ているのはとても耐えられることではない。だが、この痛ましい章を書きつらねることはもうこのへんにしておこう。

オッレと、あとルンデルからもよろしく伝えるように頼まれている。オッレの変わりようといったらすごいね。最近また新しい哲学に取り組みはじめた。なんでも今度のは、すべてのものを打ち壊し、あらゆる物事を逆さまに引っくり返して逆立させるものだそうだ。聞いているにはとても楽しいし、ときには結構真実味も感じられるんだが、しかし遅かれ早かれ、あれはひどく危険なものになるぞ。オッレがそんな思想にかぶれるようになったのは、ここにいるある役者とつき合いはじめてのことだ。とても頭がよく博識なんだが、とんでもなく不道徳な人物で、ボク自身、好ましいと思うと同時に憎んでもいる。なんとも不思議な人間だよ。根は善良で、献身的で、貴族的で、思いやりがあるし、一言でその性格の悪さを言い表すことはできないんだが、――でも、不道徳なんだ。道徳のない人間はいずれにしたってろくでなしだ、そうだろう。

　そろそろ筆を置かなくてはならないようだ。ボクの天使、ボクの良心の来るのが見えたからね。再び、すべての悪しき考えが消え去り、ボクが自分のことを善良な人間であると再び感じることのできる瞬間が訪れようとしている。ファルクによろしく。それとももし辛い時期を送っているようなら、ボクの運命のことを思い浮かべるようにと伝えてくれたまえ。

　　友人Rより』

「さて、ご感想は」

「猛獣たちの争いなどでは昔からよくある話だ。ところで、ユーグベリ、世に出るためには悪人になることが許されるのではないかと思っているんだ」

「やってみるといい。たぶん、そう簡単なことじゃないぜ」

「例のスミスのところの仕事は最近どうなんだ」

「さっぱりだ。本当だぜ。君は」

「ボクの詩集の件で訪問した。十六頁あたり十リークスダーレルで買い上げてもらったよ。つまり、その車大工がレーンイェルムにしているのとおなじような殺人を、スミスもボクにたいして行える立場にあるということだ。それに同様の恐れを抱いていてね。まだなんの音沙汰もないんだよ。恐ろしく機嫌がよかったものだから、最低最悪の事態を予期せねばならないみたいだ。どうなることやら、それがわかればなあ。だが、君こそどうなんだ。顔面蒼白になっているじゃないか」

「ああ、わかるかい」と言って、ユーグベリは柵に凭れ掛った。「この二日間、こんな角砂糖を五個ばかし食べたっきりなんだ。気を失いそうだよ」

「なにか食べることが助けになるなら、丁度いい。幸いいくらか持ち合わせがあるから」

「食事ができるなんて大助かりだよ」力のない声で

ユーグベリが呟《つぶや》く。

しかし、どうやらそういう訳でもなかったようである。地下食堂に入って食事が出てきたはいいが、ユーグベリの体調はますます悪化し、ファルクはユーグベリを抱えて、いま住んでいるという遠く白山にある家まで運んでいかねばならなかった。

その古びた木造平屋の家は、丘に這い登ったはいいが、いまではカリエスを患ってそこに伏せっているようであった。さらにまた、癩病に罹《かか》ってでもいたのか、一面斑模様であった。というのも、以前に壁を塗ろうとしたことがあったが、石膏でひび割れを埋めたところでやめてしまったらしいのである。どこから見ても惨めであった。壁には錆《さ》びついた火災保健加入証明の標識が掛けられており、焼け跡からも不死鳥のごとく蘇ることを約束していたが、そんなことを信じている者はいなかった。家の軒下にはタンポポ、イラクサ、ミチヤナギなど、貧困にあえぐ人間の忠実なる伴侶たちが生えそろっていた。スズメたちは焼けつくような腐植土のなかで、泥を撥ね掛け合っていた。腹を大きく膨らませ、青白い顔をしたちびたちは、まるで九〇パーセントを水だけで育てられているような姿をしており、タンポポの茎で編んだ首飾りや腕輪をはめて遊んでいた。さもなければ、小突きあい、罵りあいをして、たがいの痛ましい生存をなおいっそう苦いものにしあっていた。

ファルクとユーグベリはギシギシと音をたてたわむ木の階段を登っていき、大きな部屋のなかへ足を踏み入れた。そこには三世帯が雑居しており、白墨を引いた線が三区画に分割していた。そのうち二つの区画は仕事場になっていて、指物師と靴屋のものになっている。そして三つ目の区画が家族の生活する場として専用に割り振られていた。子供たちが喚《わめ》きだすと、十五分おきに指物師が怒りだし、悪態をつき、呪いの言葉を吐きはじめる。すると今度は靴屋の番で、聖書の言葉と警句が飛んでくる。指物師の神経はそれら永劫の不平の叫びと叱責の声と言い争いのせいですっかり破壊されてしまっていた。忍耐心の訓練をしようと心に決めていたにもかかわらず、靴屋が和解の申し出をしてからものの五分もすれば、あらたな怒りに我を忘れてしまうのであった。そして結局、日がな一日怒りつづけることになる。しかし、最悪なのは『なんでまた悪魔どもはこの世にこんなたくさんのガキを生みださにゃならんのだ』と矛先が女たちに向かったときである。女性問題が俎上に載せられ、たちまちに激しい議論の応酬となるのである。

ファルクとユーグベリはそれらの部屋を通り抜け、ユーグベリの狭苦しいねぐらに入ろうとした。しかし、どんなに静かにゆっくり歩いても、結局、子供たちのうち二人の目を覚まさせてしまったものだから、母が子守唄を歌いはじめ、議論の真っ最中だった靴屋と指物師のうち、指物師のほうがたちまち発作に襲われた。

「黙れ、クソババア」

「お前さんこそ黙ってられないのかい。子供たちを寝かせないつもりかい」

「ガキどもを連れて地獄でもどこへでもいっちまいな。それにそいつは本当に俺のガキか。他人の不貞のせいで、俺が苦しまねばならんのか。クソっ。俺が淫蕩だとでもいうのか。クソっ。そもそも俺にガキがいるのか。口を閉じてろ、さもなきゃてめえの頭を鉋《かんな》で丸めてやるぞ」

「まあ、まあ、親方」と靴屋が口を出す。「子供たちのことをそんな風に言うものではないですよ。子供たちをこの世に遣わしたのは神さまなんだから」

「そんなのは嘘っぱちだ。いいや、ガキどもを寄越したのは悪魔だね。それを淫蕩な親たちが神の仕業にしてるんだ。靴屋め、恥を知るがいい」

「親方、親方。そんな悪態をついてはいけませんよ。聖書によれば、子供たちは天国のものですよ」

「そうか、そうか、そいつらは天国にいるのか」

「おお、神さま。だからあんたは減らず口がなくならないんだよ」憤慨した母が堰を切ったように口を開く。「お前さんに子供ができたら、その子らが片輪の不具になるようお前さんのために祈ってやるよ。それと、唖で聾で盲の三重苦になるように祈ってやる。強制労働施設送り、処刑場送りになるように祈ってやる。ああ、そうしてやるとも」

「おお、そうしろ、そうしろ、この淫婦め。俺はこの世にガキをこさえようなんて思ってねえんだ。どうせぼろぼろになるまで働かされることになるんだからな。そんな憐れな生き物を惨めなこの世にポンポンと生んじまうようなお前たちなど、女囚刑務所にでも放り込んでおけばいい。結婚しているだと。そうか、そうか。淫蕩なんだな、なにせ結婚しているんだから。クソっ」

「親方、親方。子供たちを遣わしたのは神さまですよ」

「おい、靴屋、そんなのは嘘っぱちだ。ある新聞に書いてあったのを読んだんだが、貧乏人にガキどもがえらくたくさん生まれるのは、悪魔のジャガイモの仕業だって話だ。なんでだか、わかるか。ジャガイモには二種類の成分が含まれていて、酸と窒素っていうんだが、それらがある条件のもとある量になると、女どもは孕みやすくなるんだそうだ」

「ふん、それでどうすればいいっていうのさ」憤慨していた母が質問した。その興味深い説を聞いているうちに感情も鎮まっていたのである。

「ジャガイモを食べるのをやめればいい。わかりきったことじゃねえか」

「ジャガイモが食べられないんじゃ、いったいなにを食べればいいんだい」

「ビーフステーキだ、クソババア。ニンニクたっぷりのビーフステーキを食え。クソ。それで万事解決だろう。シャトーブリアンでもいいぞ。シャトーブリアンってなんだか知っているか。クソっ。ついこの前の祖国にあるクソ女の話が載っていてな、麦角《ばっかく》を食べたらその女、腹のガキともどもくたばるそうだ」

「なんの話をしてるんだい」女が聞耳を立てて尋ねた。

「興味があるのか、ええ」

「その麦角の話は本当に本当なのかい」胡乱《うろん》な目つきで靴屋まで尋ねてきた。

「ああ、肝臓と肺の両方をやられてな。なんと言うか、ひどい罰だ、正しいことではあるがな」

「正しいんですか」鈍い声で靴屋は尋ねた。

「勿論、クソ正しい。淫蕩《いんとう》な奴は罰を受けるべきだ。ガキだって殺していいものではないだろう」

「子供を、でもそれはそれ、別のことなんじゃないかしら」憤慨していた母は卑屈そうに言った。「でも、その親方がさっき言ってたのはどんな成分なんです」

「なるほどなあ。てめえはガキどもをぎょうさんこさえようってつもりだな、この女《あま》は。五人もガキがいる寡婦のくせしやがって。靴屋の親父に気をつけろよ。篤信家《とくしんか》のくせに、女にはえらくだらしないときてるからな、この靴屋は。銜《くく》み煙草一抓《つま》み程度にしか思っていない」

「そう、本当にそんな草があるんですね……」

「誰が草なんて言ったんだ。それが草だなんて、俺は言ったか。いんや。動物学的な元素だ。いいか、すべての元素は、自然界には約六十の元素が存在しているんだが、そのすべての元素は化学的なものと動物学的なものとに分類されている。そいつはラテン語で*cornutibus secalias*という名で呼ばれていて、外国に存在している。例えば、カラブリア半島などだ」

「やっぱりすごく高価なものなんでしょうね、親方」と靴屋が尋ねる。

「高い」と指物師が繰り返し、カービン銃の狙いを定めるようにして鉋《かんな》を向けた。「クソ高い」

ファルクは、興味津々といった様子でその会話に耳をそばだてていたが、突然、開け放たれた窓から外の道に馬車が止まった音が聞こえて飛び上がって驚いた。同時に、よく知っていると思われる二人のご婦人の声で、次のような会話が交わされるのを耳にしたからである。

「この家なんて素晴らしいじゃありませんか」

「これが素晴らしいですって」中年の婦人が聞き返す。「あたくしにはぞっとするようにしか見えませんわ」

「あたくしたちの目的にとって素晴らしいってことですよ。御者さん、この家に貧乏人が住んでいるかどうか、ご存じありません」

「わしはなにも知らんです。けれど誓ってそうだと思えますがね」

「誓うだなんて滅相もない、そんな必要はありません。では、あたくしたちがちょっと行ってお仕事をしてくるあいだ、ここで待っていて頂戴」

「ねえ、エウゲニー、ちょっとその下にいる子供たちと話してからにしません」とホーマン会計士夫人がファルク夫人に言った。

「ええ、そうしましょう。ほら、そこの坊や、ちょっとこっちにいらっしゃい。名前はなんていうの」

「アルバート」六歳の青っ白いチビが答える。

「坊や、イエスさまのことは知ってる」

「ううん」チビは笑いながら答えると、指を口にくわえた。

「まあ、なんて恐ろしい」とファルク夫人は言うと、手帳を取り出した。「こんな風に書きましょうか。『カタリーナ教区、白山。年少者における深い精神的暗黒』――暗黒、なんて言うかしら。――まあいいわ、それでボクはイエスさまのことを知りたいと思う」と夫人は質問をつづけた。

「ううん」

「それじゃあ、ボク、硬貨は欲しい」

「うん」

「ありがとうって言わなければ駄目よ。――『きわめて育ちが悪い。しかし、優しさをもってよりよき振舞いを見い出させることに成功した』」

「なんてひどい臭いなんでしょう。ねえ、エウゲニー、もう先に行きましょうよ」ホーマン夫人が懇願する。

二人は階段を上がると、戸を敲きもせずにその大部屋の中に入っていった。

指物師は鉋かけをはじめて、節だらけの材木をやっつけに取り掛かっていたので、婦人らは声が聞こえるように大声を張り上げねばならなかった。

「ここに救済と恩寵を渇望している人はいませんか」ホーマン夫人が叫ぶ。一方のファルク夫人は子供たちに向かってオーデコロンを噴射していた。おかげで、子供たちは目の痛みにたまらず泣き出してしまった。

「ご婦人が救済をくださるっていうのか」仕事をしていた手を止めて指物師が問うた。「その救済とやらをご婦人はどっから持ってくるんだい。おおかた慈善とかってやつもあるんだろう。それと侮辱と高慢ちきってやつもな。クソっ」

「あなたは粗暴な人間ですね。劫罰《ごうばつ》を受けますよ」ホーマン夫人は答えた。ファルク夫人は手帳に書き取りながら、独り言つ。「この人はいい人」

「イエス様は言われました」と会計士夫人。

「おっと、それなら俺らだって知ってるぜ。おおかたご婦人方は俺に宗教のことを語って聞かせたいんだろう。それなら俺もなんだって聞かせてやれるぞ。ご婦人方は八二九年のニケウム会議で、聖霊がシュマックハルディン条項に宿《やど》したことを知ってるか」

「いいえ、存じ上げませんわ、善良なお方」

「何故にあんたは俺のことを善良だなんて言うんだ。唯、神のみが善良であると聖書が言っているではないか。そうか、そうか、ご婦人方は八二九年のニケウム会議のことをご存じない。自分じゃなにも知らないくせに、なんで他人様に教えようとすることはできるんだ。ふん、なにか慈善とやらをやるつもりなら、俺が背中を向けているあいだによろしくやってくれ。真実の慈善は密かにおこなわれる故にだ。もっとも、ガキどもにならその慈善とやらをくれてやってもいいぞ。奴らには弁明なんてできないからな。だが、俺たちを構うのはなしだ。それでもお望みとならば、俺らに仕事を寄越せ。それと労働にはちゃんと支払うことを学びやがれ。そうすりゃ、おめえさんがたもこんな風にうろちょろしねえで済むだろう。おい、靴屋、銜み煙草を一抓み寄越せ」

「ねえ、エヴェリューン、こんな風に書けばいいのかしら」とファルク夫人。「『強い不信心、意固地……』『無情』のほうがいいですわ、エウゲニー」

「ご婦人方はなにを書き留めてるんだ。俺たちの罪か。なら、その冊子じゃあまりに小さすぎるな」

「『いわゆる労働組合と呼ばれるものの成果が……』」

「すごくいい」と会計士夫人。

「おめえさんがた、労働組合には気をつけるんだな」と指物師は言った。「ここ数百年のあいだは王様のところでブイブイやってきたが、だがもう、俺たちにもわかったのよ。これはあいつらの仕業じゃねえ。次は他人様の労働でのうのうと暮してやがる穀潰しどものところだ。やい、目糞洗ってよっく待っていやがれ」

「しー、しー」靴屋が黙らせせようとする。

憤慨していた母はこの言い争いのあいだじっとファルク夫人に注目していたが、ふとできた小休止を利用して質問をした。

「ちょいとすいませんが、ファルクさんじゃないかい」

「いいえ、断じてちがいます」問われた人物は確信をもって答えたので、ホーマン夫人までもハッとするほどだった。

「おや、まあ、なんてことだろうね。その人、とってもよく似たご婦人なんですよ。その方のお父さんのことはよく知っていてね、ほら、水夫さんをしていて、ホルメンで甲板手だったローノックさん」

「あら、そう。それはとても面白いお話ですこと。でも、いまは関係ないことですね……。ここには救済を必要としている人がもっと住んでいないかしら」

「いないね」と指物師。「救済なんて必要ない。だが食料と服なら必要だ。それとも、仕事ならなおいい、たくさんの仕事、支払いのいい仕事だ。だが、ご婦人方がこんなところに入り込んできたってしょうがねえぞ。あっちのはいま水疱をやって寝込んでてな……」

「水疱ですって」ホーマン夫人が金切り声をあげた。「そんなの一言だって言わなかったじゃない。エウゲニー、行きましょう、それでこの人たちを警察に通報しましょう。うへっ、なんて人たちなの」

「でも、そうしたら子供たちは。誰がこの子たちの面倒をみているんです。答えなさい」ファルク夫人はそう言って、鉛筆を持った手を振り上げて脅した。

「あたしだよ、善良なご婦人」と母。

「では、夫は。夫はどこにいるんです」

「あいつならこの時分どっかに逃げちまってるよ」と指物師。

「なんてこと。なら警察にその人を捕まえてもらわなくちゃ。それで強制労働所送りにしてやらなければ。そうすればここも少しはましになるでしょう。――本当にここは素晴らしい家でしたわ。言ったとおり、ねえ、エヴェリユーン」

「お座りになってはどうですか」指物師が尋ねた。

「座ったほうが話しやすいだろう。もっとも、ここにはお客人にお出しするような椅子なんてないがな。まあ、そんなのはどうってことねえ。寝床すらありゃしねえんだから。みんなガス灯のために徴発されちまった。*pro primo*［これが第一］。おまえさん方が夜な夜な劇場に通う帰り道、暗がりの中を歩かなくとも済むようにするためのものだ。ご覧のようにここにはガスなんてねえがよ。それと水道のために。*pro sekundo*［これが第二］。おまえさん所の女中らが階段の上り下りをしないで済むようにするためのものだ。もちろんここには水道もねえ。それと性病治療院のために。*pro tertio*［これが第三］。おまえさんらの息子どもが家で寝ていなくとも済むようにするためのものだ……」

「エウゲニー、もう行きましょう。まったくなんてことなの、こんなところにこれ以上いるなんて、耐えられたものじゃない……」

「ご来訪のご婦人方、断言してもいいが、ここはもうすでに耐えられるようなところじゃなくなっているんだよ」と指物師。「やがてさらにひどくなる日が来るだろう。しかし、その時は、その時が来れば、俺たちがこの白山から、革なめし職人湾山から、ドイツパン職人山から押し寄せてくるだろう、滝のように、大轟音をたてて。そして、俺たちの寝床を再び要求するのだ。要求、だろうか。否、取り返すのだ。そして、今度はおまえたちが、俺がそうさせられてきたように、鉋台で寝ることになるのだ。そして、ジャガイモを食べることになるのだ。おまえたちの胃袋は、ちょうど水責めを受けたようにぱんぱんに膨れるんだ、太鼓の皮のようにな。俺たちが……」

女たちは一束の小冊子をあとに残して消え去った。

「糞っ垂れめ、なんてひどい臭いだ、オーデコロンってやつは。まるで売春婦たちが通ったあとみたいじゃねえか」と指物師は吐き捨てた。「おい、靴屋、銜《くく》み煙草を一掴みだ」

指物師は青い前掛けで額を拭うと、再び鉋《かんな》がけをはじめ、他の一同はめいめいにいまの出来事を論評するのであった。

ユーグベリはそのあいだずっとうつらうつらとしていたが、よくやく目が覚めたので、身なりを整えるとファルクと一緒に外に出ることにした。開いた窓からホーマン夫人の声が、またもう一度聞こえてきた。

「あの人が言っていた甲板手ってなんのこと。貴女のお父様、確か大佐殿ではなかったかしら」

「そうとも呼ばれていたのよ。それに甲板手だって大佐だっておなじようなものじゃない。そんなの、知ってるでしょう。でも、なんて不躾な輩だったんでしょう、そうは思わなくて。もうあんなところに二度と行くもんですか。でも、よい報告書ができるわ。間違いなし。さあ、榛坂《はんのきざか》まで行きましょう」

第十七章　自然の成り行きで……

　ファランデルはある日の午後、自室で役の読み込みをしていると、軽く一回、それから二回、戸を敲く音がする。飛び起きて上着を引っ掛けると、さっと戸を開けた。

「アグネス。これは珍しいお客さんだ」

「そうね、お別れの挨拶に来たのよ。ああ、もう、糞忌々しいったらありゃしない」

「またそんな汚ならしい言葉使う」

「言葉使いくらい勝手にさせてよ。汚い言葉を使うのって、素敵じゃない」

「ふむ」

「葉巻を頂戴。もう六週間も吸ってないの。こんな躾を受けてたら頭がおかしくなっちまうわ」

「あの坊や、そんなに厳しいのか」

「忌々しいくらい」

「おい、おい、アグネス、またそんなことを言って」

「煙草を吸ってはいけない、汚い言葉を使ってはいけない、ポンチを飲んではいけない、夜な夜な出歩いてはいけないって。でも、あたしと結婚してくれさえすれば、だから」

「なら、あの坊や、本気の本気なのか」

「完璧に本気。見てよ、このハンカチ」

「A・Rとあるな。それに王冠の印がついている。玉は九つか」

「あたしとイニシャルがおなじなの。印章まで借りてるのよ。すごくない」

「ああ、すごいな。そうか、もうそんなところまで進んでいるのか」

　青い服を着た天使は勝手にソファーに飛び乗って身を沈め、葉巻に火をつけた。ファランデルはまるで値踏みをするような目つきでその体を観察してから言った。

「ポンチを一杯やるか」

「ええ、頂戴な」

「ふむ、それでおまえは婚約者を愛しているのだな」

「あの人はちゃんと愛せるような、そんな種類の男じゃないわよ。そうね、でもやっぱりわかんない。愛、ねえ。愛ってそもそもなんなの」

「ああ、なんなんだろうな」

「また。そんなのわかってるくせに。――とっても愛らしいのは確かだけど、それも嫌になるくらいに。でも、でも、でも」

「でも、なんだ」

「あまりにちゃんとしすぎてるのよ」

いまこの場にいない婚約者がそれを見たらきっと救われることとだろう、そんな微笑みを浮かべながらファランデルを見つめた。

「礼儀正しいんだろう」ファランデルは好奇心と不安が混じったような声色で尋ねた。

アグネスは手に持っているポンチグラスを飲み干すと、わざとらしく間をとって頭を振り、舞台でするような溜め息をついて言い捨る。

「そんなんじゃない」

ファランデルはその答えに満足そうな様子であり、断然、心も軽くなった。そして、審問をつづける。

「結婚するまで長いことかかるだろう。なにせあいつはまだ碌な役すらもらえていないんだから」

「ええ、知ってる」

「おまえには耐えがたいことだろう」

「辛抱して待たなければならないこともあるわ」

ここいらでちょっと苦しめてやらねばならないとファランデルは思った。

「ふん、オレのいまの愛人がイェニーなのは知っているな」

「なによ、あんな年寄りのブス」

白いオーロラの焔が顔一面にさっと広がり、全身の筋肉が、まるでガルバニ電池の電気が流れたように、ピクピクと痙攣した。

「そんなに年寄りというわけではないだろう」冷たくファランデルが言い放つ。「市庁舎の地下食堂の給仕が新作劇のドン・ディエゴ役でデビューすることになったのは聞いたか。レーンイェルムはその従者役を演《えん》じるらしい。給仕はきっと成功するだろう。はまり役だからな。そして、憐れなレーンイェルムは恥をかかされて打ち拉《ひし》がれることになる」

「そんな、なんですって」

「言ったとおりさ」

「そんなこと、なるわけない」

「誰もとめられやしないさ」

アグネスはソファーから飛び起き、グラスを一気に飲み干すと、大声で泣き出し、捲《まく》したてた。

「おお、なんてこの世は惨《いたま》しい、惨いの。まるでなにか悪い力が居座って、あたしたちの願いを暴き立て、妨げようとしているみたい。あたしたちの希望を探し出し、押し潰そうとしているみたい。あたしたちの考えを探り当て、息の根を止めようとしているみたい。もしも悪を意のままに操ることができたなら、そんな力を欺くために使うべきよ」

「まったくの真実だな、我が友。それゆえに、何事もどうせ上手く行くはずがないと思いながら、はじめるべきなのだ。しかし、それはもっとも悲しむべきことではない。聞くがいい、慰めの言葉をやろう。おまえの身に起る幸せは、いつだってどれもが他人の犠牲の上に成り立つものだ。もしおまえが役をもらえたら、それはほかの者がもらえなかったということだ。そして、その者は踏みつけられたミミズのようにのたうちまわることだろう。おまえは意図せざるとはいえ、悪をなしたことになる。それゆえに、幸せとはそれ自体すでに毒されているものなのだ。おまえが失敗をするたびに、それは——たとえ意図せざるものであったとしても——善き行いをしたことになるのだから、不幸の中にあっては、それを慰めにすべきだ。善き行いはわれわれが純粋に楽しむことができる唯一のものなのだから」

「善い行いなんてしたくない、純粋な楽しみなんて欲しくない、あたしにだってほかの人たちとおなじように成功する権利がある、あたしも、成功するのよ」

「どんな犠牲を払っても」

「どんな犠牲を払っても、あなたの愛人の侍女を演ずるなんて真っ平御免」

「ああ、嫉妬しているんだな。——友よ、失敗を味わうことを学ぶのだ。そのほうがよっぽど大切で——それにずっと興味深い」

「ちょっと教えて。あの女はあなたを愛しているの」

「オレにあんまり真剣にまとわりつかれても困るな」

「あなたは」

「オレか。オレは、アグネス、おまえのほかに誰も愛することなんかけっしてないさ」

ファランデルはアグネスの手を取った。

アグネスはソファーから飛び上がり、スカートの裾から靴下が見えた。

「愛なんて呼べるものがあると思う」そう尋ねて、大きな瞳をファランデルに向けた。

「いろいろな種類の愛があると思うね」

床を横切り、戸の前で立ち止まる。

「あたしのすべてを、無条件に愛してくれる」戸の鍵に手を掛けながら尋ねた。

ファルクは二秒間ほど考えてから、答える。

「おまえの魂は性悪《しょうわる》だ。オレは悪いものを愛さない」

「魂なんてどうだっていいじゃない。あたしを愛しているの。この、あたしを」

「ああ、この上なく……」

「なら、なんでレーンイェルムをあたしのところに寄越したのよ」

「おまえを手元に置かないとどんな感じがするか、知りたかったんだ」

「なら、あたしのことを飽きただなんて言ったのは、あれは嘘だったのね」

「ああ、そうだ」

「あなた、悪魔だわ」

女は戸に鍵を掛け、男は窓の板簾《いたすだれ》を落とした。

第十八章　ニヒリズム

九月の雨の激しいある日の午後、ファルクは歩いて家に帰る途中、マグニ伯爵通りに入ったところで、自室の窓から光が漏れているのを発見して驚いた。下から見上げ、部屋の中が覗けるくらいのところまで近づくと、部屋の天井に人影が映っているのが見える。以前会ったことのある誰かに似ていると思ったが、しかし、思い出すことはできなかった。みすぼらしい幽霊のようなそのひとかげは、さらに近づいてみるとなおいっそう惨めな様子に見えた。ファルクが部屋の中に入ると、そこにいたのはストルーヴェであった。ファルクの書き物机に肘をつき、両手に顔を埋めて座っていた。着ている洋服は雨でずぶ濡れで、床に向かって垂れ下がっており、ポタポタと落ちる水滴が小さな川をつくって床の隙間から流れ出ようとしていた。髪はほつれて額に垂れ下がり、いつもはピンと整っている英国風の長い頬髯も、まるで鍾乳石のようにだらんとコートの肩の辺りまで垂れ下がっていた。すぐ側の床の上には黒い帽子が置かれていた。短い喪章をつけたそれは、自分の重みで膝を折るようにくたっとなって、まるで失われた若かりし頃を悼《いた》んでいるかのようである。

「今晩は」とファルク。「これはこれは、わざわざお越しいただけるとは光栄ですな」

「揶揄《からか》うのはやめにしてくれたまえ」ストルーヴェが懇願する。

「なんでボクがそうしてはいけないんです。そうしていけない理由なんてありませんよ」

「そうか、君もすっかり荒《すさ》んでしまったんだな」

「ええ、そうでしょうとも、保証しますよ。すぐにボクも保守派に鞍替えすることでしょう。なにか、お弔いでもあったようですけれど。おめでとうを言えるようだといいんですけれどね」

「うちのチビを亡くしてしまったんだよ」

「ふん、ならボクはその子におめでとうを言わせてもらいますよ。——でも、なんなんです、いったいボクになにをして欲しいんですか。ボクがあなたのことを軽蔑していることはご存じでしょう。あなただってボクを軽蔑しているんだと思いますが、ちがいますか」

「そうかもしれん、しかし、我が友よ、人生はそれだけでもう十分に辛いんだ、わざわざ理由もないのにお互いの人生を辛いものにしあう必要はないとは思わないか。もし神が、あるいは摂理といったものがそのことを楽しんでおられるにしても、そんな風に人間もまたみずからをおとしめるようなことはすべきではないのではないか」

「ふん、随分とまた思慮深いお考えですね。表彰ものですよ。そのフロックコートが乾くまで、ボクのナイトガウンでも着ていたらどうです。どう見ても震えているじゃないですか」

「どうもありがとう。だが、もう行かなくてはならない」

「おお、もう暫くここにいてくれてもいいんですよ。そうしたら、一度くらいしっかりお話をすることだってできるでしょう」

「僕は自分の不幸など話したくはない」

「なら、あなたの犯した数々の犯罪について話したらどうです」

「僕はそんなもの犯した覚えはない」

「おお、大罪ですよ。その重い拳を虐げられた人びとに向かって振り下ろしてきたじゃないですか。傷ついた人びとを踏み躙《にじ》ってきたじゃないですか。憐れな人びとを嘲笑してきたじゃないですか。ついこの前のストライキのことを忘れたんですか。あなたは警察権力の側に立ちました」

「法律の側だよ、君」

「はん、法律。あなた莫迦ですか。貧乏人に向けたその法律を書いたのはいったい誰です。金持ちだ。つまり、主人が奴隷に向けて書いたってことですよ」

「法律を書いたのは全民衆と普遍的な法意識だよ。——神が書いたんだ」

「ボクと話すときはその大言を慎んでもらいましょうか。一七三四年の法律を書いたのは誰ですか。クローンステッド氏だ。鞭打ち刑の軍法を書いたのは誰ですか。サーベルマン大佐だ――大佐の動議によるものだった――そして当時多数派を占めていた大佐の知り合いたちによって導入されたのだ。サーベルマン大佐は民衆ではなかったし、大佐の知り合いは普遍的な法意識などではない。会社の権利に関する法律を書いたのは誰ですか。司法長官のスヴィンデルグレンだ。新しい国会法を書いたのは誰ですか。司法官のヴァロニウスだ。『合法的防衛』に関する法律を導入したのは誰ですか、貧乏人の正当な要求にたいして国家を防衛するあの法律のことですよ。大商人のクリュッドグレンだ。口を閉じなさい。あなたの口上なんてとうに承知してるんだ。王位継承法を書いたのは誰か。法律違反者どもだ。森林法を書いたのは誰だ。盗人どもだ。個人銀行の紙幣発行権に関する法律を書いたのは誰か。詐欺師どもだ。そして、それらをあんたは神がやったと主張するわけだ。なんとも憐れな神さまじゃないか」

「一つ忠告をさせてもらうよ。経験が僕に教えてくれた、一生ものの忠告だ。君のような狂信的若者にありがちな、自分を燃し尽して終るような結末を避けたいのならば、早急に物事を見るあらたな視点を身につけることだ。この世を鳥の視点から鳥瞰する訓練をしなさい。そうすれば、なにもかもがちっぽけでつまらないものに見えてくるはずだ。すべてはごみの山、人間は鉄屑、卵の殻、ニンジンの茎、カブの葉っぱ、端切れのようなものと思うことからはじめなさい。そうすれば、もはやけっして動転するようなことはなくなるだろうし、幻想がなくなれば、そもそも幻想を失うようなこともなくなるだろう。そして、その代わりに美しいものや善い行いを目にする度に数多くの喜びを経験するようになる。一言で言えば、世の中を軽蔑する穏やかで静かな心を身につけるということだ――なに、そのために心まで失ってしまうのではないかと恐れる必要はない」

「そんな視点はまだ持ち合わせていませんが、それは真実ですね。部分的になら、ボクもこの世を軽蔑するようになりましたよ。けれど、それはまたボクにとっての不幸でもあるわけです。なぜなら、善意や高貴さの証をちょっとでも見つけてしまうと、ボクは再びまた人間を愛してしまう。それで、過大に評価して、また騙されるのです」

「エゴイストになるんだ。人間なんて糞食えだ」

「恐ろしい。ボクにはできそうにない」

「なら別の仕事を探すんだな。君の兄上と一緒にやればいい。あの人はこの地上でよろしくやっているようじゃないか。昨日はニコライ教会の教区会議で見かけたよ」

「教区会議ですって」

「ああ、教区役員になっていてね。まったく、前途有望な御仁だよ。プリマリウス牧師がお辞儀をしたんだぜ。市議会議員になるのもすぐだろう、ほかの地主たち同様にね」

「トリトンは最近どうなんです」

「ああ、連中、いまは債券にまで手を出しはじめている。あそこで君の兄上はなに一つ得ることもなかったが、なに一つ失わなかった。もうトリトンとは手を切って、別の事業を手掛けているよ」

「あの男の話をするのはやめにしよう」

「でも、君の兄上だろう」

「あの男がボクの兄だとして、それがあれにとってなんの利益になるんです。さあ、もう四方山話《よもやまばなし》は十分しました。それであなたの用件はなんだったんです」

「ああ、明日、葬式なんだ。でも喪服を持っていなくてね」

「なら、これを持って……」

「ありがとう。君のおかげで大きな懸念の一つが取れたよ。これで一つ片付いた。だがもう一つあってね、その、もっと繊細な扱いを要する類いのことなんだが……」

「そんな繊細な問題をどうしてボクに打ち明けるんです、あなたの敵なんですよ。驚きですね」

「それは君が心ある人間だから……」

「そんなのを当てにするのは今後一切やめてください。ふん、それで……」

「そんなに気を苛立たせるなんて、君らしくない。以前はもっと穏やかな人柄だった」

「だから、そんなのは昔のことですよ、言ったでしょう。さあ、それで」

「墓地に、一緒に行ってはもらえないだろうか」

「ほう、このボクが。なんで灰色外套の同僚に頼まないんです」

「事情があるんだ。君にだから言うが、僕は結婚していないんだよ」

「結婚していない。あなたが、祭壇と公序良俗の守護者が。聖なる紐帯《ひもおび》を結んでいないんですか」

「貧しさのせいだ、それに事情があるんだ。だが僕はそれでも幸福だ。妻は僕のことを愛してくれているし、僕もまた妻を愛している。それがすべてじゃないか。もう一つ別の事情もある。死んだ子はある理由から、洗礼を受けないままだったんだ。生後三週間だった。それで、埋葬に牧師を呼べないんだ。しかし、とてもじゃないがそんなこと妻には告げられない。絶望してしまうだろうからね。だから、妻には牧師と墓地で会ってもらうことにしていると伝えてある。もちろん、妻には家で待っていてもらう。君にはただ、二人の人物と会ってもらえばいい。一人はレヴィー、トリトンの社長の弟で、いまは会社の事務員をしている。稀に見る優秀な頭の持ち主で、それ以上に心根のよい愛すべき若者だよ。笑うことはないだろう。君はまた、どうせ僕がその男から金でも借りているんだろうとでも思っているらしいが、ああ、そうだ、確かに借りている。だが、その男のことは君もきっと気に入るはずだ。それともう一人は僕の古い友人でね、ボーリ先生だ。子供を看取ってくれたお医者でもある。とても先進的な考え方をする偏見のない人物で——君ならきっと理解できるんじゃないかな。さて、これで君を勘定に入れることができたとして、僕らは四人で馬車に乗ることになる、それと勿論、棺桶に入ったチビさんとね」

「わかった、行くとしよう」

「ああ、もう一つお願いがあるんだ。わかっているとは思うが、僕の妻は死んだ子が神の祝福を受けられるかどうかについて、宗教的に思い悩んでいてね。娘は洗礼を受けずに死んでしまったものだから。それで安心を得ようと、誰それ構わず考えを聞いて回っているんだ」

「ふん、アウグスブルク信仰告白を知らない君でもあるまい」

「信仰告白なんかが問題じゃないんだ」

「だが、新聞に書くときは、つねに正統の信仰が問われるとやるんだろう」

「そうだ、新聞だからな。そんなのは社の問題じゃないか――社がキリスト教を堅持したいのならば、させておけばいい。そして、僕が社のために働くときは、だから、……それはそれだ。お願いだ、もし子供はきっと祝福されると思うんですと妻が言ってきたら、それに合わせてくれ」

「ああ、わかったよ。ひと一人を幸せにするために信仰を否定するなんて造作もないことだ。特別、ボクの信仰というわけでもないしな。ところで、いまどこに住んでいるのかは教えてくれないと困る」

「白山の場所は知っているか」

「ああ、知ってる。すると、あの石膏を塗りたくった木造の家に住んでいるのか、丘の上にある」

「どうして知っているんだ」

「なに、一度訪れたことがあってね」

「すると、君はあの社会主義者のユーグベリと知り合いだな。奴め、うちの店子をすっかり堕落させやがった。僕はいまあそこの管理人をやっていてね、例のスミス氏にかわって家賃を回収する代わりに、ただで住まわせてもらっているんだ。だが、店子たちは家賃が払えないとなると、ユーグベリに教えられた『労働と資本』だかなんだかの戯言《ざれごと》をほざきやがる。醜聞新聞なんかに印刷されているような類いの妄言だ」

ファルクは黙りこくった。

「ユーグベリのことはよく知っているんだろう」

「ああ、知ってる。ところで、喪服はいま試着していくのか」

ストルーヴェは渡された服を着ると、その上に濡れそぼったフロックコートを羽織り、首もとまで釦をはめた。そして、黄燐マッチと一緒に置かれていた吸差しの葉巻に火を付け――部屋を出ていった。

ファルクは足下の階段を照らしてやった。

「随分と歩くことになるな」せめて別れは穏やかなものにしようとファルクは言った。

「ああ、ちがいない。傘もないしな」

「それに外套も。ボクの冬用のを貸そうか」

「ああ、それはありがたい、本当に。しかし、それはまた随分とお人好しなんじゃないか」

「もちろんまたの機会に返してもらうさ」

ファルクは一端部屋に戻って外套を取ってくると、一階の玄関口に立っているストルーヴェに向かって投げてやった。そしてお休みと短く言ってから、部屋の中に戻った。しかし、空気が息苦しく感じられたので、ファルクは窓を開けた。外では秋の雨がざあざあと降り注いでおり、屋根板を激しく叩いた雨粒は薄汚れた街路に勢いよく流れ落ちていた。真向かいに建つ兵舎からは消灯ラッパの音が流れてくるのにまぎれて、大部屋で歌われている讃美歌の小節が開いた窓から途切れ途切れに漏れ出てくる。

ファルクは周囲から見捨てられ、倦み疲れてしまったように感じている。敵と見做《みな》していたすべてを代表する者との戦闘に身を投じる覚悟をしていたが、しかしその敵はすでに立ち去っており、同時に部分的にはファルクにたいして勝利をおさめたのであった。そもそもその闘争がなにに関してのものであったのか、はっきりさせようとしても、すでにそれを知ることはできなくなっていた。それどころか、誰が正しいのかすらも、ファルクにはわからなくなっていた。だから、これまで自分の仕事にしてきたこと、すなわち虐げられている人びとのために働くことすべてがただの夢幻だったのではないかと思いはじめていた。一瞬もすればまた、その怯懦《きょうだ》な自分を責めるようになり、そしてファルクの内で沸々と燻《くすぶ》りつづける狂信的な感情が、再び焔を出して燃え上がるのである。何度も何度も結局は承諾させられてしまう自分の弱さを糾弾する。いましがたも敵を手中におさめたというのに、深い嫌悪を示すことをしなかったどころか、善意をもってもてなし、同情まで示したのである。今後、この男はファルクのことをどう思うようになるだろう。お人好しであることはなんの役にも立たない。それどころか断固たる決意を固める妨げになる。道徳的な堅固さが欠けているので、闘争を遂行するだけの力が出ないし、その闘争を遂行するのにまだまだ自分は未熟であると感じてしまうのである。ボイラーの火を消さなければ、もはやこれ以上の高圧には耐えられそうにないとはっきり感じた。沸かした蒸気の使い道がなかったからである。そこでストルーヴェの忠告について考えることにした。そしてあまりに長いこと考えていたので、ついにはすっかり混乱してしまい、頭の中で真実と嘘、正しさと過ちが仲睦まじくダンスを踊りはじめる有り様であった。高等教育を受けて整然と美しく整理された概念のならびが、まるでよく切り混ぜられたトランプのカードのようになるのも時間の問題であろう。そしてファルクは無関心主義の心境に到達することに見事成功した。敵の行動の中に美しい動機があるのではないかと探す訓練をしてみたり、次第次第に間違っているのは自分自身であると見なすようになったり、世の中の秩序と宥和して上手くやっていけると思うようになったり、ついにはその高い視点まで上り、そして、そもそもすべてに白か黒かの決着をつけることは実際ほとんど意味のないことだと思うようになった。もしもそれが黒であるというならば、それがそうでないとする確かな根拠は存在しない。であるならば、ファルクがそうでないことを願うのは望ましくない。こうした心理状態をファルクは心地よいと感じていた。なぜなら、それはファルクがここ数年間経験したことのない穏やかな感情をもたらしてくれたからである。ずっと人間というものに不安を感じながら過ごしてきた。だから、ファルクはいまこの心の穏やかさを、強いパイプ煙草の香りとともに、楽しむのであった。するとそこへ、ベッドを整えに清掃婦が入ってきて、つい先程郵便配達員が入れていったという手紙も置いていった。かなりの分量のその手紙にはオッレ・モンタヌスと署名がしてあり、文中なん箇所かはファルクに強い印象を与えることになった。それは以下のような内容であった。

親愛なる兄弟へ

ルンデルとぼくはいま丁度仕事を片付けたところで、もうすぐストックホルムに帰ることができるのだが、ぼくはこの町で過ごした日々の印象を書き留めておく欲求を感じている。なぜならば、その日々というのはぼくとぼくの精神の発展にとって大きな意味を持つものだったからだ。というのも、ぼくはある結論に達したのだ。まるで孵化したばかりの雛がこれまでずっと光を遮ってきた卵の殻を蹴り飛ばしながら、新たに開眼した眼でびっくりしながらあたりを観察しているのとおなじような眼差しでこの世界を見ているのだ。その結論というのは、しかしなにも目新しいものではない。キリスト教が誕生する以前にプラトーンがすでに言っていた。この現実、見えている世界というのはたんに仮象でしかない、イデアの影絵に過ぎないということだ。つまり現実というものは低級なもの、意味のないもの、副次的なもの、偶然的なものである。まさしく、然り。しかしぼくは弁証法的にやってみたいので、個別的なことからはじめて普遍的なことへ至ろうと思う。

まず第一に、ぼくの仕事について話すことにしよう。国会と政府の共同助成の対象になったあれだ。トレースコーラ教会の祭壇に二柱の木像があった。そのうちの一柱は叩き壊されていたが、もう一柱は完全な形で残されていた。完全な方は手に十字架を握った女の像だった。破壊された像は二袋分の残骸となって、聖具室に保管されていた。ある学識ある考古学者がその袋の中身を調査して、壊れた像の外観を再現しようとしたが、それは推測の域を出るものではなかった。もっとも、学者の行った調査は厳密を極めるものであり、例えば、地塗りに使用されていた白い塗料の検体を採取して薬理学研究所に送り届け、それに含まれているのが亜鉛ではなく鉛であることから、像の制作年代は一八四四年以前であることを確認した。なぜなら、酸化亜鉛を白の色料として使用しはじめたのがその年だったからである。（そんな結論がなんになるっていうんだろうな、像なんて塗り直されたかもしれないのだから。）それから、木片の検体をストックホルムの指物師協会に送り届け、それが白樺の木であるとの回答を得た。したがって、その像は白樺の木で作られており、一八四四年以前に製作されたものである。しかし、それは望んでいた結論ではなかった。事情（！）があったのだ。つまり、己れの名誉にかけて、それらの像が一六世紀のものであって欲しいと願っていたのだ。それに、是非とも名のある大家である（大家、というのは勿論、自分の名前をはっきりとオーク材に彫り込んだから、今日までその名前が残って大家になったのだ）プッカード・フォン・シーデンハンネの手によるものであって欲しいとも願っていた。ヴェステロース教会の聖歌隊席の椅子を彫った男だ。学術調査はさらにつづけられた。考古学者はヴェステロースの像の石膏を少しばかりくすね、トレースコーラの聖具室にあった石膏の検体と一緒にパリのエコーレ・ポリュテクニーク（どう綴ればいいのか知らん）に送り届けた。回答は、それまでこの調査を誹謗中傷していた連中を粉砕するものであった。分析の示すところによれば、両方の石膏は共に七七当量のカルシウムと二三当量の硫酸からなるまったくおなじ組成のものであり、したがって（！）、二つの像は同時代のものであるとのことであった。こうして、像の年代に関してはこれで特定された。完全な方の像は模写をした上で考古学博物館に『送り届けられた』（なにやらあの学者たちはすべてを『送り届ける』ことに、なみなみならぬ情熱を感じていたらしい）。残ったのは、すっかり壊れていた方の像の姿を特定し再構築するという問題であった。二年間にわたって、残骸の入った二つの袋はウップサーラとルンドの間をいったりきたりしつづけた。両大学の教授たちは不幸なことに、今回も異なった見解を持つに至った。その結果、論争が巻き起った。ルンドの教授が、丁度学長になったばかりだったのだが、大学の紀要にその像についての論文を書いて、ウップサーラの教授を扱《こ》き下ろした。するとその教授はそのお返しとばかりに小冊子をつくってやり返した。幸運なことに、そこへストックホルムの芸術大学のある教授が、まったく新しい意見をもって登場してきた。これによって、いつもどおりの出来事が繰り返されることとなった。ヘロデとピラトゥスは見解の相違に関して『歩みより』をみせ、共同でストックホルム人に食ってかかり、田舎人特有の毒気をもってこてんぱんにのしてしまったのである。『歩みより』の結果、次のような決着をみた。粉々に壊れた像は、不信心を表していた。なぜなら、完全な形で残されていた方の像は、手に持った十字架によって象徴されているように、信仰を表しているにきまっているからである。当初の推測（ルンドの方だ）では、壊れた方は希望を表しているとされていた。一方の袋から錨の爪が出てきたからであるが、これは却下された。もしそうなら三番目の、愛を表す像が存在したと仮定しなければならないが、そのようなものがあった痕跡は影も形もなかったし、そもそもその置き場すらなかったからである。さらにまた、不信心を象徴する紋章として、錨の爪では相応しくなく、そういったものであれば矢尻であることが（歴史博物館の浩瀚な収蔵物のなかから持ってきた、いくつかの矢尻の見本を添えて）示された。さらにまた、ヘブル人への手紙、第七章、第一二節ならびにイザヤ書、第二九章、第三節も参照せよとのことである。前者では不信心者の盲撃ちのことが語られており、後者では不信心者の矢のことが数回言及されている。矢尻の形はストューレ王時代のものときわめてよく似ており、その結果、像の作製年代に向けられていた疑念も完全に払拭された。

それでぼくの仕事内容なんだが、教授たちの考えにしたがって、信仰の像と対《つい》になるような不信心の像を一柱、制作することだった。計画はあらかじめ与えられていたので、迷うことなどなにもなかった。まず、ぼくは男性のモデルとなる人物を探した。勿論、それは男にきまっている。随分長いこと探すはめになったが、ようやく一人の人物を探し出した。まったく、その男をはじめて見たときには不信心そのものが体現してるんじゃないかと思ったくらいだよ――成功だった――上々だ。それでいま、ファランデルという役者が祭壇の左側に立っている、劇『フェルディナンド・コルテス』から借りてきたメキシコ風の弓を手に持ち、

『フラ・ディアボロ』から借りてきた盗賊の外套を着てね。しかし、人びとが言うには、まさに不信心が信仰に屈服しているとのことだ。そして、除幕式の説教をした田舎教区の司祭は、神が人間に時折授けることのある天賦の才について、とりわけいまはこのぼくに授けられた才能について語った。ぼくらが除幕式の晩餐会をご馳走になった伯爵は、ぼくの作った像は傑作であり、古典古代の彫刻に（イタリアで見たことがあるらしい）十分に比肩しうるものであると述べた。あと、その伯爵家で家庭教師をしていた学生は、詩を印刷して配布する機会を得たんだが、そのなかで高尚な美の概念を発展させ、悪魔神話を歴史的に概観してみせた。

さて、ぼくは本物のエゴイストなので、すっかり自分のことばかり話してしまったようだ。ルンデルの祭壇画についてもなにか話そうか。こんな感じだった。背景には十字架に掛けられたキリスト（レーンイェルム）。その左には悔い改めをしない盗賊（ぼくだ。ただあの野郎、ぼくを実物よりもずっと醜く描きやがった）。右には悔い改めた盗賊（こっちはルンデル自身で、敬虔を装った目でレーンイェルムを見つめている）。十字架の足下には、マグダラのマリア（あの君も知っているマリーエだ、際どい切れ込みの入った服を着ている）。それとローマの百人隊長（ファランデル）、馬（参審員のオルソンの騎兵隊用の種牡馬《たねうま》だ）に乗っている。

それがどれほどぼくにぞっとする印象を与えたか、筆舌に尽しがたいとはこのことだね。説教がおわって被いの幕が落ちたら、どうだ、見知った顔が祭壇の一段高い場所から一斉に、こっちの集まった教区の会衆の方をじっと見つめてきたんだぜ。会衆は敬虔な面持ちで、芸術の高邁《こうまい》な意義について、とりわけそれが宗教に貢献する場合において語る司祭の大言に耳を傾けているっていうのにさ。ぼくにとって、その瞬間こそまさに目から鱗が落ちた瞬間だったよ。多くの、本当に多くのことが白日の下に暴かれたんだ。そのあとでぼくが信仰と不信心について考えたことは、今度機会があったら聞かせてあげよう。芸術とその高邁な使命についていまぼくが考えていることは、町に帰り次第、どこか公の場所で講演をしたいんだが、その中で発表しようと思う。
ルンデルの宗教的感情が、この『高価な』日々のあいだますます高じてしまったことは君も想像に難くないだろう。あいつはいま幸せだ、比較的にだけれど、その途轍もない自己欺瞞の中にどっぷりと浸かっているからね。自分がペテン師だってことに気づいていないんだ。
さて、大体のことは話してしまったようだ。あとは今度会ったときに直接口頭で説明することにしよう。では、さしあたってはさようならだ。それまで元気で。

親友のオッレ・モンタヌスより

追伸
おっと、考古学調査の結末について言うのをすっかり忘れていた。救貧院にヤンという男がいて、子供時代に見た像の様子を覚えていたんだ。それで、この男が言うには、像は三柱あって、それぞれ信仰、希望、愛と呼ばれていた。愛は最大のものなので（マタイ、第一二章、第九章）、それだけは祭壇の上に置かれていた。一八一〇年代に愛と信仰の像の上に雷が落ちた。像の製作者はヤンの父で、カールスクローナで船首像の彫刻をしていた。そんな落ちがついたんだ。

オッレ

この手紙を読み終ると、ファルクは腰を据えて書き物机に向かい、ランプのオイルが十分にあるのを確かめ、パイプに火をつけ、そして机の引き出しから書きかけの草稿を取り出し、執筆に取り掛かった。

第十九章　新教会墓地から居酒屋ノールバッカへ

九月の午後は灰色で、暖かく穏やかに首都の町を包んでいた。ファルクは南地区の坂道を登っていき、カタリーナ墓地で一息つく。このところ夜のうちにすっかりと赤く色付いたカエデの葉が心地よく目に映え、とても気分がよかった。ファルクはやってきた秋を心から歓迎して、その暗さ、灰色の雲、落ち葉にようこそと告げる。微風の一つも吹いていなかった。短かった夏の仕事に疲れて、自然も休息をとっているようであった。すべてが休息をとっていた。めいめいに割り当てられた芝生の下に横たえられた人びと。かつて生きていたとは思えないほど、とても静かに慎ましく。そこにいる皆が共にいればいいとファルクは思った、自分も一緒に。どこかの教会の尖塔で鐘が鳴った。ファルクは立ち上がると、庭園通りに向かって歩きはじめた。角を曲がり、新通りに入る。おそらくもう百年も前から新しい通りと呼ばれてきている。それから新広場を通り抜け、白山に到着する。例の斑《まだら》模様の家の前で立ち止まると、子供たちがなにか言い合っている声が聞こえてきた。丘にはいつものように子供たちがたむろしており、けんけん遊びで使う小さな煉瓦を平らに磨きながら、大声で傍若無人に言いあいをしていたのである。

「ヤンネ、昼飯、なに食った」

「おまえに関係あんのかよ」

「関係あるか。関係あるかだって。おい、てめえ、口の利き方に気をつけろ。殴るぞ」

「おまえが。ふんっ。そんな目ん玉してるおまえにできるもんかよ」とヤンネと呼ばれた男の子。

「はんっ。そういや最近は、おまえをハンマルビュー湖にぶっ飛ばしてなかったな。ええっ」

「ふんっ、でけえ口きくんじゃねえよ」

と言ったはいいが、ヤンネはぶっ飛ばされ、不平分子はおとなしくなった。

「おい、ヤンネ、おまえ、本当はカタリーナ教会の合唱庭園に生えてるキンレンカなんか盗んだことないんだろ。マジで」

「そんなことを吹聴してまわっているのはびっこのオッレかい」

「ふん、なら警察は来なかったんだな。マジで」

「ぼくが警察なんて怖がるとでも思ってるのかよ。そのうち目に物見せてやる」

「怖くないんだな。なら今晩、ツィンケンスダムまで一緒に行って、洋梨《ようなし》をくすねてこれるな」

「もち、冗談なんだろ。あの木の塀は越えられないよ。それに、あそこにいる犬どもが狂暴なことは知ってるだろう」

「煙突掃除夫のペッレならあんな壁、ちょちょいのちょいで乗り越えちまうさ。それに、犬ッコロなんざ蹴っ飛ばしちまえばいい」

女中が外に出てきて煉瓦磨きをやめさせた。雑草だらけの道にトウヒの枝葉を撒こうというのである。

「今日お山に埋められるのはどこの馬の骨だい」と子供たちが女中に尋ねる。

「あの雇われ大家んとこの子だよ。また自分とこの雌牛にガキをこさえさせたんだと」

「あの雇われ大家か、尻《けつ》のあなの小さい木端野郎だ。マジで」

ヤンネは返事をする代わりに、口笛で聞き慣れない曲を独特の調子で吹く。

「俺たち、大家のとこのガキどもが学校から帰ってくる度に、尻を蹴っ飛ばしてやるんだ。でも、あの雌牛は、ありゃマジもんの極悪婆あだぜ。家賃を払わなかったら、雪の中一晩俺たちのことを閉め出しやがった。極悪婆あのせいで、俺たちブリキ倉庫街の掘建て小屋で泊まるはめになったんだ」

会話は途切れて静かになったが、最後の発言は聴衆になにほどの感慨も与えた様子がない。

二人の家なし子たちが行《おこな》った紹介を聞いても、ファルクは格別楽しい気分にはならなかったので、家に入ることにした。玄関先でストルーヴェの出迎えを受ける。沈痛な面持ちで、ファルクを抱擁し、まるで信頼の気持ちを伝えようとしているか、それとも手近なところで涙の一滴も絞り出そうとしているかのようであった。いずれにせよ、なにかをせずにはおられなかったのだろう――それから、ファルクの腰に手を回すと、部屋の中へと招きいれた。

ファルクは食卓、箪笥、六脚の椅子、そして棺桶が置いてある広間に足を踏み入れた。窓には白いシーツが掛けられており、その隙間から日の光がゆるやかに零れ落ちて、二本のステアリン蝋燭の赤い光と交差していた。そして、食卓の上には緑色のワイングラスとダリアやアラセイトウ、ヨメナなどの花を生けたスープ皿が盆の上に載せて置いてあった。

ストルーヴェはファルクの手をとって、棺桶のあるところまで案内した。そこには小さな名前もない赤ん坊が、鉋屑を敷いたその上に、ハートの刺繍がほどこされたチュールに包まれて横たわっていた。

「さあ」とストルーヴェ。「この子だ」

ファルクは死体を前にしてひとが大抵抱く以外の感情を感じなかった。だから、その場に相応しいなにか適当な言葉を見つけることもできず、ただ控え目にその子供の父の手を握ってやるにとどめた。

「ありがとう、ありがとう」そうストルーヴェは言うと、棺桶から離れて、隣りの部屋へと入っていった。

ファルクは一人とり残された。すると、ストルーヴェが消えていったその扉の後ろから、なにか激しい内輪揉めでも行われているような声が聞こえてきた。しばらく静かになる。しかしまた、その部屋のずっと奥の方から、今度はなにか唸り声のような音が薄い壁板を通り抜けて聞こえてきた。ファルクは部分的にしかその言葉を聞き取ることができなかったが、その声には聞き覚えがあるような気がした。はじめに聞こえてきたのは、よく通るソプラノで、なにか長い経文の一章節を物凄い早口に捲し立てる声であった。

「ぺらぺらぺらぺらぺーら。――ぺらぺらぺらぺらぺーら。――ぺらぺらぺらぺらぺーら」とそんな具合いに聞こえてきた。

それから、激昂した男の声で、鉋《かんな》の削る音に伴奏されながら返事の文言であった。「シュルシュル――シュルシュル――シュルシュワ――シュルシュワ――フシュー――フシュー」

すると今度は、ゆっくりと転がるような口調で、「むるむる――むるむる――むるむる――むるむる。むるむる――むるむる――むるむる――むるむる」次にまた鉋が、シュルシュル、シュルシュワ、フシューと吐き捨てる。そしてまた、嵐のようなぺらぺら、ぺらぺら、ぺらぺーら、ぺらぺーら、ぺぺぺ、ぷぷぷ、びびび、ばびで、ぷー。

ファルクにはそれがなにごとかに関して議論をしあっているかのごとくに思われた。さらにまた、さる者の口調から察して、小さな死者の事柄が問題の中心になっているらしいことにも気づいた。

さらにまた、ストルーヴェの入っていった部屋の中からは、すすり泣きの声を織り混ぜて、内輪喧嘩をする激しい怒鳴り合いの声が聞こえてきた。やがて扉が開くと、黒い服を着て目を真っ赤にした洗濯女の手を引きながら、ストルーヴェが出てくる。ストルーヴェは家父の威厳をもって、紹介する。

「僕の妻だ。こちらは参事官補のファルク君。僕の旧友だ」

ファルクは洗濯棒のように硬直したその女の手を握り、ピクルスのような酸っぱい微笑みを受け取った。ファルクは『妻』と『お悔やみ』の二語を含んだ言葉をなにか一言返そうと、頭の中で慌てて文章を組み立て、どうやら無難に口外した。ストルーヴェがそのお礼にファルクを軽く抱擁した。

ストルーヴェの妻は親愛の情でも示そうと思ったのか、夫の背中を軽くたたきながら、言葉をかける。

「この人ったらいつも汚ならしくしていて、本当に嫌になっちゃうんですよ。背中なんかいつも埃だらけで。まるで豚みたいだって、参事官補さんは思われるんじゃないかしら、ねえ、クリスティアン」

この愛すべき質問を憐れなファルクはどうにかやり過ごすと、母親の背後から赤髪の頭が二つ突き出てきて、見慣れぬ客人に向かってにやけた顔を見せた。母親は乱暴にその子供たちの頭を撫でながら言う。

「こんな醜い子供たちを参事官補さんはこれまでにご覧になったことがありますか。まるでキツネかなにかの子供みたいじゃありませんか」

この言い様はあまりに見事なほど現実の有り様を言い当てているので、ファルクは力一杯その事実を否定してやらねばならない気持ちにさせられた。

玄関の戸が開いて、連れ立って二人の男たちが入ってきた。先頭にいたのは肩幅の広い三十代の男で、両肩の間にはなにか四角い顔のようなものが乗っていた。前から見ればそれは顔と見えなくもない。顔肌はまるで腐りかけた橋板で、その中ではミミズが巣となる迷宮を掘り耕しているようである。横一文字にぱっくりと裂け、いつも半開きになっている口からは、すっかりと磨り減った四本の犬歯がつねに覗いており、この男がにやりとすると、顔面は上下二つに裂け、奥の親不知歯までが覗き見える。その不毛の大地のような顔には髭一本生えようとしない。鼻はあり得べからざる方向を向いて、あり得べからざる位置についているので、正面から見るとなにやら顔の中、奥深くまで覗き見できそうである。頭蓋骨の上部にはなにかココナッツマットに似たものが生えていた。

ストルーヴェは周囲を美化する才能の持ち主である。まだ学士にすぎないボーリをボーリ博士と紹介した。博士と紹介された男はそのことに満足も不満も示さず、コートを着たままの腕を後ろにつき従っていた者に向かってずいっと突き出した。その随伴者はすぐさまその外套を脱がし、玄関の戸の蝶番に掛けた。それを見たストルーヴェの妻は、「この古い家にも困ったものだわ、コート掛けがないなんて」と思った。外套を脱がせた男は、レヴィー氏であると紹介された。背の高い若者である。その頭蓋骨は鼻骨を中心に後ろに向かって発達して、発生したように見える。胴体は膝の辺りまで伸びていて、まるで針金を引抜き加工するように、頭蓋骨を引抜きの型孔に通して作ったかのようであった。両肩は竪樋《たてとい》のように下へ向かって落ちており、腰のでっぱりはどこにも見当たらず、ほっそりとした脚は太股の膨らみを欠いていた。両足は履き潰された古靴のようによれよれで、土踏まずもとうに潰れてなくなっている。人生の大部分を立ちっぱなしで、あるいは重い荷を背負いつづけて生きてきた労働者のように、難儀そうに脚を上げ降ろしして歩くその様はどこから見ても奴隷タイプの人間であった。

学士は外套を脱いだ後も、暫く戸のところに立ち止まっていた。手袋を外し、杖を立てかけ、鼻をかみ、ハンカチをポケットに突っ込む。ストルーヴェが何度も紹介しようとするのを完全に無視している。まだ玄関にいることにようやく気づいたらしいが、なおしばらくは帽子を脱いで、靴についた泥を削り落したりしていた。それからようやく部屋の中へ一歩を踏みいれる。

「こんにちは、イェニー。ご機嫌いかがかな」男は、そこに全人生の重みが加わってでもいるかのような恭しさで、ストルーヴェ夫人の手をとって挨拶をする。それからファルクに向かってかすかに挨拶をしたが、犬が縄張りに侵入してきた余所ものの犬を見るような渋面をつくっていた。

レヴィーと呼ばれた方の若い男は、学士の後をひょこひょことついてまわり、学士の厭みにへつらって誉め称え、その男の優越性に唯唯諾諾として従っている。夫人はライン産のワインボトルを取り出してきて、みんなに進上する。ストルーヴェは自分のグラスを手に取り、歓迎の意を示すため客人たちにも振舞った。学士は大口を開け、グラスの中身をまるで排水路にでも流し込むように舌の上にぶちまけると、口を歪め、まるで苦い薬でも摂取するかのように一気に飲み込んだ。

「ひどく酸っぱくて、不味いワインなんですけれど」と夫人。「たぶん、ヘンリクさんにはポンチのほうがよかったかしら」

「ええ、かなり不味いですな」同意を示す学士。レヴィー氏はもちろんそれに拍手喝采である。

ポンチが出される。破顔一笑するボーリ。辺りを見回して椅子を探す素振りを見せると、即座にレヴィー氏が運んでくる。

一同は食卓についた。アラセイトウの花の強い香りがワインの臭いと混ざり合う。日の光がグラスに反射している。会話がはじまり、すぐに学士の席から紫煙が立ち上る。夫人が不安気な眼差しを窓の方へやる。しかし、死んだ子供がそこに横たわっているのである。しかし、その眼差しは誰の姿も見てはいなかった。

そのとき外の道に馬車の止まる音がした。博士を除いた全員が席を立った。ストルーヴェは咳払いをして、なにか不快なことを告げるときのように小声で告げた。「では、みなさん、並びましょう」

夫人が柩《ひつぎ》の前に出て、柩にすがりついて激しく泣いた。立ち上がり、柩の蓋を閉じようと待っている夫を見つめると、また堰を切ったように大声で泣き出した。

「ほら、ほら、落ち着きなさい」ストルーヴェはそう言うと、まるでなにかを隠そうとするかのように大急ぎで柩の蓋を閉じた。ボーリは排水路に流し込むようにポンチを一飲みすると、まるで馬のような大あくびをした。レヴィー氏は柩の蓋を閉じるストルーヴェをまるで厚紙で包装をするかのような手つきで手伝っていたが、それはあまりにもぞんざいな仕事振りであった。

一同はストルーヴェ夫人に別れを告げ、外套を着て外に出た。夫人は階段に気をつけるようにと男たちに言った。「ここの階段は古くてすっかりガタがきてますから」

ストルーヴェが先頭に立って柩を運ぶ。路面まで降りてくると、小さな人だかりが見えた。体裁を取り繕うために雇われていたのである。それですっかり増長したのか、馬車の扉も開けず、御者台からおりようともしない仕着せを着た大男の御者をおまえ呼ばわりして罵り、その効果をいっそう高めようとした。御者は帽子を手に取り慌てて言いつけにしたがった。すると、人混みの中にいてそれを見ていた男の子が短く意地の悪そうな空咳をした。男の子の名前はヤンネといい、周りに立っている人びとの注目を集めてしまったので、辺りの煙突を見上げて観察し、煙突掃除夫が来るのを待っているかのような素振りをして、その場をごまかした。

四人を乗せてバタンと馬車の扉が閉まると、ほっとした群衆の中にいた比較的若い連中の間では次のような会話が交された。

「おい、見たか。あの嵩《かさ》増しした柩」

「ああ、だがそれより名前がプレートに書かれていなかったぜ。気づいたかい」

「なんだって。本当か」

「ああ、なかったね。よく見えた。まったくの空欄だった」

「それって、つまり」

「なんだ、わかんねえのか。つまり、不義の子ってことだよ」

　幸いなことに、ピシャンと鞭が鳴り、馬車はゴトゴトと出発したところであった。ファルクが家の窓の方に視線をやると、そこにはストルーヴェ夫人が立っていた。すでに覆いのシーツを取り払っていたので、ステアリン蝋燭の光が窓の外に漏れており、夫人の隣にはワイングラスを手にした子狐たちが見えた。

　馬車はガタガタ音をたてながら、道を上り、道を下り、ズンズンと進んでいった。誰も一言も口をきこうとしない。ストルーヴェは柩を膝の上に乗せ、苦し気な表情をしていた。日はまだ明るく、できることなら身を隠してしまいたがっているようだった。

　新墓地までは長い道のりであったが、それにも終りが訪れ、一同は目的地に到着した。門の外には馬車の長い列ができていた。花環を買うと、墓堀人が柩を受け取った。ささやかな一行はかなりの時間歩いて、掘られたばかりの墓穴のある砂地に着いた。墓地の北側の一番奥まった区域である。墓堀人が小割を準備する。博士が「碇泊」「そこだ」「進水」「切り放せ」などと号令し、小さな名札のついていない柩は、今や地中約二尺五寸ほどのところに沈められる。

　暫く休憩になる。一同は頭を垂れ、なにかを待つように、黙って墓を見下ろす。灰色の重い空が広く荒涼とした砂地に垂れ籠めている。墓石代わりの白木がまるで、外の世界に迷い出てきた幼子の亡霊のように立っている。森の輪郭が黒い影絵のように浮かび上がる。そよぐ風の一つもない。そのとき声が聞こえた。はじめは震え声であったが、やがて確信に満ちた、明瞭でしっかりとした声に変わった。レヴィーが柩衣《きゅうい》の上に立ち、すっくと頭を掲げて葬儀説教をはじめたのであった。

「いと高き者に安らかに守られて、全能の御影に憩う。

永遠なる者にわたしは言う。汝は我の憩いの地にして安息の場。汝は我の砦、永遠の安住の地。神よ、わたしは帰依《きえ》いたします。――カディーシュ。全知全能の神よ、汝の聖なる御名が、汝が一度再創造したというこの全地で唱えられ、称えられますように。そして、再び死者を蘇らせ、新な生を与え給え。汝、永遠の安息を汝の天にもたらす者、また汝は、我々全イスラエルの子に汝の安息を贈り給え、アーメン。

安らかに眠り給え、名を得ることのなかった幼き者よ。主はいかなる子も等しく知るのであり、きっと汝を名で呼んでくれるだろう。秋の夜にぐっすりと眠り給え、聖水を受けずとも、汝を悩ます悪しき聖霊たちはおらぬ。生存の争いを逃れ得たことを喜べ。争いの喜悦などないほうがいい。幸いなるかな、汝、この世と交わる間もなく死にゆくことができたとは。清らかなまま、穢《けが》れなく、汝の魂は小さな庵《いおり》をあとにした。それ故に、我々は汝に土をかけることはしまい。なぜならば、土とは朽ち果てたものであるから。だから、我々は汝を花で覆い包もう。なぜならば、土から萌え出づる花のように、汝の魂もまた暗き墓を抜け、光の高みへと上るであろうから。なぜならば、汝、霊より出づる者は、また霊に帰るからである」

レヴィーは花環を落し、顔を覆った。

ストルーヴェは前に出ると、レヴィーの手をとり、あたたかく握りしめた。目には涙が溢れ、レヴィーのハンカチを借りねばならなかった。博士は花環を投げ込むと、とっとと歩きだしたので、その他の面々はその後をゆっくりとついていった。しかし、ファルクは墓穴を覗き込むように身を屈めて見下ろしながら、物思いに沈んでしばらくその場に留まっていた。最初は暗闇が四角くポッカリと口を開けている処しか見えなかったが、次第次第に明るい点のようなものが浮かび上がってきて、やがてそれが大きく、しっかりとした形をとるようになった。鏡のように、丸く、白く光っている――死んだ幼子のなにも書かれていない碑板が、暗闇の中で、天から降り注ぐ光をただ反射して光っているのだった。花環を落す。トンッと小さな音がする。光が消えた。そして、ファルクも向きを変え、みんなのあとを追った。

馬車ではこれからどこへ向かうのか思案していた。ボーリが審議をまとめ、「居酒屋ノールバッカへ」と号令を下した。

数分後に一行は一人の少女に案内されて、二階の大広間にいた。ボーリはその少女に抱きつきキスをして挨拶した。それから帽子をソファーの下に投げ込み、レヴィーに上着を脱がすよう命じ、ポンチを一升五合、葉巻を二十五本、コニャックを七合、棒砂糖を一本注文した。それから腕捲《まく》りをすると、広間に一つしかないソファーを一人で占領するのであった。

酒宴の用意ができたのを見ると、ストルーヴェは顔を輝かせ、音楽を所望した。レヴィーがピアノの前に座り、ワルツを奏であげると、ストルーヴェはファルクの腰に手をまわし、人生一般についてたわいない会話をしながら広間をうろうろしはじめた。悲しみと喜び、人間の気紛れな本性などなどについてである。そこから結論として導き出されたのは、神々が与え給うたことや取らせ給うたことに嘆くのは罪深いということであった――ところで、ストルーヴェが神々という言葉を使ったが、それは罪深いと言いたかったからだろうか、それで敬虔派の信者であるというのがファルクには信じられなかった。この議論はただワルツの導入に過ぎなかったようで、ストルーヴェはポンチ皿を持って入ってきた少女とワルツに合わせてダンスをはじめた。ボーリはそこにあった全部のグラスを満たし、レヴィーを呼びつけ、一つを差し出して告げた。

「さて、杯を交そうではないか、それで今後はお互い気兼ね無しでいこう」

レヴィーはこの栄誉に大きな喜びを表明した。

「乾杯、イーサク君」とボーリ。

「僕はイーサクではありませんが……」

「俺がおまえの名前ごときを気にするとでも思っているのか。オレがイーサクと呼べばイーサクだ。おまえはオレのもんだからな」

「あなたは愉快な悪魔だ……」

「悪魔だと。おまえは敬うということを知らんようだな、ユダヤ小僧め……」

「だって、僕らはお互い気兼ね無しにしようって、あなたが……」

「僕らだと。俺が、おまえに、気兼ねをせんでもいいってことだ」

ストルーヴェは仲裁に入るべきだと思った。

「レヴィー君」とストルーヴェ。「素晴らしい弔辞をありがとう。あれはどんなお祈りの言葉を読んだんだい」

「あれは僕らのお祈りさ」

「とても美しかったよ」

「あんなもの、ただの言葉じゃないか」ボーリが割り込んできた。「それも不信心の犬がただイスラエルのためにお祈りしただけだ。だから死者のことなんてこれっぽっちもおかまいなしさ」

「洗礼を受けていない者はみなイスラエルに帰するのだ」レヴィーが答えた。

「ほう、だからおまえは洗礼を攻撃したんだな」ボーリがつづける。「俺は洗礼を攻撃するやつが我慢ならん――俺たちはみずから望んで洗礼を受けるんだ。だからおまえは義認《ぎにん》についてそれを突っつくような真似をしたんだな。そうしたことには触れずにおけ。俺は、俺たちの宗教のことを赤の他人にあれこれ突っつきまわされるのが我慢ならんのだ」

「それについてはボーリが正しい」とストルーヴェ。「つまり、もし僕らが洗礼もその他の聖なる真実も、まったく攻撃しないように差し控えるならばです。そして僕はこうした類いのどんな軽い会話も、今晩の僕たちの交友の場から破門していただきたい、と要請せねばなりません」

「要請せねばならないだと、おまえがか」ボーリが叫んだ。「いったいなにを要請せねばならんというのだ。――ふむ、まあ許してやる、ただしその口を鉗《はさ》むならばだ。イーサク、演奏しろ。音楽だ。俺たちはカエサルの宴会で口の聞けなくなった音楽隊か。音楽だ。ただし古くさいのはご免だぜ。新しいやつでなきゃな」

レヴィーはまたピアノの前に座ると『ポルティチの唖娘《おし》』の序曲を演奏した。

「ふん、まあそんなところか。ではお喋りといこう」

とボーリ。「なんだ、参事官補は随分と落ち込んでるようじゃないか。ほら、こっちにきて一緒に飲め」

ファルクはボーリの近くに寄るだけで気が滅入ってしまい、気乗りしなかったもののその申し出を受けることにした。しかし、会話しようとする者は誰一人としていなかった。まるで衝突を恐れているからのようであった。ストルーヴェはナマズのように辺りを徘徊し、なにか楽しいことを探していたが、なにも見つけることができないので、結局、ポンチの置いてあるテーブルに戻ってきてしまうのであった。時折、ダンスのステップを踏んでみせ、楽しんでいるのだとか、これは宴会なんだと思い込もうとしている風であったが、実際のところはそうではなかった。レヴィーはピアノとポンチの間を往ったり来たりして、やはり楽しい歌を歌おうとするのであるが、あまりに古い歌なので誰も聞こうとはしなかった。ボーリは自分が言うところの「雰囲気」をだすために騒ぎ回るのに、実のところはますます座は静まり返り、かえって不穏な空気が漂った。ファルクは部屋の中を行ったり来たりしていた、まるで目一杯帯電した雷雲が沈黙したまま、凶事を告げようとするかのように。

ボーリの命令で豪勢な夕食が運ばれてきた。一同は押しつぶされるような沈黙の中で食卓についた。ストルーヴェとボーリはブレンヴィンを鯨飲した。特にボーリの顔は薄汚れたタイル張り暖炉の扉のようであった。赤い斑点があちこちに浮かび上がり、両目は黄色くなっていた。一方、ストルーヴェはといえば、ワックスのかかったエダムチーズのように、顔一面をつるつるの真っ赤にしていた。一座の中で、ファルクとレヴィーの二人だけは巨人の家で最後の晩餐を食べさせられている子供のような様子であった。

「醜聞記者に鮭をくれてやれ」ボーリがレヴィーに命じ、単調な沈黙が破られた。

レヴィーがストルーヴェに大皿を差し出すと、ストルーヴェは眼鏡をずりあげ、毒液を撒き散らし始めた。「ユダヤ人め、恥を知れ」と鋭く言い放ち、レヴィーの顔にナプキンを投げつけた。

ボーリは分厚い手を禿頭に乗せ、言った。

「口を鉗《つぐ》め、売文の徒《やから》め」

「一体全体なんという集まりに加わらされてしまったんだ。諸君らにあえて言うが、僕はこんなことに慣れてはいないし、坊や扱いされる歳でもない」とストルーヴェがいつもの陽気さを忘れさせるような震える声で言った。

ボーリは満腹になった様子で、席を立った。

「こんな集まりは糞っ垂れだ。おい、イーサク、ここの勘定を立て替えておけ。それで、あとで俺のところに取りにこい。俺は先に行くぞ」

そう言うと、外套を着て帽子を被り、グラスにポンチを注ぎ、これにコニャックを足して、一気に飲み干した。ついでとばかりに一対の蝋燭の火を吹き消し、卓上にあったグラスを叩き割り、葉巻一掴みと黄燐マッチ一箱をポケットに突っ込み、千鳥足で出ていった。

「あのような才能に恵まれている人が酒に溺れるなんて、残念なことだ」レヴィーが神妙な顔で言う。

一分後にボーリが戸口に舞い戻ってきて、食卓に近づくと、燭台を手に取り、葉巻に火をつけ、ストルーヴェの顔に紫煙を吹きかける。奥歯が見えるほど大口を開け、舌を突き出し、蝋燭の火を吹き消し、また帰っていく。レヴィーは食卓に突っ伏し、賛嘆の叫び声をあげた。

「まったく、あんたが僕を引き合わせたいと願った人は、一体全体どんな屑野郎なんですか」ファルクは真顔で尋ねた。

「おお、ファルク君、あの人はただ酔っぱらっているだけなんだよ。どうして軍医で教授の息子さんなんだけどなぁ……」

「やつの父親が誰かなんて聞いていない。やつが何者なのか聞いているんだ。まあしかし、それでなぜあんたがあんな犬畜生に踏みつけにされたままでいるのか、その理由には答えてくれたわけだ。では今度は、なぜあいつがあんたなんかとつき合っているのか、という質問の方に答えてもらおうか」

「僕はあらゆる莫迦げた発言を溜め込むようにしているんだ」ストルーヴェは厳かに答えた。

「そうだな、あんたは世界中のくだらんものを溜め込んでいればいいさ。だが、それを周りにぶちまけるんじゃない」

「レヴィー君、一体どうしたというんだい」ストルーヴェは慇懃に尋ねた。「随分と深刻な顔をしているじゃないですか」

「ボーリのような天才があんなに浴びるほど飲むなんて、実に痛ましいことです」とレヴィー。

「いつ、どんなふうに、あんなやつが才能を示すことがあるっていうんだい」ファルクが聞いた。

「なにも詩を書かくばかりが天才ってわけじゃない」ストルーヴェが鋭く言う。

「ボクもそう思うよ。詩を書くのに天才である必要なんてこれっぽっちもないからな——天才だから書けるなんて言うのは、家畜だから書けると言っているのとたいして変わらんよ」

「さて、では勘定を済ませようか」と言うと、ストルーヴェは用事があるからと、とっとと出ていってしまう。

ファルクとレヴィーで支払いを済ませる。二人が外に出ると雨が降っており、空は真っ黒で、ただ街灯のみが南の空に赤い雲のようにぼんやりと光を放っていた。貸馬車はすでにいなくなっていたので、あとはただ外套の襟を立て、歩いて帰るだけであった。ボーリング場まできたところで、上の方からなにやら恐ろしげな激しい叫び声が聞こえてきた。

「此畜生《こんちくしょう》」叫び声は二人の頭上からだった。見ると、ボーリが菩提樹の枝のてっぺんにブラブラとぶら下がっている。枝が地面に届きそうになるほどたわんで、ありえない程の曲線を描いて、次の瞬間にまた高く元に戻っていった。

「おお、すごい。なんてすごいんだ」レヴィーが叫ぶ。

「なんて気狂いだ」気に入りの人物が自慢なのか、ストルーヴェが微笑みながら、外套の襟を立てて佇んでいた。

「イーサク、こっちにこい」ボーリが空中から大声で呼び掛ける。「どうした、ユダヤ小僧、こっちにこんか。金の貸し借りをしようじゃないか」

「あなたはいくら欲しいんですか」レヴィーは尋ね、

財布を取りだし、パタパタと左右に振ってみせた。

「俺は五十以下はけっして借りないことにしているんだ」

次の瞬間、ボーリは木から地面に降り立つと、さっと紙幣を引っ掴むやいなやポケットに突っ込んでしまった。

それから外套を脱いだ。

「着ていてください」ストルーヴェが命令口調で言う。

「着ていろだと。おまえはなにを言っているんだ。この俺に命令するつもりか。はん、俺がなにをすべきだって。それをおまえが言うのか。俺に喧嘩でも売ろうってんじゃあるまいな」

そう言うと、帽子をぺしゃんこにするくらいの勢いで木の幹に叩きつけ、それから燕尾服とチョッキを脱ぎ、シャツ一枚で雨に打たれるままに仁王立ちになった。

「ほら、かかってきやがれ、この売文屋。いっちょやってやろうじゃねえか」

そしてストルーヴェの腰に組みつくと、一緒になって後退し、道路の溝に二人もろとも落ちていった。

ファルクはあらんかぎりの速さで街に向かって歩きだした。遠く離れてしまっても、その後を追いかけるようにレヴィーのやんやの喝采や莫迦笑いが聞こえてくる。「これは素晴らしい。こりゃすごい――まことにすごい」そしてボーリの「この裏切り者め、この裏切り者めが」とわめく声も。

第二十章　祭壇で

某町の市庁舎の地下食堂の振り子時計が、ボーン、ボーンと七回、大きな音をたてた。十月のある晩のことである。そこへ町の常設劇場の舞台監督が伸びをしながら扉をくぐってはいってきた。晴れ晴れとした顔をしている。旨い餌にありついたヒキガエルが喜色満面といった様子である。嬉しそうなのだが、ただ顔の筋肉がそうした表情を浮かべるような動きに慣れていないのだろう、ただ皮膚に不気味な皺が刻まれ、ただでさえ気色の悪い表情がなお酷くなっただけであった。舞台監督はおおような態度で、カウンターの前に立って客の数を数えていた痩身の給仕長に挨拶をする。

「*Wie steht's?*［調子はどうだい］」大声で言う舞台監督。――つまりこの男は、我々が覚えているような話し方をすでにやめてしまっていた。

「*Shön Dank!*［ありがとうございます］」と給仕長が答えた。

紳士たちのドイツ語の在庫はもうこれで底をついてしまったので、二人の会話はあっというまにスウェーデン語に切り替わってしまった。

「ふん、それであのグスターフとかいうガキの評判はどうだ。奴のドン・ディエゴは最高だったろう、どうだ。俺は俳優ってやつを作ることができると思ってるんだ、この俺はな」

「ええ、そのとおりです。しかし、あいつがねえ。本当に、舞台監督さんのおっしゃっていたとおりでした。ああいったやつの才能を伸ばすほうがよっぽど簡単なんですね、愚かしい本など読んで駄目になっちまったやつなんかよりずっと……」

「本など最悪の害毒だ。俺が一番よく知ってる。ところで、給仕長殿は本になにが書いてあるかご存じかな、はははん。俺は知ってるよ、この俺はな。ふむ、レーンイェルムって若いのがいたろう、奴さんホレイショーを演じることになっているんだが、一体どんなざまをさらすことになるか、こいつは見物だぜ。きっと素敵なことになる。奴がどうしてもって懇願したから、俺は奴に役をやることを約束してやったんだが、けれど俺は絶対に手助けはしないと抗議の意味も含めて言ってやった。なぜって、奴の失敗の尻拭いなんかやりたくないからな。あと俺が奴に役をやったのは、天からの授かり物である才能をもっていない奴にとって、演じるということがいかに困難であるかを知らしめるためだ、とも言ってやった。——ああ、まったく、奴を絞め殺してやりたいね。そうすれば今後一切役が欲しいなどと囀《さえず》らなくなるだろうからな。いずれそうしてやるとも。だが今はそんなことを話してる場合じゃない。給仕長、空いてる部屋はあるか」

「あの小さな二人部屋ですか」

「そうだ」

「いつだって監督さんがご自由にお使いになれるようになっていますよ」

「結構、では夜食を二人分頼む。八時にだ。それと給仕長がみずから運んできてくれたまえ」

最後の台詞は大声でなく、小声で言った。給仕長は了解したことを伝えるための挨拶をした。

ちょうどそのときファランデルが入ってきた。監督には見向きもせずに、とことこと歩いていつもの馴染みの席についた。監督もすぐに立ち上がると、秘密事を囁くように「八時だ」と言ってカウンターの前を通りすぎ、去っていく。

給仕長はつまみと一緒にアブサンのボトルをファランデルの前においた。ファランデルは会話をしたがるような表情を示さなかったので、給仕長はナプキンを手に取り、テーブルを拭きはじめた。しかし、それでもなんの反応も示さないので、黄燐マッチを補充しながら呟いた。

「今晩、夜食を小部屋にね。ふむ」

「誰のことを話している。それと、なんのことだ」

「ふむ、今帰っていった人ですよ、もちろん」

「そうか、あいつか。ふん、あのどケチが、珍しいことを聞くもんだ。それはもちろん、一人前なんだろうな」

「いいえ、二人前です」と給仕長は言って、片目を瞑《つむ》ってみせた。「それも小部屋で。ふむ」

ファランデルは耳をそばだてた。しかし、同時に噂話に耳を傾けることが恥ずかしかったのか、その話題に取り合おうとしなかった。もちろんそれは、給仕長の意図するところではなかったので、

「わたしは思うんですけど」とつづけた。「いったいお相手は誰なんでしょうね。あの人の奥さんは悪妻だそうですし……」

「それが今のオレたちになんの関係があるっていうんだ、あの怪物が誰と食事をしようがどうだっていいじゃないか。それより、給仕長、夕刊はあるか」

給仕長はその苛立たしげな返答に答えることをしなかった。なぜなら、そのときレーンイェルムが入ってきたからである。みずからの道程に光明を見い出した若者のように、光り輝いていた。

「今晩はアブサンなんてはずしといてください」とレーンイェルム。「今のぼくに相応しいもてなしをお願いしますよ。ぼくはね、嬉しいんです、それも泣きたくなるほどに」

「なにがあった」不安気にファランデルが尋ねる。「君は一つの役ももらえなかったんじゃないのか」

「ええ、そうでしたよ、厭世家さん。でもね、ホレイショーの役がもらえたんです」

ファランデルは暗い顔をした。

「それで、おまえの恋人がオフィーリアをか」とつけくわえる。

「いったいそれをどうやって知ったんです」

「なに、当てずっぽうさ」

「随分と勘がいいですね。でも、それを予想するのはそれほど難しいことではありませんでしたよ。だって、あの娘《ひと》こそその役に相応しいと、あなたも思いませんか。この劇場でもっと上手く演じられる人なんて、ほかに誰がいるもんですか」

「いないいな。それはオレも認めよう。ところで、ホレイショーは気に入ってるのかね」

「ええ、実に素晴らしい」

「まあ、興味深くはある。感じ方はひとそれぞれだからな」

「なにが言いたいんです」

「なに、あらゆる宮廷人の中でも一番下劣な奴だってことさ。どんなことにもみんな、はいはい、としか言わないんだからな。『はい、殿下、さようでございます、殿下』もしあいつがハムレットの友人だというのなら、いつかは、いいえ、いけません、と言うべきだろう。そのほかのおべっか使いどもと一緒になってへいこら追従《ついしょう》していては駄目だね」

「あなたはまた、ぼくにかわって破壊してしまおうというんですね」

「そのとおりだ、おまえにかわってみんな破壊してやろうっていうんだ。だいたい、人間のやったことならどんなに惨めなことでも、すべて偉大だとか素晴らしいだとか吹聴してまわるような奴が、一体全体、そんなんでいるかぎり、どうしたら魂に関わることを求め、獲得することができるというんだ。もしこの世のあらゆるものに完全性や卓越さを見い出しているならば、どうやって本当に完全なものを追い求める憧れといったものを得られるというんだ。オレの言うことを信じろ。厭世主義こそが一番の真実の理想主義なのだ。それに、それでおまえの気が休まるというのなら、厭世主義はまたキリスト教の教えでもあるといってもいい。なぜならば、キリスト教は現世の俗悪さを説く教えであり、その教えにしたがって、オレたちは死を求めようとするのだ」

「あなたは、世界が美しいものであると、ぼくに信じさせてはくれないのですか。すべての善きものを与えてくれるこの世界に感謝し、人生が差し出してくれたものを喜んではいけないのですか」

「いやいやいや、喜びたまえ、少年、そして信じ、希望しろ。地上の人間は同じことを追い求めている——つまり、幸福だ——、だから、おまえもその十四億三千九百十四万五千三百分の一の幸福を勝ち取るべきだということは信じてもよい。なぜならつまり、人間はその分数の分母の数だけいるからな。それで、おまえが今日勝ち得た幸福はこれまでの月日に受けた苦難と屈辱に見合うものだったか。ところで、おまえの幸福はなにから成り立っている。おまえは酷い役をもらい、その役で人が成功と呼んでいるものを得るのは無理なんだぞ――しかし、だからおまえは失敗するだろうとは言うまい。おまえはアグネスが……」

そこでファランデルは一度息を吸い込まねばならなかった。

「アグネスがオフィーリア役で成功すると、誰かから約束されでもしたのか。おそらく、あの娘はこのめったにない機会を利用する気満々だ、やりすぎてあの役を散々なものにしてしまうかもしれん、まあそうしたことはよくあるってことだ。しかし、オレはおまえを悲しませたことを後悔している、それに、毎度のことだが、オレの言っていることなど信じてはいけない。真実かどうかなど誰にも分かりはしないんだからな」

「あなたの人柄を知らなければ、あなたがぼくに嫉妬しているのかと思ってしまうところですよ」

「まさか、オレはただ、おまえもすべての人間も、なるべく早く自分の願いを実現して欲しいと願っているだけさ。そして、より善きことに、にもかかわらず人生の目標になるかもしれないことに、考えを向けて欲しいと願っているんだ」

「それはあなたがすでに成功した人だから、そうして穏やかに座ってそんなことを言えるんです」

「ふむ、しかし我々はそれを目指すべきではないのか。すなわち、我々が望むのは、成功することではない。こうして座りながら、我々の偉大な、そう、偉大と言っていい、もがき苦しみ奮闘する姿に微笑むことができるようになるということだ」

時計が八時を告げ、ホールの喧騒も酷くなった。ファランデルはどこか行く当てがあったかのように、慌しく席を立ちあがったが、手を頭にのせると、また再び椅子に座り直した。

「そういえば今晩、アグネスはベアーテおばさんのところだったかな」何気ない口調でファランデルは尋ねた。

「どうしてそれを知っているんです」

「なに、ただおまえがこうしてここに安心して座っているってことは、大方そんなことじゃないかと思っただけさ。思うに、役の稽古をつけてもらいたいんだとか言ってたのではないかな、もう舞台までそれほど日がないから」

「そうです、あなたがそれを知っているってことは、アグネスと今晩どこかで会ったんですか」

「いや、誓ってそれはない。ただ、舞台もないのに今晩君たちが一緒にいない理由を、ほかに思いつかなかっただけさ」

「なら、その考えはまったく正しいです。それと、ずっと長いこと閉じこもっているのはよくないから、自由気侭に遊びに出ていろんな人とつき合った方がいいなんてぼくに言うんですよ。本当に、あの娘《ひと》はとても情が細やかで、素晴らしく気立てがよくて、愛すべき少女です」

「なるほどな、確かにとても気が利く娘だろうよ」

「前にも一度、おばさんのところに泊ったことがあったんですけど、その晩を除けば一度だってぼくから離れたことはなかったんです。あのときは知らせもよこさずに、ぼくは一晩中一睡もできなくて、気が狂ってしまうんじゃないかと思いましたよ」

「七月六日だった、ちがうか」

「ちょっと、恐ろしいです。ぼくたちをスパイでもしているんですか」

「なんでオレがそんなことをしなけりゃならんのだ。オレはおまえたちの関係を知っているし、いつだって上手くいくように応援してやっているじゃないか。それに、それが七月六日火曜日のことであったとなぜこのオレが知っていたかといえば、それはおまえがさんざんそのことをふれまわっていたからだ」

「なんだ、そういえばそうでした」

かなり長い間、沈黙が流れる。

「でも、不思議です」レーンイェルムがその長い沈黙を破った。「幸福がこんなにも人を憂鬱にさせることがあるなんて。今晩のぼくは不安でなりません。アグネスと一緒にいたかった。そうだ、これから小部屋に行きませんか、それでアグネスを呼びにやらせましょう。きっと、行商人が町に来てるのとか言い訳をして、こっちに来てくれるんじゃないかな」

「そんなことはけっして言わないだろう。真実でないことを語るなんて、あの娘にはできない」

「なに、そんなのは大したことじゃありませんよ。女性ならみんなできます」

ファランデルはレーンイェルムをじっと見つめたが、レーンイェルムはその意図を理解できなかった。

それからファランデルが言った。

「なら、オレがちょっと小部屋に空きがあるかどうか確かめてこよう。なにはともあれ、空いてなければ話はそれまでだからな」

「ええ、では行きましょうか」

レーンイェルムがついていきたそうな表情をしたので、ファランデルはそれを押し止め、一人で行った。

二分後に戻ってきた。顔面は蒼白であったが、落ち着いており、ただ一言、

「ふさがっていた」

「なんて腹立たしい」

「まあ、二人だけでもせいぜい楽しくやろう」

そして二人は二人だけで飲み食いをし、人生や愛や人間の悪意などについて語り合った。たらふく食べ、飲んだので、家に帰って眠った。

第二十一章　海に落ちた魂

レーンイェルムは翌朝四時に目が覚めた。誰かに名前を呼ばれたような気がしたのだ。ベッドに身を起こし、耳を澄ませた——物音一つしなかった。カーテンを捲き上げると、灰色の雲が見え、雨が降り風が吹いていた。再びベッドに横たわり、眠ろうとしたが、しかし眠れなかった。風の中にさまざまのとても奇妙な声が混じって聞こえた。不満の声、警告する声、泣き声、呻き声。なにか気持ちよいことを思い浮かべようとした。例えば、今の幸福のこととか。役がもらえた。稽古もはじまっている。けれども台詞といえばただ『はい、殿下』だけである。ファランデルの言葉が思い出された。今ではそれが部分的には正しかったのだとわかる。自分が舞台の上でホレイショーを演じている姿を思い浮かべようとした。オフィーリア役のアグネスのことも想像してみた。オフィーリアにはいい子ぶりながら奸計を巡らすようなところがある。それでポローニアスの進言にしたがって、罠を張り巡らせたのである。レーンイェルムはこの想像を打ち払おうとした。すると今度はついこの前、老嬢のジャケットが市劇場でオフィーリア役を演じるのを見たことが、アグネスの代わりに、思い出された。こうした不快な考えや想像を追い払おうとしたが、無駄だった。しつこい蚊のようにレーンイェルムに付きまとい、追い立ててくるのである。すっかり戦い疲れてしまい、ようやく眠りにつくが、夢の中でもまた同じ苦難を味わうことになった。振り払うようにしてそこから逃れると、目が覚めてしまった。そしてまた眠りにつく。するとまた同じ光景が再び目の前に現れる。その繰り返しである。九時になろうかという頃、レーンイェルムは自分の叫び声に驚いて目を覚まし、ベッドから飛び起きた。まるで、悪霊に追い立てられて、それから逃れようとするかのように。鏡の前に立つと、泣いている自分の顔が見えた。急いで着替え、長靴を履くと、床の上を一匹の蜘蛛が這い出てきた。レーンイェルムは喜んだ。蜘蛛は幸福を意味すると言われており、レーンイェルムは蜘蛛もまた信仰していたのである。実際、最高の気分になった。ぐっすり眠りたければ夜に蟹なんて食べるものではないなと独り呟く。珈琲を飲み、パイプをふかし、窓の外のにわか雨と強風に向かってにっこりと微笑んだ。するとそのとき戸を叩く音がした。レーンイェルムはびくりと飛び跳ねた。どんな知らせであっても、何故かはわからなかったが、それが今日届けられることを怖れていたのである。だからさっきの蜘蛛のことを考えて、気分を落ち着けてから戸を開けた。

ファランデルのところの小間使いだった。そしてそれは、極めて重大な用事があるので十時ちょうどにファランデル氏のところまで来られたし、という伝言であった。

再び、レーンイェルムは言いようのない不安に襲われた。朝の眠りの中で苦しめられたのと同じ不安である。余り時間を潰そうとした。しかし、無理だった。だから、服を着て、飛び出しそうになる心臓を左腕の下に押さえ込むようにして、ファランデルのもとへ急いだ。

ファランデルはすでに掃除を済ませ、すっかり出迎えの準備を整えていた。そして、友好的な、しかし滅多に見られないほど深刻な表情を浮かべてレーンイェルムに挨拶をした。レーンイェルムはいったいなにがあったのかと、ファランデルを質問攻めにしたが、ただ、十時になるまではなにも答えられないの一点張りであった。レーンイェルムは不安になって、せめてそれが悲しむべきことなのかどうかだけでも知りたいと言った。しかし、ファランデルは、ただ物事を正しく見る術を心得ていさえすれば、悲しむべきことなどなにもないと言うだけであった。そして我々にとって耐えがたいと思われるような物事の多くは、ただそれらを過大に評価することをやめさえすれば、結構簡単に耐えることができるのだと言い添えた。刻々と時間は過ぎていき、十時になった。

そのとき、軽く二回、戸を叩く音が聞こえてきた。返事を待つ間もおかずに戸が開けられると、そこに入ってきたのはアグネスだった。部屋に誰がいるのか確かめもせずに、鍵を抜き取り、戸を閉め、部屋の中に立った。部屋に一人ではなく、二人いたことに気づき、顔には困惑の表情が浮かんだが、それもほんの一瞬で、すぐにこんなところで会えるなんてと愛嬌のある驚きの表情で掻き消し、雨合羽を脱ぎ捨てて、レーンイェルムに駆け寄った。レーンイェルムは両腕を広げてそれを受け止めると、まるで一年も恋焦がれていたといった様子で、力一杯自分の胸に抱きしめた。

「アグネス、君はながいことるすだったよねえ」

「ながいこと。それどういう意味」

「もう永遠に君とは会えないんじゃないかと思っていたよ。今日はまた一段と元気そうじゃないか。よく眠れたかい」

「あたしがいつもより元気そうに見えるんですって」

「ああ、そうだけど。とても血色がいいし、頬に吹き出ものもないし。そういえば、ファランデルに会いにきたんじゃないのかい」

当の人物は静かに立って、その会話を聞いていたが、しかしその顔は石膏のように真っ白で、なにか物思いに沈んでいるようだった。

「まあ、どうしたっていうの。そんなに憔悴しきった顔をして」とアグネスは言って、レーンイェルムの抱擁からすり抜けると、床の上でアントルシャ（跳ね踊り）を一回、子猫のような軽やかな動きでしてみせた。

ファランデルはそんなことはないよと言った。じっとその様子を見ていたアグネスはいったいファランデルがなにを考えているのかを瞬時にして読み取ったようだった。水面にそよ風が吹くように、顔の表情がさっと変化したが、それもほんのわずかの時間だった。次の瞬間にはすぐまた鎮まり、レーンイェルムを一瞥して状況を理解すると、なにがこようと迎え撃つ覚悟を決めて、

「それで、あたしたちをこんなに早い時間にわざわざここまで呼びつけた、その重要な案件というのがなんなのか、教えてくださる」と朗らかに言い、ファランデルの肩を軽く叩いた。

「ああ」そう言って、決然として話を切り出しはじめると、アグネスは顔面蒼白となったが、同時にまた、

考えの軌道を切り替えてくれやしないかと頭《かぶり》を振った。

「今日はオレの誕生日だ。だから諸君らを朝食にでもと思ってね」

アグネスはまるで、自分に向かって突進してきた汽車を間一髪で逃れた人間にでもなったような気分になって、ケラケラと笑いながら、ファランデルに抱きついた。

「しかし、注文は十一時にしているから、我々はここでもうしばらく待たねばならない。さあ、座ってくれたまえ」

沈黙が降りた。なんとも居心地の悪い沈黙であった。

「部屋を天使が通りすぎたのね」とアグネス。

「それは君のことだ」とレーンイェルムが答え、恭しく心を込めてアグネスの手にキスをした。

ファランデルはまるで鞍から投げ出されながら、また這いずり登ろうとする人のような表情をした。

「今朝、蜘蛛を見たんだ」レーンイェルムが言った。「蜘蛛には幸福の意味があるんだよ」

「*Araigneé matin:chagrin*」とファランデルが言った。

「知らないのか」

「なんて意味」アグネスが質問した。

「朝の蜘蛛、悲しみの蜘蛛」

「あら、そ」

再びまた沈黙が降りた。雨が窓を断続的に叩く音が会話に取って代わった。

「オレは昨晩、あるとても評判のいい本を読んでいてね、それで一睡もしていないんだ」ファランデルが会話を引き継いだ。

「どんな本だったんです」レーンイェルムが尋ねた。しかし、そのことにたいした関心はなかった。依然として不安を感じていたからである。

「『ピエール・クレメント』って本で、まあごく普通の女の物語だった。しかし、とても生き生きと描写されていてね、ひじょうに鮮烈な印象を受けた」

「その普通の女の物語ってなんなの、もし訊いてよろしければですけど」とアグネス。

「もちろん、不実と嘘だ」

「ああ、あの『ピエール・クレメント』」とアグネス。

「男は裏切られたんだ、当然だがな。そいつは若い画家だったんだが、別の男の愛人を愛してしまった……」

「ああ、思い出した。あたしその小説、読んだことある」とアグネス。「すごく好きな小説。そのあと女は自分が本当に愛した男とは婚約しなかったのよね。たしかそうだった。それなのに平行して昔の関係を持ちつづけたのよ。このことで作家が言いたかったのは女は二通りの仕方で愛せるけれど、男は一通りの仕方でしか愛せないってこと。まったく正しいわね。そうじゃない」

「ああ。だが、やがてその婚約者は一枚の絵をコンクールに出品することになる――単刀直入に言えば――女は学院長にその身を差し出した。それでピエール・クレメントは幸せになった――結婚もできたしな」

「そのことで作家が言いたかったのは、女は愛する者のためにはすべてを捧げられるってことで、一方男は……」

「そいつはまたオレがこれまで聞いたなかでも最高に破廉恥な話だな」ファランデルが吐き捨てた。

ファランデルは席を立つと、書斎戸棚の前に立った。はね板を荒々しくバタンと落し、黒い小箱を取り出した。

「ほら」とアグネスにその小箱を突き出す。「家に帰って、この世にこびりついている屑を掃除してはどうかな」

「なによ、これ」アグネスはケラケラと声をたてて笑いながら、渡された小箱を開け、装弾数六発のリボルバーを取り出した。「やだ、なんて可愛らしい坊やなのかしら。あなたこれ、カール・モールを演《や》ったときに使ったのでしょ。そうそう、これだったわよね。どれどれ、弾は装填されてるみたいね」

リボルバーを構え、銃口を暖炉の扉に向けると、銃弾を発射した。

「なによこれ、こんなのちゃんとしまっておきなさいよ」とアグネス。「玩具じゃないじゃない。まったくもう」

レーンイェルムはただ呆然として座っていた。今やすべてを理解した。しかし一言も発することができなかった。そして深く少女の蠱惑《こわく》に捕われていたので、なんらの悪感情も沸いてははこなかった。なるほど、ナイフが心臓を刺し貫いたのはわかっている、しかし、その痛みが感じられるようになるまでには、まだ時間が残されていたのである。

ファランデルは女のあまりの厚顔無恥さに狼狽し、気を取り直すためにすこし時間が必要だった。道徳的な断罪の場面がまったくの失敗に終り、せっかくの舞台演出もたいした効果をあげず、不発に終ってしまったのである。

「ねえ、もう行かない」

アグネスはそう言いながら鏡の前で髪を梳かしはじめる。

ファランデルは戸を開けた。

「行くがいい」とファランデル。「オレの呪いの言葉を受けて。おまえは輝かしい男の魂の安息を踏み躙《にじ》ったんだ」

「なに言ってるのよ。戸を閉めて。中が冷えるじゃない」

「そうか、ならもっとはっきり言ってやらんとわからんようだな。おまえ、昨日の晩はどこにいた」

「ヤルマルが知ってるわ。それにそんなのあんたに関係ないじゃない」

「おばさんのところになんていなかったろう。外出していた。それで監督と食事をしていたんだ」

「嘘っぱちよ」

「九時に市庁舎の地下食堂でオレはおまえを見かけたんだよ」

「嘘つきね。その時刻ならあたしは家にいたもの。あたしを送ってくれたおばさんのところの女中にでも聞いてみればいい」

「これは異なことを」

「もうこんな会話、やめにしない。それで、とっとと出かけましょう。それと、そんな莫迦げた本を夜に読むべきじゃないわね、だから昼間に頭がおかしくなるのよ。さあさあ、支度して」

レーンイェルムは自分の頭がちゃんとついているか

どうか確認するために、頭の位置を直さなければならなかった。なぜならばレーンイェルムにはすべてが上下逆さまになっているかのように感じられていたからである。すべてが正しいとはっきりさせてから、この問題を光で明るく照らすことができるようなしっかりとした考えを探し出そうとしたが、見つからなかった。

「七月六日にどこにいた」ファランデルがすべてを粉砕する裁判官の表情で問い質した。

「またそんな愚かな質問をするの。三ヵ月も前の出来事なんていったいどうやったら覚えてられるのよ」

「まったくだな。おまえは俺のところにいたんだ。ヤルマルにはおばさんのところにいると言って」

「そんな奴の言うことなんて聞かないで」とアグネスは言い、レーンイェルムにしなだれかかった。「あいつ、本当に莫迦なことばっかり言ってるんだから」

次の瞬間、レーンイェルムはアグネスの首を締め上げ、タイル張り暖炉がある部屋の隅に背中から叩きつけた。アグネスは薪の山の上にのびて沈黙し、動かなくなった。

それからレーンイェルムは帽子を被り、外套を着ようとしたが、ファランデルが手を貸して着せてやらねばならなかった。というのも服を一人では着られないほど全身を震わせていたからである。

「さあ、行こう」そう言うと、タイル張り暖炉の石に唾を吐きかけ、部屋を出ていった。

ファランデルは少しの間立ち止まって、アグネスの脈があることを確かめてから、レーンイェルムの後を追いかけ、一階の玄関で追いついた。

「素晴らしいじゃないか、君を見直したよ」ファランデルがレーンイェルムに言った。「実際のところ、事態は議論してどうこうなるようなものではなくなっていた」

「もうそのことは放っておくようにお願いしますよ。我々の交友を温める時間もそう多く残されていません。ぼくは次の汽車で家に逃げ帰ることにします。それで仕事について働いて、みんな忘れます。さあ、地下食堂に行って、貴方の言を借りるなら、麻痺するまで飲みましょう」

二人は地下食堂に到着し、個室をとった。しかし、例の『小部屋』だけは避けてくれるようにと要求した。

ほどなく食事の用意が整った食卓についた。

「ぼくの髪は灰色になっていませんか」レーンイェルムは尋ねると、髪の毛を摘んだ。髪はすっかりと濡れそぼち、頭にぴったり張りついていた。

「いやいや、そんなに早く灰色になるものではないさ。オレも昔、同じようなことがあったが、ほれ、このとおり」

「あの娘は怪我をしたんじゃないですか」

「いや、大丈夫だった」

「この部屋でした――はじめて出会ったのは」

レーンイェルムは席を立ち、ふらつく脚で数歩進み、ソファーの側に膝をついて倒れ込んだ。そして頭をソファーの上に乗せ、まるで子供が母の膝の上で泣くように大声をあげて泣きじゃくった。

ファランデルはその傍に座り、泣き崩れている頭を両手で包んでやった。レーンイェルムは喉の奥に、火の玉のようななにか熱く込み上げてくるものを感じた。

「友よ、哲学ってなんです。ここに持ってきてください。ぼくは溺れ死にしそうです。藁《わら》でもいい。ここに持ってきて」

「可哀想に、可哀想なやつだな、この子は」

「あの女《ひと》に会わなくては。許しを請わなくてはならない。だが、だが。怪我はしていなかったんですよね。おお、天にましますわれらの神よ、この今の私ほどに不幸なものがいるでしょうか」

＊　＊　＊

その日の午後三時に、レーンイェルムは汽車でストックホルムに向けて出発した。ファランデルは見送りについていって、客室の戸を閉めてやり、そして錠を掛けた。

第二十二章　困窮の時

秋の訪れとともに、セレーンの境遇にも大きな変化が訪れた。庇護者であったやんごとなきお方が崩御したのである。それで、いまやそのお方にまつわるありとあらゆる記憶が削ぎ落されることになった。おまけにその善き行いの数々の記憶までもが存《なが》えることを許されなかった。奨学金の給付が自動的に停止されることも決定された。もっともだからといってセレーンは何某かのものを物乞いして歩くような人間ではなかった。ところで一度そうした結構な扶持を得てみたり、また困窮の中にある若者の方がましであるということを現実に見てきた今となってはもはやなんの援助の必要もないと思っていたことも確かである。しかしながらただ太陽が消えてしまっただけでなく、すべての小惑星が全くの暗闇に包まれ、苦悶することになったのだと思い知らされた。

夏の間に厳しい研鑽を積み、みずからの才能に磨きをかけたセレーンであったが、学院長はそれを劣化したと断じ、さらには春の成功はたんなるまぐれあたりに過ぎなかったと宣告した。風景画の教授は、友人として、けっして大成することはないだろうと告げ、例の学院の批評家はこの機会を掴まえて汚名をすすぐべく、以前に主張していた意見をまたぞろ唱えはじめた。それに加えて絵画購入者の嗜好にも変化が生まれた。絵画購入者というのは、つまり、趣味の傾向を決定する、無学で金を持っているだけの連中のことである。いまやもし風景画を売ろうとするならば、それでもそれが難しいことにかわりなかったが、それは夏小屋の風景でなければならなかった。というのもそもそも流行は感傷的な類いの絵画や室内の半裸の人物の絵画にあったからである。したがってセレーンにとっては難しい時代が訪れ、すっかり疲弊してしまっていた。なぜならばより優れている自分の感覚に背いて描《か》くことなどできなかったからである。

とはいうもののセレーンは官庁街をずっと上っていった北の外れにある、廃屋となった建物を写真工房として借り受けていた。その家屋はアトリエと古い現像室からなっているが、そのアトリエときたら、床は腐れ落ち、屋根は破れ、その隙間は冬である今、積った雪のおかげで塞がれていた。現像室にはコロジオンの臭いが充満しており、石炭か薪を置く物置きくらいにしか使い道がない。もっともこうしたものを利用する境遇にあればの話である。家具は庭から運び込んだ長椅子が一脚だけである。長椅子はハシバミの枝を編んだもので、ところどころ釘か突き出ている。寝台として使われているが、かなり短いので、膝の裏から先ははみだして外に出てしまう。その上、所有者（借金で首が回らない）は毎晩家にいるので、この寝台は毎日使用されることになる。寝具は半分の大きさの毛布と、習作のスケッチで膨らんだ書類鞄があるだけである。毛布が半分であるのは、もう半分を質入してしまっているからである。石炭置き場には水道の蛇口があり、排水口もついていた――ここがトイレである。

まもなく冬至祭を迎ようという、ある寒い日の午後、セレーンは絵を描いていた。新しい絵であったが、古いカンバスにすでに三度目の上描きである。つい先程、固いベッドから起き上がったばかりであった。掃除婦が火をおこしにくることはない。もちろんそれは掃除婦などいなかったからであるが、そもそも火をおこすような物すらなかったということもある。同じ理由から、部屋の掃除をしてくれたり、珈琲を運んでくれるような掃除婦も来ない。しかし、それでもセレーンは相変わらず陽気であり、口笛を吹きながら絵の具を塗り重ね、テレマークのガウスタ山の素晴らしい日没の風景を描いていた。そのとき、コンコンと二回、戸を叩く音が四度つづいた。セレーンがひょいと戸を開けると、ずかずかと軽装で外套も着ずに入ってきたのはオッレ・モンタヌスである。

「おはよう、オッレ。調子はどうだい。よく眠れたか」

「ああ、ありがとう」

「町外れにある金属信用組合の具合いはどんな様子だい」

「おお、酷いもんさね」

「じゃあ、私紙幣の流通具合いは」

「出回ってる紙幣なんてほとんどありゃしねえ」

「なるほど、道理でもっと発行したがらないわけだ。ふむ、だが代用通貨のほうはどうだ」

「まったくないな」

「厳しい冬になりそうかい」

「今朝、ベルスタの郊外でキレンジャクの大群を見た──つまり、寒い冬になるってことだ」

「朝の散歩でそんな遠くにまで行ったのか」

「一晩中歩いていたんだ、夜中の十二時に赤い部屋を出てから」

「そうか、君は昨晩あそこにいたんだな」

「ああ、あたらしく二人の人物と知り合いになった。博士のボーリと書記官のレヴィーンだ」

「なんだ、あのふざけたやつらか。あいつらのことなら知ってる。ならなんで一晩泊めてくれるように頼まなかったんだ」

「無理だよ。オレが外套を持っていないっていうんで、ちょっとばかしお高くとまってるところがあったからな。オレも恥ずかしかったし。ああ、えらく疲れた。ちょっと君の寝台で寝かせてくれ。はじめにクングスホルム関の外れにあるカトリーネベリまで行ってね。それから町に引き返して、北関を通ってベルスタに出た。今日はさすがに装飾彫刻家組合へ兵役志願に行こうかと考えているよ。さもなければ死んでしまう」

「労働者協会北極星に入会したっていうのは本当かい」

「ああ、そうだ。日曜日にそこで一席ぶつことになってる、スウェーデンについて」

「それはまた洒落た題目だな。随分と洒落ている」

「この長椅子で寝るから、起こさないでくれ。とんでもなく疲れているんだ」

「煩《わずら》いを忘れて、眠るといい」

数分もするとオッレは深い眠りにつき、鼾《いびき》をかきはじめる。太い首を肘掛けの上に乗せ、頭はその外にはみだして垂れており、脚も反対側の肘掛けの外にはみだして、ぶらりと垂れ下がっていた。

「憐れな悪魔だ」とセレーンは言って、半分になった毛布を掛けてやった。

また、あらたに戸を叩く音がする。しかしそれは決めてある約束どおりの仕方ではなかったので、セレーンは開けるべきではないと考えた。ところがひどく乱暴なノックがつづくので、深刻な事態をまねくかもしれないという恐れはどこかに消し飛んでしまい、セレーンが戸を開けると、そこに立っていたのはボーリ博士とレヴィーン書記官であった。ボーリが口を切る。

「ファルクはいるか」

「いない」

「そこに転がっているのはなんの薪袋だ」ボーリはつづけて問うと、雪で汚れた長靴でオッレをつついた。

「オッレ・モンタヌスだ」

「なんだ、あの愉快な先生殿か。昨晩ファルクが連れてきた。まだ寝てるのか」

「ああ、寝ている」

「夜はここに泊ってたのか」

「ああ、そうだ」

「なんで火をおこしていない。ここはまるで地獄みたいに寒いじゃないか」

「薪がないからだ」

「ふん、なら使いをやればいいじゃないか。掃除婦はどこにいる。俺がしょっぴいてきてやろう」

「聖餐式に出てる」

「そこに転がって寝ている雄牛をたたき起こせ。そいつに使いをやらせろ」

「駄目だ、寝かしておいてやってくれ」セレーンは懇願し、さっきからずっと鼾をかきつづけているオッレに毛布を掛け直してやる。

「ふん、なら俺が別の仕方ってやつを教えてやろう。床の下に敷いてあるのは土か、それとも砂利か」

「そんなのおれが知るか」セレーンは答え、そして床に広げていた厚紙の上に恐る恐る移動した。

「そんな厚紙がもっとないか」

「あるけど、なにに使う」セレーンは髪の生え際を赤くして尋ねた。

「要るんだ、それと火箸《ひばし》が」

ボーリはセレーンから要求した物を受け取ったが、セレーンにはそれでなにをするのか皆目わからなかったし、いまやどちらがこの部屋の絵描き椅子に座る主なのかわからなくなっていた。そして、まるで宝箱の上に座わるかのように、床に広げた厚紙の上に座り込んだ。

ボーリは腕捲《うでまく》りをして、火箸で酸と雨漏りで腐った床板を一枚剥がし取った。

「やめろ、気でも狂ったか」セレーンが叫んだ。

「こんな風にウップサーラではやってたもんさ」ボーリが言う。

「ああ、そうだろう。だがここはストックホルムだ」

「そんなもの糞食らえだ。俺は凍えてるし、ここには火が要る」

「だが、止めてくれ、床の真ん中は困る。すぐにばれてしまうじゃないか」

「そんなこと、俺が気にするとでも思っているのか。ここに住んでいるのは俺じゃない。それにしてもこいつは固すぎるな」

ボーリはセレーンに近づいて、椅子もろとも突き飛ばした。引っくり返ったセレーンが敷いてあった厚紙も一緒に引き剥がしてしまったので、床下がすっかり剥き出しになってしまう。

「見ろ、この悪党め。こんなところに本物の焚き火穴を隠しておきながら、黙っていやがった」

「雨漏りのせいでそうなっただけだ」

「誰がやったのかなんて、どうでもいい。しかしこれでとにかく火を燃せる」

二度三度、力一杯引っ張って、さらに数枚の板を引っぺがし、さっさと炉をこしらえて、火をおこしてしまった。

レヴィーンはその間も冷静に、礼儀正しく、経緯を見守っていた。

また戸を叩く音がした。しかし今度は短く三回、長く一回だった。

「ファルクだ」とセレーンは言って、ファルクのために戸を開けた。どこか熱を帯びた表情でファルクが入ってきた。

「金が必要なのか」ボーリが入室してきた人物に質問し、自分の胸ポケットを叩いた。

「あなたがそんなことを訊くなんて」怪訝な顔をしてファルクは答えた。

「いくら必要なんだ。俺が工面してやろう」

「本気ですか」ファルクは言い、顔を明るくした。

「本気だとも。ふむ。Wie viel?［いくらだ］合計金額。数字。額面」

「ああ、そうだな、六十リークスダーレルもあればいいかな」

「なんと慎ましい男だ」とボーリは言い、レヴィーンのほうを向いた。

「ええ、みみっちいですな」レヴィーンが言葉を継いだ。「ファルク君、戸が開いているうちに、取っておくものですよ」

「いや、結構。それ以上は必要ないし、そんな大きな負債を負うことはできません。それと、いつ支払いをすればいいのか、まだ伺っていませんが」

「六ヶ月毎に十二リークスダーレル、一年で二十四リークスダーレル、利子は二割だ」レヴィーンがきっぱり、はっきりと答えた。

「それはまた安い条件ですね」とファルク。「いったいどこからそんな条件で調達してくるんです」

「車屋銀行だ。――レヴィーン、紙とペンをだせ」

命ぜられたほうはすでに借用書とペンと携帯用インク瓶を手にしていた。借用書にはすでに別の人間の名前が記載されている。八百の数字が見えたので、ファルクは一瞬躊躇した。

「八百リークスダーレルですか」尋ねるようにファルクは呟いた。

「なんだ、不満ならもっと取ってもいいんだぞ」

「まさか、要りません。それと、このお金は誰が借りようが同じことなんですよね、ただ、きっちりと支払いがなされているかぎりは。ところで、こんな紙切れに書かれたお金を、保証もなしで用立てることができるんですか」

「保証なしですって。もちろん我々の保証人をつけるんですよ」レヴィーンが軽蔑するように、自信たっぷりで答えた。

「そうですか、ならボクはなにも言いません」ファルクは意見を述べた。「貴方方が保証人になってくれるなんて、本当に感謝します。でも、こんなのが通るなんて、ボクにはとうてい思えません」

「はっ、はっ、はっ。こいつはすでに受理されているんだ」ボーリはそう言うと、みずからが名付けるところの『負債証書』を取り出した。「さあ、署名しろ」

ファルクは自分の名前を書いた。ボーリとレヴィーンはまるで警察官のように、それを見守っていた。

「『副参事官補』と書け」ボーリが命じた。

「ちがいます、ボクは物書きです」ファルクは答えた。

「そんなのでは役にたたん。おまえは副参事官補として申込みをするんだ。それに、名士録にはまだその肩書きで掲載されている」

「そんなことも調べたんですか」

「形式は厳格に守らねばならん」真面目くさってボーリが言った。

ファルクは言われたとおりに署名をした。

「セレーン、こっちに来い。そして証人になるんだ」ボーリが命じた。

「はあ、気が進まないですな」命ぜられた者は答えた。「なにせ田舎の故郷でこうした署名をして惨めに落ちぶれていった者たちを大勢見ているから……」

「おまえが今いるのは田舎じゃないし、百姓どものことなんか関係ないだろう。さあ署名しろ、なに、ファルクが自分の名前を書いたってことを保証するだけのことだ。そのくらいならできるだろう」

セレーンは頭を振りながら署名した。

「では、そこの荷車用の雄牛をたたき起こせ。奴にも署名させるんだ」

オッレの目を覚まさせるために何度も揺すり動かしたが、効果がないので、ボーリは火に焙られて真っ赤になった火箸を取りだし、それを眠り込んでいるオッレの鼻の下に近づけた。

「おい、犬、目を覚ませ、飯にありつけるぞ」ボーリが怒鳴った。すると、オッレは飛び起きて、ごしごしと目を擦った。

「ファルクの署名の証人になるんだ、わかるな」

オッレはペンを手に取り、二人の保証人に言われるままに署名をした。それからまた眠ろうとするが、ボーリに邪魔された。

「まだだ、ちょっと待て。ファルクはまず連帯保証書を書かねばならない」

「保証書なんて書くもんじゃないぞ、ファルク」とオッレ。「そんなものを書いて、いいことがあるわけない。心労の種だ」

「黙れ、犬風情が」ボーリがピシャリと言い放つ。「こっちに来い、ファルク。俺たちはさっきおまえの保証人になってやった。連帯保証ってやつだ、わかるな。今度はおまえがこの連帯保証書に署名しなければならない。債務不履行で告訴されたストルーヴェの代わりにだ」

「連帯保証の中身はなんです」ファルクが尋ねた。

「なに、こんなものはただの形式だ。借金の額は左官銀行からの八百リークスダーレル。一回目の支払いはすでに済んでいる。だが、そこでストルーヴェが告訴されてな、俺たちは欠員を補充しなければならなくなった。もちろん、これは古い素性の良い借金だ。だからなんの危険もない。その支払期限は一年前に過ぎているやつだ」

ファルクは署名をし、二人の証人がそれを証明する署名をした。

ボーリが思慮深そうに、玄人の表情で借用書を折り畳み、それらをレヴィーンに渡すと、レヴィーンはそそくさと戸から出ていこうとした。

「おい、一時間後には金を手にいれてまたここに戻ってくるんだぞ」とボーリは言った。「さもなければ即刻警察に行って、おまえを指名手配にしてやる」

以上のことを済ませると、ボーリは立ち上がり、自分の仕事ぶりに満足し、オッレが寝ていた長椅子に寝転がった。

オッレはのろのろと焚き火の前に歩み寄ると、床の上に腰を下ろし、まるで犬のように身を丸めて寝そべった。

「おい、オッレ」とセレーン。「ぼくたちがああした紙に署名したらどうなるんだろうな」

「おまえたちならリンド島行きだ」とボーリが言った。

「リンド島ってなんです」セレーンが尋ねる。

「多島海にある監獄島だ。だがもし諸君らがメーラレンの方がお気に召すと言うなら、ロングホルメンって場所もあるがな」

「でも、どうなるんです、真面目な話」ファルクも尋ねた。「もし、支払いの期限までに支払うことができなかったら」

「そうなったら仕立屋銀行で新しい借金をこさえればいい」ボーリは答えた。

「なんであなたたちは国立銀行から貸付を受けないんです」ファルクがまた尋ねた。

「あそこは腐ってる」とボーリ。

「なにを言っているのかわかるか」オッレがセレーンに聞いた。

「一言もわからんね」とセレーン。

「なに、おまえらも芸術学院の奨励会員にでもなって、ちゃんと名士録に名前が載るようになればいやでも覚えるさ」

第二十三章　謁見

　ニコラウス・ファルクはクリスマス・イブの前日の朝、自分の事務所にいた。どこかいつものファルクらしくなかった。頭頂の金髪は時の経過とともに抜け落ち、幾多の受難を経て、顔には小さな排水溝が幾筋も刻まれていた。泥沼となった土地から湧き出た酸をすべて流し去るためにである。大教理問答ほどの大きさの、小さく薄い帳簿に覆い被さるように座り、まるで刺繍でもするかのように帳簿の上でペンを忙《せわ》しなくはしらせていた。

　戸を叩く音がした。すると帳簿は一瞬で書写台の羽《はね》蓋《ぶた》の下に消え、帳簿のあった場所には朝刊が現れた。ファルクが熱心に読み始めると、妻が入ってきた。

「座りなさい」とファルク。

「結構よ、そんな時間ないから。朝刊はもうお読みになりました」

「いや」

「そう、でもいま読んでいるみたいですけど」

「ああ、ちょうどいま読みはじめたところだ」

「なら、アルヴィッドの詩集のことは読んだかしら」

「ああ、あれなら読んだ」

「あらそう。なんだかすごい誉め言葉をもらったみたいじゃない」

「どうせ自分で書いたんだろう」

「同じことを昨日の晩に灰色外套新聞を読んでいたときも言ってましたね」

「そうだったかな。で、なにが望みだ」

「さっき海軍大将夫人にお会いしたの。招待に応じてくれて、それで若い詩人さんと会えるのを楽しみにしてるって言ってたわ」

「そんなことを言っていたのか」

「ええ、そうなの」

「ふむ。なるほど、誤解することだってあるだろう。だから誤解していたとまでは言わんがな。それでおまえはまた金が入り用だとでもいうんだろう」

「また、ですって。最後にもらったのはいつだった」

「やっぱりか。——帰れ、そしてクリスマス前にはもう来るんじゃない。これ以上せびられてはかなわん。今年が厳しい年だったことはおまえも知っているだろう」

「いいえ、もちろんそんなこと知りません。だって今年はよい年だったってみんな言ってるもの」

「農民にとってはだ。だが保険会社にとってはちがう。さあ帰った帰った」

妻が出ていくと、こんどはフリッツ・レヴィーンが慎重に、まるで奇襲されることを怖れてでもいるかのように入室してくる。

「なにが望みだ」ファルクの挨拶である。

「いえいえ、ちょっと通りかかったもので、ただご機嫌伺いにと思いまして」

「そいつは気が利いてるな。丁度おまえに話があったのだ」

「それはまた」

「若僧のレヴィーを知ってるな」

「ええ、まあ、確かに」

「この文を読んでみろ、声に出してだ」

レヴィーンは声に出して読む。『気前のよい寄附。我々商人のあいだでは最近あまり見られなくなった寛大さで、問屋主人のカール・ニコラウス・ファルク氏は幸せな結婚記念日を祝して——ベツレヘム孤児院の理事会に二万クローノル分の寄附目録を贈呈した。その半分はすぐに渡され、残り半分はこの有徳の寄付者の死後に渡されることになっている。この贈り物は、ファルク夫人がこの人間愛にもとづく団体の設立者の一人でもあり、より大きな価値をもって活用されることになるだろう』

「どうだ、役に立ちそうか」ファルクが尋ねた。

「素晴らしいです。新年の叙勲はもらったようなものです」

「ふん、なら理事会に行け、つまりオレの妻のところにだ。この寄附目録とこの金を持ってな。それからその後で若僧のレヴィーを訪ねろ。わかったな」

「委細承知しました」

ファルクは羊皮紙に書かれた寄附目録と金一封を渡

した。

「受け取った額は正確に数えろ」とファルク。

レヴィーンは受け取った紙の束をパラパラとめくると、大きく目を見開いた。色とりどりのインクでリトグラフ印刷された、たいそうな額のリークスダーレルに相当する全紙十五枚分もの紙束であった。

「これは、お金ですか」レヴィーンは尋ねた。

「有価証券ってやつだ」ファルクが答えた。「額面二百のトリトンの株券が五十、名義はベツレヘム孤児院に書き換えてある」

「なるほど、もう沈むんですね。なにせ鼠が逃げ出してるんですから」

「そんなことは誰も言ってないぞ」ファルクは意地の悪い笑い声をたてた。

「はあ、でも、もし、もしもですよ。そうしたら孤児院は倒産しちまいやしませんか」

「それがオレになんの関係がある。それにおまえにはもっと関係ないだろう。さて次の用向きだ。——なんとしても——オレが『なんとしても』って言うときには、オレがなにを言わんとしているのか、わかっているだろうな——」

「はいはい、承知しておりますとも。訴訟、紛争、借用証書——どうぞどうぞ、つづけてください」

「オレのところでやるクリスマスから二日後の夕食会にアルヴィッドを連れてくるんだ」

「そいつはまるで、巨人の髭を三本抜いてくるようなものですな。しかし春にあなたから命ぜられた用向きをアルヴィッドに伝えていなくて本当によかったです。そうじゃありませんか。こんなことになるんじゃないかって私は言いませんでしたっけ」

「言いませんでしたかだと。おまえのような屑がなにを言ったっていうんだ。いますぐその口を鉗《つぐ》め。そして、オレの言うとおりにしろ。この件についてはこれで終いだ。——だがあと一つ残っている。——オレは妻がなにやら後悔の念を抱いているらしいことに気づいた。おそらくはあれの母親か姉妹の誰かと出会ったにちがいない。クリスマスってやつは感傷の季節だからな。——ホルメンに行って、ちょっと焚きつけてこい」

「その、そいつはまた、あんまり気分のいい任務ではないですね……」

「行け。——次の者」

レヴィーが去り、代わって学士のニューストレームが、部屋の奥にある隠し戸からこっそり忍び込むように入室してきた。戸が閉められる。すると机の上の朝刊が消え去り、細長い形をした帳簿が現れる。

ニューストレームは哀れなほどに落ちぶれてしまって見えた。体はもとの体積の三分の一ほどにしぼんでしまっており、着ている服はたいそうみすぼらしい。卑屈な様子で戸の側に控え、これまたひどく摩り切れた手帳を取りだし、ご用聞きに備えた。

「準備はいいか」ファルクが尋ね、人指し指を帳簿の上においた。

「よろしゅうございます」ニューストレームが答え、手帳を広げた。

「第二十六番。クリング中尉、千五百リークスダーレル。支払いは」

「支払われていません」

「罰の遅延利子をつけて、支払いの猶予を認めてやれ。それと引当金の計上だ。家を訪ねろ」

「家には絶対にあげてもらえません」

「なら兵舎を訪ねてやると書いた手紙を送って脅してやれ。——第二十七番。ダールベリ参事官補。八百リークスダーレル。ちょっと待て、たしか課税額が三万五千だかの問屋のところの息子だったな。さしあたって弁済はさせるな。利子だけ支払わせろ。やつはしっかりと押えておけ」

「利息を絶対に支払おうとしません」

「督促状を持って訪ねろ——やり口はわかってるだろ、封筒をせずに——役所に置いておけ。——第二十八番。ユッレンボシュト大尉、四千。なんだ、例の悪餓鬼か。支払ってないな」

「支払っていません」

「素晴らしい。ではいつものやり口でいくぞ。十二時に屯所を訪問しろ。服装は——おまえのでいい。つまり——やつの体面に関わるような格好をしていくんだ。黄色い継ぎの当たった赤い外套があったろう――

いいな」

「無駄です。真冬にフロックコートだけの格好で、屯所の部屋まで押しかけたのですが」

「なら保証人のやつらを訪ねまわれ」

「もうやってます。そうしたら、地獄に落ちろと言われて、追い払われました。ただ形式だけの保証人にすぎないと言うんです」

「なら水曜日の昼の一時にやつを直接訪ねろ。トリトンの役員室にいるときを狙え。アンデションを連れていって、おまえたち二人で行くんだ」

「それももうやりました」

「ふん、なら役員連中はどんな様子だった」ファルクが質問し、目配せした。

「気まずそうでした」

「ほっほう、そうかそうか。本当に気まずい様子だったんだな」

「はい、たしかに」

「で、やつはどうだった」

「私たちを玄関の外に連れ出して、もう二度とここに訪ねて来ないと約束してくれさえすれば支払うと言っていました」

「ほう、そうかそうか。ふむふむ。あいつは週に二時間あそこに座ってさえいれば六千を貰えるんだ。ユッレンボシュトって名前があるだけでな。――さてさて、どうしたものか。今日は土曜日だったな。――よし、おまえはきっかり十二時半にトリトンに行け。もしオレがそこにいるのを見ても、まあ、行くことになっているんだが、そのときは――いいか、表情を変えるんじゃないぞ。――わかったか。結構。――では、新規の申込みはどうなってる」

「三十五口ありました」

「ほうほう。明日はクリスマスイブだからな」

ファルクは借用証書の束をパラパラとめくると、ときおり唇に嘲りの笑いを浮かべ、一言二言何事か呟く。

「おいおい、なんてこった。やつはもうこんなところまでいっちまってたのか。それにあいつも――あいつもか――あんなに金離れがいいやつだと思われていたのにな。そうかそうか、金を必要としているのか。なら、やつの家を購入してやろう。——」

ドンドンと戸を叩く音がした。書写台の羽蓋《はねぶた》が再びパタンと閉じ、証書や教理問答が一瞬でかき消え、ニュースト レームも隠し戸から姿を消した。

「十二時半だ」ファルクがその背中に囁く。

「もう一つ。おまえ、例の詩は書き上げたか」

「はい」地の底から答えがあった。

「結構。レヴィーンの借用証書についてもちゃんとやっておいてくれ。勤務している役所に投げ込んでおくんだ。近日中にやつをこてんぱんにのしてやる。あの食わせ者の悪魔め」

それからハンケチの形を整え、カフスを引っ張り出し、中庭に面した戸を開けた。

「やあ、こんにちは、ルンデルさん。もっとも親愛なる友。さあさあ、まあとにかく、上がってくれたまえ。調子はどうだい。ワシはちょっと閉じ籠ってばかりだった」

今流行りの事務員風の服を着て、懐中時計の鎖を垂らし、指輪をはめ、手袋とオーバーシューズをつけて、そこにいたのはまぎれもなくルンデルであった。

「もしかしたら、ご主人のお邪魔をしてしまったのではないですか」

「いやいや、全くそんなことはないですよ。ところで、明日までには例のものを完成させられますかね」

「明日には必ず仕上がっていなければならないのですか」

「是非ともお願いしたい。孤児院のお祝いがあって、ワシが招待しているんだが、それで妻がその肖像画を食堂に飾るために寄贈したいと言っとるんだ」

「なるほど。では万難を排して成し遂げましょう」とルンデルは答え、すでにほとんど描き上がっているカンバスと画架を物置から取りだしてきた。「ご主人はどうか楽になさっていてください。ちょっとばかしあれこれと準備をしなければなりませんので」

「ああ、よろしく頼むよ。好きにやってくれたまえ」

ファルクはどかっと椅子に座り、脚を組み、政治家のような姿勢をとると、いかにも風格のありそうな表情をつくった。

「どうぞ、なにか話していてください」とルンデル。「顔というのはそれ自体興味深いものでありますが、そこに性格の変化がより豊かに表現されるならば、よりよいものになります」

　ファルクは顔をほころばせ、みずからにたいする満足と喜びがその粗野な表情を輝き照らした。

「ルンデルさんもクリスマスの三日後のお祝いで夕食をご一緒しませんか」

「ありがとうございます、でも……」

「そのときはずっと立派な方々の顔を拝めますよ。たぶんワシなんかよりずっとカンバスに描くのに相応しいような」

「私のようなものがそうした方々を描く栄誉を得ることなんて、できますか」

「絶対に大丈夫ですよ、ワシが一言口をきけばね」

「本当にそう思いますか」

「絶対に大丈夫です」

「おお、また一ついい線が取れました。どうかその表情を維持してください。そう、そうです。ピッタリです。こうしていると丸一日を費やしてしまいやしないかと、危惧しています。ご主人にはおわかりでしょうが。まだ手を加えるべき細かな箇所がどっさりと残っているんです。明白には見つけられないものなのですが。あなたの顔には興味深い線が実に多い」

「ふむ、では外で夕食をご一緒しませんか。それで、もっと親しくつき合おうではありませんか。そうすれば、ルンデルさんも二枚目を描くために、もっとよくワシの顔を研究する機会が得られるでしょう——肖像画があるっていうのはいつだっていいもんですからな。実際、ルンデルさんのようにこんなに気分のよい仕方でワシに胸襟《きょうきん》をひらかせた人は数えるほどしかいませんよ。保証します。……」

「おお、私こそ心からお願いします」

「それにです、ワシは本当のこととおべっかを区別できるだけの見識をもった人間であると貴君には伝えておきたい」

「私もすぐにそのような方だとお見受けしました」な

んの良心の呵責も感じずにルンデルが答えた。「私もこの仕事を通じて人間を判断することができるようになりました」

「貴君もまた見る目のある方ですからな。しかし実際のところすべての人間がワシのことを正しく判断できるわけじゃない。例えばワシの妻ときたら……」

「そうしたことを女どもに望むのはそもそも無理というものです」

「まったくだ。ワシもそう言いませんでしたかな。——どうかね、ポートワインの一杯でも奢らせてはもらえんか」

「ありがとうございます、ご主人。でも仕事中は一切飲まない決まりにしているんです……」

「それは全くもって正しい。その原則はワシも尊重している——いつだって原則は尊重していますよ——それがワシも守っている原則となればなおさらだ」

「しかし仕事をしていないときにはぜひ一杯いただきます」

「ワシもだ——まったくおなじですな」

時計が十二時半を告げた。ファルクが立ち上がる。「すまないが、ちょっとばかし仕事があって、出かけなければなりません」

「構いません、構いません。でもすぐに戻ってきますよ」

ファルクは服を着て、出ていった。ルンデルは事務所に一人残った。

葉巻に火をつけ、あらためて肖像画をじっと見つめた。今誰かがその顔を観察したとしても、その考えを読み取ることはできなかっただろう。なぜならばその者はすでに人生の機微をあまりに多く学んでしまっていたので、孤独の中にあってさえ自分の意見を打ち明けるということを全くしなくなっていたからである。それどころかみずからのことを自分自身に告げることすら、怖れるようになっていた。

第二十四章　スウェーデンのこと

デザートの番になっていた。シャンペンがグラスの中できらめいて、フェップスブロンに住むニコラウス・ファルクの食堂のシャンデリアから落ちる光を反射している。アルヴィッドはあらゆる方面から賞賛や温かい言葉、戒めや忠告をもらい、親愛の情のこもった挨拶を交わしていた。みな成功にあやかり、いくらかのおこぼれにあずかるために保険をかけておきたかったのである。いまやその成功は決定的であったから。

「ファルク参事官補殿。お目にかかれて光栄ですよ」そう食卓越しに微笑みかけてきたのはなんと官給局の長官であった。「ああした分野であれば、わたしにもわかりましてね」

ファルクはこの心無い賞賛にも穏やかに応じた。

「なぜあんなにも物悲しい調子でお書きになるのです」詩人の右隣に座っていた若い美人が尋ねた。「失恋でもしたのではないかと思われましてよ」

「ファルク参事官補殿。一杯やらせていただきますよ」長い金髪のあご鬚をしごきながら左側から声を掛けてきたものがいる。「参事官補殿はわたくしの新聞には書いてくださらんのですか」灰色外套新聞の編集長であった。

「皆さんがボクの書くものを印刷してくれるなんて思えません」ファルクは答える。

「なにか差し障りになるようなことがあったとは考えませんが」

「意見ですよ」

「なんだ、そんなのちっとも大したことじゃありません。きっと調整ができますとも。そもそもわたくしどもに意見などありますか、ありませんとも」

「いよっ、ファルク君に乾杯」すっかり舞い上がったルンデルが食卓越しに叫《わめ》く。

レヴィとボーリは食卓に上って演説しようとするルンデルを押さえ込まねばならなかった。人前にでるなど初めてのことで、また華やかな社交の場の雰囲気と豪勢な料理のおかげで、すっかりのぼせてしまっていたのである。しかし客人たちもみな最高潮に達していたので、幸いにもばつの悪い注目を浴びることだけは避けられた。

アルヴィッド・ファルクはこれらの人びとの視線を浴びて悪い気はしなかった。なんら説明を求めたり謝罪を要求することなしに、ふたたび社会の中に受け入れてくれたのである。子供時代の家の一角を占めていた馴染みの椅子に座って、安堵の気持ちを覚えていた。遠い昔、一年に一度だけだされていた食器一式には見覚えがあって、哀愁がわいてきた。一方で数多くの見知らぬ人たちに囲まれて、どこかよそよそしさも感じた。友人面には騙《だま》されまい。なにも害をなそうなどと思っているわけではないだろう。だがその好意は風向きに左右される類のものだ。それにこの催し全体だって仮面を被っているように思える。一体全体、あのボーリ教授、立派な学問的名声を得ている男と無教養な兄との間にどんな共通の関心事があるというのか。おなじ事業でもやっているのか。あの尊大なユッレンボシュト大尉がこんなところでなにをやっているのか。食事をするためにやってきたとでもいうのか。ありえない。食事にありつくためならたとえどんな遠くからでも駆けつけるにしてもだ。それに長官は。提督は。ここにはなにか見えない紐帯《ちゅうたい》があるのだ。強くて解けることのない。

喜びが高まるも笑い声はけたたましく、才気が溢れるも底意地が悪かった。ファルクは息が詰まるように感じ、ピアノの上の壁に掛かっている父の肖像画が、怒りの表情で一同を見下ろしていると思った。

ニコラウス・ファルクの顔は満足で輝いていた。不愉快なものはなにも見えておらず、なにも聞こえていない。しかし弟と視線を合わせることからは徹頭徹尾避けようとしていた。まだ一言の言葉も交わしていなかった。というのもレヴィーンの計らいで、アルヴィッドがようやく到着したのはお客がみな集まったあとのことだったからである。

晩餐は終わりに近づいていた。ニコラウスが『おのれの力と堅固な意志』についての演説をした。それが人びとを目的、すなわち『経済的自立』と『地位』に導くのだという。さらに演説者の述べるところによれば、『これらすべてが一つになって自信が生まれ、性格に堅固さが備わり、これなしでは我々はまったく役立たずになってしまうのであります。まったく公共の役に立つことができないのであります。このことこそが我々の到達しうる最高の事柄であり、そして皆さん、真理が現れたる今、我々すべてがそこへ達すべく努力すべきなのです。本日、我が家をお訪ねくださった栄えある客人の皆様方に乾杯。わたくしはこの栄誉に何度でも与らせていただきたいと存じます』

これにユッレンボシュト大尉が答えた。すでにいくらか酔っぱらっており、かなり茶化した発言で、これが別の雰囲気、別の家でのことなら醜聞沙汰となってもおかしくないようなものであった。

まずは自分の周りを取り囲んでいる商人気質を罵っておいてから、経済的自立をほとんど果たしていないにもかかわらず、自信については見てのとおり、揺るぎがないと茶化してみせる。それに今日の午前中ひどく不愉快な類の用事を済ませてきたのであるが、しかしそれにもかかわらず今日のこの晩餐に出席するだけの性格の強さだって持ち合わせている。そして今の地位についていうならば、他の人に引けとらぬ立派なものだと思っているし、またそれには皆さんにも同意していただけるものと思っている。なぜなら自分もまたこの魅力的なご主人とおなじ食卓につくという栄誉に与らせていただいているのだからと言ってのけたのである。

話が終わると、一同はみな息をついた。『まるで雷雲が通り過ぎていったように感じられました』とは隣の美人がアルヴィッドにむかって大尉の発言を評した言葉で、これにはアルヴィッドもまことに尤もですと熱心に頷いた。

部屋の空気にはあまりに多くの嘘が、あまりに多くの偽りがあり、ファルクは本当に息が詰まるような感じがして、外を恋しく思った。ここにいる人びとが立派で尊敬すべきことは疑いなかったが、まるで見えない鎖に縛られて、時々押し殺した怒りを秘めながら噛みつき合っているようだと思った。実際ユッレンボシュト大尉がしていることは、たしかに茶化しながらではあるものの、あからさまな軽蔑をもって主人に報いることである。応接間で葉巻に火をつけ、場にそぐわぬ格好をし、ご婦人方などおらぬかのように振舞っている。そしてタイル貼りの暖炉に唾を吐き、壁に掛かっている油絵をこきおろし、マホガニー製の家具に侮蔑の言葉を投げつける。周りの紳士方は無関心を装い、身分相応の振る舞いをすることで、臭いものに蓋の役目を果たしていると思っているようであった。

憤慨し、幻滅して、アルヴィッド・ファルクは人知れず会衆をあとに残して立ち去った。路上でオッレ・モンタヌスが待っていた。

「まさか来るとは思わなかったな。上はえらい賑やかそうじゃないか」とオッレはいった。

「だからだよ。君も来ればよかったんだ」

「ふん、どうせルンデルがいつになくましな奴ぶっているんだろ」

「やっかむなよ。奴も肖像画家の道を選ぶなんて、たぶん苦労することになる。まあ話を変えよう。ボクはほんとにこの晩のくるのをずっと心待ちにしていたんだ。だって労働者たちを間近に見ることができるんだからね。まったく、あの腐臭《ふしゅう》を嗅がされつづけたあとで、新鮮な空気を吸い込むようだよ。病院で寝かされていたあとで、森に出かけるように思えるんだ。まさかこの幻影までもが奪い去られることにはなるまいね」

「労働者たちは疑り深いからな、気をつけてくれ」

「お高くとまっているのかい。狭量さとは無縁じゃないのか。それとも抑圧されてすっかり拗《ねじ》くれてしまったのかな」

「そのうちわかるさ。世の中ってやつは思っているのとまるっきり違っているもんだ」

「ああ、まったくだ。そのとおりだよ」

三十分後には労働者協会北極星の大集会所にいた。そこはすでに大勢の人で埋まっていた。ファルクの燕尾服はまったくよい印象をあたえず、大勢の不機嫌な顔に睨まれた。

オッレはファルクを熱血漢の顔をしたひょろっとし

て背の高い咳ばかりしている男に紹介した。

「指物師のエリクソンだ」

「ふん、また国会議員になりたい男が現れたってわけか」とその男はいった。「それにしてはちと痩せっぽちにすぎるようだな」

「違う違う、新聞のためにきたんだ」とオッレは釈明する。

「どこの新聞だ。なにせごまんとあるからな。おおかた俺たちをからかいにでもきたんだろうよ」

「とんでもない。こいつは労働者の同志で、君らのためになんでもするっていうんだ」

「そうか、なら話は別だ。だがこうした紳士方には気をつけなきゃならんのでな。うちにも一人そういうのがいたんだ、上の白山のおなじ家にな。雇われ管理人でね、ストルーヴェっていうのがそのよく囀る小鳥ちゃんの名前だった」

木槌が打ち鳴らされ、議長席に中年の男が座った。馬車職人のレーヴグレンで、市会議員であり芸術勲章の受勲者でもある。市議会の案件処理で訓練を積み重ねた堂々たる演技っぷりで、風貌には騒動を黙らせ、喧噪を鎮める貫禄が刻み込まれていた。そして大仰な裁判官用の鬘《かつら》が頬髭と眼鏡に縁取られた幅広の顔に影を落としている。

その横には書記たちが座っていたが、ファルクはその中に大官庁にいた臨時職員の姿を認めた。鼻眼鏡をかけたその男は発言のほとんどにたいして大口を開けては嫌悪感を表明している。また議長団のすぐ下、第一列目の席には将校、官僚、大商人など執行部の大立者たちが座していた。そしてお上に忠実なありとあらゆる議案を力一杯後押しし、どのような改革の計画もその卓越した議会術で尽く徹底的に叩きのめしている。

議事録が書記によって読み上げられ、第一列目の座席で承認され署名された。つぎに最初の審議事項についての説明がなされた。

「『準備委員会はほとんど全ヨーロッパにてストライキの名のもとに進行している非合法の運動にたいして、良識ある市民であれば誰もが抱かざるをえない不快の念を労働者協会北極星も協会として表明するべきか否かについて、議決を求めるものである』」

「協会の考えでは……」

「表明しろ」第一列目が叫んだ。

「議長」と白山からきた家具職人が発言を求めた。

「むこうで騒がしくしているのは誰だね」議長は尋ね、まるで鞭でも取りだそうとするかのような表情で眼鏡の下から睨め付けた。

「騒いでるものなどここにはいない。俺が発言を求めたんだ」と家具職人。

「俺とは誰か」

「指物師のエリクソンだ」

「親方ですか。いつ親方になったんです」

「熟練の職人だ。免状を申請する金なんかとは金輪際縁がなかったからな。だが誰にも負けないくらい腕はいいし、腕一本でやっている。そいつは確かだぜ」

「では指物師のエリクソン君、どうか席に座ってこれ以上我々の邪魔をしないでくれたまえ」「協会はこの案件について賛成を表明するということでよろしいでしょうか」

「議長」

「なにか問題でもありますか」

「発言を求める。議長、聞こえてるんだろ」エリクソンは叫いた。

「エリクソンが発言するんだとよ」後ろから囁《ささや》きが聞こえた。

「職人エリクソンと。ところで名前を綴るのは×印でかね、それとも○印でかね」書記になにやら耳打ちされた議長が質問した。

一列目から哄笑がおこった。

「名前の綴りなどどうでもいいだろう、俺は議論するんだ」家具職人は火を噴くような眼差しでいった。「いいか、よく聞け。俺が口下手じゃなければ、俺はストライキをする奴らが正しいといいたい。なぜなら、親方や工場長がお偉いさんのご機嫌伺いやそういった糞ッたれのほかはなにもしないようなデブになるのは、そこに労働者の汗が流されているからだ。しかし、なぜおまえたちが我々の労働に然るべき支払いをしようとしないのか、俺たちはよく知っている。なぜなら、そうすると俺たちが国会の選挙権をもってしまうからだ、それを怖れているんだ……」

「議長殿」

「それに、俺たちはよく知っている、主税局は労働者の納税額が一定額に達するやいなや税率を下げてしまうんだ。俺が口下手でなければ、もっと話せるんだが、しかし、それでどうにかできるわけでもなさそうだ……」

「騎兵大佐フォン・スポーン君」

「議長殿、それにお集まりの皆さん。これまでもその立派な振る舞いで（もっとも最近では王家のご婚礼のおりに）名を高らしめてきたこのような協会の集まりにおいて、議会での礼節というものをまったく心得ない輩が恥知らずで思慮を欠いた軽蔑を規範と名のつくすべてのものに向けることで、この尊敬すべき協会に混迷をもたらすことが許されるとしたら、まったく怪しからんことであります。よろしいですか皆さん、このようなことは、若年の頃より軍隊の規律を身につけた人々が暮らす国ではけっして起こりえぬことだったのでありまして……」

（「国民皆兵をもくろんでやがるんだ」エリクソンはオッレにいった。）

「……そこではおのれと他人を律することを知るのであります。わたくしが申しておりますのは、このような人騒がせな騒乱が我々のうちで二度と起こってもらいたくないという我々に共通の希望であります。わたくしは我々といいましょう。なぜならばわたくしもまた労働者で……、つまり我々すべてが永遠なる主の御前では労働者でありますから……、そしてそのことをわたくしはこの協会の執行部の一員としていうのであります。わたくしがつい先日出席いたしました別の会合で、そう、それは皆兵の友国民協会でありました、その席で述べました言葉を撤回せねばならぬような日がくるとすれば、それは悲しい日を迎えることだといわねばならぬでしょう。わたくしはいいました『わたくしはスウェーデンの労働者を高く評価しています』

と」

「いいぞ、いいぞ、いいぞ」

「協会は準備委員会の提案にたいして賛成をもって答えるということでよろしいでしょうか」

「賛成、賛成」

「では、第二の議案について。『一動議者からの提案にもとづき準備委員会は、先におこなわれたる王子ダールスランド公の堅信礼にあたり、王家にたいするスウェーデン労働者の謝恩の証として、またとりわけ昨今はコミューンの名のもとにフランスの首都に壊滅的な破壊をもたらしている労働者の一揆へ嫌悪の念を表明するものとして、本労働者協会が名誉の献金にくわわるべきか否かについて、議決を求めるものである。なお、献金額は三千リークスダーレルを越えることはない』」

「議長」

「ハーベルフェルド博士」

「違う、発言を求めたのは俺だ、エリクソンだ」

「これはこれは、ふむ。エリクソンどうぞ」

「パリでコミューンをおこしたのは労働者ではなく、役人、弁護士、それに将校とまさにそういった国民皆兵の兵役者、それから新聞記者たち、そういった人たちがおこしたものだと俺は見解を正したい。俺が口下手じゃなければ、これらの人たちにお願いして堅信礼のアルバムの中に感想を書き述べてもらうところだ」

「本協会はこの問題に賛成でよろしいでしょうか」

「賛成、賛成」

それから議事録係による記録がはじまり、校正をやり、おしゃべりをする。国会そのものである。

「いつもこんな風なのですか」ファルクが尋ねる。

「陽気だと思わんかね」エリクソンが答えた。「髪の毛を掻きむしったりもするんだぜ。俺はこいつを腐敗と裏切りと呼びたいね。自分の利益しか頭になく、あるのは悪徳だけだ。物事を前に進めようっていう気概をもった奴など一人もいやしねえ。だからまあ、なるようになるんだな」

「いったいどうなるというのです」

「まあ、そのうちわかるだろうよ」と指物師は言って、オッレの手をつかんだ。「準備はいいか。負けるんじゃないぞ。ここで批判されるのは目に見えているからな」とつづける。

オッレは狡猾な顔で頷いた。

「装飾美術彫刻職人オーロフ・モンタヌスがスウェーデンについての演説をおこなうことを申し出ておりました」と議長が口を開いた。「論題は大変大きく、またいくらか一般向けであるようにわたくしには思えますが、しかし三十分で終わらせると約束していますので、我々も聞くことにいたしましょう。皆さんなにかご意見は」

「異議なし」

「モンタヌス君。どうぞ、前へ」

オッレは飛び出すまえに犬のように身を震わせてから、じろじろと検分する人混みをかきわけ前に出ていった。

議長は一列目と雑談をはじめ、書記は欠伸をしてから新聞を取りだし、ほとんど聞くつもりのないことを表明していた。

しかしオッレは壇上にあがると、瞼を閉じ、何度か口をもごもごさせ、聴衆になにやらはじまったらしいと思わせると、ほんとうに静かに、議長が騎兵大佐になにをいっているのか聞こえるくらい静かになるのを待って、演説をはじめた。

「スウェーデンのこと、いくつかの視点」

一拍おく。

「お集まりの皆さん。今のわたしたちの時代にあってもっとも実り豊かな理念でありもっとも力強い努力とは、民衆を分断しおたがいを敵対させるような偏狭な国民感情を揚棄《ようき》することである、という考えを根拠のない仮定以上のものと見なすことはおそらく許されてよいのではないでしょうか。わたしたちはここにおいて活用されている手段を目にしてきました。万国博覧会とそれがもたらした影響、そして名誉博士号です」

「みなおたがいに一体何かと顔を見交わした。『いったいどんな当て擦《こす》りだ』とエリクソン。『ちと唐突だったな。だがほかはよかったぜ』」

「スウェーデン国民は、例によって例のごとく、この点においても文明の先端をいっており、教養あるほかのどんな国民にもまして、コスモポリタンの理想を稔り豊かなものにすることに秀でていました。そして手許の統計から判断いたしますと、すでに相当の進捗をみております。くわえますに、これにはまれにみる有利な状況が与って力があり、まずはこれらについて短く考察した後に、いくらか論じやすい事柄に、例えば統治形態や農地資産といったような問題に移りたいと思います」

「『こいつは長くなりそうだな』といってエリクソンは横にいるファルクをつついた。「だが奴は面白い」」

「スウェーデンは、周知のとおり、そもそもドイツの植民地であり、その言語は十二ある平地ドイツ語のうちで今日に至るもなおかなりの程度純粋な姿を保ってきた一つであります。この状況は、すなわち地方どうしがおたがいに交通することが困難であったということですが、国民性の概念が不健全に発展することを阻止する上で大きな梃子《てこ》の役割を果たしてきました。かつて、例えばメックレンブルクのアルベルト王時代などは、スウェーデンはドイツの一地方といってよいほどドイツとの一体化が進んでいたのですが、しかしこのドイツからの一方的な影響も、その他の幸運な諸状況のお陰で弱められてきました。ここに、わたくしはまずデンマーク地方からの侵略を挙げたいと思います。スコーネ、ハッランド、ブレーキンゲ、ボーヒュースレーン、ダールスランドなどスウェーデンのもっとも豊かな地方にはデンマーク人が居住しています。そして、依然として自分たちのお国言葉を話し、スウェーデンの権力を認めることを拒否しているのです」

「『こりゃ、一体全体どうなっちまうんだ。奴は気でも狂ったか』」

「例えばスコーネ人は、今日なおコペンハーゲンが首都だと考えており、スコーネ人たちは国会において政府の敵対政党を形成しています。ことはデンマーク的なイェーテボリでもおなじでして、ストックホルムを首都と認めていません。しかしながら、そこでは昨今イギリス人たちが確固たる地歩を占めて自分たちの植民地を築き上げています。この国民、イギリス人という奴は、沿岸で魚を釣り、冬になると市中のほとんどすべての大店を営なみ、夏になると国に戻ってかき集めたお宝を、スッコトランドの高地にある我が家で楽しむのであります。なんとまあたいそうご立派な民族であることとです。イギリス人はまた大新聞をもっていて、ほかの人びとを非難することをまったくしないかわりに自分たちの行いばかりを褒め称えております。

つぎに時折生じた密度の濃い移民に注目しなければなりません。フィンランド人入植地にフィンランド人がいるのはもちろんですが、首都にもまた、祖国の困難な政治事情に迫られて移民してきたフィンランド人たちがおります。

さらには我々の比較的大きな製鉄所には一六〇〇年代にやってきたベルギー人たちの子孫がたくさんいて、今日もなお、おかしなフランス語を話しています。スウェーデンの新憲法がこのうちの一人によってベルギーからもたらされ、導入されたことは周知のこととなっております。頑強な民族、そしてなかなかに実直な民族であります」

『駄目だこりゃ。まったくもってなんだっていうんだ』

「グスタフタ一フ・アドルフ時代にはスコットランドから大量の白蟻どもがやってきて、傭兵として雇われ、したがって国会にも入り込んできました。

東海岸にはバルト海沿岸の地域やその他のスラブ地方から移民してきた家族がおり、それぞれの伝統文化を伝えています。したがって、ここではしばしば純粋な韃靼《だったん》人風の人びとに出会います。

わたくしはスウェーデン民族は脱国民化をなすうえ

で最適な道のりにあったとの主張を提示しました。スウェーデンの貴族名鑑を開いて、目につくスウェーデン風の名前を数えてみてください。もしそれが二十五パーセントを超えるようなことがあれば、皆さんはわたくしを虚仮《こけ》にしてくれてかまいません。

住所録を適当に開いてみてください。わたくしはGの文字のところを自分でも数えてみましたところ、四百ある名前のうちなんと二百が外国風の名前でした。この原因はなんでしょう。大勢が外国人なのです。しかも高貴な出の。それは外国の王家と侵略戦争のおかげです。いかに多くの出来損ないがスウェーデンの王座に居座ってきたかということに思いをいたしますならば、国民が今日なおこれほどまでに王様に忠実であるということに驚きを禁じえません。スウェーデン王はつねに外国人であるべきなどという憲法の規定は、無条件的にその目的たる脱国民化へと一直線に導くものであります。そしてそれはまたなされたのです。この国がやがて諸外国の国民との結びつきを獲得するようになるであろうことはわたくしの確信でありま す。なぜならばそれでなにかを失うことは、そもそももっていないものを失うことがない以上、ありえないことだからです。この国民は端的に国民性というものを欠いている。これはテグネルが一八一一年に発見したことであり、しかしあまりに偏狭な視野しかもたなかったためにその詩『スヴェア』のなかで嘆いているのでありますが、しかしそのときにはもう手遅れでした。なぜならこの人種は愚かな侵略戦争のあいだに行った度重なる徴発によってすでに駄目にされてしまっていたからです。グスターヴ二世アドルフ時代、国にいたわずか百万人の住民のうちその七万人もの甲種合格の男たちが徴発されていき、斃《たお》れていった。カール十世、十一世、十二世がどれだけ大勢を駄目にしたか、オレは数字をあげることができない。だがしかし、国に残ったものはみな丁種に判定された役立たずばかりだったんだから、それがどんな種馬であったか理解するのはたやすいだろう。

オレたちが国民性を欠いているというオレの発言に戻って考えたい。誰かオレたちのマツ、トウヒ、鉄鉱山以外になにかスウェーデン的なるものの名を挙げられるやつはいるか。もっともそれらとてじきに市場で入り用とされなくなるだろうが。オレたちの民謡はどうか。みんなフランスの、イギリスの、ドイツの歌曲で、しかもひどく不出来な翻訳だ。今失われつつあるのを悲しんでいる民族衣装はどうか。中世の年老いた奴隷女が着ていた、領主の衣装のおさがりだ。すでにグスターヴ一世の時代にダーラナの男たちは継《つ》ぎ接《は》ぎだらけの斑の衣を身にまとっているものは罰せられるべきだと要請している。あの斑の宮廷衣装、ブルゴーニュの衣装は、おそらくまだダーラナ女のもとまで伝わっていなかったんだろう。それにそれから何度も流行廃りがあったにちがいない。

そのほかあらゆる非スウェーデン的なものから区別されるような殊にスウェーデン的であるようなスウェーデンの詩、絵画、楽曲があればいってみてくれ。スウェーデン的建築を見せてくれ。ありはしない。あったとして粗悪品かあるいは外国のお手本を真似たものだ。

スウェーデン国民は才能がなく、高慢ちきで、奴隷根性で、嫉み深くて、偏狭で、野蛮な国民であると主張してもいいすぎだとは思わない。そして、それ故にスウェーデン国民は没落にむかっている、大股の足取りで」

「今や広間には大騒ぎが巻き起こっていた。喧噪のなか、カール十二世と叫ぶ声がそれでもまばらに聞き取ることができた」

「皆さん、カール十二世は死んでいる。このつぎの祝祭まで寝かせてやれ。今日の脱国民化があるのはまさしくこの王様のお陰だと、オレたちは最大限の感謝をすべきだ。だからオレは皆様方にご賛同いただき、万歳を四唱したい。では皆さん、カール十二世、万歳」

「『お集まりの皆さん、ご静粛に願います』議長が叫んだ。」

「一国民においてこれ以上に厚顔無恥なことが思い浮かぶだろうか。この国民は詩人になることを余所から学ばねばならないような国民なのだ。千六百年間も犂の後ろをくっついていくばかりで、自分では歌一つつくることを思いつかなかったような鈍牛《なまくら》とは恐れ入る。ところがそこへ一人のお調子者がカール十一世の宮廷からやってきて、この脱国民化の全仕組みを破壊してしまった。以前はドイツ語で書いていたものを、それからはスウェーデン語で書くようになった。それ故にオレがこう叫んでも、皆さんにはご賛同いただきたい。くたばれ、間抜けなイェオリ・フェーンイェルムの犬」

「『誰だって』――『エドヴァード・フェーンストレームのことだろう』。

議長は木槌で机を叩く。もはや喧々囂々《けんけんごうごう》である。『もうたくさんだ。その売国奴を引き摺り下ろせ。奴は俺たちを虚仮にしていやがるんだ』」

「スウェーデン国民はいつだってただ叫いて喧嘩しているばかりだ。オレにはわかっている。これ以上つづけることが許されず、統治と農地資産の話まではできそうにないが、ただ言っておく、今晩オレが聞いていたかぎりじゃ、ここにいるようなへいこらばかりしているだらしのない奴らには、いつ独裁政治がやってきてもおかしくない下地ができている。そしてそうなるんだ。オレの言うことを信じろ。お前等が独裁を招くんだ」

「背後から小突かれて、いまや留まるために演壇にしがみついている演説者の喉からそれでも言葉が吐き出された。」

「それに、恩知らずの輩は、真実を聞きたがらない」

「『奴をつまみ出せ。畳んじまえ』オッレは壇上から放り出されたが、まだ最後の最後に、袋叩きにされながらまるで気狂いのように叫んでいだ。『カール十二世万歳。くたばれイェオリ・フェーンイェルム』」

オッレとファルクは街頭にいた。

「なにがおこったんだい。正気を無くしちまっていたのか」

「ああ、そうらしい。オレはこの演説のためにほとんど丸六週間も練習してきたんだ。なにを話すべきかなんか一語一句諳んじていた。ところが壇上にあがって連中の目を見た途端にばらばらになっちまった。まるで塀が倒れるようにオレの独創的な論証の筋はすっかりお釈迦になって、足下の地面は沈んでいくように感じるし、考えなんてもう一切がめちゃくちゃになっちまった。そんなに狂っていたか」

「ああ、大変なものだったよ。それにたぶん新聞で叩かれるだろう」

「うむ、まったく無念だよ。でもそんなことは十分にわかっていたはずなんだがね。しかし奴らを少しでも焚き付けてやれたなら愉快だな」

「それで将来をすっかり駄目にしてしまったんじゃないか」

オッレはため息をつく。

「一体全体、君がカール十二世になんの関わりがあるっていうんだ。なかでもあれが一番まずかった」

「なにも聞かないでくれ。オレにもわからんよ」

「まだ労働者に気があるかい」オッレは問い返した。

「社会の寄生虫どもなんかに操られて道を過《あやま》たれているのは遺憾に思うが、でも問題それ自体を裏切ることはけっしてしまいよ。なぜならそれはすぐそこまできている時代の問題だからね。だがあんな政策《やりかた》ではその問題の解決にまったく一文の足しにもならないね」

オッレとファルクはずんずんと道をいき、ふたたび市中にやってくると、新横丁まで足を伸ばし、そこにある喫茶店ナプレに入った。

時刻はもう九時と十時の間で、喫茶店にはほとんど人がおらず、客が一人カウンター近くの席に座っているだけであった。その男は隣りに座って刺繍をしている女に本を読んでやっていた。大変に気持ちよく心和む様子であったが、ファルクにはそれが強い印象をあたえたらしい。びくっとして表情を変えた。

「セレーン。なんだこんなところにいたのか。それにベーダも。今晩は」ファルクはぎこちない親しさをつくって挨拶をし、いかにもなれない様子でその若い女の手を握った。

「なんだい。こりゃファルクじゃないか」とセレーン。「おまえさんもここを見つけたのか。赤い部屋でとんと会わなくなったものだから、なにかあったんじゃないかと思っていたよ」

ファルクとベーダは視線を交わした。若い女はどこかその生まれを示すような高貴な顔つきをしていた。整った知的な顔はなにかの悲しみを湛えており、すらりとした体つきは放縦でありながら慎み深いという線の妙を示していた。双眸は心持ち下から見上げるようで、まるで天から降ってくる不幸を探すような、しかしふとした気まぐれがとらえたどんな楽しみとも戯れようとしていた。

「なんて深刻そうなお顔をしているんでしょう」といって刺繍に目を落とした。

「真面目な集会にでていたんだ」ファルクはいって、少女のように顔を赤らめた。「どんなものを読んでいるんだい」

「ファウストの頌歌の部分だよ」セレーンが答えて、ベーダの刺繍にちょっかいをだそうと手を伸ばした。

ファルクの顔が陰る。会話は弾まず、耐え難いものになる。オッレは物思いに沈み込み、自殺でも考えているような様子であった。

ファルクは新聞を頼み、『廉潔の士』を手にとった。そこで自分の詩のことがどう書かれているのか読むのを忘れていたことにふと思い至ったのである。紙面をざっと眺め、三頁目で目を留めた。そこに探していたものがあった。それは当たりよくもなく、ぞんざいでもなかった。記事はまっとうで真摯な関心から著されたものであったから。評者はファルクの詩をほかの現代の詩と比べて優れているとも劣っているともいっていなかったが、まったく相も変わらず自己中心的で意義が無いとは書いてあった。題材はどれもこれも作家の私的な恋愛沙汰、不義の関係、あることないことで、とるに足らぬ罪で、大層めかしているが、大罪に悔恨しているわけでもない。イギリス風の三文叙情歌謡と比べてなんら秀でているところはなく、作者は題名の前に鉄版画でも載せたらよかったであろう、そうすれば詩句も少しは着飾られてよかった、等々。これらの簡潔な真実はストルーヴェが書いた灰色外套の批評や、赤頭巾が私的な好意から著した批評しか読んでいなかったファルクにぐさりと突き刺さった。ファルクは短い別れを告げ、帰るために立ち上がる。

「もういってしまうの」ベーダが尋ねる。

「うん、また明日会えるかな」

「ええ、いつもとおなじに。お休みなさい」

セレーンとオッレも一緒に出た。

「可愛い娘だな」誰もなにも言わず少し道を歩いてから、なにとはなしにセレーンが言った。

「ボクは君がもう少し口の利き方に気をつけるよう願いたい」

「惚れているわけだ」

「ああ、そうだとも、口を挟まないでほしい」

「邪魔なんかするものか」

「それにあの娘についてあまりおかしな想像をしないでほしい…」

「ああ、しないとも。ただ、劇場にいたそうだね…」

「どうしてそんなことを知っているんだ。ボクにはそんなこと一言もいっていなかったぞ」

「そうか、だがオレにはそういってたぜ。まあ、あの哀れな連中のことはあてにするものではないからな」

「ふん、だからといってなにも悪いことがあるわけではないだろう。ボクはできるならいますぐにでもいまの状態から救ってあげたいんだ。ボクらの関係はただ毎朝八時にハーガまで散歩をして、それから泉で汲んだ水を飲む、ただそれだけだよ」

「うへ、なんてかまととぶりだ。夜、外に飲みに出ることはないのか」

「そんな不躾な申し出をするなんて一度だって思い付きさえしなかったね。軽蔑して断るにきまっているさ。おまえ笑ったな。ふん、笑うがいい。ボクはまだ愛することを知る女性がいると信じているんだ。たとえどのような社会階級の女《ひと》だとしても、ああ、過去にどんな恋愛経験をしていたとしてもだ。きれいな道を歩いてきたわけじゃないともいっていた。だがボクはけっして過去を尋ねないと約束したんだ」

「なら本気なのか」

「ああ、本気だ」

「ならまた別の話だな。ではファルク、お休み。オッレは俺とくるんだろう」

「お休み」

「可哀相な奴だ」セレーンはオッレにいった。

「またもや突進していって、いずれ袋叩きにあうんだ。だがまあ、そういうもんだろう。乳歯が抜けるようなもんだ。語るべき過去をもたないうちは一人前の男ではないからな」

「それで、どんな女なんだい」オッレはただ礼儀上尋ねた。思考はここにあらず、遥か遠くにあったからである。

「それなりにいい女さ。だがファルクは物事を深刻に考えすぎるんだ。女も男を手に入れられると思っているうちはその振りをしている。だが長引けばそれにも倦んでくる。それにそうしているあいだだって、どこで気晴らしをしているかわかったもんではないからな。いや、おまえたちにはそういった色恋のことは手に余るだろう。決断せずにぐずぐずしていては駄目なんだ。いずれ誰かが邪魔に入ってくる。オッレ、おまえにはそういったことは一度もないのか」

「田舎の実家にいた女中を孕ませたことがある。だから親父に家から追い出されたんだ。それからは女に手を出そうなどと思ったことがないね」

「そんなのはちっとも面倒なことじゃない。だが裏切られたとはいえる。あとになってそう感じるんだ。ちげえねえ。くわばらくわばら、火遊びをしたけりゃバイオリンの弦みたいに太い神経を持っていないとだめだ。ファルクの奴、どうやってこの苦難を乗り越えるか、見守っていてやろうじゃないか。そう言ったことをえらく重大に受け取るやつらがいるんだ。莫迦なんだよ」

「なんだ、木戸が開いてやがる。まあ、上がれよ、オッレ。寝床の用意ができていればいいんだが。たまにはおまえにもちゃんと眠って欲しいからな。だがうちの掃除婦の婆を許してやってくれ。指がすっかり萎えてしまっているんで、布団一つまともにはたけないんだ。だからたぶんちょっとばかりしわくちゃで堅いだろう」

階をのぼり、玄関先までくる。

「さあさあ、入ってくれ」とセレーン。「スターバの婆さん、部屋の空気の入れ換えをしたみたいだな。それとも水で雑巾掛けでもしたか。驟雨でもあったみたいにやけに湿っぽいじゃないか」

「なに虚《ふざ》けたことをいやがる。床がないのに雑巾掛けなどできるものか」

「なに、床がないだと。ならまた別の話だな。一体全体どこにいっちまったんだ。おおかた燃えちまったんだろう。ふん、なら結構。いざ我等が母なる大地に憩おうではないか。あるいは今ここにあるこの竪穴で」

そして地面に画布の切れ端やら画用紙やらを敷いてこしらえた寝床の上に横になり、頭の下には書類鞄を敷いた。オッツレは火を点けると、ズボンのポケットから取りだしたステアリン蝋燭の欠片に明かりを灯し、床の傍においた。がらんとした広いアトリエのなかで微かな炎が揺らめいて、大きな窓から押し入ろうとするぬばたまの闇に激しく抵抗しようとしているかのようであった。

「今夜は冷えるな」とオッツレは言って、油脂にまみれた本を取りだした。

「冷えるだと。そんなわけあるか。外はたかが二十度で、中は少なくとも三十度はあるぞ。高いところにいるからな。いま何時頃だと思う」

「今しがた、ヨハネのやつが一つ鳴ったと思うんだが」

「ヨハネだって。あそこには鐘なんかないぞ。えらい貧乏だからな、質草にしちまったんだ」

沈黙が長く続き、はじめに口を開いたのはセレーンのほうであった。

「オッツレ、なにを読んでいるんだ」

「なんでもおなじさ」

「なんでもおなじってことがあるか。客でいるときぐらい、ちゃんと答えられないのか」

「ユーグベリから借りた古い料理の本だよ」

「けっ、そんなものか。まあいい、ならちょっと読んでみろよ。今日は珈琲一杯と水をグラスで三杯しか飲んでいないからな」

「なら、なにがいい」と言って、オッレは本の頁をめくった。「魚料理がいいか。マヨネーズってなにか知ってるか」

「マヨネーズ。なんだそれは。それを読めよ。美味そうだ」

「いいか、読むぞ。『一三九番。マヨネーズ。バター、小麦粉、それに英国産芥子を少々、フライパンで手早く炒めて、混ぜ合わせてから、上等のブイヨンの中でよくかき混ぜながら煮ます。煮立ったら、卵の黄身数個を中に入れ、よく馴染むまでさらにかき混ぜます。その後、冷やせば出来上がりです』」

「糞喰らえだ。そんなんで腹がふくれるもんか…」

「あれ、まだ終りじゃないみたいだな。『上等の食用油、葡萄酢、それに生クリームと白胡椒を少々』。うむ、こりゃだめだな。なにかもっと腹に溜まるものがいいんだろう」

「ロールキャベツの頁を開け。それが知る中では一等美味い」

「いや、もう声に出し読むだけの力がないよ。これで勘弁してくれ」

「なんだなんだ、もっと読めよ」

「だめだ、もうそっとしておいてくれないか」

ふたたび沈黙が訪れた。蝋燭の明かりが消え、真っ暗になった。

「お休み。しっかりくるまって寝ろよ。風邪をひくからな」

「なににくるまれっていうんだ」

「そんなの、知るか。こうして暮らすのも愉快だと思わないか」

「こんなに糞寒いのに、よく自殺しないものだと思うよ」

「自殺なんかすべきじゃない。俺はこれからどうなっていくのか眺めていられると思うだけでもわくわくするね」

「両親はいるのか」

「いや、俺は私生児だからな。おまえは」

「いるよ、だがおなじようなもんだ」

「オッレ、おまえはもっと神の思し召しに感謝すべきだよ。人はいつだって神の思し召しに感謝すべきなんだ。だからといって、俺はそれがなんの足しになるのかさっぱりわからんがね。とにかくそうあるべきなんだよ、きっと」

　三度、沈黙が訪れた。今度それを破ったのはオッレの方であった。

「もう寝たかい」

「いや、グスタフ・アドルフの銅像のことを考えている。そういやおまえ、……」

「凍えないか」

「凍えるだって。こんなに暖かだっていうのにか」

「オレの右足はどっかに消えてなくなっちまったみたいだ」

「絵の具箱を引っ張り出してきて、その中に足をつっこめよ。筆が入っているから、少しはましになるだろう」

「誰か今のオレたちみたいにこんな辛い思いをしている奴はほかにいると思うか」

「辛いだって。俺たちが辛いってか、頭のうえに屋根があるっていうのに。三角帽を被ってレイピアをもっていた頃の学院の教授たちはもっとひどかったっていうぞ。ルンドストレーム教授なんか四月の半分は蜜蜂公園の野外劇場で寝てたって話だ。俺は粋だと思うね。なんでも舞台の下手側のプロンプター席全部を自分用にしていたらしい。夜の一時を過ぎると桟敷席はみんな埋まってしまうとも言ってたな。げに冬なれば家もよし、されど夏は悪しかりけりだとさ。お休み、オッレ。俺はもう寝るぞ」

　そしてセレーンはいびきをかきはじめた。一方、オッレは起きあがって床の上を行ったり来たりしはじめる、東の空が白みはじめるまで。そうしてようやく朝の光が慈悲深く部屋を包む頃、夜が恵むことのなかった安息が訪れた。

第二十五章　最後の一手

そして冬が過ぎた、不幸な者たちにとってはゆっくりと、それほど不幸ではない者たちにとっては、早々と。そして春が訪れた。太陽と緑を期待する気持を踏み躙《にじ》って。そして夏が来た。しかしそれは秋を待つ短い準備期間にすぎなかった。

五月のある日の朝、『労働者の旗』編集部の物書きになっていたアルヴィッド・ファルクは、太陽の焼けつくような暑さのなかをフェップスホルメンに向かって歩いていた。荷物を積み込んだ汽船が次々に岸を離れ出航していく様子が見えた。ファルクの外見は以前ほどきっちりとしていなかった。黒い髪は流行が許すよりも長く、髭はアンリ四世の髭くらいに伸びており、痩せこけた顔と相俟って、随分とすさんだ印象を周囲に与えるようになっていた。両眼には不吉な焔が宿り、その者が熱狂者かそれとも大酒飲みであることを告げていた。乗船する船を選んでいるようだったが、どれに乗るのか決めかねて、長い間、逡巡していたが、荷船の甲板で積み荷を猫車に乗せて運んでいた熟練船員のもとに歩み寄った。礼儀正しく帽子を取って挨拶した。

「すみません、船員さん、この帆船はどこに行くのか教えていただけませんか」自分ではとても堂々とした口調で話せたと思っていたが、実際はおどおどとした口調で尋ねていた。

「帆船だと。どこにも帆船なんてねえじゃねえか」そして周りにいた人たちが笑った。

「だが、おまえさんがこの荷船の行き先を知りたいって言うなら、ほれ、そこを読んでみろ」

ファルクはすっかり我を失ってしまったが、あまりに腹が立ったので、激しい口調で言葉をつづけた。

「丁寧に質問しているんです、あなたは丁寧に答えられないんですか」

「あなただと。地獄に行きやがれ。こんなところに突っ立って、がなりたてるな。——そこ、気をつけろ」

会話は尻すぼみにおわり、ファルクはようやく決心した。回れ右をして細い路地を上り、商人広場を越え、それから曲ってゲンコツ通りに入る。すると、薄汚い建物の門の前にでた。またふたたび立ち止まって逡巡しはじめる。というのも短所である優柔不断さをファルクはけっして捨て去ることができなかったからである。そこへチビでヨレヨレで、ガチャ目の小僧が駆け足でやってきた。手にはへこ帯のようなものでぐるぐる巻きにした校正刷をいっぱいに抱えており、ファルクの傍を通りすぎていこうとしたので、ファルクは呼び止めた。

「編集長は上にいるか」ファルクが尋ねる。

「はい、もう七時からいますよ」息を切らせながら小僧が答えた。

「ボクを探していたか」

「はい、それはもう何度も」

「怒っていたか」

「はい、それはそれはもうひどい怒りようで」

そして小僧はまるで矢のような勢いで階段を駆け上がっていった。しかしファルクもすぐその後をついていき、編集室に入っていった。暗い街路に面して二つの窓がついている穴ぐらのような部屋である。それぞれの窓の前にはなんの塗装もされていない机が一脚ずつ並べられており、その上には紙、ペン、新聞、鋏、事務用糊のチューブなどが置かれていた。

片方の机にむかっていたのは旧友のユーグベリであった。摩り切れてボロボロの黒いフロックコートに身をつつみ、校正刷を読んでいた。もう一つの机がファルクのものであるが、今はそこに上着を脱いでシャツ一枚になった男が一人座っていた。頭には、コミューン戦士がかぶるようなシルクの黒ベレー帽を乗せている。顔一面に赤い髭をはやしており、そのゴッゴツとしてがっしりとした体躯は労働者階級出身であることを物語っている。ファルクが入室すると、そのコミューン戦士は机の下で足を激しく動かし、シャツの腕をたくしあげると、錨とRのアングロサクソン文字が彫られた、青色の入れ墨が見えた。それから鋏を掴み、ある朝刊の一面に突き刺し、切り抜きをすると、粗野な口調でファルクに背中を向けたまま話しかけた。

「どこをほっつき歩いていた」

「病気だったんです」自分では反抗的に答えたつもりだったが、ユーグベリが後に証言するところによれば腰が引けていたとのことである。

「嘘だ。貴様、外に出て飲んだくれてたろ。昨晩もナプレスにいたな。俺は見たぞ」

「ふむ、そうだったかもしれません……」

「貴様がどこにいようが、そんなのは勝手にすればいい。だが、この場所に、貴様は決められた時間になったらいなけりゃならん、契約に従ってだ。時刻はすでに八時十五分になっとる。貴様のような大学出のやつを知っとるぞ、えらいぎょうさん勉強したと自分では思いこんどるくせに、規律や決まりについてはなに一つ学んでおらんのだ。遅刻するなんてだらしがないとは思わんのか。まったく、雇い主に働かせるなんて、貴様はろくでなしそのものだな。そうだろが。最近は上と下が逆立ちしているんだ、そのくらい俺だってわかる。今やご主人さまを、つまり雇い主をコケにしているのは雇われた者で、抑圧されているのは資本なんだ。そうだろう」

「編集長はいつそんな考えに辿り着いたんですか」

「いつ、だと。――今だ、ちょうど今だ。だからといって、この考えがほかより劣っているなんてことはありえんぞ。しかし、俺にわかったことはもう一つある。貴様はやっぱり無学な人間だ。なんたってスウェーデン語もろくに書けないんだからな。ほら、ここを見てみろ。なんと綴ってある。読め。『願わくば、来年兵役に服するものはみな』――こんなの聞いたことがあるか。『～するものはみな』だぞ……」

「はい、それで正しいです」ファルクが言う。

「正しいだと。貴様、よくもまあぬけぬけとそんなことを言い張れたもんだな。日常の会話では『～するものはみんな』と言っているじゃないか、だったら『～するものはみんな』と書くべきだろう」

「それは、ただ『みな』が撥音化しただけですから……」

「うへ、賢しげなご託ならほかでやってくれ。そんなものなんの役に立つって言うんだ。この俺に向かってくだらない能書きをたれるな。ふん、なら『～に服する』っていうのはなんだ、『～に服する』っていうのは。『～を勧める』だろう。黙れ。『～に服する』なのか『～を勧める』なのか、どっちだ。答えろ」

「たしかに、そうとも言いますが……」

「なら『～を勧める』とするべきだろう。なぜなら言ったとおりに書かないなんてことはありえないからな。たぶん俺は莫迦なのかもしれんし、やかましく言うなら、たぶん俺のようなやつが満足にスウェーデン語を話すなんてできないのかもしれん。だが校正はしてやった。ほら、さあ、続きをやるんだ、それと、次からは時間に気をつけろ」

いきなり、編集長は怒号をあげて席を立つと、校正係の小僧に平手打ちを食らわせた。

「おいこら、真っ昼間から寝ていやがったな、このぐうたらめ。お前には目ン玉を開けておくことを教えてやる。まだゲンコツを食らったっておかしくない歳だ」

そしてこの犠牲者のズボン吊りを引っ掴むと、売れ残りの新聞の山の上に放り投げ、きつく締めていたベルトを弛めて外すと、そのベルトを手に持って打ち据えた。

「寝てなんかいません、寝てなんかいません。ただ、目を閉じていただけです」小僧が痛みのあまり泣き叫びながら言った。

「そうか、お前も認めないというんだな。嘘をつくことを覚えやがって、だが、俺が本当のことを話すように教育してやる。――寝てたのか、寝ていなかったのか、どっちだ。今度こそ本当のことを言うんだ、さもなければ酷い目に遭うぞ」

「寝ていません」吃りながらこの不幸な小僧は答えた。まだ若すぎたし、あまりに純真すぎたので、嘘をついてジレンマから抜け出すような芸当はできなかったのである。

「そうか、まだ認めないか。これはまた面の皮の厚いぐうたらがいたもんだ。ぬけぬけと嘘をつきやがって」

さらに重ねてこの真実の証人に罰を下そうとしたので、ファルクが立ち上がり、編集長の前に立ちはだかって、断固とした声で告げた。

「この子をぶたないでください。ボクは寝ていないのを見ていました」

「なんだ、貴様にわかるっていうのか。こいつはまた愉快な御仁がいたもんだ。『ぶたないでください』だと。そんなことを言うのはどの口だ。どうやら耳元で蚊がブンブンと飛んでいたらしいな。それで聞き間違いでもしたんだろう。ああ、そうだとも、そうだとも、神に誓ってそうにきまってる。——ユーグベリ君。君は物わかりのいい好青年だ。大学なんてところで勉強もしていないしな。もしかしたら君は、俺がいまこうして魚のようにズボン吊りからぶら下げているこの小僧について、なにか見ていたのではないかな、こいつが寝ていたかどうか、君にわかるのかね」

「もし寝ていなかったとすれば、」ユーグベリがうやうやしく答える。「ちょうど眠ろうとしていたんでしょう」

「正しい答えだ。ではユーグベリ君、ちょっとこのズボン吊りを持っていてはくれないだろうか、これから俺の鞭で、真実を話すことの大切さを若者に教え込んでやるんでね」

「あなたにこの子をぶつ権利はありません」ファルクが言う。「もしこれ以上この子に手を上げてご覧なさい、ボクは窓を開けてお巡りを呼びますよ」

「俺は主人で、見習いの小僧を殴っているだけだ。今は見習いの小僧だが、いずれは編集部に入るわけだからな。ああ、いずれはそうなる。もっとも見習い小僧の手伝いがなけりゃ、新聞の編集ひとつできないと思ってる大学出のやつがここにはいるがな。おい、グスターフ、お前はこの新聞の仕事で勉強しているんじゃないのか。ええ、どうなんだ。さあ、答えろ。だが、本当のことを話すんだ、さもないと……」

戸が開いて、ひょいっと頭がのぞいた——ひじょうに珍しい顔で、このような場所で会うとは予想外の人物である。しかし、ひじょうに馴染みの顔であったことも確かであり、それというのも、すでに五回はここに姿を現わしていたからである。

にもかかわらず、これといって特徴のないこの顔を見て、編集長は態度を一変させ、上着を着てベルトをきっちりと締め、それからお辞儀をして、ずいぶんと稽古したらしい喜色満面の表情を作った。

訪れたその国会議員は、編集長が暇かどうか尋ねた。来客者の意に沿った答えを返し、バリケード帽子を頭の上から取り去ると、労働者らしい面影の最後の一片も消え去った。

二人の紳士は編集長の個室に入っていき、背後の戸をしっかりと閉じた。

「いったいあの伯爵はどんな思惑があるんだろうな」とユーグベリは言うと、教師が去った後の生徒のように、やれやれといった様子で自分の椅子に腰を下ろした。

「そんなことはどうでもいい」とファルク。「なぜなら、ボクはやつがどんなペテン師か知っているからな。それに、編集長がどんなペテン師かも。だが、君が昼行灯でいるのをやめて、恥ずべき行為に荷担するような、誇りを失った犬に成り下がったのはどういう訳だ」

「まあ、そんなに熱くならないことだ、兄弟。——そういえば、昨晩の本会議にはいなかったな」

「ああ、国会なんて、私欲のためという以外の意義を、なに一つとして持たないところだからね。トリトンの放漫経営についてはどうなったんだ」

「全体での採決で、企業の愛国的理念には大いなる国民的なものがあることを鑑み、国家がすべての負債を引き継ぎ、同時に、会社は清算することに……それとも休眠するだったか、することに決定された」

「つまり——土台が崩れていくあいだ、国家が家屋を支えてやるってことか、取締役の連中が逃げ出すための時間を稼げるように」

「君はもっと物のわかる人間で、すべてのそうしたささやかな……」

「ああ、わかってる、わかってるさ。すべてのそうしたささやかな利子受領者、と言いたいんだろう——そうだとも、ボクだって昔はやつらがそのささやかな資本を元手に働いているんだと思っていたさ、ところが、やつらときたらその上に胡座をかいてぐうたらと暴利を貪っているだけだった。だから、そうしたイカサマ野郎たちは牢獄に行くべきだと思うようになったよ。そうすれば詐欺じみた企ても少しは収まっただろう。そんなのが政治経済と呼ばれているんだからな。糞ったれだ。――もう一つ。君はボクの後釜につこうと一所懸命だそうだな。そんなものくれてやるよ。校正でボクの尻拭いや後始末のようなことをしなければならないからといって、ボクのことを苦々しく思いながら、こんな部屋の片隅に座っている必要もなくなるだろう。やつの机の中には、ボクの書いた印刷にまわされていない記事がごまんとある。あの自由に仇なす犬め、軽蔑するね。もうこんな与太話の切り抜きなんてやってられるものか。ボクに赤頭巾新聞は保守的すぎた、だが、労働者の旗はあまりに汚れすぎていた」

「ふん、君が現実離れした幻想を捨てて、賢明になるなんて、愉快なこともあったものだ。灰色外套に入ればいいじゃないか。あそこでなら君の将来も開けるだろう」

「虐げられている人びとの問題こそ大事に取り組まれているなんて幻想は捨てるさ。それに、世間にたいして世論とはなにか、とりわけ印刷物とはなにかを啓蒙すること、そしてそれがどのように生まれるのかを明らかにすることは、大それた務めだとも思ってる。だが、問題それ自体を、ボクはけっして捨て去ることはしない」

編集長室の戸が再び開いて、編集長自身が出てきた。戸口の真ん中で立ち止まり、不自然な、おもねるような、ほとんど恭しいくらいの声色で語った。

「参事官補殿には、私がいないあいだ、ここの編集部をおまかせしてもよろしいかな――私は一日ばかり極めて重大な用事があって出かけなければならないんだ。書記殿は今取り掛かっている仕事を手伝ってやってくれたまえ。伯爵殿は今しばらく私の部屋におられるそうだ――諸兄らはもし伯爵殿にご用命を仰せつかってもいいように、ここを離れないでいてくれると助かりますよ」

「いえいえ、そんな必要はありません」出稿間際の原稿に視線を落しながら、伯爵が部屋の中から声をかけた。

編集長が去り、そして奇妙なことに、その約二分後には伯爵も去った。それとも、労働者の旗の編集長と一緒に出ていくのを避けるために必要とされた時間をおいただけかもしれなかった。

「一緒に出ていったんだと思うかい」ユーグベリが尋ねた。

「そう願うね」とファルク。

「なら僕は、修道士橋までおりていって、買い物途中のご婦人方でも眺めてくるかな。ところで、あれからベーダには会ったのか」

「あれからって」

「ああ、ナプレスを出たあとで、部屋で客をとってただろう、そのあとでだ」

「どうしてそんなことを知っているんだ」

「まあ冷静になりたまえ、ファルク君。そんなんで事態はけっしして好転しない」

「ああ、すぐにでも冷静になるさ、さもなきゃ頭がどうにかなってしまいそうだからな。いったいなんでまた、可愛らしいとはいえあんな女を、ボクはあれほどに、あんなにも愛してしまったのか。あの女《ひと》はボクをもっとも恥ずべき仕方で裏切ったのだ。ボクに拒んだことを、あんな太っちょの食料品店主なんかにくれてやったんだぞ。それであの女がなんて答えたか知っているか。それは純真にボクを愛していることの証拠だと言ったんだ」

「それはまた見事な弁証法的物言いだな。女が正しい、なぜなら大前提がまったくもって正しいからだ。君のことをまだ愛しているのだろう」

「少なくともまだボクのことをつけまわしてはいるようだ」

「君はどうなんだ」

「能うかぎりの力で憎んでいる。だが、近づくのが怖いんだ」

「なら、君もまだあの女を愛しているというわけだ」

「話題を変えよう」

「ファルク君、冷静にならなくてはだめだ。僕を見たまえ。もっとも僕はこれから外でお日様にでもあたってくることにする。しかし、限りある人生だ、せいぜい楽しまなければな。グスターフ、よければお前もドイツ噴水にでも行って、釦遊びをしてきていいぞ、ただし一時間だ」

ファルクは一人になった。太陽が急勾配になった屋根の真ん中を照らし、部屋の中は蒸し風呂のように暑くなった。ファルクは窓を開けて外を眺め、何度か新鮮な空気を吸い込もうとする。しかし、排水溝から立ち上る息が詰まるようなガスを吸い込んでしまった。視線を右手前方に向けると、幾筋かの細い路地が見えた。ゲンコツ通りとドイツ坂と呼ばれている通りである。さらにずっと遠くを見渡すと、蒸気船の一部が見えた。メーラレン湖の波が太陽の光線に照らされて輝いている。革職人湾に面した岸壁の割れ目には、そのあちこちのひび割れにようやく緑の色がつきはじめていた。ファルクは今し方見えた蒸気船に乗っている人たちのことを考えた。これから夏を満喫しに船で出かけ、波に遊び、緑に目を休ませるのだろう。とそのとき建物の中でブリキ職人がブリキ板をハンマーで叩きはじめたので、家中、窓枠までもがトンカン、トンカンと音をたてはじめた。道ではガタゴト、ガタゴトと悪臭のする大八車を数人の人夫が押していた。路地の真向かいの居酒屋からはブレンヴィンやら発泡酒やら、オガクズやらトウヒの枝やらの臭いが溢れ出ている。ファルクは頭を引っ込め、自分の机に向かって座った。目の前には切り抜かれるのを待っている地方紙がうずたかく積まれている。カフスを外し、記事の吟味をはじめる。その山からはカーボンとオイルの臭いがして、辺りに黒粉を撒き散らしている——それが第一の印象であった。切り取るだけの価値があると思ったものは、捨て置かねばならない。なぜなら白紙の方針に配慮せねばならなかったからである。もしどこかの工場の労働者が工場長に銀の銜《くく》み煙草入れを贈ったとしたら、間髪入れず切り抜きにかかるが、もし社主が五百リークスダーレルを労働者共済に寄附したとしても、これを見過ごすのである。そして、もしハッランド公爵が杭打ち機の始動式を執り行い、その際に執事のトレールンドが韻文詩を書いたとすれば、その詩を含めたすべてを切り抜く。『なぜならそうしたものを民衆は好んで読むからである』。なにか嘲弄する言葉の一つも浴びせてやることができれば、どうせ嘲笑の的になっていたとはいうものの、なおいっそうよい。ところで切り抜きの優先順位は以下のようになっている。まず新聞人と肉体労働者について褒めていることならなんでも。次に牧師、軍人、大商人（小商人は除く）、学士院会員、大作家と裁判官について貶《けな》していることならなんでも。さらに少なくとも一週間に一回、王立劇場の執行部を糾弾し、同時に小劇場の軽佻浮薄《けいちょうふはく》な歌劇を『道徳と公序良俗の名の下に』扱《こ》き下ろすこと。なぜなら編集長の見立てによれば、労働者はこのような劇場で楽しんでいないからである。そして月に一回は、市庁のお偉方の無駄遣いを非難（そして断罪を）せねばならず、加えて機会がある度に憲法に難癖をつけることが望まれているのである。しかし政府への手出しは無用である。ある特定の国会議員並びに政府の大臣にたいする襲撃には編集長が厳格な検閲を設けていたのである。どの人物が該当するのか。それは編集長ですら与り知らぬ秘密であった。というのもそれは風向き一つで変わってしまうものであり、その風向きを見定めることができるのは新聞社の表に現れぬ社主たちだけだからである。

ファルクは鋏を手に仕事にかかった。すぐに片手が真っ黒になった。それから糊で貼りつけをした。しかしゴム製の容器からはひどく嫌な悪臭がするし、太陽は容赦なく照りつけ、室温を上昇させていた。可哀想なアロエの葉は、乾きにもラクダのように耐えることができ、苛々《いらいら》と鉄筆を突き立てられても我慢してきたのであるが、いまではすっかりうちひしがれた様子である。それは荒涼とした部屋の印象をかえってぞっとするほど鮮明にしていた。突き刺されてできた黒い点々が葉肉一面をびっしりと覆い、まるで束ねられたロバの耳が乾ききった鉢植えの土から生えてるようだった。手を止め無為に沈んでいたファルクの頭になにかしらそうした考えが横切ったのかもしれない。後悔する間もなく、全部の耳たぶを摘み取ってしまっていた。そしてたぶん良心の呵責を鎮めるためか、それともただなにかすることが欲しかっただけなのか、ファルクはゴム糊を傷口に塗り込め、太陽がそれを乾燥させる様子を眺めた。それからしばらくの間、どこから食事をとろうか、ぼんやりと考えていた。すなわちそれはファルクもすでに劫罰《ごうばつ》へと通ずる道に――あるいは言わば『汚い仕事』の道に――足を踏み入れてしまっていたことを意味していた。それから「黒錨」の葉を詰めたパイプに火をつけ、感覚を朦朧とさせる香りを立ち上らせ、束の間の太陽の光に身を浸した。こうしてファルクは惨めなスウェーデンにたいして少しは穏やかな気持になれた。毎日、毎週、週二回と発行されている、新聞とも呼ばれている公報の中で、その惨めな姿を晒している祖国に。鋏を置き、切り抜き終った新聞を部屋の隅に放り投げる。陶器の水差しの中身を兄弟のようにアロエと分けあう。ふと、その可哀想なものがなにか羽根をもがれたもののように思えた――なんでもいい――例えば泥水の中に頭を突っ込んで、なにかを探して掘り返しているマガモ――なんでもいい――例えば、真珠あるいは真珠が入っていない真珠貝。それからまた、絶望に捕われた。まるで長い留め鉤を持った皮なめし職人に、何度も何度も洗い桶の中へ入れられては漬けられているようだった。そこで刀を当てる前の下準備がなされ、皮に付着した余分なものを削ぎ落され、そうしてほかの人間たちと同じようになるのである。それで良心の呵責は感じなかったし、無為に費やされた人生を後悔することもなくなった。ただただ、若くして死を迎えねばならないことに絶望していた。それはなにも有益なことをなしえぬままに迎える精神的な死であり、役立たずの葦のように、火にくべられる枝のように、問答無用で捨て去られることへの絶望であった。

ドイツ教会の鐘が十一回鳴った。鐘演奏がはじまる。『ここにいることの素晴らしさ』と『我が人生は波』である。まるで同一の理念に導かれたように、火事広場のあたりから、助奏のフルートの音色を伴って、『美しき青きドナウ』を奏で上げるイタリア製の手廻しオルガンの演奏がはじまった。あまりにたくさんの音楽が一度に演奏されるので、ブリキ職人にもあらたな活力が生まれたらしく、これまでの二倍の熱心さでブリキ板をトンカン、トンカン叩き出した。これらの騒音のせいで、ファルクには戸が開いて二人の人物が部屋に入ってくる音が聞こえなかった。一人は背が高く、痩せており、刈り上げにした黒髪の人物で、高い鼻の持ち主だった。もう一人は太っちょで、背が低くがっしりした体格の金髪の人物で、汗をだらだらたらした顔がてかてか光っており、それはまるでヘブライ人たちがあらゆる生き物の中でもっとも不浄であると見なしている動物にそっくりであった。二人の外見を見るかぎり、精神的にも、肉体的にも、たいして力を要求されないような活動をしているとしか思えなかった。そこにあったのは不規則な仕事や生活をしている者に特有の、優柔不断さであった。

「おい」ののっぽが囁く。「いま一人か」

ファルクはこの訪問に心地よい驚きを感じているような、嫌な驚きを感じているような、両方の表情を浮かべた。

「まったくの一人きりだ。赤の野郎はどっかに行っちまった」

「そうかそうか。なら一緒に来い。食事でも食いに行こう」

それを断る理由などファルクにはなかった。そこで事務所を締め、二人について東通りにある地下食堂『星』に向かい、そこの一番暗い隅の席に陣取った。

「なんてこった、あのブレンヴィンを見ろよ」太っちょが言った。そして絶望に濁っていた目がキラキラと輝いて、ブレンヴィンの瓶に釘付けになった。

しかし同行したファルクはより多くの同情と慰めを得るために、それらの饗せられた至福の品々にほとんどそれらしい注意を向けなかった。

「ボクはもう長いことこんなにも不幸を感じたことはなかった」とファルク。

「鰊《にしん》の酢漬のオープンサンドはどうだ」ののっぽが言った。「リューディンゲの茴香《ういこう》チーズをとろう。――おい、給仕。――ブロムベリのキュヴェを持ってこい」

「どうか、よい忠告をボクに与えてくれませんか」ファルクが再び話を引き戻そうとする。「もうあの『赤』には我慢できないんです。それで次の職を探さなくてはいけないんですが……」

「おい、給仕。ベーリマンの堅焼きパンをくれ。――

ファルク、まあ一杯やれ。くだらんことをグダグダとぬかしてるんじゃないよ」

梯子を外されたファルクはそれ以上おのれの魂の困窮を癒されようとする方向での試みをあきらめ、別の、しかしごくありふれた道を試すことにした。

「一杯やれですって。ええ、是非とも望むところです」

まるで毒液が体中の血管をめぐるようだった。というのもファルクは午前中から強い酒を飲むことに慣れていなかったからである。しかし食事の臭い、蝿の羽音、汚れたお盆の横に置かれた腐りかけの花束の臭いなどなどに囲まれて、ファルクは素晴らしくいい気分になった。下着はだらしなくはみ出したまま、上着は染みだらけ、そのうえ髪も梳かさずにいるような悪人づらの悪い仲間たちと交わることも、今の自分自身の零落ぶりとしっくり調和して、ファルクは大きな喜びを感じた。

「俺らは昨日も動物庭園《ユールゴーデン》まで出かけて、飲んでたんだ」過ぎ去った楽しみを記憶の中で反復するように、太っちょが言った。

これに対してファルクはなにも言うことが見当たらなかった。そしてすぐに別のことを考えはじめていた。

「昼間っから自由にしているってのはいいもんだなぁ」どうやら初恋の誘惑者役を演じることになったらしい、のっぽが言った。

「ええ、いいものです」返事をするファルク。そして自分の自由を測ろうとするかのように、視線を窓の外に向けた。しかし見えたのは火事に備えた避難梯子と裏庭の外に置かれていたごみ溜めだけであった。夏空から零《こぼ》れた光がその裏庭を弱々しく照らしている。

「さて、半分空けたな。どうした。——ほっほう。——なに、トリトン株式会社だと。はっはっはっはっ」

「笑い事じゃありませんよ」とファルク。「大勢の人が、哀れにも、そのせいで苦しむことになるんですから」

「哀れな人ってのはどんな奴だ。哀れな資本家たちか。仕事もせずに、人様の金で暮らしているような奴らが可哀想だとでも思っているのか、坊や。ちがうだろう。おまえさんはまだたんまりと偏見を抱えているようだな。だがそれについては雀蜂に面白い話が載っていてな、ある問屋主人がベッレヘム孤児院に二万リークスダーレルを寄附した。そしてそれが認められて、ヴァーサ勲章を手にいれた。だがその金は会社の負債にたいして連帯責任が生じる決まりになっていた。トリトンの株券であることが判明した。おかげで今や孤児院は倒産するはめになっちまった。なんとも愉快じゃないか。倒産時の総資産は揺りかごが二十五台、無名の巨匠の手による油彩の肖像画が一枚だった。実に素晴らしい。肖像画には五リークスダーレルの値がついた。なんとも愉快じゃないか。はっはっはっはっ」

ファルクはこの話題に触れられて居心地の悪い思いだった。なぜなら誰よりもよく、このことを知っていたからである。

「ふん、例のペテン師のフェーンストレームがこの前のクリスマスにずいぶんとまあ酷い詩を出版したが、赤頭巾が奴の化けの皮を剥いだことは知っているよな」と太っちょが言った。「いけ好かない野郎のことで、一度でも真実の言葉を読むっていうのは本当に気分がいいいな。俺も毒蝮《どくまむし》で奴のことを何度か、徹底的に叩いてやったことがあったが」

「それはそうだが、いくらなんでもちょっと奴に不公平すぎやしないか。あいつの韻文詩はそんなに悪くなかったろう」とのっぽ。

「悪くないだと。灰色外套に扱《こ》き下ろされた俺のやつより、よっぽど酷かったぜ——覚えているだろう」

「ところで、ファルク。動物庭園劇場に行ったか」のっぽが尋ねた。

「いいや」

「そいつは残念だ」

「ルンドホルムの野盗をやっているんだが、これがまた流行っていてな。もちろん、俺にはあんな野郎、図々しい礼儀知らずとしか思えない。奴は毒蝮に一枚の入場券すら送ってよこさなかったんだぞ。そのうえ俺たちが昨日わざわざ足を運んでやったというのに、追い返しやがった。もう一度、目にもの見せてくれるわ。お前もあの犬っころに一発喰らわせてやりたくないか。ほら、ここに紙と鉛筆がある。今、俺も書く。『演劇と音楽』、それに『動物庭園劇場』だ。さあ、お前も書け」

「でも、ボクはその男の劇団を見たことがないんですよ」

「それがどうしたっていうんだ。見てないことについて、これまで書いたことがないとでもいうのか」

「ないです。そんなことはやっていません。もちろんこれまでだってペテン師の化けの皮を剥いでやったことはあります。でも罪のない人を攻撃したことは一度だってありません。なにより劇団のことをボクは知らないんですから」

「ああ、それはそれは酷いもんだ。ただの屑どもの群れだよ」太っちょが請け合った。「お前の鋭いペンで、奴の尻《けつ》をぶっ刺してやれ。なあに、お手の物だろう」

「なぜご自分たちでぶっ刺してやらないんです」ファルクが尋ねる。

「植字工には俺たちの文体が知れてるからさ。それにあいつらは仕事がおわれば大衆の振りをしてるような奴らだからな。ところでルンドホルムってやつはえらく御しがたい野郎でね。きっと頭から蒸気を出して事務所に駆け込んでくるだろう。そうしたら今度は非党派的な立場から世論の後押しを得て、奴の鼻の穴にぶっ刺してやるだけさ。まあそういう訳だ。ファルクは演劇について書け。俺は音楽をやる。今週、牧場教会でコンサートがあったな。——あいつの名前はダウブリーだったか、最後はyで綴る」

「いや、iだ」太っちょが答える。「ただ奴がテノールだってことと、『悲しみの聖母』を歌ったってことだけ覚えておけ」

「どう綴るんだ」

「そんなのはすぐに調べがつく」毒蝮の編集長である太っちょはそう言うと、ガスメーターの辺りから油まみれの新聞紙の束を取り出した。

「ほら、ここに全部の演目がある。それとこの新聞には批評も載っていると思うぞ」

ファルクは笑わずにはおれなかった。

「新聞広告が出るのと同じ日に批評が載るわけないじゃないですか」

「きっとあるさ。いつだってそうだ。だが今は必要ない。これから例のフランス語の文庫本も批評しなけりゃいかん。——おい、でぶ、おまえは文学をやれ」

「出版社の人は毒蝮に本なんて送ってくれるんですか」ファルクが尋ねる。

「おまえ、頭がどうかしてるんじゃないか」

「なら、ご自分たちで購入しているんですか。ただ批評して楽しむためだけに」

「購入するだと。——青二才め。ほら、三杯目だ。飲め。陽気な顔をしてみせろ。そうすりゃ、骨付き肉をくれてやろう」

「あなた方、実は本なんて読まずに批評しているんでしょう」

「誰に本を読む時間なんてあると思っているんだ。なにかそれについて書かれていれば、それで十分なんだろう。なら、新聞を読んでいれば事足りる。ところで俺たちは原則としてどんなものでも叩くことにしている」

「ええ、でもそんなのは愚かな原則です」

「どこがだ。そうすることで作家と仲の悪い人間やら作家を妬んでいる人間やらをみんな取り込むことができるんだぞ——それでこっちは多数派をつくれる。おまけに中立の奴らってのは他人が称賛されている言葉よりも罵倒されている言葉のほうを読みたがるときている。普段見向きもされない者にとって、名声を得た者の歩む茨の道がいかなるものであるかを知ることは啓発的であるとともに、とても慰めにもなる。そうじゃないか」

「ええ、しかし人の命運をそんな風に扱うなんてことは」

「おお、老いた者にも若い者にもいいことにきまっている。若い頃から罵倒されるばかりだった俺が言うんだ。間違いない」

「ええ、でもあなた方は世間一般の判断を誤らせていることになります」

「世間一般なんてものが判断なんてしたがるものか。世間一般が望んでいるのはただ自分たちの情動《じょうどう》を満足させることだけだ。もし俺がおまえと不仲な奴を誉め称えたとする。そうしたらおまえはミミズのように身を悶えて、俺には見る目がないと言うだろう。そしてもし俺がおまえの友だちを誉め称えたら、俺のことを炯眼《けいがん》の持ち主だと言うだろう。おい、でぶ、王立劇場でこのまえ演《や》ってた戯曲を扱き下ろしておけ。最近しゃしゃり出てきた奴だ」

「デビューしたっていうのは確かなのか」

「ああ、糞っ垂れめ。いつものやつでいい、この劇は『行動を欠いている』って言ってやれ。読者の皆さんにもすっかりお馴染となった物言いだしな。それと奴の『美辞麗句』を虚仮《こけ》にしてやってもいい。昔からある中傷するときの悪くない褒め言葉だ。あとは劇場監督に噛みつくんだな。あんな作品を採用したってことで。戯曲の『道徳内容』が怪しいことについても一言欲しい――これはどんなものについても言えることだからな。実際の上演のことには触れないでおけ。それは『紙面の都合上』、『またの機会に述べたいと思う』とでもしておけばいいだろう。そうすればあの三文芝居を見ていないせいで勇み足を踏むようなこともあるまい」

「その戯曲を書いたという不幸な人は誰なんです」

ファルクが尋ねた。

「まだ誰も知らん」

「なんですって、その人のご両親やご兄弟のことを考えたらどうなんです。そんなものが、しかも不公正きわまりないかもしれないというのに、読まれてしまうかもしれないじゃないですか」

「ふん、そいつらが毒蝮となんの関係がある。もっともそいつらだって自分と不仲な奴らがブスリとやられているところを読むことができるから、読もうとしたんだろうよ。請け合ってやったっていいぜ。毒蝮に載ってる内容くらい承知しているにきまっているからな」

「なら、あなた方には良心というものがないんですか」

「俺たちを養ってくれている読者の皆さんが、『栄えある読者さま』が、良心なんてものを持ち合わせているのか。読者さまの支えなしで俺たちが食っていけるとでもお前は思っているのか。どれ、俺が書いた『文学の近況について』という文章があるんだが、聞いてみたくはないか。なにどうして莫迦にしたもんじゃない、おまえもそう思うはずだ。俺は写しを持ち歩いているのでね。だが、まずは黒ビールでも一杯やろう。

おい、給仕。——さて、それじゃあ聞かせてやるとするか。もし欲しければ、あとでおまえにやろう。『長きにおいて、おそらく、スウェーデンの詩文制作がこれほどの嘆かわしい状況におかれたことはなかった。全くの絶望に打ちのめされた呻き声が聞こえる。背の高い大男がまるで盛りがついた三月の猫のように鳴き喚いている。そしてその者たちときたらただ世間の耳目を集めることしか考えていない。しかも貧血症や胃カタルであることを喧伝する以外の仕方では、それすらもままならないときている。結核であることを誇ろうとはしない。なぜなら結核は古くさいからである。そしてビール樽を運ぶ荷馬のような広い背中を揺らしながら、荷担ぎ人夫のような赤ら顔で闊歩しているのである。そこには女の不実を嘆いているものもいる。愛を囁き信実を試すのは金を渡す娼婦たちにだけなのに。それで、『金《きん》は持たず、あるのはただ竪琴のみ』などと書くのである——なんという嘘つきだ。年に五千もの利子を受け取り、スウェーデン学士院の席を世襲財産権として保持していながら。不実で冷笑的な嘲弄家もいる。口を開けばその汚ならしい魂を露にせずにはおれないのだ。どんな神々しさも曇らされてしまう。そうした者たちが書く詩など、三十年前に牧師館の娘たちがギターの楽譜に書き込んだ歌詞と比べて、これっぽっちも優れているところがない。それに娘たちなら詩を書いたといっても、せいぜいが洋菓子屋で十二エーレの砂糖菓子をねだるくらいのもので、自分を詩人にしてくれなどと言って、出版社や印刷所や批評家らのもとを訪れて、煩《わずら》わせるようなことはしないだろう。それではなにについて書いているのだろうか。なにかについて書いてなどいやしない。つまり自分自身のことを書きつらねているだけなのである。自分自身を語ることは好ましくないことであるとされている。ところがそれを書くことは好ましいらしいのだ。なにを嘆いているのか。成功できない自分の無能さをである。成功とはまた結構な言葉があったものだ。もし奴らが人びとの、時代の、社会の中で、心を震わせうるただ一つの思いに息吹を吹き込むことがあったなら、すなわちたった一度でも憐れな者たちの言葉を語ったことがあったなら、その者らの罪も許されたかもしれない。しかしそんなことは一度もなかった。したがってその者らはカチャカチャと音をたてる鉱石――否、ガチャガチャとけたたましい音をたてるだけの鉄屑、それとも道化服についている壊れた鈴となんら変わりない――というのもビュールステンが書く文学史の次の版に名前が載ること、スウェーデン学士院、そして自分自身以外のものに愛情を注ぐことがないからである』――どうだ、なかなか辛辣なもんだろう」

「不公正だと思います」とファルク。

「俺は的確なまとめだと思うね」と太っちょ。「いずれにしろおまえだってよく書けていると認めないわけにはいかないだろう。ちがうか。こののっぽは靴底の革だって貫き通すペンの持ち主だからな」

「さあさあ、お喋りはもうそれくらいにして、手を動かせ。あとで珈琲とコニャックが待ってるぞ」

そうして一同は人間の価値について、あるいは無価値について書き、そしてまるで卵の殻でも割るように、人びとの心臓を握り潰していったのである。

ファルクは新鮮な空気を吸いたいという耐えがたい欲求を感じた。庭に面した窓を開ける。しかし高い壁に囲まれた狭く暗い庭はまるで墓の中にいるような気分をおこさせるのに十分であり、頭を後ろに倒すようにしてようやく四角く切り取られた空が見えるだけであった。そしてやはりファルクも自分の墓の底にいるのだと思った。酒宴の歌と食事の臭いに囲まれて、おのれの青春時代、健全な向上心、そしてみずからの誇りを葬送したのちに一杯やっているのである。卓上のライラックの花の香りを嗅ごうとしたが、しかし花は腐った臭いを撒き散らしているだけであった。そこでもう一度窓の外に目をやり、なにか嫌悪感を催さないようなものを見つけようとしたが、しかし目についたのはただタールを塗り込めたばかりのごみ溜めだけだった。そしてそれはまるで棺桶のようにそこにあった。中身は使われなくなったツリー飾り、使い古されて不用となったものである。ファルクは避難梯子をつたって思考を上へ向かわせようとした。梯子は不浄と悪臭と汚名にまみれた地から真っ直ぐ青い天へ向かって伸びているように思われたのである。しかしそれを上り下りしている天使たちはいなかったし、その頂きから慈愛に満ちた顔が覗いていることもなかった。ただ空虚な青い無だけがあった。

ファルクはペンを掴み、演劇と書かれている見出しの綴りに影で飾りをつけはじめた。そのときファルクの腕を力強く掴む者がいた。そして断固とした声で告げた。

「一緒に来い、おまえに話しがある」

ファルクはなにかに打たれたように、恥じ入ったように見上げると、そこにはボーリが立っていた。ボーリは掴んだ腕を全く離そうとしない。

「あの、紹介させてもらえますか……」ファルクは話を切り出そうとした。

「断る。その必要はない」ボーリが遮る。「飲んだくれの物書きと知り合いになるなんてご免だ。ほら、一緒に来るんだ」

そしてボーリはファルクを問答無用に戸口まで引き摺っていった。

「帽子はどうした。ほれ。さあ、行こう」

二人は外に出た。ボーリはファルクを脇に抱えるようにして鉄広場まで連れていった。そこで一軒の船具屋に入り、甲板靴を買い込み、それから閘門《こうもん》を越えて市埠頭に降りていった。一艘の小さな帆船が舫い綱につながれて碇泊していた。すでに出航の準備は整っているようである。帆船では年若いレヴィーが座ってオープンサンドを食べながら、ラテン語の文法書を読んでいた。

「ここだ」とボーリ。「ウーリアって名前の帆船が見えるだろ。まあ、酷い船名だが、なかなかよく走るし、トリトン社の保険に入っている。あそこに座っているのが、この船の持ち主で、ユダヤ人小僧のイーサクだ。ラーベが書いたラテン語の教科書を読んでいる――あの阿呆め、学生になろうなんて目論んでいるらしい。――それでおまえにはこの夏のあいだ、やつの家庭教師をやってもらう。俺たちはネームド島にある夏の別荘まで羽根を伸ばしに行くところだ。全員乗船。異論は認めない。――準備はいいか。――では、出航」

第二十六章　文通

学士ボーリから物書きのストルーヴェへの手紙

ネームド島　六月十八日……

老醜聞記者殿

どうせ君もレヴィーンも靴職人銀行から我々が借りている金の延滞金の内、君らの支払い分をまだ振込んでいないにきまっている。だからこの手紙と一緒に大工銀行からあらたに借り入れた金の借用証書を送ることにする。延滞金に消える額を除いた分についてはキリスト教精神に則って分配されることが望ましい。俺の取り分は蒸気船でダーラル島に届けてくれれば、そこまで俺が取りに行くことにしよう。

ファルク君がここで俺の世話を受けるようになってもう一ヵ月になる。順調に快方に向かっていると思う。君も覚えているだろうが、ファルクは例のオッレの講演を聞いたあとすぐに俺たちのもとを去っていった。そして自分の兄やその縁故を利用する代わりに労働者の旗なんぞに身を投じ、たかだか五十リークスダーレルの月給を得るために、散々な虐待を受けていたのだ。ゲンコツ通りの自由な空気はどうやらファルクを堕落させるだけだったらしい。というのも立派な人びとを忌み嫌うようになり、身なりもひどい有様になっていた。俺はしかしその時も淫売婦のベーダ――君も知っているな――を通じて目を光らせていたさ。それで頃合を見計らって、コミューン派の連中とのつき合いを断ち切り、連れ出してやった。俺が迎えにいったとき、あいつは星地下食堂で二人の醜聞書きとブレンヴィンをかっ食らっていた――なにかの記事を書いていたかもしれん。連行するときの道中、あいつの状態は君ですら嘆かわしいと表現しただろうほどの有様だった。

君も知っているとおり、俺は人間を絶対的な無感動の眼差しで観察することにしている。地質学的な検体として、つまり鉱物として取り扱うわけだ。ある鉱物は斯々《かくかく》の自然条件下で結晶化し、ある鉱物は云々《しかじか》の自然条件下で結晶化する。なぜそうなるのか。然り、それは自然法則や環境に依るのであり、法則や環境を前にして、我々は無感動に振舞わねばならない。方解石が水晶のように硬くないからといって、嘆き悲しんだりしない。だから俺がファルクのおかれた境遇を嘆かわしいなどと言うことはありえない。それはただ単にあいつの気質（君らが心と呼ぶものだ）＋その気質が招き寄せた環境の産物だ。それにもかかわらず、ファルクはその時、ちょっとばかり『ダウン』していた。俺が船に乗せたときも、されるがままだったよ。しかしちょうど錨を上げて出航したときだった。ファルクが振り返ると、君も知っているベーダが岸辺で手を振っていたんだ。たぶんベーダが自分で来たんだと思う。それでこの男は気が狂ったようになった。陸に戻るんだと叫んで、海に飛込んでやるなんて脅しやがった。俺は腕を掴んで船室に押し込み、鍵を掛けて閉じ込めたよ。途中ヴァクスホルムに立ち寄って、手紙を二通投函した。一通は労働者の旗に、ファルクの暫くの暇《いとま》を告げるもので、もう一通はファルクの下宿屋の女将に、身の回りの衣類をこっちに送ってもらうように依頼するものだ。

そんなこともあったが、ファルクもやがて落ち着きを取り戻し、大海原と多島海に浮かぶ小島が見える頃にはすっかり感傷的な気分になって、打ち解けて話すようになった。もう二度と神の（！）創りたまいし緑の大地を目にすることはないと思っていたとかなんとか、そういった諸々のくだらないことをだ。ところがそのうちにある種の良心のようなものが芽生えてきたらしい。こんなに幸せでいたり、なにもしないでいることを満喫したりする権利が自分にはない、なんてぬかしはじめた。ゲンコツ通りのごろつきに対しておのれの義務を果たさなかったと思っているんだ。それで引き返したがった。あいつが今しがた逃げ出してきた生活について、俺が身の毛もよだつような描写をしてやると、同胞のために苦しみ、労働することは人間の責任であるなどと説くんだ。ファルクにとって、その意見は宗教的な性格を有するものであった（もっとも今はそんなもの、俺が炭酸水と海水浴で洗い流してやったがな）。この男は木っ端微塵になっていたように思われたので、修繕するのにはえらく苦労した。なぜならこの場合、精神と肉体とを切り分けることは難しかったからだ。ファルクはある点において俺に驚きの念を抱かせると言わねばなるまい——賛嘆など俺はけっしてしない。——おそらく独特の強迫観念に捕われているんだろう。ファルクには自分自身の利益になることと真逆の行動にでるところがある。考えてもみろ。もしもあのまま役人の道を安穏と歩みつづけていたのなら、そうしていたら兄君《あにきみ》もきっとかなりの額の援助を約束してくれていただろうし、そして今頃はさぞかしお気楽に暮らせていたんだぞ。そのかわり、あいつときたら自分の評判を地に落としてまで、荒くれ人夫のために馬車馬のように働くなんて——すべてはあのけったいな観念とかいうもののためにだ。それは驚くべきことだろう。

ともかくもファルクはいま快方に向かっていると思われる。とりわけついこのまえ教訓を受けてからは。考えられるか、あいつここの漁師に外で会ったとき、『さん』付きで呼びかけて、帽子をとって挨拶したんだぜ。そのうえ『調子はいかがですか』と話しかけ、住民らと心暖まるささやかな会話を試み、交流を深めようとした。その顚末はといえば、漁師は訝《あや》しむようになり、ある天気のよい日に俺のところに来て、『あのファルクとかいうの』は自分で借家料を支払っているのか、それとも博士が（俺のことだ）が払っているのか、なんて聞く始末だ。それをファルクに話してやると、あいつは悲しんだ。ある対象について抱いている好意を失うたびにいつもそうなる。またしばらくして、ファルクは選挙権の拡大について漁師と話しをした。今度はその漁師が俺のところに来て、ファルクは金に困っているのかと聞く結果になった。

ここに着いてすぐの頃は正気を失って、海辺をうろついていた。ときどき入り江の外に向かって、まるで引き返すことなど考えていないかのように遠泳を敢行することがあった。俺は常日頃、自殺というものは自然からの授かり物であり、したがって人間のもっとも神聖な権利であると考えているので、その習慣にはけっして介入しなかった。イーサクの語るところによれば、ファルクはたまにあのニンフのベーダについて、あの女は自分を徹底的に騙し尽したのだとかなんとか、長々と恨みつらみを吐露していたらしい。

ところでそのイーサクだが、これがたいした頭の持ち主なんだ、保証する。ラーベの文法書なんぞこの一ヵ月間ですっかり平らげちまって、いまでは俺たちが灰色外套でも読むようにカエサルを読んでやがる。さらにすごいのは、イーサクの奴はその中身がわかってるってことだ、俺たちにはさっぱりわからなかったのにな。しかしあいつの頭はそもそも詰め込み式の勉強に合うようにできている。つまりなんでも吸収してしまう。それと同時に計算高くもある。これはひとつの才能で、こうした才能に恵まれた多くの者たちは相当の阿呆であっても、天才になっている。イーサクの実際的な感覚にはときどき風を通してやる必要があるらしい。最近もイーサクの実業家としての能力を証明する見事な例を見せられた。あいつの経済状況のことはよく知らない。なぜなら殊このことに関しては極めて秘密主義なのだ。しかしある日なにやら落ち着きが見られないことがあった。どうやら数百ばかりの支払いがたまっていたらしい。トリトンの兄とはすでに切れていたので、頼ることができず俺のところにやってきたのだ。俺も援助してやることはできなかった。そうしたらイーサクのやつ、一冊の便箋を用意すると、一通の手紙を書き上げ、それを速達で出した。それからしばらくは静かな日々がつづいた。

俺たちが住んでいる夏小屋の外には美しいナラの木立があった。心地のよい木陰をもたらしてくれるとともに海風の防風林の役目も果たしてくれていた。そもそも俺に木々や自然のことはわからんが、まあ暑い日に木陰で休むのはいいものだ。ある朝カーテンを巻き上げると、俺は自分がどこにいるのかわからなかった。窓の外に多島海の入り江が広がっていたのだ。陸から約十分の一海里の距離にはヨットが一艘碇泊していた。ナラの木立はすべて切り倒されており、切株の一つにイーサクが座ってエウクリデスを読みながら、つぎつぎとヨットに運び出されていく木の数を数えていた。俺はファルクを起した。するとファルクは絶望し、狂乱し、イーサクと口論しにすっ飛んでいった。イーサクはこの事業で一千もの泡銭を——銀行券で——ポケットに入れたのだ。漁師は二百ぽっちのはした金を——しかも銀行券の三分の二の価値しかない政府紙幣で——受け取っただけだった。それ以上を要求しなかったのである。俺は腹が立ったね——木々のためにじゃない、同じ考えを俺が思いつかなかったからだ。ファルクは非愛国的だと言い、イーサクは『あんな邪魔っ気なもの』がなくなって見晴らしがよくなったと胸を張る。そして来週にも同じことをするために、ボートを調達して隣りの島々を訪ね回るつもりでいる。漁師の婆さんは一日中泣いていた。それで爺さんがダーラル島に行って、婆さんのために綺麗な洋服生地を買ってきてやることにした。ところが丸二日間も行ったきりになったあげく帰ってはきたのだが、すっかりへべれけになっていたうえに、ボートは空っぽだった。婆さんが生地はどうしたと問い詰めるとこの爺さんすっかり忘れてしまっていたと答えたのだ。

では、さらばだ。すぐに返信をして醜聞の類いの話でも聞かせるように。そして借金のことはくれぐれも大事に処置してくれ。

君の宿敵にして連帯保証人　　H・B

PS　役人銀行が創設されようとしているという話を新聞で知った。誰が金を出すことになるのだろうか。いずれにしても、哨戒しておけ、そのうちに証券をちょっとばかりつぎ込んでやるかもしれない。

間近に迫った俺の修士号取得のために、次の短信を灰色外套に掲載するよう頼まれてくれ。

学術的発見　医学学士ヘンリーク・ボーリは我が国の若く優秀な医師の一人であり、ストックホルムの多島海において行った動物解剖学の研究で、ウニの新種を発見した。これはボーリ氏によって極めて的確にもマリティムス maritimus と命名された。その特徴を簡潔に述べれば以下のとおりであるという。棘皮はたくさんの穴が開いている五つの歩帯と棘の生えた釦が並んでいる五つの間歩帯から成る。この動物は学界で大いに注目を集めている。

アルヴィッド・ファルクからベーダ・ペッテションへの手紙

ネームド島　八月十八日……

海辺を歩いている。エゾミソハギが細砂と珪石のあいだからすっくと伸び、花をつけているのが見える。ボクは冬の間ずっと新横丁の酒場で咲いていた君を思い出す。

＊　＊　＊

海を眺めながら、海辺の岩棚にうつ伏せに横たわり、片麻岩の欠片が肋骨をくすぐるのを感じる時ほど甘美な瞬間があることをボクは知らない。なぜならその時ボクは人より高いところに立っていると感じ、自分がプロメーテウスにでもなったように思うのだ。しかしかの禿げ鷲は――君のことだ――砂山通りの羽根布団の中で横臥して、水銀＊をついばんでいなければならない。

（＊訳者注　水銀は当時、梅毒の薬として使用されていた。）

＊　＊　＊

海底でたゆたう海藻を見ても喜びはえられない。しかし陸に打ち上げられ、腐敗した海藻はヨウ素の臭いがする。それは愛の滋養となる。臭素の臭いもする。それは狂気の滋養となる。

＊　＊　＊

天国が完成する以前には、すなわち、女が誕生する以前にはこの世に地獄など存在していなかった。（古くさい物言いだ。）

＊　＊　＊

外海に近い多島海の外れにはホンケワタガモの番《つがい》が打ち捨てられた銜《くく》み煙草の樽の中に住んでいる。もしもホンケワタガモの翼幅が二フィートであることを知るならば、奇跡であると思わずにはおれないだろう――その愛は奇跡なのだ。ボクにはもうこの世のどこを探しても生きる場所がない。

ベーダ・ペッテションから参事官補ファルクへの手紙

ストックホルム　八月十八日……

しん愛なる友へ

あたしわちょおどいまあなたの手紙おもらいました。けれどあたしにわそれがわかったといえません。けれどあたしが砂山通りにいると、あなたがおもっていることとわわかりました。けれどそれわまったくのウソっぱちです。あたしわたぶんあのゲス野ろうがそんなことおいいふらしているにちがいないんだと思います。でもそんなのわウソっぱちです。あたしわまえとおなじくらいとってもあなたお愛しているとあなたにチカいます。あたしわときどきあなたが恋しくて会いたいと思います。けれどそんなにすぐには会えないんじゃないかと思います。

あなたのチュウジツな　ベーダ

ついしん。おねがい、アルヴィッド、十五日まで三十リークスダーレルお貸してくれるとほんとに助かります。きっと十五日にわ返します。その日にお金がもらえることになっているからです。あたしわとってもぐあいが悪くて、ときどき死んじゃったほうがましじゃないかしらと思うくらい悲しくなります。きっさ店のいかず後家はとっても嫌なやつで、デブのベーリルンドのことであたしのことをシットしてました。だからあたしはあそこではたらくのをやめちゃいました。あたしについて話されてることわ、みんなただのイジワルなデマカセかウソっぱちなことばかりです。元気でね。あなたのベーダのことお忘れないで。

あなたのベーダ

お金はきっさ店のフルダのところに送ってくれれば、あたしがとりにいきます。

学士ボーリから物書きストルーヴェへの手紙

ネームド島　八月十八日……

保守派の悪党め

貴様、あの金を使い込みやがったな。俺の手元に一銭も届いていないし、代わりに靴職人銀行から督促状がきやがったぞ。『妻と子供がいる』なら、盗みを働いてもいいなんて思っているんじゃあるまいな。すぐに報告しろ、さもなけりゃ、俺が町まで行って、醜聞沙汰にしてやる。

短信は読んだ。だが案の定誤植だらけだったな。動物解剖学でなく、動物学と書いてあったり、ウニがヒトデになっていたぞ。とにかくあれがなにかの役に立ったことを祈ろう。

今日、例の女の筆跡で書かれた手紙を受け取ってからというもの、ファルクの奴は完全に気が狂ってしまった。思い出したように木に登ってみたり、海に潜ったりしている。たぶん危機ってやつなんだろう――あいつに理性が残っていたら、あとで話してみることにしよう。

イーサクは俺の許可も得ずにヨットを売っ払らいやがった。それでいま俺たちは一時的な敵対関係にある。イーサクがいま読んでいるのはリヴィウスの第二巻だ。それと漁業会社を設立しようとしている。そのうえ鰊漁《にしんぎょ》の網一張り、オットセイ狩りの猟銃一挺、薫製に使うパイプ二十五本、鮭漁の縄一本、スズキ漁の網二張り、漁具小屋一軒、それに——一軒の教会まで買ってしまっている。最後のものは耳を疑うかもしれないが、本当のことである。もっともその教会はロシア人たちにちょっとばかし燃やされて（一七一九年）しまったものだが、それでも壁はしっかりと残っている（ここの教区の連中は新しい教会を所有していて、そこで礼拝などを行っている。古いほうの教会は共同の倉庫として利用されていた）。イーサクはそれを人文学協会に寄附するつもりでいる。それでヴァーサ勲章をもらえると思っているんだ。もっと酷いこともあった。居酒屋の主人をやっている、やつの伯父貴のことだ。毎年秋になると、動物庭園のサーカス小屋で聾唖者にビールとオープンサンドを振る舞っていた。そしてそれを六年間も続けたっていうんで、ヴァーサ勲章をもらうことができた。ところがだ、おかげで施しはそれっきりで打ち止めだ。いまではもう、聾唖者がオープンサンドをもらうことはけっしてない。ヴァーサ勲章がいかに有害であるのかを示す、格好の事例だ。

あの男は俺が溺れ死にでもさせないかぎり、スウェーデン全部を買い占めるまでとまりそうにないな。

さあさあ、行動を起せ、高潔であれ。さもなくば俺がイエフとなって貴様をしょっぴきにいく。そのときは貴様の敗けだ。

H・B

PS　おまえがダーラル島の海水浴客について短信を書くときは、俺とファルク（参事官補）のことを入れておいてくれ。だがイーサクのことは書くな。俺は人付き合いにちょっとばかし嫌気がさしているところだ——だからイーサクはヨットを売り払いにいったのだろうが。

金が届いたら、ちょっと手形用紙を送ってくれ（青色の、ソーラのやつがいい）。

学士ボーリから物書きストルーヴェへの手紙

ネームド島　九月十八日……

友達がいのある男へ

例の政府紙幣は掬《すく》い上げておいた。振替もできたと思われる。思われるというのは、大工銀行はスコーネ個人銀行の五十リークスダーレル紙幣以外を送金したことがないからだ。まあいい。なんとかなるだろう。

ファルクは健康になった。危機も男らしく克服できたようだ。自信も取り戻した。自信というやつは、人生において伸し上がっていくうえで、極めて重要な役割を果たす器官なのだが、統計の示すところによれば、早くに母を亡くした子供の場合、これがかなりの程度で損なわれてしまうということだ。俺は処方箋を与え、ファルクはそれを受け取った。思っていた以上の効果をあげたようだ。再び役人生活に戻ることになる――ただし兄上からの金は一銭も受け取らないつもりらしい（こればかりはあいつに残った最後の愚かさというもので、俺は感心できん）。要するに社会復帰だ。家畜登録をして、規律正しい人間になり、社会的な地位をえる――そしてさしあたっては口を鉗《つぐ》んでいるべきだ――すくなくともその言葉が権威をもつまでは。最後のことはもし今後も人生をつづけていくつもりなら、絶対に必要だ。なぜならばファルクには狂気に向かおうとする性向があり、もしもああした観念を――そんなものそもそも俺には理解できないし、それにあいつ自身だって、自分がなにをしたいのかなんて言えないと思うがね――すべて捨て去らねば、やがてその身は消え失せてしまうだろう。

ファルクはすでに治療をはじめていたわけだが、その進歩の度合いには俺もたまげたね。ファルクはどこかで宮仕えをして一生を終えるだろう、絶対にだ。そう俺は思っていた、もちろん。しかしそうだったんだが、数日前だったか、ファルクのやつ新聞を手にとって、たまたまパリ・コミューンについて書かれた記事を読んでしまった。すぐに再発だ。それでまた木登りをはじめやがった——ところがだ、その時、治療の成果が現れた。いまではどんな新聞にも目をやろうとはしなくなったんだ。けれども一言も言葉を発しなくなった。君もいつかあの男が腹をくくる時がきたら、くれぐれも気をつけるがいい。

イーサクはいまギリシア語をはじめている。イーサクによれば、どの教科書も馬鹿馬鹿しすぎて、ぐだぐだとしすぎていそうだ。だから教科書をバラバラにして、一番重要なところだけを切り抜き、それを元帳に張り付けて、大学入学資格試験のための摘要書を作り上げた。

古典語の知識を溜め込めば、溜め込むだけ、イーサクはますます傍若無人な感じの悪い人間になっていく。この前も牧師と盤上ゲームをやりながら、宗教のことで論戦を繰り広げるなんてまねをしでかした挙げ句、そこでキリスト教はユダヤ人が発明したものであり、キリスト教徒はみんなユダヤ人だなどと抜かしたんだぞ。それもこれもラテン語やギリシア語なんてものがもたらした堕落の一つだ。まったく俺の毛むくじゃらの胸で大蛇を育ててあげてしまったかもしれないなんて、ぞっとすることだ。もしそうだとしたら、女の子孫がこの蛇の頭を砕くにちがいない。では、さらばだ

H・B

PS　ファルクはアメリカ人風の鬚をすっきりと剃って、漁師に帽子をとって挨拶するのもやめた。

さて、もうネームド島から俺たちの便りを聞くこともないだろう。月曜日には町に戻る。

第二十七章　回復

　そして、ふたたび秋がやってきた。十一月のある晴れた朝のことである。アルヴィッド・ファルクは広小路にあり、現在住んでいる洗練された住居を出発し、カール十三世広場にある全寮制の某女学校に向かった。スウェーデン語と歴史の新任教師として赴任することになっていたのである。この秋の日々をファルクは文明化された社会へ復帰するため、有効に費やしてきた。そして放浪をしている間に、いかに自分が野蛮人になってしまっていたかを思い知ることになった。野盗がかぶるようなフェルト帽を捨て、山高帽子を新調した。買ったばかりの頃は据わりが悪くて苦労した。手袋も買った。しかし店の女店員がサイズを聞いたので、ファルクは十五であると答えたのだが、それで店にいたご婦人たちから一斉にくすくす笑いを浴びせかけられてしまった。野にいた期間があまりに長かったのである。最後に洋服を買ったときから、流行はすっかりと様変わりしてしまっていた。そして路上に出たファルクは自分がまるで日曜日にめかし込む気取り屋にでもなったような気持ちがした。それでときどき店の窓ガラスに自分の姿を映してはどこにもおかしなところがないか確かめるのであった。いまファルクは王立劇場前の歩道を行ったり来たりしながら、ヤーコブ教会が九時の鐘を打つのを待っている。不安と苛立たしさを感じる。これでは自分が生徒として学校に通うのとまるで変わらない。歩道の長さが短すぎる。同じ道を行ったり来たり、何度も繰り返し歩いているなんて、鎖に繋がれて走り回っている犬にでもなった気がする。ふとこのまま遠くまで散歩に行ってしまおうかと本気で考えた。この道を真直ぐ進めば、リル・ヤンスに出ることは知っている。そしてこの同じ歩道が社会から逃亡したファルクを連れ出し、自由と自然の中へ、そして――奴隷的生活の中へと誘ったあの日の朝のことを思い出していた。

九時になった。ファルクは玄関ホールに立っていた。学校の講堂へ通じる戸はすべて閉まっている。薄明かりの中で四方の壁を埋め尽すように掛けられたたくさんの小さな子供服が見える。帽子、ボアマフラー、丸頭巾、角頭巾、二股手袋、マフなどが窓の下枠や机の上に置かれている。そして床の上には釦留めの半長靴やオーバーシューズの連隊が整列している。しかし国会や労働者協会フェニックスの玄関ホールのように湿った服や濡れた革の臭いはしない。それどころか、——ああ、刈取られたばかりの牧草のような匂いが漂っていた——可愛らしいマフから薫っているようだった。そのマフはところどころに黒い毛玉ができた白い子猫のようであり、裏地の絹は青色で、飾り房もついていた。ファルクは手に取らずにはいられなかった。そしてその香水new-mown hayの香りを——とそのとき玄関の扉が開き、小さな十歳くらいの少女が女中に連れられて入ってきた。大きな物怖じしない瞳でこの新任の男性教師のことを見つめ、ちょこんと膝を曲げて挨拶をする。その蠱惑《こわく》的な様子にドキマギしてしまったファルクがお辞儀をすると、この可愛らしい美人は微笑み返してくれた——お付きの女中までも。遅刻をしてきたのであるが、それでビクビクしている様子はまったく見られない。まるで舞踏会にでもやってきたかのように落ち着き払った表情で女中に外套と長靴を脱がせてもらっているのである。そのとき——教室の中からなにか音が聞こえてきた——胸に響く音である——なんであったろう。——おお、もちろんオルガンの音にきまっている。ふむ、それも古いオルガンだ。まちがいない。

そして大勢の子供たちの歌声が聞こえてきた。『イエス様、どんなときでも私に正しき道を歩ませください』である。ファルクは気分が悪くなった。それで気を取り直すためにボーリやイーサクのことを考えねばならなかった。しかし事態はさらに悪化する。今度は『天にましますわれらの父よ』が聞こえてきたのである。——神さまだと。我らの年老いた父のことか。そんなの昨日までいなかったではないか……。静かになる。子供たちが一斉に顔をあげる様子がわかる。襟や前掛けから衣擦れの音が聞こえるくらい静かになる。やがて扉が開け放たれると、そこには八歳から十四歳くらいまでの少女たちがまるで花壇に咲き誇るいっぱいの花々のように波打っていた。ファルクは心細さを感じ、ほとんど逮捕された泥棒にでもなった気分である。そのとき年老いた女校長がファルクの手を取り、みんなに紹介してくれた。花壇の花々が揺れ、ざわざわと囁き声が広がり、思わせ振りな視線が交され、あちこちからひそひそ声がする。

そして今ファルクは二十人の少女たちに囲まれるようにして、長机の端に座っている。朗らかな眼差し、健康な顔、地上の生活の苦く耐えがたい悲しみも、貧しさの屈辱も、まったく知らない二十人の子供たちである。みんな物怖じせず、好奇心に満ちた視線でファルクを見つめている。しかしそこへやってくるまでは心細かったものの、すぐに馴染むことができた。アンネ・シャルロッテ、イェオルギーネ、リーセン、ハリー、そして、授業も楽しみになる。

それは公正であらねばならない。だからルイ十四世もアレクサンドロスも、成功したほかの者たちとおなじく、偉大と称されつづける。フランス革命は戦慄すべき出来事であった。高貴なるルイ十六世と貞淑なるマリー・アントワネットが不幸な結末を迎えることになったりした。そのあとファルクは騎兵連隊糧秣輸送局に吸い込まれていった。その頃にはもう完全に気分もほぐれ、若々しくなった気さえしていた。

この部局でファルクは保守新聞を読み、十一時まで時間を潰し、それから今度はブレンヴィン醸造局に吸い込まれていった。そこで遅い朝食を食べ、手紙を二通書いた——ボーリとストルーヴェ宛てである。

一時の鐘が鳴ったので相続税課に移る。そこでは住民台帳の照らし合わせ作業をして百リークスダーレルの棒給をえる。その後、夕食までの時間はたっぷりあるので、それまでは今度出版することになっている改訂森林法令集の校正読みでもしていればいい。やがて時刻は三時になる。その時、貴族会館前広場を横切って一人の人物が現れる。若者はその者と橋の上で落ち合うことになっていた。若者は厳めしい顔つきをして、紙の巻物をポケットに突っ込み、両腕を背中にまわして両手を組みながら、ゆっくりとした足取りで、初老になろうという痩身の、白髪が目立つようになった五十代くらいの紳士とならんで散歩をはじめた。この初老の紳士は死者たちの記録係である。すなわちこの町の関所の内側で死ぬものはみな、この男に所有する財産について申告せねばならない。そしてその後でこの男は利息を受け取るのである。ある者はそれがこの男の生業であると言い、ある者の意見によれば、この男はこの世を代表しており、死者がこの世からなにも持ち出さないように、監視しているのだという。この世のすべてのものは借り物なのだから——利息を除いては。このことについてはこれくらいにしておこう。ともかくこの初老の紳士は生きている者たちよりも、死んでいる者たちにより大きな興味を抱いている、そんな人物であった。だからファルクは至極自然に友好を深めることができた。ではなぜこの人物がファルクを交際相手に選んだかといえば、それは二人とも古銭や自筆文書を蒐集していたからであり、またファルクが若者には珍しく、反対派の意見にまったく染まっていなかったからである。さてこの二人の旧友たちは薔薇枝亭に向かい、そこで古銭学と自筆文書のことを語り合う。若者がいるにしては静かすぎるくらいの語らい方である。それからリュードベリ・ホテルの喫茶室に移り、ソファーに座って、珈琲を飲みながら、六時まで古銭目録をパラパラと眺める。その頃には官報が届けられているので、まず人事異動と叙位・叙勲の欄を読む。二人はこの交友になるいへん満足していた。なぜならけっして不和になることがなかったからである。ファルクはおおよそ某《なにがし》かの意見に捕われることがなくなっていたので、すっかりと愛想がいい人間に成り変わっており、したがって上司や同僚にもたいへんに好かれ、重んじられていた。時には遅くまで一緒にいて、ハンブルガー会館で食事をすることもある。それからオペラ劇場の酒場でトディを一杯飲む――二杯のこともあるが。もしも十一時頃、二人を見かけることがあれば、たぶん千鳥足で腕を組みながら牧場地区まで散歩する姿に出会うだろう。実に麗しき友情である。もっともファルクはたいていボーリの父が引き合わせてくれた家庭で、夕食やら、夜食やらをご馳走になるのが常であった。ご婦人方には興味深い人物であると思われていたが、しかしながら実際のところ、この若者がどんな人物であるのか計りかねていた。というのもいつも穏やかに微笑みながら、その合間に気の利いたちょっと意地悪なことを言ったりするからである。

しかし家庭の生活や社会の嘘に嫌気がさすと、ファルクは赤い部屋に足を伸ばし、そこで戦慄すべきボーリや自分を尊敬しているイーサク、それに密かな天敵であり妬み屋で――金を持っていた例しがない――ストルーヴェ、毒舌家で――着実に第二の成功を手にしつつあったが、それはセレーンの模倣者たちが鑑賞者たちの目をその新しい技法に慣れさせたあとのことである――セレーンらと会うことにしている。ルンデルは例の祭壇画を完成させてからというもの、宗教的な感情をすっかり捨て去ってしまい、今では肖像画を描くことで生活している。この仕事では私的な晩餐会のお招ばれにあずかったり、ちょっとした食事をご馳走になることが毎度毎度のお決まりになっている。ルンデルの主張によれば、そうした会食は『人物の特徴を研究する』ために必要不可欠であり、おかげですっかり肥え太ったエピクロスの徒になっていた。そしてただ飯やただ酒を食らう機会でもなければ、けっして赤い部屋に寄り付こうとしない。オッレはまだ装飾彫刻家のところで労働者として働いており、政治家、弁論家として例の大敗北を喫してからというもの、ますます陰鬱に、人間嫌いになっていた。そして自分のせいで一座を『煩わせ』たくはないというので、一人外に出てブラブラとすることが多い。ファルクは赤い部屋にくると、生き生きと荒っぽくなる。ボーリはそんなファルクを大いに名誉と感じている。実際、紛れもなき工兵である。つまりなに一つ神聖とするものがない——ただし政治は別であった——けっしてそれに触れようとはしいのである。しかしながら周りの人びとを楽しませようと、ファルクが火薬箱に火をつけて、ところ構わず爆破してまわっているとき、広間の反対側で陰鬱に佇んでいるオッレの姿を紫煙の雲の向こうに見かけるようなことがあると、途端に夜の海のように暗くなり、強い酒を大量に胃の中へ流し込むのである。それはまるで内で燃え盛る火を消火しようとするかのようでもあり、あるいはまたさらに激しく燃やそうとするかのようでもあった。しかしいまオッレが姿を見せることは久しくなくなっていた。

第二十八章　彼岸より

雪がふわりふわり、深深と降り積り、新クングスホルム橋を真っ白に染めている。ファルクとセレーンはその日の夕方、ボーリを赤い部屋に呼ぼうと、迎えに出向く途中であり、ちょうど蒸気製粉所とセラフィム慈善病院前を通りすぎたところである。

「なにも厳粛ぶって言うわけではないが、初雪がこんなにも印象的だなんて驚きだな」とセレーンが言う。「薄汚れた大地がまるで……」

「なんだ、感傷的になったのか」ファルクが嘲笑うように遮った。

「いや、ただ風景画家の立場で発言したまでだ」

二人は押し黙ったまま、きゅっきゅっと積った雪を踏みしめながら、雪の中を歩いていた。

「この慈善病院のあるクングスホルムの一角はいつもちょっと不気味な感じがする」とファルクが述べる。

「なんだ、感傷的になったのか」セレーンが嘲笑うように言った。

「いや、そうではない。ただ、この街区にくると、いつもそんな感じがするだけだ」

「はん、戯言を。そんなことがあるもんか。口を滑らせたな。ほら、到着だ。あそこの明かりが見えているところにボーリはいる。今晩もあのご仁は何体もの死体と素敵な一時を過ごしていることだろうな」

二人は研究所に通じる柵の前に立っていた。その大きな建物には大窓がいくつもついており、明かりの灯っていない窓が、こんな遅くに訪問してくるなんていったいどこのどいつだと問いかけるように二人を見下ろしていた。小路をぐるりとまわって右手の小さな建物に入る。ボーリは広間の奥でランプに照らされ一人座っており、日雇い人夫の切り落とされた体の一部を使ってなにか作業をしていた。その遺体は見るも無惨な格好で横たわっていた。

「おお、坊主ども、今晩は」とボーリは言って、メスを横においた。「知り合いに会いにきたのか」

反応がなかったので、返事を待たずにランタンに火をつけ、外套と鍵束を手に取った。

「こんなところに知り合いなんて一人もいないと思うのですが」滅入りそうになる気を引き立てながら、セレーンが言った。

「ついて来い」とボーリ。

一同は庭を横切り、大きな建物に入っていった。背後でギギギっと扉が閉まる。つい最近、骨牌遊びをするときに使っていたステアリン蝋燭の燃え残りが赤色の弱々しい光を周囲の白い壁に投げかけていた。このような場に不馴れな二人はこれはなにかの冗談のつもりなのか、ボーリの表情を読もうとしたが、そこにはなにも書かれていなかった。

左に曲り、廊下を進む。足音がよく響く廊下で、後ろを誰かが歩いているかのような感覚に捕われる。ファルクはボーリのすぐ後をついていこうとしたので、セレーンはファルクの後をついていくことになった。

「そこだ」と言って、ボーリが廊下の真ん中で立ち止まった。しかし壁しか見えない。微かな雨音のようなものが聞こえる。湿っぽい休耕地のような、あるいは、十月の針葉樹林のような匂いが漂ってきた。

「右だ」とボーリ。

右の壁はガラス張りになっており、中には三体の青白い死体が仰向けに並べられているのが見えた。

ボーリは鍵束から一本の鍵を取りだし、ガラスの戸を開け、中に入った。

「ここだ」と言って、ボーリは三つ並んだうちの二番目の死体の前で立ち止まった。

オッレであった。手を胸の上で組んで、まるで昼寝をしているかのようである。閉じられた唇の端がこころもち上を向いており、微笑みを浮かべているようにも見えた。そのほかに変わったところはどこにも見当たらなかった。

「溺れ死んだのか」と先に我に返ったセレーンが尋ねる。

「溺死だ。――ところで、おまえたちのうちでどっちか、奴の着ていた服に見覚えのある者はいるか」

　みすぼらしい服が三着、壁に掛けられており、セレーンにはその中の一着がすぐにオッレのものだとわかった。錫の釦がついた青色の上着に、膝に白い継ぎがあたっている黒いズボンである。

「確かか」

「ああ、自分の上着くらい区別はつくさ――ファルクから借りていたやつだ」

　上着の胸ポケットからセレーンが大きな財布を引っ張り出した。分厚い財布で、水に濡れそぼっており、緑色の海藻までベッタリと張り付いていた。もっともボーリによれば青海苔とのことである。セレーンがランタンの光のもとで中を開け、じっくりと中身を確かめる――ボロボロになった借金の借用書が幾枚かとなにかがびっしりと書き込まれた紙の束が入っており、その上には『読みたい者へ』とだけ書かれていた。

「あんぐりと口を開けているのはもう十分だろう」とボーリ。「さてピーペル夫人亭にでも行くとしよう」

　三人の哀悼者たちは（友人という言葉は、金を借りようとしていたときに、ルンデルとレヴィーンだけが使っていた）赤い部屋の分店としてピーペル夫人亭を選び、そこで会合を開くことにした。パチパチと燃える暖炉の火の前に陣取り、しっかりとした食べ物を一通り注文すると、ボーリが件《くだん》の残された紙の束を読みはじめた。しかし時々ファルクの『筆跡鑑定者』としての力を頼らねばならなかった。なぜなら水に濡れたせいでインクがところどころ滲《にじ》んでいたからである。セレーンはそれを茶化して、まるで書き手が涙を流しながら書いていたように見えると評した。

「そこ、口を鉗《つぐ》め」とボーリは命じて、自分のトディを飲むと、大臼歯が剥き出しになるくらいの顰《しか》めっ面をした。「でははじめよう。それと茶々を入れるのはなしにしてもらいたい」

読みたい者へ

オレは今みずから命を絶とうとしているが、これはオレの権利だ。それがほかの人間の権利に干渉しないから、というだけではない。むしろこう言ってよければ、幸せにすらするからである、少なくとも一人は。すなわち職が一つ余り、毎日約十二キロリットル分の空気が節約できる。

オレがこの行為をしでかそうというのは絶望ゆえのことではない。なぜなら考える人間はけっして絶望などしないからだ。むしろ大いに穏やかな感情を抱きつつ行うものなのである。もっともこうした歩みが感情を大きく揺り動かすものであることは誰しも理解しているのであるが。この行為をその後に起こることを怖れて延期するなんて、それはただ大地に縛り付けられた奴隷だけがすることだ。その者は結局、それほど悪くはない暮らしを送っているにちがいなく、ただとどまり得るための口実を探しているだけである。だがオレはこの世に生きながらえることから逃れられると考えただけで、解放された気分になる。なぜなら、今以上に悪くなることなどありえないからであり、むしろよくなるくらいだからである。——もし悪くなりようがないのなら——それだけでも死は極楽であるにちがい。きつい肉体労働を終えたあと、清潔に整えられたベッドで眠りにつくときのような、至福の訪れである。そんな時はあたかも肉体の関節という関節が解《ほど》け、魂がだんだんと肉体を抜け出していくような感覚に捕われるものだが、それを知っている者は死など怖れないのである。

なぜ人びとはそれほどまでに死のことで大騒ぎをするのだろうか。それはこの世にあまりに深く絡め捕られ、入れ込んでしまった者たちがその頑張りを苦痛に感じないようにするためである。オレはとっくの昔に舫い綱を外してしまっている。家族のしがらみはないし、経済的にも、憲法的にも、法律的にもオレを縛り付けるようなしがらみはない。そしてオレがこの世からおさらばしようというのは、ただ単に生きる意欲をなくしたからだ。だからといって、よろしくやっているほかの人たちに、オレがやろうとしていることを勧めようとは思わない。もちろんそういう人にはそうする理由がないわけだし、したがってオレの行為をあれこれ判断することもできない。その者が臆病かどうかなど考えたこともないし、考えようとしたこともない。なぜならそれはどうでもいいことだからである。さらにまた、これは極めて私的な事柄に属することであって、このことに関心をもってもらいたいなどとは一度たりとも思ったことがないし、したがってオレには自分が望むときに去りゆく権利があるのだ。

なぜオレは去ることにきめたのか。それには多くの理由があるが、いまここで詳しく述べる時間はないし、またその能力も欠いている。だからすぐに思い浮かび、またオレとオレが行おうとしている行為にとって格別の意味をもつことだけを述べるにとどめておこう。

オレは子供の頃も若い頃もずっと肉体労働者だった。日の出から日の入りまで労働し、後は獣のように眠りこけるだけという生活がどういうものか、君らにはわかっていない。君らは原罪の呪いを免れているからだ——なぜなら肉体が土塊にまみれ、魂の成長が停滞するのを感じることこそ呪いなのだから。日がな一日、犂を牽く雄牛の後ろをついて歩き、灰色の土塊を目で追いつづけるがいい。終いには空を見上げることも忘れるだろう。鋤を手に灼熱の太陽に照らされながら溝を掘るがいい。泥濘《ぬかるみ》の中に沈んでいき、みずからの魂の墓穴を掘っていることを身をもって知るであろう。だがそのことを諸君らは知らない。なにせ一日中遊んで暮らし、朝食と夕食の間にできた暇な時間にだけ仕事をする、それも大地が緑におおわれた夏に、魂を憩わせるためときている——そして自然をまるで劇でも観るように楽しむのである。劇は自然を美化し、持ち上げるものであるが、小作人にとって自然はそんなものではない。畑は食べ物であり、森は薪であり、湖は洗い桶であり、牧場はチーズと牛乳である——すべては魂なき、ただの大地なのである。人間の半分は魂をもって労働し、もう半分は肉体をもって労働すると思い知らされたとき、最初にオレが思ったのはこの世界には二種類の人間のために、二つの舞台が設けられているということだ。しかしそんなことはあり得ないと理性で否定した。そしてその時オレの魂は反逆を起こした。オレも原罪の呪いを免れようと決心したのだ——そしてオレは芸術家になった。

いまオレはこれまでにも散々語られてきた芸術家の衝動というものについて分析することができる。なぜならオレ自身はすでにその衝動に捕われていないからである。その根底に広く横たわっているのは自由を渇望するということである。つまり有益な労働から逃れて自由になりたいということだ。だからあるドイツ人の哲学者も『美＝無益なもの』と定義している。なぜならもし芸術作品が有益であることを目指したならば、そこには意図や傾向が透けて見えることになり、醜いからである。さらにその衝動は高慢さにもとづくものである。人間は芸術のなかで神の真似事をしたがる。だからといってそれでなにか新しいものを創造できるというものではなく（そんなことはできるはずもない）、ただ改変したり、改良したり、加工したりするのが関の山である。お手本である自然を尊重することからはじめるのではなく、批判することからはじめる。粗探《あらさが》しをしては、それを改良しようとする。そんな高慢さに駆られて、また労働という原罪の呪いを免れる自由を得ているがゆえに芸術家はほかの人間たちよりみずからが上に立っていると感じているのである。ある意味でそのとおりである。しかしまた芸術家というものはそのことを四六時中思い出していないと気が気でない。なぜならさもなければすぐに自分のありのままの姿を突きつけられてしまうからである——すなわちおのれの活動が空虚であり、有益なことから逃避していることになんの正当性もないのだと気づいてしまうのだ。そもそも無益である自分の労働の結果に価値があるのだとつねに承認を求めつづけねばならないので、芸術家は虚栄を張るようになり、同時に不安になったり、しばしば深く不幸になったりする。そしてもしもありのままの自分を知ってしまったら、大抵の場合その芸術家の制作能力は枯渇して、そして落ちぶれていくのである。なぜなら一度でも自由の味を知ってしまった者がふたたび頸木《くびき》に繋がれることなど宗教家でもなければ無理だからである。

天才たちと才能ある者たちを区別すること、つまり天才をある新しい特性として括ることは愚かである。なぜならそうだとすると、特別な奇蹟の存在を信じなければならなくなってしまう。偉大な芸術家というものはそもそも卓越した技術力を身につけることができるだけの、ある種の天分を備えているものであるが、訓練をしなければ、それとて枯れてしまうものである。したがって天才とは勤勉家のことであると誰かが言っていたが、その言葉は天才について言われているその他諸々のこととおなじく、四分の一程度はあたっている。もしそれに教育が加わり（これは滅多にあることではないというのも知識は錯誤をたちまちに白日の下にさらけだし、結果として教育を受けたものが芸術の道に邁進することは稀になるからだ）、よい境遇が与えられれば、一連の恵まれた環境の産物として天才は誕生する。

オレはやがて自分が打ち込んでいるものに（なんてことだ、天職だとさえ思っていたのに）崇高なものがあるとは信じられなくなった。なぜならオレの芸術はこれっぽっちも本質を表現できなかったからだ。そしてオレの芸術は空虚であるという考えに追い立てられながら、心が激しく掻き乱されつづけるような状況で、胸像を彫りつづけるなんてことはもはや無理だった――要するにまるで他人の手を借りて表現をしているようなものだった。それはまるで手旗信号のようなものだ。その信号の意味を知らない者にとってはまったく意味がない。オレには赤い旗しか見えないが、兵士たちには「前進」と命令されていることがわかるのだ。ところでプラトンという人間は素晴らしく頭がよかったのはもちろん、おまけに理想主義者であったが、芸術の空虚さをすでに洞察しており、それが現象（＝現実）の仮象にすぎないものだとわかっていた。だからプラトンはおのれの理想国から芸術家たちを追放したのだ。そしてそれは本気だった。

いずれにせよオレはふたたび奴隷状態に舞い戻ろうとした。だが無理だった。オレはそれをおのれのもっとも崇高な義務であると見做そうとした。あいるは諦念を身につけようとした――だが成功しなかった。オレの魂は傷つき、オレは家畜になりさがろうとしていた。実際、労働のし過ぎは、それが崇高な目標の邪魔になるのであれば、魂の発達にとって罪になるのではないかとときどき思うことがあった。そんなときは仕事をサボり、一日自然の中へ逃げ出して瞑想をして過ごしたものだ。言葉にできないほど幸せになれた――だがそんな幸せも自己満足にすぎぬのではないかと思えてしまうのだ。確かにそれは芸術家として仕事をしていたときに体験したのとおなじくらい、いやもっと大きな幸せだったろう。それでも良心や義務感といったものがまるで復讐の女神のようにオレを掴まえに追ってくるのだ。そして、オレはふたたび頸木に繋がれに舞い戻る。その瞬間は甘美ですらあった――一日も経れば失われてしまうものではあったが。

このような耐えがたい状態から抜け出し、明晰さと安息を得るために、オレはまだ見知らぬ場所へ旅立つことにする。オレの死体を目にすることになる諸君らに問いたい――オレの死顔は不幸せに見えるだろうか。

気侭な散策中の取り留めもない覚書き

地上において、観念は感覚的なものの束縛から解き放たれている。しかし芸術は観念を感覚の覆いに挿入しようとする。そして観念は見えるようになる。つまり、……

＊　＊　＊

すべては矯正される。フィレンツェにて芸術が困難を極めるようになると、サヴォナローラが現れた——おお、なんと深淵な男だろう——そしてごみ屑だ＝無用のものだと宣《のたま》った。そして芸術家たちは——なんという芸術家たちだろう——みずからの芸術作品で大きな焚き火をつくったのだ。おおサヴォナローラよ。

＊　＊　＊

コンスタンティノープルの偶像破壊者たちがなそうとしたことはなんだったろう。オランダの再洗礼派と偶像破壊者たちはなにをなそうとしたのだろう。それがなんであるか、とてもオレには口にすることができない。なぜならそんなことをすれば、土曜日には——あるいは、もしかしたら金曜日にはとっくに——紙面の晒し者になっているだろうから。

＊　＊　＊

労働の分業は我々の時代の偉大なる理念であり、種族の成功と個人の死をもたらす。では種族とはなにか。それは全体の概念であり、理念なのだと哲学者たちは言う。そして諸個人はそれを信じ、理念のために死ぬのである。

＊　＊　＊

諸侯が民衆の望まぬことをつねに望むというのは奇妙なことである。そうした軋轢《あつれき》をもっと簡単、簡明なやり方でどうにかできないものだろうか。

＊　＊　＊

成人になってからオレが使っていた小学校の教科書を読んでみた。人間であるはずのオレたちが家畜同然であることにオレは驚かない。ここ数日ルターの教理問答を読んでいた。それでオレも書いてみることにした。

教理問答について、いくつかの覚書きと新しい提案

けっして聖書協会などに提出しないように。オレが書きためてきたものはなるべくみんな、ここに書き残しておくことにする。

第一戒。これは唯一神への信仰を荒廃させるものである。なぜならそうした信仰を要求すること自体、別の神々が存在することを前提としているからである。もっともそのことをキリスト教もまた認めてしまっている。

註釈。一神教はまことに称賛されているが、その実、人間に悪影響を及ぼしつづけてきた。なぜなら一神教は唯一であり、真実であるものへの尊敬と愛を人びとから奪ってしまったからである。そうすることで悪の説明を放棄した。

第二戒と第三戒には真に冒瀆的なものが含まれている。この聖書作家は我らが主の口からこのような瑣末で愚かな戒律を言わせたのだ。それは全知なる主への侮辱であり、もしこの作家が我々の時代に生きていたならば、起訴をまぬがれぬところである。

第四戒は以下のように記されるべきであった。生まれつき親に敬愛の感情を抱いているからといって、汝は親の欠点まで讃えるべきではない。そしてその者が本来受けるべき以上の尊敬を捧げる必要もない。汝はいついかなる場合でも親に感謝すべき義務を負うことはない。なぜなら汝をこの世に生誕せしめたことで、汝にいかなる益ももたらしたわけではないからである。汝に食と服を与えるのはただ利己心を満足させ市民としての法を守っているにすぎない。子供らに感謝を望む親がいるが（それどころかそれを要求する親までいる）、まるで高利貸しのようである。よろこんで資本を投じようとするが、それはただ利子を絞り出せると踏んでのことである。

註釈一。なぜ親は（とりわけ父は）子供を愛するよりも憎むことが多いのか、それは子供が親の経済的な安楽を侵害するからである。まるで株券のように子供を扱い、たえず配当を受け取ろうとする親もいる。

註釈二。この戒律はあらゆる統治形態のうちでもっともおぞましいもの、すなわち家庭の暴虐を基礎づけたものであり、革命をもってでもしなければ、それをどうにかするのは難しい。人間性には動物保護協会に守られるより、児童保護協会に守られるだけの尊厳がなければならない。（続く）

スウェーデンはかつて繁栄の時代を過ごし、大国であったこともあるが、いまでは植民地のようなものであり、ギリシア、イタリア、スペインのような国々と同様、永遠の眠りに就いてしまったようにみえる。

一八六五年はすべての希望が死に絶えた年であった。それ以後に顕在化したおぞましい反動はこの時代に生まれ育った新しい世代の道徳心をすっかり荒廃させてしまったようである。これほどまでに公共性にたいする関心が失われ、利己心ばかりが肥大化し、宗教心が衰えていく様は長きにわたる歴史においても見たことがない。外の世界では嵐が吹き荒れ、民衆は圧政にたいして怒りの声をあげているというのに、この国ではただ記念式典を開いてはおめでたがっている。

敬虔派は眠りこけている民衆のなかにあって、魂の活動を示す唯一の表明である。それは絶望や報われない怒りの中に沈むことなく、宗教的諦念の腕の中に身を投げた不満が現れたものである。

敬虔派と悲観主義者は同一の原理から生まれたものである。すなわち生存することの醜さを知り、同一の目標を目指している。死んでこの世を去り、神とともに生きるということである。

思索を巡らすことにおいて保守的であることは人

間が犯しうる最大の罪である。それは世の理《ことわり》に対して三シリングで請け負われた破壊工作である。なぜなら保守的な者は発展を妨げようとするからである。つまり自転する大地に背を向けて、止まれと言っているのだ。たった一つだけ言い訳がある。愚かさだ。懐具合いが寒いなんていうのはなんの言い訳にもならない。もっとも動機くらいにはなるかもしれないが。

＊　＊　＊

ノルウェーがはたしてオレたちのためになってくれるのかどうか疑わしいものだ。それではまるで古着に当てられたつぎはぎではないか。

＊　＊　＊

フェルンイェルムは今でこそ愚かな男とされているが、すでに十七世紀にはスウェーデンについてこんなことを書いていた。

我々の国は移り消えてしまったのか、入れ替わってしまったのか、変容してしまったのか、
それともスヴェア人らは昔のようにイェータ人らとともにさまよい出ていってしまったのか、
寒さを逃れて。ここには異国の民ばかりが残ることになった、
知恵と知識においては貧弱きわまりなく、しかし愚かさにおいては比類なき天才であるような者たちが。
もしいま特別な部屋にかの一族が馳せ参じようとしても、
そこに古《いにしえ》の人びとに似た姿は千に五十も目にはできまい。

＊　＊　＊

「ふん、それでなにか言うことはあるか」ボーリは読み終えると、コニャックを一口飲んでから尋ねた。

「おお、なかなかどうして悪くない。もちろんもうちょっと諧謔《かいぎゃく》を効かせることができただろうがね、望むべくはだが」とセレーン。

「で、ファルクはどうなんだ」

「もちろんよくある喚き声のたぐいさ——それ以上のものじゃない。もう行かないか」

ボーリはそれが皮肉なのかどうか確かめようとファルクをじっと見つめたが、そこには不安を抱かせるようなものは認められなかった。

「そうか」とセレーン。「オッレは桃源郷を探しにいっちまったか。まあ奴ならたぶんなんとかやっていくだろうさ、奴ならな。もう夕食の心配はしなくてもいいんだし。このことを聞いて、真鍮釦の親父がなんていうか見物だぜ。たしかちょっとばかりつけが溜まっていたはずだからな。奴は『張り紙』なんて呼んでいたが。やれやれ」

「なんて薄情さ、なんて冷酷さだ。糞っ垂れの見下げた奴だ」ファルクは激昂し、金を机に叩きつけ、上着を着た。

「感傷的になったのか」セレーンが嘲笑うように言った。

「ああ、そうだとも。じゃあな」

そしてファルクは去っていった。

第二十九章　近況報告

ストックホルムの修士ボーリからパリの風景画家セレーンへの手紙

セレーン君

君が前に俺の手紙を受け取ってから、もう丸一年が経った。だが、それで俺にもようやく書くことが溜まってきたわけだ。俺の原則にしたがって、俺自身のことから書きはじめることにしようかともおもったが、そろそろ俺も礼儀ってやつを身につけなければならない。なにせ、もうじき外に出て食い扶持を稼がないといけないからな。だから、君のことからはじめようと思う。まずは君の絵が品評会で大変な評判を勝ち得たことに喜び申し上げる。その短信を灰色外套にいるイーサクが編集長に知られないように掲載した。おかげでそれを読んだ編集長は泡を吹いて怒り狂った。なぜなら誓って君などが成功するわけない、と公言してしまっていたからな。ともあれこうして外国人に認められたいまとなっては、君の名前はこの国でも大変なものとなっている。まあ当然だ。これで俺も君を恥じることなく大手を振って歩けるようになった。

おっと書き落としをしないためにも、また簡潔に述べるためにも、というのも出産病棟での激務の後でやる気もなければ疲れてもいるんだ。それでこの手紙は新聞の短信風に書き上げようと思う。ちょうど灰色外套と同じようにだ。そうすれば君も興味のない箇所はとっとと読み飛ばすことができるだろう。

政治情勢はますます面白いものになっている。あらゆる政党が贈り物やそのお返しやら、お互い賄賂をやり合ってきたものだから、おかげでいまではみんな灰色だ。その反動は、おそらく社会主義となって決着するだろう。いま大問題になっているのは県の数を四十八に増やすかどうかということだ。なにせこのところ大臣職は昇進のための近道であると思われているくらいだからな。大臣になるには国民学校の教員資格すら必要ない。ついこのあいだ以前大臣をやったことのある同級生の一人と話したが、奴が言うには大臣になるのは官庁の局長になるよりずっと簡単だって話だ。仕事の手順だって、まるで保証人になるときとそっくりらしい——つまり署名をするだけだっていうんだからな。支払いだっていい加減でいい。副保証人もいるしな。

新聞業界について——ふむ、これについては君もよく知っているだろう。概ね商売として成り立っている。つまり日々多数派の人びとの意見を追いかけている。そして多数派とはつまり定期講読者の大部分の人びとのことを意味し、反動的なものだ。ある日、俺はリベラル派の新聞記者になんでまた君のことをよく知りもせず、そんな美辞麗句を書けるのかと尋ねてみた。そうしたらそれは君が世論を、つまりその新聞の大部分の定期講読者をという意味だが、味方につけていることに依ると答えた。——「ふん、なら世論が背を向けたらどうするんだ」——「そうなったら突き落としてやるさ、当然だろ」

こんな有様だ。六十五年以後に生まれ育った世代の者は相手にもされていない。みんながみんな絶望的な気分になるのもわかるだろう。だからニヒリストにもなる、つまりこの世代の者たち全員がだ。なかには保守的になることに利点を見い出す者もいるが、なぜならそれはこんな状況でリベラルでいることなど狂気の沙汰だからだ。

経済状況は逼迫している。紙幣流通量は減少している。少なくとも俺の懐工合はそうだ。医学修士二人が振出人になった最高に安全なはずの約束手形でさえ、どこの銀行も受け取らない。

株式会社トリトンは君も知ってのとおり、商売を畳んだ。まず社長連中と清算人連中が紙幣を根こそぎ取っていった。しかし株主と投資家たちが得たのはノルシェーピングの有名な会社で石版印刷された色とりどりの紙切れだった（ちなみにこの詐欺が横行する時代にあって、この会社は正直に振舞った唯一の会社だ）。俺が出会った一人の寡婦は大理石採石場の絵が印刷された印紙を手一杯に握り締めていた。赤や青のインキで印刷された、綺麗な四角い大きな紙だ。そこには細かな、実に細かな字で一千クローノルと刷られており、その下には幾人かの人物の名前が見えた。もちろんあたかも保証人であるかのように見せるためだろう。そのうちの少なくとも三人はこの世で株主であることをやめたあかつきにはセラフィム勲章受勲者として敬弔の鐘を鳴らしてもらいながら退場することになっている人物だった。とまあこんな具合だ。

畏兄**ニコラウス・ファルク**は私的な金貸し業を営むことに愛想が尽きてきたようだ。なぜならそれでは公の事業をやっていれば得られるはずの、立派な市民的名声が得られないからである。それでこの分野に精通した(!)幾人かの人物を集めて銀行を設立する決心をした。この事業計画の新機軸は次のところにあるらしい。『経験の示すところによれば——実際のところはろくでもない経験だったにきまっている——(いいか、この文章の作者はレヴィーンなんだ)——預り証は信用して他者に預けた品物を回収するためのものとしては、いささか安心に欠けるところがあります——つまり＝貸し付けた金のことだ——そこで私どもは祖国の産業のため、そしてお金を扱う一般の人びとにより大きな安全をもたらすため、献身的な熱意と意欲をもって、ここに預金・保証・株式会社の名前を掲げる銀行のようなものを設立いたしました。私どもの理念の新しくかつ安心なところは、というのも新しいものはすべてが安心というわけではないからですが、投資家のみなさまが預り証ではなく、お預けになられた金額の全額分に相当する有価証券を受け取るということです』等々。その商売はまだつづいている。もっともその預り証の代わりに渡されるという紙がどんな紙であるかは君にも察しがついていることだろう。ファルクはその鋭い眼差しでレヴィーンのような経済的経験豊かな人間から、いかに大きな有益さが引き出せるかを見抜いていた。おまけにレヴィーンはその寸借生活のおかげで、さまざまな人物についての膨大な知識を得ていた。しかししっかりと準備させるため、そして商売に関するありとあらゆる迷い道に、とりわけその法律の側面に、完璧に通暁させるため、ファルクは借用書持参でレヴィーンのもとに駆けつけ、そして破産させたのだ。その後で救いの神として、レヴィーンの前に現われ、社長室付秘書の肩書きを与え、そして一種の経済顧問に仕立てあげてしまった。いまでは小さな個室をあてがわれ、銀行の表にはけっして出てこないようにと申し渡されている。会計士として働いているのはイーサクである。学位を取得し（ラテン語、ギリシア語とヘブライ語、それに法哲学ならびに哲学、すべての学科において最高の成績で合格した――もちろんそのことに関しては灰色外套の記事になった）。

いまは法学学士として勉強をつづける一方で、その合間にみずからも悪徳商法に手を染めている。まるでウナギのようにつかみどころのないやつで、九つの生をもち、ほとんど金のかからない生活をしている。強い飲み物はやらないし、どんな形でもニコチンは摂取しない。なにかほかに悪癖があるかどうか、俺は知らない。だが奴は恐るべき男だ。ヘルネーサンドに金物屋を、ヘルシングフォッシュに煙草屋を、セーデルテリエに貴金属店を所有しており、さらには南の方にも木造のボロ家を数軒持っている。人びとは奴のことを将来性のある男だと言うが、奴こそ現代の寵児なんだと俺は思っている。兄の方のレヴィーはトリトンが潰れてからというもの、なかなか大したものだという財産を元手に、個人的な事業に専念するようになってしまったということだ。スコー修道院を買収しようともしたらしい。それを美術アカデミーにいる叔父が考案した新様式で改装しようというのだ。ところが買収提案は拒否された。レヴィーはそのことで非常に傷つき、灰色外套に『十九世紀のユダヤ人迫害』という見出しで記事を書いた。それによって高学歴の連中から熱烈な同情をあつめ、この急襲作戦によってレヴィーが望みさえすれば、国会議員にだってなりおおせるかもしれない。さらにまた身内である『信仰告白者たち』から感謝状をもらった（これではまるでレヴィーに信仰があるような言い方ではあるが）。その感謝状にはレヴィーがユダヤ人たちの『権利』（つまりスコー修道院を購入することがだ）を守ろうとしたことへの感謝の言葉が綴られていた（これも灰色外套に掲載されたのだ）。感謝状の贈呈は緑の狩人亭で催された祝宴にて行われた。そこにはスウェーデン人の集団までもが（俺は常々ユダヤ人問題をそれに適した専門的分野において考えることにしている＝すなわち民族誌学的な面から考えるということだ）招待されており、腐りかけの鮭とコルクの栓が抜けたままになっていたワインでもてなされた。頃合を見計らってこの日の主役が感動しながら（灰色外套の記事を見てくれ）二万クローノルの贈り物を（ただしコップスの株券で）『福音派の信仰告白に躓いた少年たちのための家』に（いつだって奴らは信仰告白を持ち出そうとしてくる）贈呈した。その祝宴には俺も出席していたんだが、なんとそこでこれまで一度もお目にかかったことのない事態に遭遇した――イーサクが飲んだくれていたのだ。イーサクは俺や君やファルクやそのほかすべての白んぼどもを憎んでいると宣言した――俺たちのことを『白んぼ』、『原住民』、『ロッシェroche』など実にさまざまな呼び名で呼ぶのだ。もっとも最後の言葉の意味が俺にはわからなかったが、その言葉が発せられると、周りにいた『黒んぼ』連中がえらく怖い顔をしてどっと俺たちを押し囲むようにしたものだから、イーサクは俺の腕を掴んで外れにある脇部屋に連れていった。そしてなんとそこでイーサクは胸のうちをぶちまけはじめたのだ。子供時代にクラーラ小学校で受けた苦しみの数々を語った。教師や同級生がいかにイーサクのことを虐待し、蔑《ないがし》ろにしたかということ。路上に屯《たむろ》する不良たちに髪の毛を引っ張って引きずり回されたこと。なかでも一番心を動かされたのは、軍事教練について語ったことだ。日課の軍隊礼拝の際に、隊列の前に呼び出され、主の祈りを読み上げるように命令されたのであるが、それができなかったために、嘲弄《ちょうろう》されたというのだ。そういった話を聞くうちに、俺はイーサクと奴の部族についての意見をあらためざるをえなくなったね。

宗教の俗物性と慈善というコレラが猖獗《しょうけつ》を極めており、こんな祖国に滞在しなければならないことの心地よさときたら、それはそれは大変なものだ。悪魔のような二人の人物のことを君も覚えているだろう。ファルク夫人とホーマン会計士夫人だ。この下劣きわまりなく、虚栄心の塊であり、最高に意地の悪い二匹の生き物はすっかり暇を持て余して、しばらくはブラブラとうろつきまわっていた。奴らの孤児院とその顛末についての記憶も新しいと思う。それが今度はマグダラの家なんていう売春婦更正施設を設立した。そしてその第一号収監者となったのは――まあ、俺の推薦なんだが――新横丁にいたあのマリーエだ。あの憐れな女はそれまでコツコツと蓄えてきたものを一切合切、借金抱えて逃げ出してきた徒弟の小僧に貢いじまったのさ。しかし今ではすべてのことから解放され、市民としての信頼も取り戻せて、喜んでいるようだ。マリーエ曰く、ああした営みにたいして浴びせかけられるたくさんの神の言葉も、毎朝一杯の珈琲にありつくことさえできるなら、耐えることができるとのことである。

スコーレ牧師のことも覚えているだろう。ストックホルム教区の教区牧師長の後釜に座ることができなかったので、怒り狂ったあまり、今では新しい教会を建てるための献金を募ってまわっている。印刷された献金リストを見ると、そこにはスウェーデンの大富豪たちの名前が載っており、恵みを寄越すようにと広く呼びかけていた。その教会はブラシーエホルム教会の三倍は大きく、空高く聳え立つ塔をもち、現在カタリーナ教会が建っている場所に建設されるらしい。つまりいま建っている教会は買収され、取り壊されるということになる。なんでも現在スウェーデンの民衆を駆り立てている大いなる魂の欲求を受け入れる器としては小さすぎることが明白になったからだという。呼び集められた会員はすでにかなりの数になっていたので、献金の管理をするための出納係を（家賃と薪代が無料になる）選出せねばならなかった。いったい誰がその出納係になったのか、当てることができるか。――なんと、あのストルーヴェだ。――ストルーヴェはこのところちょっとばかり宗教的になっていてね――ちょっとばかりと言ったのは、もちろんそれほどでもないからである。しかしそれでも奴のささやかな立場を全うするには十分だ。なぜなら周りを信心深い連中に囲まれて、庇護されているのだから。またその職にあることは相変わらず新聞社で活動することや深酒をあおることの妨げにはならなかった。つまり奴の心は優しくなったどころか、その反対で零落をまぬがれている人びとすべてをひどく忌々しいと思うようになってしまっている。なぜなら俺たちのなかではストルーヴェが飛び抜けて落ちぶれてしまったからな。だからファルクや君のことを憎んでいる。そして今度また君たちが挨拶にでもこようものなら、すぐさま『捻り潰してやる』と誓っている。ともかく出納係に用意された住居に引っ越しをして、薪で暖をとることができるようになるためには結婚式を挙げねばならず、式は白山の上でひっそりと執り行われた。俺も証人として出席してきたが（もちろん酔っぱらってでもいなければやっていられなかったがね）、ひどい諍いを見せられるはめになったよ。妻の方もそれが素晴らしいものだと聞かされてからは神の恩寵のもとに身を投じることとなった。——

ルンデルは完全に宗教的感情を捨て去った。そして社長連中の肖像画ばかりを描いている。おかげで美術アカデミーの準会員にまでなりおおせた。おまけにいまでは不滅の画家となっている。なにせ国立美術館に絵を飾ってもらえるようになったんだからな。この遣り口は単純であり、模倣されるようになっている。つまりルンデルがただでスミスの肖像画を描いてやったのと引き換えにスミスがルンデルの描いた風俗画を一枚、美術館に寄贈するっていう寸法だ。——上手いやり方じゃないか。どうだ。

小説の結末。ある日曜日の午前中、あのぞっとしない鐘の音に邪魔されない安息日のひとときに、俺は自室で煙草を吸っていた。その時、戸を叩く音がして、誰だか背の高い立派な男が入ってきた。顔見知りのような気がしたんだが——なんとそれはレーンイェルムだった。お互いの事情聴取を行う。レーンイェルムは大きな工場の管理者になっており、いまの生活にそこそこ満足しているようだった。またもう一度、戸を叩く音があった。入ってきたのはファルクである（ファルクについてはあとでもっと詳しく話そう）。昔の思い出のこと、旧友のこと、お互いの記憶と照らし合わせて検分する。やがて一通り会話に熱中したあとで、部屋の中を天使が通った。沈黙が訪れ、奇妙な休止が生じたのである。するとそのときレーンイェルムが何気なく手元にあった本を手にした。パラパラと頁をめくり、声に出して読みはじめる。

「『帝王切開。学術論文。高名な医学部の許可を得て、グスターフ三世小教室で公開論文試問の予定』――随分とむごたらしい写真だな。死んでまでこんな風に亡霊のような姿を晒していなくてはならぬとは、これほどまでに不幸になるなんて、いったいどこの誰だ」

「よく読んでみろ」俺は教えてやった。「そこの二頁目に載っているだろう」

レーンイェルムはさらに読み進んだ。

「『骨盤は研究所にある病理学の標本の第三十八番に保存してある……』――ちがうな、ここじゃなかった。『アグネス・ルンドグレン、未婚……』」

そのときあいつは顔を石灰のように真っ白にして、立ち上がり、水を飲んで気を鎮めなければならなかった。

「その女を知っているのか」これは面白い話が聞けるかと思って、俺は尋ねてみた。

「僕がその女を知っているかだって。某町の劇場にいた女だ。それからこっちにやってきて、ストックホルムの酒場にいた。ここではベータ・ペッテションと名のっていたが」

そのときのファルクの顔を君にも見せてやりたかったよ。それから一騒ぎがもちあがった。仕舞いにはレーンイェルムはそもそも女というもの一般に呪いの言葉を浴びせかけ、それを受けて、ファルクは熱《いき》り立ち、女には二種類の女がいると答えた。そしてそのことに注目してもらいたいと訴えた。すなわち女のちがいは天使と悪魔ほどに大きいということだ。ファルクの語りぶりときたらあまりに感動的で、レーンイェルムときたら目に涙を浮かべるほどだった。

そしてファルクだ。俺はあいつのことを最後に取っておいた。なんと婚約したんだ。いったいどんな経緯《いきさつ》があったのか。あいつ自身が俺に語ったことといえば、こんな具合だった。『ボクたちはお互いに見つめ合った』君も知ってのとおり、俺にとって意見とはそのときそのときのものであって、けっして固定しているものではない。むしろつねに新しい発見を期待して歩きまわっているくらいだ。しかしそんな俺がこれまで見聞してきたことから判断しても、愛というものが俺たちのような若い男に判断できるものではないことは否定できないと思われる——ここで愛と名付けたもの、それはただだふしだらであるというにすぎない。笑いたければ笑うがいい。老いぼれの嘲弄家よ。

このところのファルクに見るような急激な性格の発展を俺はできの悪い戯曲のなかでしか見たことがない。もっともその婚約が電光石火に成ったわけではないことは確かだ。婚約者の父親は年老いた男鰥《おとこやもめ》で、エゴイストで、年金生活者だった。自分の娘を資本と見なしており、玉の輿に乗せることで、みずからに快適な老後をもたらそうと考えていた（極めてありふれた父娘関係だ。）もちろんファルクの婚約の申込みなど一言のもとに撥ね付けた。そのときのファルクの様子も君に見せたかったのだ。その後もファルクは何度も何度も父のもとを訪れたが、その度に叩き出された。だがそれでもまた押しかけて、とうとうその頑固親父の目の前で、もしあんたがこの件に反対で、賛成してくれなかったとしても結婚してやると言い放ってやったそうだ。それから殴り合いの喧嘩をしたかどうかは知らないが、そうなったんじゃないかと思っている。そしてある晩のこと、とうとうファルクは婚約者の親戚の家に押し入って、婚約者を連れ出し、父のいる実家へ向かった。通りの前までくると、頑固親父がランタンの光に照らされて窓際で横になっているのが見えた——ホルン関所通りに小さな一軒家を構えており、そこに一人で住んでいるんだ。ファルクは木戸を叩いた。十五分間程も叩きつづけていたが、誰も戸を開ける者がいない。そこで戸をよじ登り、敷地内に入り込む。大きな番犬に襲われたが、力ずくで押さえ付け、ゴミバケツに閉じ込めてやった（なんとあの引っ込み思案のファルクがだぞ）。それから下働の男をベッドからたたき起こし、木戸を開けさせる。これで二人は庭まで入ることができた。あと残っているのは家の玄関だけだ。大きな石で玄関を叩く。しかし中からはなんの物音も聞こえてこない。そこで庭園から梯子を探し出してきて、親父殿がいる窓のところまで登っていき（俺でもまったく同じようにしていただろう）、そして叫んだ。玄関を開けろ、さもないとこの窓を叩き割るぞ。すると家の中から親父殿の声が聞こえてきた。『ならず者め、やれるものならやってみろ。撃ち殺してくれる』ファルクは本当に窓を叩き割っちまった。しばらくの間、死んだような沈黙がつづいた。ようやくのことで壊れた窓の中から声が聞こえてきた。『冴えたやり方だ』（親父殿は歩兵をしていたことがある）『おまえは確かに俺の息子だ』――『窓なんて本当は割りたくなかったんです』とファルクは言った。『でもあなたの娘さんのためならボクはどんなことだってやります』こうして一件落着した。

ファルクは婚約した。君は知らなかったかもしれないが、国会が役所の一大再編成を行ってからというもの、役人の給料と職場が二倍に膨れ上がり、おかげで棒給表で最低等級の若い男でも、ようやくまともに結婚することができるようになったのだ。ファルクも秋には結婚する。新婦は結婚してからもいまの女教師の仕事をつづけるらしい。俺は女性問題についてはからきし疎いんだが、なにせ俺にはまったく関係ないことだからな、だが、俺が見たところ、結婚生活に依然として残っているアジア的なものは、俺たちの世代で廃絶されることになるんじゃないかと思う。お互いが自由意思のもとに契約を交すこととなり、各々の自立性を捨て去るなんてことはしなくなるだろう。一方が他方を教え導こうとしたりせず、お互いの弱さを尊重し合うことを学ぶようになるだろう。そして、共に人生を歩む友となることで、一方が一方的に相手の優しさを要求しつづけて疲れさせたりすることにもなるだろう。君も知っているニコラウス・ファルク夫人だが、あの慈善家の女悪魔を、俺は囲われ女以外の何者でもないと見なしている。あの女自身もそう思っているにちがいない。ご婦人方の多くは働くことを免れ、快適に暮らすために結婚をする。そして、『自分のもの』にしてしまうのだ。したがって結婚数がこれほどまでに少なくなっているのは女の側に元凶がある。もちろん男の側にも問題はあるが。

しかしいまはファルクのことだ。あいつには底が知れないところがある。熱心に貨幣学に打ち込んでいるんだが、まったくもって不自然だ。このあいだ授業で使う教科書の編集作業に携わっていると話してくれたが、貨幣について学校の教科書に載せようとしているらしい。貨幣学なんてものが授業科目になるかもしれんのだ。けっして新聞を読まなくなったし、世界でなにが起きているかも、まるっきり知らないだろう。それに作家になるという考えもきれいさっぱり捨て去ってしまったようにみえる。ファルクはただ自分の職と愛してやまない婚約者のためだけに生きている。だが俺はそんなことをこれっぽちも信じちゃいない。ファルクは政治的な熱狂者だ。もし焼け木杭に風を吹いてやれば、たちまちまた燃え盛るだろうことを自分でもわかっているんだ。だから厳しく無味乾燥な学問に打ち込むことで、その火種を消し去ろうとしている。しかし、そんなことが上手くいくとは思えない。どんなに自分を縛り付けていようとも、いつかはそれが爆発するんじゃないかと俺は怖れている。ところで――ここだけの話だが――どうやらファルクは大陸において反動と鉄拳が生ぜしめたなにかの秘密結社に属しているらしい。つい先日、国会の大広間でファルクを見かけた。国王陛下の式辞を告げる式部官として、赤紫色の長衣をまとい、帽子に飾り羽をつけ、手に杖をもち、王座の足下にかしずいていた（王座の足下にだ）――そのとき俺は思ったね――まあこんなことを言うのは罪深いんだが、だがしかし、そこへ大臣がやってきて、王国の現状とその求めるところに関して国王陛下から恩寵よりくだされた動議を提出したときだ。そのとき俺はファルクの眼差しを見た。そしてその眼差しは語っていたさ。いったい陛下がこの王国の現状とその求めるところのなにを知っているというのかとね。――そうだ。この男、この男だ。さてこれで誰のことも書き漏らさず、俺は近況報告を終えることができたんじゃないかと思う。では今回はこれでさらばだ。またすぐに俺からの便りを聞くこともあるだろう。

H・B

訳者あとがき

寺倉　巧治

ストリンドベリと『赤い部屋』

ストリンドベリ（一八四九〜一九一二）は一九世紀末から二〇世紀初頭にかけて活躍したスウェーデンを代表する大作家である。スウェーデン一国に留まらず、世界的にも現代演劇の革新者として有名であり、とりわけ『父』（一八八七）、『令嬢ジュリー』（一八八八）、『死の舞踏』（一九〇一）などのいわゆる自然主義的演劇、また象徴主義的な手法で書かれた『夢の劇』（一九〇二）などは現在に至るまで世界の多くの劇場で上演されつづけている。

しかしストリンドベリは劇作家として主に戯曲ばかりを書いていたわけではない。もちろんスウェーデン本国においてもストリンドベリの戯曲の評価は高いが、同時に小説家、社会批評家、詩人としてもおなじくらいに有名であり、それらの作品は今日も読まれつづけている。

『赤い部屋』（一八七九）はストリンドベリの処女長編散文小説であり、同時にもっとも重要な作品の一つとなった。そしてそれはスウェーデン文学史においても重要な一つの里程標となる作品である。

その理由をいくつか挙げるとすれば、第一にこの一作でストリンドベリはスウェーデンでもっとも名前が知られた作家になり、その地位を確立した。それまでいくつかの戯曲が上演されたこともあったが、渾身の力を込めて書いた歴史劇の大作『マイスター・オーロフ』（一八七二・一八八一）はどこの劇場にも採用されず、ストリンドベリの作家としての将来は甚だ暗いものであった。『赤い部屋』が大ベストセラーになったことで、その状況は一変した。第二にストリンドベリの多様な作家性を知る上で『赤い部屋』は多くの示唆を与えてくれる作品である。その社会諷刺・批判の鋭さは晩年に至るまで反骨と反抗の作家であったストリンドベリの大きな特徴の一つであるし、対話により場面を印象的に構成するところには劇作家ストリンドベリの力が遺憾なく発揮されている。また芸術と現実、女性問題、ユダヤ人問題などについて、当時のストリンドベリの考えの一端を登場人物たちの口を通じて伺い知ることもできる。第三に『赤い部屋』はスウェーデン近代文学の開幕を告げる作品となり、翻訳文学が大きな位置を占めていた当時の文学界に新風を吹き込んだ。そしてその後へイデンスタムをはじめとする多くのスウェーデン人作家が世に出ることとなった。第四にストリンドベリは現代スウェーデン語を確立した人物の一人に数えられており、『赤い部屋』の文体も現在のスウェーデン語と比較してなんら古びたところがない。自身も新聞記者だったこともあるストリンドベリはこの小説を執筆する際に当時の新聞の短信欄の文体を参考にしたと言われている。新聞の論説文や評論文などでは、まだまだ重厚で装飾過多な文体が幅を効かせていたからである。そうした中で『赤い部屋』はスウェーデン語を一歩前へ進める作品となった。

『赤い部屋』はけっしてノベール文学賞を受賞するような作品ではない。しかしながらスウェーデンの社会と歴史、そしてストリンドベリについて知る上で、けっして看過できない重要な作品であり、読んで面白い小説でもある

1000点 世界文学大系既刊・近刊予告	
アマリア	（北欧篇１）シルヴィ・ケッコネン著 坂井玲子訳　フィンランド 既刊 電子書籍版アリ
ギスリのサガ	（北欧篇２）アイスランド・サガ（著者不詳） 渡辺洋美訳　アイスランド 既刊 電子書籍版アリ
ヘイムスクリングラ ー北欧王朝史（一）ー	（北欧篇３－１）スノッリ・ストゥルルソン著 谷口幸男訳　アイスランド 既刊 電子書籍版アリ
ヘイムスクリングラ ー北欧王朝史（二）ー	（北欧篇３－２）スノッリ・ストゥルルソン著 谷口幸男訳　アイスランド 既刊 電子書籍版アリ
ヘイムスクリングラ ー北欧王朝史（三）ー	（北欧篇３－３）スノッリ・ストゥルルソン著 谷口幸男訳　アイスランド 既刊 電子書籍版アリ
ヘイムスクリングラ ー北欧王朝史（四）ー	（北欧篇３－４）スノッリ・ストゥルルソン著 谷口幸男訳　アイスランド 既刊 電子書籍版アリ
カレワラ　タリナ	（北欧篇４）　マルッティ・ハーヴィオ著 坂井玲子訳　フィンランド 既刊 電子書籍版アリ
棕梠の葉とバラの花 ー独居老女悲話ー	（北欧篇５）　スティーグ・クラーソン著 横山民司訳　スウェーデン 既刊 電子書籍版アリ
ニルスの旅 ースウェーデン初等地理読本ー	（北欧篇６）　セルマ・ラーゲレーヴ著 山崎陽子訳　スウェーデン 既刊 電子書籍版アリ
赤毛のエイリークの末裔たち ー米大陸のアイスランド人入植者ー	（北欧篇７）　エルヴァ・スィムンズソン著 山元正憲訳　カナダ 既刊 電子書籍版アリ

1000点 世界文学大系既刊・近刊予告	
赤毛のエイリークの末裔たち（2） ーニュー・アイスランダーー	（北欧篇 7-2） D & V. アーナソン編著 山元正憲訳 カナダ 既刊
赤毛のエイリークのサガ（他）	（北欧篇 7-3） アイスランド・サガ 山元正憲訳 アイスランド 既刊
中国明代白話小説 新釈「金瓶梅」巻一	（中国篇） 蘭陵笑笑生著 横山民司訳 既刊
中国明代白話小説 新釈「金瓶梅」巻二	（中国篇） 蘭陵笑笑生著 横山民司訳 既刊
中国明代白話小説 新釈「金瓶梅」巻三	（中国篇） 蘭陵笑笑生著 横山民司訳 既刊
赤い部屋	（北欧篇 9） アウグスト・ストリンドベリ著 寺倉巧治訳 スウェーデン 既刊

赤い部屋
—芸術家ならびに作家の日々の素描—

2023年7月10日　第一刷

1000点世界文学大系

原作者　アウグスト・ストリンドベリ
訳　者　寺倉 巧治
発行所　プレスポート
〒362-0067 埼玉県上尾市中分 1-23-4
Telefax 048-781-0075
http://www.nordicpress.jp

レイアウト　江口デザイン
印刷・製本　平河工業社

※本シリーズに関するご希望・ご感想等をホームページにお寄せください。

ISBN　978-4-905392-15-6
192-0397-02200-5

Printed in Japan